U0116061

篇章結構

 類型論

仇小屛◎著　　　　〔增修版〕

序

　　篇章結構雖包括內容，但通常卻單指形式來說。而篇章的形式結構，如虛就它源頭的方法而言，就是章法；若實就其形成的組織來說，那就是篇章結構了。

　　因此，章法說的是組織篇章的方法。這種章法，源自於人類共通之「理」。俗語說：「人同此心，心同此理。」這個「理」，由於是人人所共有，所以只要是思路縝密的人，在寫作文章時，都同樣會用它來疏通、安排，而形成不同的結構。如果我們不能掌握這個人心之「理」來閱讀一篇文章，就無法深入這篇文章的底蘊，加以疏解。《莊子・養生主》說梁惠王的庖丁，因為能依循牛的天然腠理來解剖牠，所以就謋然而解。同理，分析一篇文章，如能掌握它的「理」，便可順利分解它。如此才能進一步還原它，達到鑑賞，也是再創造的最高境界。假如捨此不由，那麼一篇文章只是一堆文辭，供人作粗略一覽而已，是無法深入地了解的。

　　所以要分析一篇文章的結構，首先要對章法作全盤的了解，這樣才能循「理」入文，理清它的脈絡。由於自來論章法，全限於一偏，讓人只見樹而不見其林，因此不揣譾陋，在二十幾年前開始，就從事「匯涓涘為江河」的研究，並且在三年前指導國立臺灣師範大學國文研究所學生仇小屏，完成〈中國辭章章法析論〉的學位論文，首度兼顧理論與實際，呈現了章法的大致範圍與主要內容。鑑於這篇論文篇幅過長，為適應

讀者需求，便精簡過半，改名為《文章章法論》，由萬卷樓圖書有限公司於去年（民國八十七年）十一月出版，受到頗多讀者的注意與好評。

這次在進一層的指導與催促下，將原有章法的內容加以充實，由二十幾種增至三十五種，並針對它所形成的結構類型，一一舉實例，附以結構分析表，作相當完整的論述；此外，也顧到各種章法間的分界，並涉及其心理基礎與美感效果，予以扼要的說明。這對文章篇章結構的研究與分析而言，無疑地提供了一把精緻實用的鑰匙。

在出版前夕，感於作者的認真、辛勞與成就，特別略述這本書撰寫的緣由與其特色，聊以表示慰勉與慶賀的意思。

陳滿銘

民國八十八年九月二十五日序於國立臺灣師大國文系

增修版序例

一、本書首章為總論，論述章法與結構、章法四大原則、結構
　　分析的作用、章法的分類。

二、其餘各章以參拾餘種章法為綱加以論列，每章均依溯源及
　　定義、比較章法、不同結構類型（含原文、結構分析表、
　　說明、作用）、特色等順序加以呈現。而所分析的文章，
　　則廣泛取材自古典、現代的散文、韻文，以彰顯章法乃貫
　　穿古今各種文類的共通規律的道理。

三、本次修訂，以增刪章法種類（刪「虛構與真實（虛實）」
　　結構，增「前後」結構、「快慢」結構、「主客」結構）、
　　調整章法排序、勘正結構分析表、抽換和刪除篇章、調整
　　說明、校正詞句為主，目的在使本書更能反映章法學進展
　　的現況，也期望更便於初學者掌握；並將兩冊合為一冊，
　　俾便翻閱。

四、書末附有陳滿銘〈論幾種特殊的章法〉（原載於《國文學
　　報》第三十一期、2002.6，現收錄於《章法學論粹》、
　　2002.7），補充說明五種較晚發現之章法：偏全法、點染
　　法、天人法、圖底法、敲擊法。

五、本書之修訂，承蒙　陳滿銘教授的指導、萬卷樓圖書公司
　　總經理梁錦興先生與編輯陳欣欣小姐的支持及協助，始能
　　順利進行，在此謹致上誠摯的謝意。

仇小屏　2005.05 於台南

目 錄

第一章　總論

一

　　人的心理活動表明：人們總是希望能把客觀事物、內在情意描繪得更美一點、更感人一點，這就是審美理想。寫作主體累積了廣泛的審美經驗，然後經過選擇、加工和重新組合，產生嶄新的美的形象、美的境界，這是相當精密機敏的創造能力的展現，錢谷融、魯樞元主編的《文學心理學》稱之為「有機調節」，並認為這樣的有機調節意味著對「美的規律」的遵從[1]。然後再輸入載體，傳播出去，此時是把形成於腦際的無形的美的構想，物化為有形的精神產品，可稱為「寫作美的物化」[2]。在物化的過程中，首要的是內容與形式的結合，要找到一個完善的表達形式，以展現美感內容，也就是做到形式美與內容美的完美結合[3]。

　　在形式美的部分，特別容易感受到美感的共通性，因為：

　　　　人們感受外物刺激和形成主觀反映的生理器官、機制是基
　　　　本相同的，從而人們的心理結構和心理活動的規律，也就

---

[1] 見《文學心理學》頁一一五。
[2] 見張紅雨《寫作美學》頁三八。
[3] 陳雪帆《美學概論》：「從形式和內容上看，又可分作形式美和內容美。」頁六。

會有或多或少的共同之處。……作為特殊而又複雜的心理
現象的美感，在正常的、不同的審美主體身上，也就會體
現出某些共同性。這一點，尤其突出地反映在對形式美的
欣賞方面。[4]

而要使形式完善，可以從很多方面著力，篇章結構就是其中很重
要的一個部分，關於此點，可以用張紅雨《寫作美學》中的一段
話作個說明：

所謂美的形象的表達形式並沒有固定的格式。但概略地
說，應該包括順應情感波動的軌道和美的典型形象的活動
規律，並與之相應的組織構造，以及傳達美感的語言符
號、體裁等等表現手段。[5]

所謂「與之相應的組織構造」，應該指的就是篇章結構，也就是
章法。

結構與章法，是二而一、一而二的。如果單就一篇文章來看
它的組織型態，如朱自清〈背影〉一文用「今昔今」的方式構
篇，則「今昔今」就是結構。但如果通指所有將時間的過去與現
在作巧妙安排的文章，從中歸納出它們組織篇章的法則，就會得
出「今昔法」，這就是一種章法[6]。而且應用某一章法可形成四

---

[4] 見《美學百題》頁一〇〇。
[5] 見《寫作美學》頁一八五。
[6] 見陳滿銘《文章結構分析》：「『結構』與『章法』兩者，是屬於一
實一虛的關係，如通指所有文章，虛就其方法來說，是『章法』，如

種不同的結構類型，如今昔法，除了可形成「今昔今」結構外，還有「由昔而今」、「由今而昔」、「昔今昔」等型態；而且這些不同型態的形成因素、達成的美感以及許多特色，都會有「大同」的地方（當然也免不了「小異」），也就是可以用一個法則──今昔法來統攝。而其他的章法與相應結構的關係，也是如此。

　　那麼章法到底具有什麼樣的意義呢？可以用一句話來說明：章法就是修飾篇章的方法[7]。首先要注意的是「修飾」二字，因為章法是文章達成形式美的重要手段，所以用「修飾」二字強調出它的美化功能；善加利用章法、組織成完善的結構，可以使篇章合乎秩序、富於變化、形成聯絡，最終達致統一和諧的美的最高境界（詳見後文）。其次要注意的是：章法的範圍鎖定在「篇章」，這就與同樣講究修飾功能的字句修辭學區別開來了，正如陳滿銘所說的：

> 修辭學本有兩大領域，一為字句之鍛鍊，二為篇章之修飾。[8]

所以有時也稱章法為「謀篇布局的技巧」，原因就在於此。由此看來，章法實在具有非常重要的功能。

　　至於該如何判別一篇文章當中，對章法的運用純不純熟、好

單指一篇文章，實就其組織型態而言，則為『結構』。」頁三三六。
[7]　陳滿銘為拙作《文章章法論》所寫之序言說：「所謂『章法』，講的就是篇章之修飾。」頁一。
[8]　見陳滿銘為拙作《文章章法論》所寫之序言，頁一。

不好呢？這完全視它所達成的美化效果有多大而定。也就是說，如果一篇文章用了某些章法、形成某種結構，將文章內容安排得合乎秩序、富於變化、形成聯絡，最後達成統一，使讀者能獲得最大的美感享受，這就是好；反之則否。以此標準來檢驗文章中運用的章法，是最能凸顯章法為達成形式美的重要手段的意義了。

二

前面一再提及的「秩序」、「變化」、「聯絡」、「統一」，其實就是章法的四大原則。正如陳滿銘在《國文教學論叢》中所說的：

> 文章構成的型態，雖然不免隨著作者設計經營手段的不同，而呈現多樣的變化……不過，每個作家在謀篇布局之際，無疑地都會不知不覺地受到人類共通理則的支配，以致寫成的作品，在各式各樣的枝葉底下，都無可例外地藏著有一些基本的、共通的幹身。[9]

而這「幹身」就是「秩序」、「變化」、「聯絡」、「統一」四大原則[10]。

---

[9] 見《國文教學論叢》頁二七。

[10] 陳滿銘在《國文教學論叢》中，提出「秩序」、「聯貫」、「統一」三大原則，頁二七。而後在指導筆者寫作碩士論文〈中國辭章章法析

　　而且前面也談到章法是達成形式美的方法之一，至於所謂的「形式」，指的是「事物所有的結合關係」[11]，這與陳滿銘所說的：「（章法）也就是將句子組合成節段，由節段組合成整篇的一種方式」[12]的說法，可謂不謀而合。所以其下將就文章的節段組合、應符合形式美的要求的觀點，來探討「秩序」、「變化」、「聯絡」、「統一」是如何來統攝章法的修飾功能的。

(一)秩序原則

　　這是就材料次第的配排合於某種秩序來說的。通常，作者係依空間、時間或事（情）理展演的自然過程作適當的配排[13]。

　　自然界中，常可發現漸層的現象，譬如上昇的太陽漸漸增加光度，到了傍晚又慢慢地轉弱，這是以漸層構成秩序。自然界的現象也會反映在文學上，那就是秩序原則。而且這種漸層的秩序的構成，可以由兩個不同的方向來進行，虞君質《藝術概論》中就說：

> 在這漸次的增加或漸次的減少的表現裡面，就有漸層的美。[14]

論〉時，將「變化」自「秩序」中抽離出來，遂成立四大原則——「秩序」、「變化」、「聯絡」、「統一」。

[11] 陳雪帆《美學概論》說：「形式一語，在藝術學上共有兩種不同的意義：一指藝術的外形。……而第二種意義，卻是指事物所有的結合關係。」（頁六〇）我們所取的是後一種說法。

[12] 見《國文教學論叢》頁二七、六。

[13] 見《國文教學論叢》頁二七、六。

[14] 見《藝術概論》頁五九。

應用在章法上，可以說有「順」和「逆」兩個方向。譬如屬於「時間」類的今昔法，順向的發展是「由昔而今」，逆向的發展就是「由今而昔」；屬於「空間」類的遠近法，「由近而遠」是順，「由遠而近」就是逆了；而屬於「事理展演過程」類的本末法，「由本而末」才是順，反之，「由末而本」就是「逆」。

張紅雨《寫作美學》說：

> 合乎規律的東西就是美的。[15]

這句話概括了秩序原則所帶來的美感，這種美感的最大特色是穩定、平和。

(二)變化原則

這是就故意變化材料安排的次第來說的，而且各種章法都可形成富於變化的結構。

凡事物過於齊整，則不免有呆板之弊，此時便須有所變化以為補救。陳雪帆《美學概論》針對這一點說道：

> 人類心理卻都愛好富於變化的刺激，大抵喚起意識須變化，保持意識的覺醒狀態也是須要變化的。若刺激過於齊一無變化，意識對它便將有了滯鈍，停息的傾向。[16]

所以在章法上，各種變化的結構是相當多的，例如今昔法中就有

---

15 見《寫作美學》頁三五〇。
16 見《美學概論》頁六三～六四。

「今昔今」、「昔今昔」的結構類型，將時間的「過去」與「現在」作了富於變化的組合。又如相當常見的正反法，也有「正反正」、「反正反」等不同結構。這都是在寫作主體刻意安排下形成的，目的就在造成變化。

因此，變化原則所追求的就是不單調，由於這「不單調」，便可能引起人們醒目、新奇、振奮等諸多感覺。

(三)聯絡原則

這是就材料前後的接榫來說的[17]。這種材料前後的接榫，方式頗多，章法所達成的是較為巧妙的聯絡，我們稱為「藝術的聯絡」。

要達成聯絡，則必須先有兩個不同的部分，中間取得某種聯繫才行，這可以用「對應聯結」的觀念來理解。王向峯主編的《文藝美學辭典》對此的解釋是：

> 放眼天地之間，可以視聽兩峯對峙，二水分流……近看自身構成，可以見到雙手雙腳，兩耳兩目……這種對應聯結，從人到物，已形成對象化的關係，成為規律性的表現，因此也就成為美的結構形式之一。[18]

「對應聯結」彰顯的其實就是「呼應」的力量，最能表現「對應聯結」的就是「對稱」，但嚴格的對稱在文學作品中絕難做到，

17　見陳滿銘《國文教學論叢》頁四二。

18　見《文藝美學辭典》頁一一一。

因此可以放寬為「均衡」[19]，這是比對稱更美、更活潑的形式。大多數的章法都可能形成呼應、均衡之美，例如抑揚法中的「先抑後揚」或「先揚後抑」，情景法中的「先景後情」、「先情後景」……等等，不勝枚舉。

均衡沒有對稱易流於重濁板滯的缺點，卻可以保持對稱鎮定沈靜的美感[20]；而且對稱的美感偏於靜，均衡的美感偏於動[21]。這樣的比較也同時說明了聯絡所能帶來的美感。

(四)統一原則

此處所說的統一是在秩序、變化、聯絡的基礎上所建立的繁多的統一，這是由部分到整體的統一，是形式美法則的高級形式，最終可達致和諧[22]。

錢谷融、魯樞元主編的《文學心理學》談到：

> 作家的心靈是一個獨特、精密的系統，這樣一個系統，只

---

[19] 陳雪帆《美學概論》認為「對稱」是：「將一條線（這一條線實際並不存在，也可假定其如此），為軸作中心，其左右或上下所列方向各異，形象相同的狀態。」（頁六五）「均衡」則是：「左右的形體不必相同，而左右形體的分量卻是相等的一種形式。」（頁六八）因為文學作品幾乎不可能出現左右形象完全相同的狀態，所以不易有對稱之美，但可能有均衡之美。

[20] 陳雪帆《美學概論》：「對稱……有鎮定沈靜之感。」頁一一二。

[21] 見虞君質《藝術概論》頁六一。

[22] 楊辛、甘霖《美學原理》：「多樣統一。這是形式美法則的高級形式，也叫和諧。」（頁一七六）陳雪帆《美學概論》：「這種統一在美的對象間，約可從兩方面考察它。第一從部分與全體的關係間，第二從部分與部分的關係間。」頁七八。

　　有用相應的不可分割的整體才能得到較為準確的表現。這
　　是作品統一性的心理根源。[23]

但我們的審美理想卻不希望統一至極，陷於單調；相對地，也不
願意繁多至極，陷於雜亂。最好的情況是一方面有著鮮明的統
一，同時構成它的要素又是異常的繁多；而且整體的統一與部分
的繁多間，應能保持平衡，這才是部分與全體統一的理想狀
況[24]。而文章的結構恰好能反映這樣的理想，因為一篇文章的結
構很少是由單一的章法所組織成的，多半都須要數種章法搭配運
用，所以很可能第一層結構是「先敘後論」，「敘」的底下使用
賓主法，「論」的底下使用正反法，而「賓主」結構和「正反」
結構之下，又可能運用別的章法……，這就是「繁多」的情況；
但這樣繁多地使用各種章法，目的又是在結構成一個完整的整
體，也就是「統一」。這樣才能符合我們的審美理想。

　　繁多的統一既豐富，又單純；既不雜亂，又不單調，它所達
成的是極致的美──和諧。

三

　　內容決定形式，形式表現內容，兩者的關係密不可分，這是
大家都知道的事。所以作家在創作之時，將作品內容依著美的規
律呈現出來，就會在外表上形成形式，結構就是形式很重要的一

---

[23]　見《文學心理學》頁一九四。
[24]　參見陳雪帆《美學概論》頁七八～八〇。

個成份;那麼,相對地,也可以用結構為憑藉,逆溯追索作品深藏的意蘊。因此,結構絕不只是為文章增添形式美而已,結構分析對於深入文章的內容有莫大的幫助。

可以用王安石〈讀孟嘗君傳〉作個例子,來說明結構分析可以幫助瞭解內容:

> 世皆稱孟嘗君能得士,士以故歸之,而卒賴其力,以脫於虎豹之秦。嗟乎!孟嘗君特雞鳴狗盜之雄耳,豈足以言得士!不然,擅齊之強,得一士焉,宜可以南面而制秦,尚何取雞鳴狗盜之力哉!雞鳴狗盜之出其門,此士所以不至也。

對於這一篇文章,最少可以從三個不同的角度來分析。首先,可以用「假設與事實(虛實)」法來切入:

```
┌ 實:「世皆稱孟嘗君……足以言得士」
├ 虛:「不然……雞鳴狗盜之力哉」
└ 實:「雞鳴狗盜之出其門」二句
```

此文前、後都是對事實的敘寫,只在中間插入一段假設的部分。它的優點是藉由假設與事實的對照,使作者的論點更具說服力。

其次,它也可以從「抑揚」法的角度來看待:

```
         ┌ 因：「世皆稱孟嘗君」二句
    ┌ 揚 ┤
    │    └ 果：「而卒賴其力」二句
    │    ┌ 實：「嗟乎」三句
    └ 抑 ┼ 虛：「不然……雞鳴狗盜之力哉」
         └ 實：「雞鳴狗盜之出其門」二句
```

這形成了「先揚後抑」的結構，但用意是「欲抑先揚」，是「抑揚偏重」的一類。這樣可以很明顯地看出作者的褒貶態度。

　　最後，也可以認為它所形成的是「先立後破」的結構：

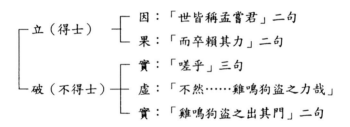

這樣的結構所強調的就是王安石的識見，而非僅止於個人的好惡了。認為孟嘗君能得士，是眾人不能深慮的淺見，但幾百年來，居然沒有一個人看得透徹；直到王安石，才以他個人的洞見徹底地駁倒了以往的看法，令人驚佩。而且在「破」的部分形成了「實虛實」的結構，因此也吸收了「假設與事實（虛實）」法的優點。

　　所以，這三個結構比較起來，應該是以最末一個結構，最能凸顯出王安石的卓識，而這也是〈讀孟嘗君傳〉一文最珍貴的地方。我們拿定這個分析角度來切入文章，把文章的特質全都呈露

出來了，還能不承認章法分析確實有助於深入內容嗎[25]？

此外，從前面這個例子，還可以想到：結構分析也對段落的劃分有幫助。現今坊間的一些古文選本，往往因〈讀孟嘗君傳〉篇幅短小，遂將全文不分段落地刊出，這是有待商榷的。因為劃分段落就是為了幫助讀者掌握內容；而〈讀孟嘗君傳〉一文文意轉折極大，怎可視作沒有層次的整體呢？若依照「先立後破」的結構來分析，則它的段落應該是這樣的：

> 世皆稱孟嘗君能得士，士以故歸之，而卒賴其力，以脫於虎豹之秦。
>
> 嗟乎！孟嘗君特雞鳴狗盜之雄耳，豈足以言得士！不然，擅齊之強，得一士焉，宜可以南面而制秦，尚何取雞鳴狗盜之力哉！雞鳴狗盜之出其門，此士之所以不至也。

這樣不就清楚多了嗎？

而且另外有許多古文，其分段的標準都只以轉折連詞為準，把章法結構撇在一邊，這也是不對的。例如〈讀孟嘗君傳〉的段落，還有另一種分法：

> 世皆稱孟嘗君能得士，士以故歸之，而卒賴其力，以脫於虎豹之秦。嗟乎！孟嘗君特雞鳴狗盜之雄耳，豈足以言得士！
>
> 不然，擅齊之強，得一士焉，宜可以南面而制秦，尚何取

---

[25] 對王安石〈讀孟嘗君傳〉之分析及看法，乃本自陳滿銘。

> 雞鳴狗盜之力哉！雞鳴狗盜之出其門，此士所不至也。

這種分段法只著眼在「不然」之下文意一轉，卻全然沒有顧及到全文的章法結構，當然也就沒有注意到「嗟乎」之下才是全文最大的轉折，以至於與「實虛實」結構、「先揚後抑」結構、「先立後破」結構都格格不入，這不能不說是一種遺憾。因為既然掌握章法結構有助於深入內容，那麼配合章法結構來劃分段落，應該是一種更理想的做法[26]。

另外，要附帶談一個很重要的觀念，那就是陳滿銘所說的：

> 結構分析沒有絕對的是非，但有相對的好壞。

這個看法在〈讀孟嘗君傳〉一文上獲得了最好的驗證。這篇文章用假設與事實（虛實）法、抑揚法、立破法來分析，都沒有錯；但比較之下，應以末種最優，第一種居次，抑揚法的分析角度則是最不能深入的。所以在分析文章時，可以多多嘗試以不同的章法來切入，看看效果如何？經過比較才能清楚地看出，那一種角度才是最犀利的。

四

目前所能掌握的章法約四十餘種（含幾種較晚發現之章

---

[26] 這一部分的闡述參考陳滿銘之說法。

法），有些章法很明顯地是以時間為線索，有些章法的依據則是空間，還有著眼於時、空交錯的章法，不過為數最多的，是依事（情）理的展演、變化所形成的章法。所以在排次時，大致上就是將屬於空間的章法（遠近法、內外法……等）放在最前面，屬於時間的章法（今昔法、久暫法、快慢法）居次，接著就是結合時間與空間的時空交錯法，而屬於事（情）理的章法則殿後，最後則附錄陳滿銘〈論幾種特殊的章法〉。這當中當然也有不能判然劃分的時候，例如空間的虛實法與時間的虛實法，因為「實」與「虛」的性質很鮮明，所以收納在虛實類中，標為第二十四種和第二十五種；但它卻是分別以時間、空間為線索的。因此在這種情況下，只好掌握它最重要的性質，以此作為歸類的依據。

但是屬於事（情）理的章法為數眾多，其中的排次也是有理路可循的，性質比較相近的章法會排在一起，譬如因果法、本末法、淺深法就連在一起出現；而同屬於虛實法的情景法、論敘法、泛具法、空間的虛實法、時間的虛實法、假設與事實法，自然更毫無例外地一字排開；另外正反法、立破法、抑揚法也是因為都屬於「對比」類章法，所以才成為鄰居。

還有一點也值得一提，那就是不同的章法在不同類型的文章中，運用的頻繁程度也大不相同。如果把文章大概地二分為形象性文章和邏輯性文章，則時、空諸法在形象性文章中出現的頻率非常高，但罕見於邏輯性文章；同樣地，屬於事（情）理類的章法也廣泛地用在邏輯性文章中，形象性文章中則少見多了。而且因為韻文中常以美的形象引起讀者的審美愉快，所以多屬於形象性文章，運用時、空諸法的情形相當普遍，因此也使得時、空諸法中的例證，多是詩、詞等韻文；而散文則多訴諸理性，所以多

可歸類為邏輯性文章，運用的也多是事（情）理類的章法，有些章法（例如論敘法、立破法）甚至難得見到非散文的例子。

不過有些章法則不能適用於上述的現象。例如並列法、情景法、泛具法、時間的虛實法、空間的虛實法、張弛法，雖被歸在事（情）理類中，但它們的蹤跡卻常常出現在韻文當中。而且也有些章法廣泛地適用於形象性文章和邏輯性文章中，例如賓主法、正反法……等，就是如此。

第二章 「遠近」結構

一、何謂遠近法

空間是由長、寬、高三維所構成的，而且此三維的延長是無限的，所以有廣延性[1]。而在文學作品中，空間的「長」、「寬」、「高」都可經由視（路）線的延伸、拉回，而有不同的變化；甚至只是思緒的縱馳，也有擴展空間的功效。但在這裡要界定清楚的是：藉由設想所呈現的空間，是虛空間；與眼前所見、足跡所履的實空間是不同的，所以實空間與虛空間彼此對應的關係，放在空間的虛實法中探討。但是全實的空間與全虛的空間，都同樣可能有遠近、內外、左右、大小……等諸種變化，也都可以在遠近法、內外法、左右法、大小法……中加以討論。

對於空間中「長」的那一維所造成的遠近變化，張會恩、曾祥芹主編的《文章學教程》稱此為「橫式結構」[2]；陳滿銘《國文教學論叢》將遠近的變化分成兩種：「由近及遠」、「由遠及近」[3]。另外，辭章中記敘遊蹤時，雖然由起點至終點，所走的路徑不一定是直線，但因為它的方向是直指目的地的，因此也可

---

[1] 參考李元洛《詩美學》頁三六三～三六四。

[2] 見《文章學教程》：「以空間轉換為序安排層次，形成橫式結構。」頁三一八。

[3] 見《國文教學論叢》頁二八。

歸在「由近而遠」中，魏飴《散文鑑賞入門》特別稱為「縱貫式」[4]。

不過，遠近的變化還可能更繁複，譬如鄭文貞《篇章修辭學》中就說道：「既由近及遠，又由遠及近」[5]，陳滿銘《詩詞新論》則提出「錯間法」，其中有一類是：「近與遠……互相間錯而寫的一種作法」[6]，這麼一來，遠近變化的可能性就更多了。

所以，遠近法就是將空間遠、近的變化記錄下來而形成的章法。

二、遠近法在應用時所呈現的結構類型

遠近法所形成的不同結構，有如下四種：「由近而遠」、「由遠而近」、「近遠近」、「遠近遠」。

(一)由近而遠

由近及遠的空間安排是最自然，也最常見的了。譬如范仲淹〈蘇幕遮〉：

1、正文

碧雲天，黃葉地。秋色連波，波上寒煙翠。山映斜陽天接水。芳

---

[4] 見《散文鑑賞入門》：「以空間轉移為線……要求依照觀察次序或遊覽蹤跡來結構文章。」頁八五。

[5] 見《篇章修辭學》頁六四。

[6] 見《詩詞新論》頁一二二。

草無情，更在斜陽外。　黯鄉魂，追旅思。夜夜除非，好夢留人睡。明月樓高休獨倚。酒入愁腸，化作相思淚。

2、結構表

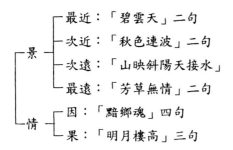

```
        ┌ 最近：「碧雲天」二句
    ┌ 景 ┤ 次近：「秋色連波」二句
    │   │ 次遠：「山映斜陽天接水」
    │   └ 最遠：「芳草無情」二句
    └ 情 ┌ 因：「黯鄉魂」四句
        └ 果：「明月樓高」三句
```

3、說明

(1)先景後情

這闋詞是對景抒情之作。我們所著意的是「景」的部分，因為這裡用到了遠近法。

(2)景

陳滿銘在《詩詞新論》中，針對此詞的下半闋說道：「在這兒，作者採用了頂真的手法，一環套一環地將倚樓所見的秋月寂寥景色，先是頭頂的『碧雲天』與腳下的『黃葉地』，接著是近水、近山，然後是遠水、遠天，最後是斜陽外的草原，由近及遠的一一寫下來，予人以纏綿的強烈感受。」[7]

4、作用

利用這種手法，可將景物作有秩序的鋪敘，並連結成一個綿

---

[7] 見《詩詞新論》頁五二。

遠不絕的空間，以寄託無限的情思。因此這種安排空間的方式雖然簡單，卻可以有絕佳的效果。

「由近而遠」的空間通常是呈直線狀擴張的，但有一種情況例外：那就是篇章中的記敘是依據遊蹤所及，因此由起點至終點，所走的路徑不一定是直線；但因為它的方向是直指向目的的，所以也可以歸在這一類中。可以舉柳宗元〈愚溪詩序〉（節段）為例：

1、正文

> 愚溪之上，買小丘，為愚丘。自愚丘東北行六十步，得泉焉，又買居之，為愚泉。愚泉凡六穴，皆出山下平地，蓋上出也。合流屈曲而南，為愚溝。遂負土，累石，塞其隘為愚池。愚池之東為愚堂。其南為愚亭。池之中為愚島，嘉木異石錯置。皆山水之奇者，以余故，咸以愚辱焉。

2、結構表

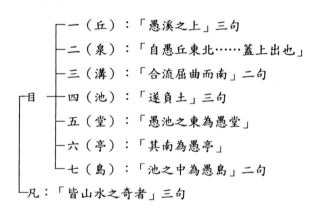

```
    ┌─ 一（丘）：「愚溪之上」三句
    ├─ 二（泉）：「自愚丘東北……蓋上出也」
    ├─ 三（溝）：「合流屈曲而南」二句
目 ─┼─ 四（池）：「遂負土」三句
    ├─ 五（堂）：「愚池之東為愚堂」
    ├─ 六（亭）：「其南為愚亭」
    └─ 七（島）：「池之中為愚島」二句
凡：「皆山水之奇者」三句
```

3、說明

(1)先目後凡

藉著「凡」部分的三句，將前面條分描寫的景物作一收束。

(2)目

林紓對此段的看法是：「以溪為綱，以丘泉溝池諸物為目……愚丘、愚泉，即由愚溪帶出；溝池二物，則又自愚泉生也。丘也，泉也，溝也，雖出人力，然但資遊涉，非燕魚之所，於是生出愚亭；而愚島則又生自愚池之中。」[8]

4、作用

這一段乃是依據遊蹤（同時也是溪水的流向）所至來記述，所以雖然諸景紛雜，但都能有條不紊，這就是此種手法的最大優點。周明在《中國古代散文藝術》中，特稱此法為「移步換形法」[9]，也很能指出它的特色。

(二)由遠而近

與「由近而遠」比較起來，「由遠而近」者在數量上少了很多，這大概是因為此種謀篇方法，與我們將視線投向遠方的習慣相反的關係吧！但是馮延巳的〈謁金門〉卻能將這種不常見的手法運用得十分圓熟：

---

[8] 見胡楚生編著《柳文選析》頁一一八。

[9] 見《中國古代散文藝術》頁一九六。

1、正文

風乍起，吹皺一池春水。閒引鴛鴦芳徑裡，手挼紅杏蕊。

鬥鴨闌干徧倚，碧玉搔頭斜墜。終日望君君不至，舉頭聞鵲喜。

2、結構表 [10]

```
┬遠：「風乍起」二句
├近：「閒引鴛鴦」二句
└最近：「鬥鴨闌干徧倚」四句
```

3、說明

陳滿銘在《詩詞新論》中說：「作者先以起二句，就遠，寫『望君』於池水旁；再以『閒引鴛鴦芳徑裡』兩句，就近，寫『望君』於花徑上；接著以『鬥鴨闌干徧倚』兩句，就最近，寫『望君』於闌干前。」[11] 末二句又仔細地描繪女主角聞鵲而舉頭的動作，焦點仍在女主角身上，距離還是最近的[12]。

4、作用

這闋詞由遠而近地收納了「吹皺春水」、「手挼紅杏」、「搔頭斜墜」等景象，以襯托出哀愁；末二句又以「鵲喜」的「喜」

---

10 見《詩詞新論》頁五三。
11 見《詩詞新論》頁五三。
12 見《詩詞新論》頁五三。

字反襯出「哀」來[13]。之所以能夠整整齊齊地收拾這些景物，那是因為依照空間的推近為次來敘寫。

(三)近遠近

「近遠近」的空間變化又更少見了，可以用謝翱〈效孟郊體〉為例：

1、正文

閒庭生柏影，荇藻交行路。忽忽如有人，起視不見處。牽牛秋正中，海白疑夜曙。野風吹空巢，波濤在孤樹。

2、結構表

```
┌─近：「閒庭生柏影」四句
├─遠：「牽牛秋正中」二句
└─近：「野風吹空巢」二句
```

3、說明

陳滿銘在《國文教學論叢續編》中說：「它的首、次二聯寫庭中所見之柏影、荇藻和人；三聯循著視線之開拓，寫遠方的天和水；末聯則又將視線拉回到庭中的樹上。」[14]

4、作用

這樣的空間安排十分特殊，作者可依自己的需求對近處景物

---

[13] 見《詩詞新論》頁五三。
[14] 見《國文教學論叢續編》頁九六。

多作描繪，也是優點之一。

(四)遠近遠

「遠近遠」的空間安排比起「由遠而近」、「近遠近」兩種，出現的頻率高得多了，是相當好用的一種方法。李白的〈菩薩蠻〉就是以這種方式謀篇的：

1、正文

平林漠漠煙如織，寒山一帶傷心碧。暝色入高樓，有人樓上愁。 玉階空佇立，宿鳥歸飛急。何處是歸程？長亭更短亭。

2、結構表

```
┌─遠：「平林漠漠煙如織」二句
├─近：「暝色入高樓」四句
└─遠：「何處是歸程」二句
```

3、說明

(1)第一個「遠」
這闋詞先從遠處寫起，將「平林」、「寒山」收納進來。
(2)近
中間四句又將距離拉近，寫主人翁佇立樓頭遠望的情景。
(3)第二個「遠」
最後兩句又藉著「長亭更短亭」的景象，把空間向天涯無限地推擴出去。

4、作用

此詞乃懷人之作，而空間的安排、景物的安置也恰恰應和著作者心中的愁緒。所以詞中出現的「平林」、「寒山」、「有人樓上愁」等景象，由遠而近地直逼到眼前來，而且又藉著「煙」、「暝色」，將這一大段空間渲染出迷濛蕭瑟的氛圍；最後寫「長亭更短亭」的漫漫歸程，隨著路途的無限漫長，作者心中的愁思似乎也無窮地發酵……[15]。

三、遠近法的特色

張法《中西美學與文化精神》在談到「中西審美的具體方式」時，說：「在觀照方式上，中國採取仰觀俯察、遠近往還的散點遊目。」[16]而這樣的觀照方式自然而然地會體現在文學作品中，所以遠近法被普遍地運用著，也形成各種不同的結構，相當富有趣味：

㈠由視線所帶出的「由近而遠」的變化，是呈直線狀的，而直線所表示的審美特性是力量、穩定、生氣、剛強[17]；這與「由近而遠」中的依據遊蹤所及而形成的路線相比，差異就比較明顯了，因為後者所形成的是曲線，而曲線表示優美、柔和，給人以

---

[15] 結構表及分析皆參考陳滿銘《國文教學論叢續編》頁九六。
[16] 見《中西美學與文化精神》頁三二一。
[17] 見《美學基本原理》頁七三。

運動感[18]，這就會造成劉雨《寫作心理學》中所提到的「變化中的距離」[19]。不過凡「由近而遠」結構都會造成「漸層」的效果，劉思量《藝術心理學》說：「愈遠之事物愈模糊，而與近物之清晰形成對比而產生漸層。」[20]因此使得空間的深度加深，附著於空間的景物層次感十分明晰。更值得注意的是：因為「由近而遠」的視線是具有方向的，常會向無垠的遠方作無窮的投射，成為一種眼力所不及或眼力所難及的空間，而面對這種情況，人們常會在心中昇起一股崇高感，陳雪帆在《美學概論》中說：「凡是有崇高情趣的，其對象必有某種程度的強大。……起初我們得與那強大對立，與那強大同感。隨後伴了靜觀的進行，終至把他我的對立溶入他我合一渾融的狀態裡。等到感有崇高的情趣之間，我們就已蟬蛻了弱小卑微的現在的我，在我自身感有一種崇高偉大的情趣。於是小我就因著崇高成了我以上的大我，而嚐到了崇高美極致的情味。」[21]而且正如陳雪帆所說的，這種崇高感「也有是沈鬱淒涼的，也有是健全幸福的。」因此空間的延展正配合著作品的情境，使得其中醞釀的情感得到最大的加強作用。

　　(二)「由遠而近」的空間安排比起「由近而遠」來，是「反常」的；但這「反常」自有其特殊的意義。因為「由近而遠」會

---

[18]　見《美學基本原理》頁七三。

[19]　《寫作心理學》中說：「在觀察過程中，對象雙方並不都是靜止不動的，有時其中任何一方都可能是變化或移動的。這種變化或移動，必然使雙方的距離失去穩定狀態，形成一種變化中的距離。」頁一三六。

[20]　見《藝術心理學》頁一八三。

[21]　此則及下則引語見《美學概論》頁一一六～一一七。

有延伸的效果，但「由遠而近」則相反的有將景物拉近的作用，因而可以突出一個焦點來。作者之所以要將此焦點突顯出來，通常有兩個原因：第一個原因是這個焦點可以衍生出其他的情意，例如辛棄疾的〈西江月〉，最後視線落在「茅店」上，而此茅店是他曾三番兩次經過的，因而可以勾起回憶[22]；其次是可透過特殊的安排，使「最近」變成「最遠」，例如前面分析過的馮延巳的〈謁金門〉，透過舉頭的動作，使視線越過闌干、芳徑、池塘，一直一直延伸出去。因此前者在情意上造成延伸的作用，後者則是在心理上達成延伸的效果。所以「由遠而近」的結構方式，等於是同時兼具突出和延展的美感[23]。

㈢遠近法中的空間安排除了前述兩種之外，其他兩種全是有變化的；雖然「由近而遠」、「由遠而近」的結構方式相當好用，但創作者就是會在文章中創造出有變化的空間。這固然與審美心理愛好變化的一面有關，但也可以從人體生理的層面加以解釋，陳雪帆《美學概論》中說：「當我們看一條線時，我們的眼珠都是沿著那條線自此至彼地運動的。如果所看的是直線，那眼珠的筋肉就得刻刻用著同一方向的努力，刻刻繼續同一種類的緊張。故所看的那直線萬一較長時，眼裡就要有疲勞厭倦之感。」[24]所以在此時尋求變化以為調劑，是相當自然的。更何況一遠一近地迭用，還可依次收納不同的景物，使篇章內容更豐富。所以也就難怪創作者要精心地設計篇章中的空間了。

---

[22] 參見陳滿銘《國文教學論叢》頁三四六。

[23] 此說本自陳滿銘之說法。

[24] 見《美學概論》頁四四。

第三章 「內外」結構

一、何謂內外法

將空間標識出內、外，特別指的是建築物內、外，這原本可以包含在遠近法中，那麼為什麼要將「內外」獨立成一個章法呢？那是因為辭章（尤其是韻文）中，常將人物的視線或足跡在建築物內外的移動，與其精神活動結合起來，所以這樣的空間轉換，並非只是單純地敘寫不同空間的事、景而已，更具有架構內容、推深情意的功能，因此特別值得加以注意。更何況，在數量上來講，這類的篇章為數不少，因此有必要作統一的處理。

另外還有一種與前述不同的情形，那就是它強調的是以建築物（最常見的是牆或門）分隔出內、外兩個空間，並將這兩個不同的空間所容納的事物，作對照的敘述，由此產生相映成趣的效果。

這種內外空間的轉換也有人注意到了，譬如鄭頤壽的《辭章學概論》就是如此，不過他稱之為「表裡」[1]；張正體、張婷婷合著的《賦學》就標出「內外」[2]了。

---

[1] 見《辭章學概論》：「空間方位層次，有前後、左右、上下、表裡。」頁八〇。

[2] 見《賦學》：「如敘述方位，必依東西南北，前後左右，上下內外各揭事物分述。」頁一二一。

所謂的內外法就是將出現在辭章中的，建築物內、外的空間轉換表達出來的章法。

二、內外法在應用時所呈現的結構類型

內外法所形成的四種結構：「由內而外」、「由外而內」、「內外內」、「外內外」，都有很精采的例子。

㈠由內而外

空間由室內轉移到室外，就會形成「由內而外」的結構。譬如溫庭筠的〈更漏子〉：

1、正文

> 玉爐香，紅蠟淚，偏照畫堂秋思。眉翠薄，鬢雲殘，夜長衾枕寒。　　梧桐樹，三更雨，不道離情正苦。一葉葉，一聲聲，空階滴到明。

2、結構表

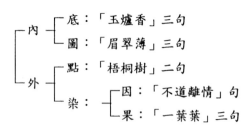

3、說明

這闋詞上片以室內之景為背景（底），凸顯出室內之人（圖）；下片藉由視線的轉移，而將場景轉至室外庭院的梧桐樹上。

4、作用

在這首詞中，作者以全知觀點來描寫思婦的哀愁；所以在讀這首詞時，彷彿看到一幅幅的畫面自眼前閃過。而作者手法巧妙處，就在於他以空間的轉換為線索，將這些畫面巧妙地結合起來，共同醞釀出寂寥的氣氛。所以室內之景是寂寥的，室內之人也是寂寥的，而室外秋雨滴梧桐，滴答滴答直至天明，這景象更是寂寥至極；而整首詞的主旨——離情，也就在此處點出。

有時候所強調的並非內、外空間的移轉，而是內、外空間的映照，之所以會有這樣的安排，乃是因為想要達成特殊的效果。而要分辨這兩者的不同，首先要注意的是：前者要造成空間的移轉，必須藉由視線或人的足跡的移動，而在這當中，時間也隨之流逝了；但後者卻是同時進行的，分不出誰先誰後。可以用沈尹默的〈三弦〉為例作說明：

1、正文

中午時候火一樣的太陽沒法去遮攔，讓他直曬著長街上。
靜悄悄少人行路，祇有悠悠風來，吹動路旁楊樹。
誰家破大門裡，半院子綠茸茸草草，都存著閃閃的金光。

旁邊有一段低土牆，擋住了個彈三弦的人，卻不能隔斷那三弦鼓盪的聲浪。門外坐著一個穿破衣裳的老人，雙手抱著頭，他不聲不響。

2、結構表

```
┌─ 底（大）：「中午時候……吹動路旁楊樹」
│            ┌─ 內：「誰家破大門……三弦鼓盪的聲浪」
└─ 圖（小）─┤
             └─ 外：「門外坐著一個穿破衣裳的老人」三句
```

3、說明

(1)先底後圖

作者先從一整條長街的大範圍寫起，這只背景（底）而已，接著集中地描寫街上的一戶人家，這才是焦點（圖）。

(2)先內後外

作者在此處以一扇門隔出內外兩個空間，先寫門內，再寫門外。

4、作用

作者平實地記述內、外不同空間的人、事，筆墨不多，但蒼涼過人，這正是因為內、外映照而產生的效果。

(二)由外而內

會形成「由外而內」的空間軌跡，通常是先由外在景物引起聯想，再轉回來描寫室內的主人翁。譬如張祜的〈贈內人〉：

1、正文

禁門宮樹月痕過，媚眼微看宿鷺窠。斜拔玉釵燈影畔，剔開紅焰救飛蛾。

2、結構表

```
    ┌ 外 ┬ 底：「禁門宮樹月痕過」
    │    └ 圖：「媚眼微看宿鷺窠」
    └ 內 ┬ 因：「斜拔玉釵燈影畔」
         └ 果：「剔開紅焰救飛蛾」
```

3、說明

由「媚眼微看」四字，便可知此詩空間的轉移是因視線的移動。

4、作用

月過宮樹，微看宿鷺，寫靜夜宮景，用一「媚」字，即有艷羨宿鷺之意。接著轉入室內，百無聊賴之時，眼看飛蛾撲火，遂生自憐憐他之意，於是剔焰救蛾。此種慧心仁術，非熨貼細膩的詩人，不能說得出[3]。

(三)內外內

「內外內」的空間設計是十分巧妙的，可以用歐陽修〈蝶戀

---

[3] 參考喻守真《唐詩三百首詳析》頁三〇六。

花〉作個例子：

1、正文

> 欲減羅衣寒未去。不卷珠簾，人在深深處，殘杏枝頭花幾
> 許。啼紅正恨清明雨。　　盡日沈香煙一縷。宿酒醒遲，
> 惱破春情緒。遠信還因歸燕誤。小屏風上西江路。

2、結構表

```
 ┌─內：「欲減羅衣寒未去」三句
 ├─外：「殘杏枝頭花幾許」二句
 │      ┌─先：「盡日沈香煙一縷」三句
 └─內──┤
        └─後：「遠信還因歸燕誤」二句
```

3、說明

(1)第一個「內」

起三句寫思婦深鎖空閨、怯於減衣且面對春殘的情事。

(2)外

「殘杏」二句，則由屋內移到屋外，寫清明時雨打杏花的春殘景象。

(3)第二個「內」

下片的空間又由屋外拉回屋內，先寫春暮思婦醉酒醒遲，愁緒滿懷之狀。後寫癡盼意中人歸來，只得向屏風山水圖上的「西江路」，去尋求行人蹤跡，以聊慰相思。

4、作用

作者在這闋詞中，以較多的篇幅來描繪思婦的動作、情態，以傳達出她的心理狀態。但若是只針對此來敘寫，未免繁冗無力，因此在中間把空間向外拓開，以春殘的景物，更深刻地襯托出怨情[4]。

(四)外內外

「外內外」的空間設計，也可以達成很好的效果，譬如晏殊〈踏莎行〉下半闋：

1、正文

翠葉藏鶯，珠簾隔燕。爐香靜逐遊絲轉。一場愁夢酒醒時，斜陽卻照深深院。

2、結構表

```
┌─外：「翠葉藏鶯」二句
│          ┌─嗅：「爐香靜逐遊絲轉」
├─內：─┤
│          └─視：「一場愁夢酒醒時」
└─外：「斜陽卻照深深院」
```

3、說明

此段首兩句寫外景，第三、四句折入內景，並分就嗅覺、視覺來描寫，末句又由室內推向室外。

---

[4] 「說明」及「作用」參考陳滿銘《詩詞新論》頁十三。

4、作用

　　空間的推移配合著時間的流轉，能更有層次地藉由外景表達出主人翁的心境變化。這闋詞就是一個最好的例子。

三、內外法的特色

　　內外法之所以從遠近法中抽離出來，自然是因為它有不容忽視的獨特性，可條析如下：

　　㈠在討論遠近法時，曾提及遠近法會造成「漸層」的效果，使空間的深度加深。關於這一點，內外法可說是有過之而無不及，而且這也正是內外法最大的特色，黃永武在《中國詩學——設計篇》中說：「利用動態景物作一內一外的移動，這種律動感，有助於詩中空間深度感覺的形成。」[5]他所說的「動態景物」，實則是指因視線或足跡的移動，而造成的景物的改變。在內外法中，因為要通過建築物的阻隔，方才能達成空間的改變，因此漸層的效果更強，而且還特別有一種曲折幽深的感覺。所以內外法可以營造出他種章法所不易造成的、最深邃幽微的空間。

　　㈡因為內外法的特性是如此，所以它大量地被運用在抒寫怨情的篇章中。我們可以觀察前面所舉的例子，幾乎無一例外，而且其中還特多詞作，就可見得這樣的推論是相當合於事實的。

　　㈢內外法中特殊的內外相映的情形，是運用了「對照」的原

---

[5] 見《中國詩學——設計篇》頁六二。

理,也就是將兩種差異性極大、甚至可說是相反的事物並列在一起;而人性之所以喜歡「對照的刺激」,根據虞君質《藝術概論》中的說法,那是因為「必須從對照中才能發現彼此美的精魂。」[6]相映的趣味就是從中產生的。

---

[6] 見《藝術概論》頁六三。

第四章 「前後」結構

一、何謂前後法

空間中「長」的一維的移動變化，可能有「遠近」、「內外」的不同，但是除此之外，還有「前後」一類。「前後」與「遠近」、「內外」雖然都是屬於長度的變化，但是最大的不同在於：「遠近」、「內外」所呈現的是作品中的觀察者眼前的空間，但是「前後」的空間變化就不是了，它可以呈現出觀察者背後的空間（如藉由聽覺、嗅覺帶出的後空間），以及轉向後的空間變化（常藉著回頭、迴舟等動作帶出）。

所以前後法就是將前、後空間組織起來的章法。

二、前後法應用時所呈現的結構類型

前後法的結構類型有四：「由前而後」、「由後而前」、「前後前」、「後前後」，茲舉前兩種結構為例加以說明：

(一)由前而後

潘閬〈歲暮自桐廬歸錢塘晚泊漁浦〉就是一首形成「前後」空間的作品：

1、正文

久客見華髮，孤棹桐廬歸。新月無朗照，落日有餘暉。漁浦風水急，龍山煙火微。時聞沙上雁，一一背人飛。

2、結構表

```
┌ 因：「久客見華髮」二句
│        ┌ 前（視）┌ 高：「新月無朗照」二句
果 ┤        │        └ 低：「漁浦風水急」二句
│        └ 後（聽）：「時聞沙上雁」二句
```

3、說明

(1)先因後果

作者先以首二句表出「歲暮自桐廬歸錢塘晚泊漁浦」的事由，後六句則描寫晚泊漁浦所見所聞。

(2)由前而後

此詩之所以出現「前後」的空間，那是因為作者分別運用了視覺、聽覺，因為視覺只能帶出前空間，但是聽覺卻可帶出後空間。

4、作用

金性堯選注《宋詩三百首》分析道：「前六句皆寫所見，第七句忽用一『聞』字，暗示雁聲來自背後，便覺境幽神遠，有聲無象，亦更與『歲暮』相應。」[1]從這段話中可知：如果不以前

---

[1] 見金性堯選注《宋詩三百首》頁二六。

後法切入，便無法分析出作者佈置此空間結構的匠心，也就無法挖掘出此詩所深藏的情感。

(二)由後而前

王維的名篇〈終南山〉描寫山景的部分，是值得好好注意的：

1、正文

太乙近天都，連山到海隅。白雲迴望合，青靄入看無。分野中峰變，陰晴眾壑殊。欲投人宿處，隔水問樵夫。

2、結構表

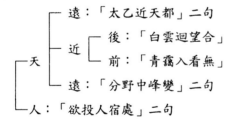

3、說明

(1)先天後人

前六句描寫終南山景，末二句則就人事來描寫。

(2)遠近遠

李浩〈論唐詩中的時空觀念〉說：「首聯兩句是仰視所見終南遠景，作者由山外向山中行來，在極遠處看到綿延不斷伸向遠方的山脈，所以採取提神太虛、整體呈示的方法，把巍峨壯觀的

終南全景攝入畫面。頷聯兩句是平視所見的終南近景。其中『白雲迴望合』一句是向後看，『青靄入看無』一句則是向前看。……頸聯兩句是在山上俯視到的遠景，千岩萬壑的千形萬態盡收眼底。」[2]

4、作用

此詩分就自然與人事來描寫，造成了彼此的呼應，特別有種天人和諧的悠遠、悠然。其中大部分的篇幅描寫山景，除了因視線調遠、調近而呈現不同的山色外，在近景的部分又藉由回首的動作，帶出了前、後空間的轉換，使得終南山景顯得變化紛呈、靈氣獨鍾。

三、前後法的特色

前後法的特色大致有如下數端：

㈠從日常生活經驗中，可以確切地體認到確實有前後空間的存在，曾霄容《時空論》中即說：「前後的方向是連關於身體的移動方向而且依存於身體的前面與背面。」[3]有這樣的事實，在適當的時候，自然會反映在文學作品中。不過因為視覺是最佔優勢的知覺，如果不經由轉向，視覺是無法感知後空間的，但是轉頭、轉身的動作幅度，比起抬頭、低頭大得多，所以人們自然地

---

[2] 見《唐代文學研究》第四輯，頁二三～二四。

[3] 見《時空論》頁四一二。

較少出現這樣的動作，因此在文學作品中，比較難發現前後空間。

　　㈡「前」空間還可能包含在「遠近」、「內外」空間中，「後」空間則是絕無僅有了，只有用前後法才能分析得出來，這是它無可取代的地方。因此若能作精密的辨別，當然對於抉發出作品的空間結構的美感，是相當有助益的。

第五章 「左右」結構

一、何謂左右法

　　空間中「寬」的變化，體現在詞章中，就是左右法。劉熙載《藝概·賦概》中有云：「〈離騷〉東一句、西一句」[1]，這是將左右法實際運用的情形給點出來了；他還說：「賦兼敘列二法，列者一左一右，橫義也；敘者一先一後，豎義也。」[2]將左右法稱作「橫義」、今昔法稱作「豎義」，相當形象化。另外，張正體、張婷婷合著的《賦學》、鄭頤壽《辭章學概論》、劉錫慶、齊大衛主編的《寫作》，都不約而同地提到文章中空間的層次有「左右」一項[3]。李元洛《詩美學》則說道：「詩人的藝術表現還有仰觀、俯察、前瞻、後顧、遠視、近觀、左顧、右盼八種方位和角度」[4]，因為可以「左顧右盼」，所以有左右法的產生，也就是必然的了。

　　左右法就是將空間在左、右之間移動，而造成的橫向變化記錄下來的章法。

---

[1] 見《藝概·賦概》頁㈢，二。
[2] 見《藝概·賦概》頁㈢，八。
[3] 分別見《賦學》頁一二一，《辭章學概論》頁八〇、《寫作》頁七八。
[4] 見《詩美學》頁四二〇。

二、左右法在應用時所呈現的結構類型

應用左右法來架構空間時，會使空間產生與遠近、內外諸法截然不同的趣味，是相當值得玩味的。其中「由左而右」和「由右而左」兩種空間結構，是比較常見的。

(一)由左而右

通常「左、右」會用「西、東」的方位來指稱，郁永河的〈臺灣竹枝詞〉即是如此：

1、正文

> 臺灣西向俯汪洋，東望層巒千里長。一片平沙皆沃土，誰為長慮教耕桑？

2、結構表

```
    ┌ 景 ┌ 左（西）：「臺灣西向俯汪洋」
    │    └ 右（東）：「東望層巒千里長」
    │
    └ 情 ┌ 因：「一片平沙皆沃土」
         └ 果：「誰為長慮教耕桑」
```

3、說明

(1)先景後情

「對景而抒情」是相當常見的情況，自然地會反映在篇章結

構中。

(2)由左而右

作者的視線先往西眺向台灣海峽的一片汪洋，再往東看到縱貫於臺灣島上的山脈。

4、作用

第一句和第二句合力將空間向左、右拓開，使讀者眼前呈現出一幅遼闊的景象，同時也寫出了台灣的地形特色。而面對如此廣大肥沃的土地，作者不禁發出了由衷的讚嘆與期許。

(二)由右而左

林亨泰的〈風景〉之二，其空間推展就是由右而左的，運用得妙不可言：

1、正文

（選自《感風吟月多少事》，爾雅出版社出版）

防風林　的

外邊　還有

防風林　的

外邊　還有

防風林　的

外邊　還有

然而海　以及波的羅列

然而海　以及波的羅列

2、結構表

```
      ┌─ 一：首段一、二行
   ┌右─┼─ 二：首段三、四行
   │   └─ 三：首段五、六行
   │
   └左─┬─ 一：末段一行
       └─ 二：末段二行
```

3、說明

　　全詩區分為兩段，首段是「防風林」，末段是「海」。首段「防風林的外邊還有」連續三遍，表示防風林有好幾層，防風林的外邊還是防風林；第二段，「然而海以及波的羅列」，也連續兩遍，表示海外有海，浪外有浪[5]。

4、作用

　　這首短短的小詩，為什麼能推展出這麼有層次，而且遼闊得彷彿沒有邊際的空間呢？左右法的巧妙運用，絕對功不可沒。

三、左右法的特色

　　左右法所造成的空間趣味是別具一格的，其下就來作一番探討：

---

[5] 參考張默《小詩選讀》頁二三。

　(一)形式美的主要法則中有一條是「對稱」，楊辛、甘霖合著的《美學原理》對「對稱」的解釋是：「『對稱』指以一條線總為中軸，左右（或上下）兩側均等」[6]，但上下對稱絕少見到，所講的對稱大抵都是指左右對稱[7]，人體、自然物、乃至於建築物，相當多地體現了左右對稱的原則，自然地，文學作品對空間的處理上亦復如此。不過對稱要求左右全然同形，這在文學作品中是難以做到的，但是卻可達成均衡，因為「均衡是左右的形體不必相同，而左右形體的分量卻是相等的一種形式。」[8]像郁永河的〈臺灣竹枝詞〉就是最好的例子，他先講了左邊，接著就講右邊，而左邊是海，右邊是山，恰可形成均衡；而且均衡之美還可帶來鎮定沈靜的感覺[9]，揆諸實例，這也是符合的。

　(二)左右法還有一個更重要的特色，那就是特別容易造成空間的遼闊感。陳雪帆的《美學概論》以一個簡單的實驗，說明眼球左右運動比上下運動容易[10]，既然運動容易，那麼就適合作水平的延展，因此要將空間向左右拓開並不困難；而且水平線又表示著安寧與靜穆[11]，配合前面所說的均衡而帶來的鎮定沈靜之感，說左右法是造成最穩定空間的方法，應該是不為過的。

---

[6] 見《美學原理》頁一六八。

[7] 見陳雪帆《美學概論》頁六六。

[8] 見陳雪帆《美學概論》頁六八。

[9] 見陳雪帆《美學概論》頁一一二。

[10] 見《美學概論》頁四二～四三。

[11] 見《美學基本原理》頁七三。

第六章 「高低」結構

一、何謂高低法

　　空間三維中「高」的變化就形成了文章中的高低法。高琦《文章一貫》中收有《文筌》的「體物七法」，其中第五則「量體」有段話是：「量物之上下」，「上下」就是「高低」。過商侯《古文評註全集》中評王勃〈滕王閣序〉，針對其敘寫仰觀、俯瞰的不同景致的部分，說道：「豎寫一番」[1]，很能說明空間被上下拉開的情形。劉熙載《藝概・賦概》則認為〈離騷〉是「天上一句、地下一句」[2]，這樣一來，當然空間也被撐開了，其實這裡也點出了高低法中最常見的兩段式空間，即「高－低」或「低－高」，陳滿銘《國文教學論叢續編》也是如此區分[3]。而且這種空間往往是藉由仰觀、俯視的動作，或敘寫天上、地下的景觀而帶出。

　　但空間的高低變化也可能是「上－中－下」（顛倒亦可）的形態，劉錫慶、齊大衛主編的《寫作》就說了：「以空間的變換安排層次。……或上中下順勢寫起」[4]。而且有時候還會形成更

---

[1] 見《古文評註全集》頁四三九。
[2] 見《藝概・賦概》頁㈢、二。
[3] 見《國文教學論叢續編》頁八九。
[4] 見《寫作》頁七八。

多層次的空間變化，譬如黃永武《中國詩學——設計篇》就談到空間設計「可以用高下懸絕的比例」[5]，並以黃景仁〈新安灘〉為例，說明一層推上一層到極致時，會使詩中空間呈現出高峻已極的特殊美感。

　　高低法就是記載文學作品中空間高、低變化的章法。

二、高低法在應用時所呈現的結構類型

　　前面已經談了許多高低法在應用時可能會有的變化，底下就依次舉實例來證明：

(一)由高而低

　　因為空間的高、低常是藉由仰視、俯看的動作來帶出，因此常會形成「高－低」的兩段式空間，例如祖詠的〈終南望餘雪〉一詩，其空間設計就是如此。

1、正文

　　終南陰嶺秀，積雪浮雲端。林表明霽色，城中增暮寒。

---

[5] 見《中國詩學——設計篇》頁五七。

2、結構表

3、說明

(1)高

喻守真《唐詩三百首詳析》針對此二句說道：「首句是寫終南山的秀色，特提陰嶺，因山北易於積雪。次句是寫終南山的高峻，切題『餘雪』。」[6]

(2)低

至於後二句，黃永武《中國詩學——設計篇》說：「後二句俯視山下的城鎮，林表霽色正明，正是融雪的天氣，融雪的日子最冷，城中必然是暮寒驟增了。」[7]

4、作用

在這首詩中，作者先仰視高處雪峰的佳景，再俯念城中驟增的暮寒，而對凍餒蒼生的悲憫，便在篇外自然流露，這種仁者的懷抱，使讀者的心弦也為之震動。

有時這樣的空間轉換並非兩段式的，而是分成上、中、下三層，譬如宋起鳳的〈核工記〉（節段）：

---

[6] 見《唐詩三百首詳析》頁二六九。
[7] 見《中國詩學——設計篇》頁六一。

1、正文

　　季弟獲桃墜一枚，長五分許，橫廣四分。全核向背皆山。山坳插一城，雉歷歷可數。城巔具層樓。樓門洞敞，中有人，類似習更卒，執桴鼓，若寒凍不勝者。枕山麓一寺，老松隱蔽三章。松下鑿雙戶，可開闔，戶內一僧，側首傾聽。戶虛掩，如應門；洞開，如延納狀：左右度之無不宜。松下東來一衲，負卷帙踉蹌行，若為佛事夜歸者。對林一頭陀，似聞足音仆仆前。核側出浮屠七級，距灘半黍。近灘維一小舟，篷窗短舷間，有客憑几假寐，形若漸寤然。舟尾一小童，擁爐噓火，蓋供客茗飲也。觸舟處當寺陰。高阜鐘閣踞焉。叩鐘者貌爽爽自得，睡足徐興乃爾。山頂月晦半規，雜疏星數點，下則波紋漲起，作潮來候。取詩「姑蘇城外寒山寺，夜半鐘聲到客船」之句。

2、結構表

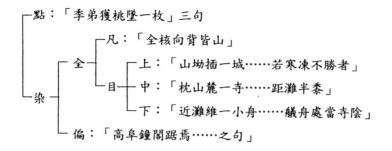

```
　┌點：「季弟獲桃墜一枚」三句
　│　　　　┌凡：「全核向背皆山」
　│　　┌全┤　　┌上：「山坳插一城……若寒凍不勝者」
　│　　│　└目┼中：「枕山麓一寺……距灘半黍」
　└染┤　　　　└下：「近灘維一小舟……觸舟處當寺陰」
　　　└偏：「高阜鐘閣踞焉……之句」
```

3、說明

　　(1)染

主體可以分為兩部分，篇幅較長者是就「全體（全）」來描寫的，篇幅較短者只針對最有特色的「部分（偏）」來描述。我們要看的是「全體（全）」的部分。

(2)先凡後目

在描繪核桃之工時，先以一句「全核向背皆山」作個總括，其次分寫「山巔」（上）、「山麓」（中）、「山下」（下）的景緻[8]。

4、作用

這種由高而低的敘述次序，對於描寫核桃上雕出的山勢來說，是特別適合的，可說是細膩而不雜亂。

有時文章中雖然也出現了高、低不同的空間，但重點並不在於空間的轉換，而是針對著高、低不同的特點來分別敘述。宋濂的〈送天臺陳庭學序〉的首段就出現了這樣的情況。

1、正文

> 西南山水，惟川蜀最奇。然去中州萬里，陸有劍閣棧道之險，水有瞿唐、灩澦之虞。跨馬行篁竹間，山高者，累旬日不見其顛際；臨上而俯視，絕壑萬仞，杳莫測其所窮，肝膽為之掉栗。水行則江石悍利，波惡渦詭，舟一失尺寸，輒糜碎土沈，下飽魚鱉，其難至如此。故非仕有力者，不可以遊；非材有文者，縱遊無所得；非壯強者，多老死於其地，嗜奇之士恨焉。

---

8 參考周明《中國古代散文藝術》頁二二七。

2、結構表

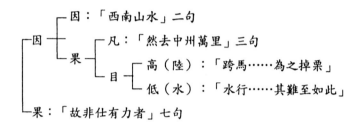

因 ┬ 因：「西南山水」二句
  │
  └ 果 ┬ 凡：「然去中州萬里」三句
      │
      └ 目 ┬ 高（陸）：「跨馬……為之掉栗」
         │
         └ 低（水）：「水行……其難至如此」
果：「故非仕有力者」七句

3、說明

(1)第一層「先因後果」

這裡先將川蜀奇險，以致少有人遊的因果關係交代出來。

(2)第二層「先因後果」

這裡所說的是川蜀奇險，所以水、陸二路都十分難行。

(3)先凡後目

「凡」的部分提出了水、陸二路，「目」的部分承接著仔細描寫它們的驚險之處。

4、作用

這段文字的重點在強調通往川蜀之路奇險，一般人難以到達。所以描寫陸路奇險時，充分就它的「高」來渲染；描寫水路奇險時，也充分利用它的「低」來鋪敘，於是令人不得不興起「蜀道難」之嘆。

(二)由低而高

文學作品中一旦出現「地」、「天」對映，就會形成「低」

與「高」的關係。李益〈夜上受降城聞笛〉即是如此：

1、正文

回樂峯前沙似雪，受降城外月如霜。不知何處吹蘆管，一
夜征人盡望鄉。

2、結構表

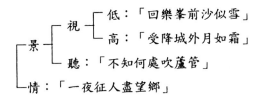

3、說明

這首詩先寫景，後抒感；寫景的部分形成「先視後聽」結
構，視覺的部分是先從低處寫起，再將視線拉高，因此顧亭鑑
《學詩指南》分別在一、二句之下註云：「下夜視景」、「仰視
夜景」[9]。

4、作用

這首詩一開始，先用一地一天、一低一高，撐出一大片廣大
空漠的空間，而且「沙似雪」、「月如霜」中的「雪」與「霜」
字，又予人冷寂的感受，直覺淒寒入骨。此時又傳來蘆管之音，
使得征人怎能不思鄉情切呢？

---

[9] 見《學詩指南》頁一四九。

　　另外還有一種情形，就是它的空間由低往高拉時，是一層一層又一層的，特別有視線連線延伸的效果，黃景仁〈新安灘〉就是顯例：

１、正文

　　一灘復一灘，一灘高十丈。三百六十灘，新安在天上。

２、結構表

```
  ┌ 低 ┬ 泛：「一灘復一灘」
  │    └ 具：「一灘高十丈」
  └ 高 ┬ 因：「三百六十灘」
       └ 果：「新安在天上」
```

３、說明

　　因為沿新安江往上溯，一路淺灘棋布，所以首句先交代了這種情形，營造出層次感，而第二句「一灘高十丈」又將這層次感大大加強，所以「三百六十灘」就是往上推高三百六十層，結果自然是「新安在天上」了。

４、作用

　　黃永武在《中國詩學──設計篇》中說：「這首詩空間的擴展明白有序，用仰視的角度，一灘一轉，愈轉愈上，從水面直轉到天上去，一望這空間高下的比例，水勢的湍急，航路的難行，自然不言而喻了。」[10]這種驚絕不置的感受，完全來自於特別的

────────────

[10] 見《中國詩學──設計篇》頁五七。

空間設計。

三、高低法的特色

「仰視俯察」是中國自古以來習用的觀照方式,因而高低法的運用早在《周易‧繫辭》中即已出現[11],以後累代不絕。然而高低法可以造成什麼樣的特色呢?

㈠空間美中,可以分作平面美和立體美兩種[12],而運用高低法所營造出的空間,顯然特別具有立體的美感,是其他章法所無法企及的。

㈡因為眼球上下運動比左右運動覺得困難,所以困難就容易疲倦,疲倦之後就特別會感受到距離的拉長[13],這對於高低法中營造高峻的感覺是相當有利的。

㈢康丁斯基《點線面》中曾言及:線條往上時會予人鬆弛、輕鬆、解放、自由的想像;往下時則完全相反,會顯得密集、沈重、束縛[14],這對於剖析高低法中的空間架構,有相當的啟發作用。

㈣美的情趣中有「崇高」一類,也可以藉由形相的高大,而使審美主體由靜觀而融合,終於達致崇高的情境[15]。這令我們特

---

[11] 參見張法《中西美學與文化精神》頁三二一。

[12] 參見陳雪帆《美學概論》頁五。

[13] 參見陳雪帆《美學概論》頁四三。

[14] 參見《點線面》頁一〇五。

[15] 參見陳雪帆《美學概論》頁一一六～一一七。

別注意到高低法中常用俯、仰的動作來連接地與天，正如張法在
《中西美學與文化精神》中所說的：「中國的詩人畫家總想在有
範圍的時空裡體悟反映出宇宙的意味」、「正是在仰觀俯察、遠
近往還的遊目中，中國人自認為不僅把握了現在當下，而且把握
了整個宇宙」、「在氣的宇宙中，要認識一事物，僅從該事物本
身是不行的……最終要聯繫到宇宙之氣。只有上升到天道，才算
從根本上把握了該事物。」[16]要直契此種情境，文學中的高低法
算是一個相當便利的方法吧！

---

[16] 見《中西美學與文化精神》頁三二三、三二五。

第七章　「大小」結構

一、何謂大小法

　　「大小」是指空間的大小，由小空間擴張至大空間，形成的是「輻射式」的空間變化；由大空間凝聚至小空間，所形成的又是「包孕式」的空間變化。這是空間三維中「長」與「寬」兩維配合起來構成「面」，而「面」放大、縮小的空間設計（「面」縮小到極處會成為一個「點」）。

　　黃永武《中國詩學──設計篇》分別談了「空間的擴張」和「空間的凝聚」[1]，與輻射式及包孕式的空間概念皆有契合之處。李元洛《詩美學》也注意到「空間的大小映照」[2]，並說：「大中取小，小中見大，巨細結合，點面相映」，將大小法的美感來源都說出來了。陳滿銘《國文教學論叢》則言簡意賅地提出「由小而大」、「由大而小」[3]的說法。

　　不過，空間大小的變化還不只於此。鄭文貞《篇章修辭學》中談到：「既由大及小，又由小及大」[4]的形式；陳滿銘《詩詞新論》中的「錯間法」則是：「這是把……小與大……互相間錯

---

[1] 分別見《中國詩學──設計篇》頁五六、五八。
[2] 此則及下則引語見《詩美學》頁四一四。
[3] 見《國文教學論叢》頁二八。
[4] 見《篇章修辭學》頁六四。

而寫的一種作法」⁵，提示了空間變化的更多可能。

另外值得一提的是：輻射式的空間處理中有一大類是「四方」式，乃是依照東、西、南、北的方位依次寫來，這種作法自古以來就一直被採用、被注意，陳衍《石遺室論文》就說得很清楚：「古人文字，凡屬地理者，每言四至」⁶，並舉了《禹貢》、《左傳》……等為例。這可說是文章常套了。

經過上述的討論後，可以為大小法下這樣的定義：大小法就是將空間中大的面與小的面之間，擴張、凝聚的種種變化記錄下來的章法。

二、大小法與眾寡法之間的異同

大小法中「由小而大」時呈現的是輻射式，「由大而小」時呈現的是包孕式，這分別與眾寡法中「由寡而眾」所呈現的「由少數而多數」，以及「由眾而寡」所呈現的「由多數而少數」的情況相似。若說它們之間有什麼不同的話，不同的地方便在於一指空間，一指數量；而將它們分別獨立為兩個章法的原因也在此，我們希望能夠把章法現象指陳得更加準確。其下即舉例加以辨析，譬如辛棄疾〈南歌子〉上半闋：

散髮披襟處，浮瓜沈李杯。涓涓流水細侵階。鑿箇池兒，喚箇月兒來。

---

⁵ 見《詩詞新論》頁二五八。
⁶ 見《古文法纂要》頁一八一。

它的結構是這樣的：

> ┌小：「散髮披襟處」二句
> ├中：「涓涓流水細侵階」
> └大：「鑿箇池兒」二句

　　陳滿銘在《詩詞新論》中說：「作者在這兒先寫甘瓜李杯，再寫浮沈甘瓜李杯的涓涓流水，然後說到容納涓涓流水的新開池兒。範圍由小而大，層層遞進。」[7]所以這上闋詞很明顯地是用了大小法。

　　宋玉的〈對楚王問〉（節段）則運用了眾寡法：

> 客有歌於郢中者，其始曰「下里巴人」，國中屬而和者數千人；其為「陽阿薤露」，國中屬而和者數百人；其為「陽春白雪」，國中屬而和者不過數十人；引商刻羽，雜以流徵，國中屬而和者，不過數人而已。是其曲彌高，其和彌寡。

其結構表如左：

> ┌敘┬極眾：「客有歌於郢中者」三句
> │　├眾：「其為陽阿薤露」二句
> │　├寡：「其為陽春白雪」二句
> │　└極寡：「引商刻羽」四句
> └論：「是其曲彌高」二句

---

[7] 見《詩詞新論》頁二五四。

在「敘」的部分，我們可以看到隨著歌曲難度的加深，隨之附和的人數也越來越少，甚至只剩下寥寥數人而已，當真是「曲高和寡」。在這裡，眾寡法的運用對事理的推闡說明，幫助是非常大的。

三、大小法在應用時所呈現的結構類型

大小法有「由大而小」、「由小而大」、「大小大」、「小大小」、「大小大小」等四種不同的結構方式。

㈠由大而小

「由大而小」的空間變化是向內凝聚的，劉禹錫的〈春詞〉即是如此：

1、正文

新妝宜面下朱樓，深鎖春光一院愁。行到中庭數花朵，蜻蜓飛上玉搔頭。

2、結構表

```
      ┌ 大 ┬ 因：「新妝宜面下朱樓」
      │    └ 果：「深鎖春光一院愁」
      │
      └ 小 ┬ 因：「行到中庭數花朵」
           └ 果：「蜻蜓飛上玉搔頭」
```

3、說明

黃永武在《中國詩學——設計篇》中分析道：「少婦由立體的朱樓降至平面的春院，鏡頭是很寬廣的。到第二句只剩下一個少婦面對著春院。第三句範圍更縮小，變成少婦站在中庭的花徑上。第四句範圍再縮小，特寫的鏡頭縮小到少婦頭髮上的玉搔頭。」[8]不過一、二句和三、四句之間視作因果關係，可能更適合；因此全詩形成的是「大一小」結構。

4、作用

黃永武又說道：「末句特寫一隻蜻蜓停在美人的玉搔頭上，這短暫沈靜的一剎那，給了讀者何等深刻的印象！言外那種『人比花嬌、見賞無人』的愁情，自覺逼臨眉睫，惹人憐惜了。」那份深深的愁情，就是由包孕式的空間結構，所醞釀、逼發出來的。

(二)由小而大

空間向外擴展時，就會形成「由小而大」的型態，譬如岑參的〈與高適薛據登慈恩寺浮屠〉一詩：

1、正文

> 塔勢如湧出，孤高聳天宮。登臨出世界，磴道盤虛空。突兀壓神州，崢嶸如鬼工。四角礙白日，七層摩蒼穹。下窺

---

[8]　此則及下則引語見《中國詩學——設計篇》頁三一。

指高鳥，俯聽聞驚風。連山若波濤，奔湊似朝東；青槐夾馳道，宮館何玲瓏；秋色從西來，蒼然滿關中；五陵北原上，萬古青濛濛。淨理了可悟，勝因夙所宗。誓將掛冠去，覺道資無窮。

2、結構表

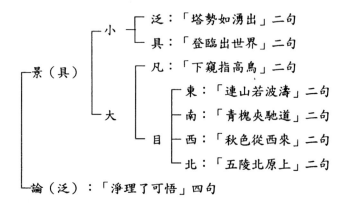

```
        ┌ 小 ┬ 泛：「塔勢如湧出」二句
        │    └ 具：「登臨出世界」二句
        │    ┌ 凡：「下窺指高鳥」二句
   ┌ 景（具）┤         ┌ 東：「連山若波濤」二句
   │    └ 大 ┤         ├ 南：「青槐夾馳道」二句
   │         └ 目 ┤    ├ 西：「秋色從西來」二句
   │              └ 北：「五陵北原上」二句
   └ 論（泛）：「淨理了可悟」四句
```

3、說明

(1)先景後理

喻守真《唐詩三百首詳析》說：「此詩是寫登塔四望景物，因而悟到禪理，甚至想掛冠皈依。」[9]因此是「先具後泛」的結構。而要注意的是具寫景色的部分。

(2)小

喻守真又說：「開頭二句，是從下面望到整個的塔，是未登之先，下二句是寫登塔。『突兀——蒼穹』……是寫塔的高聳雄

9　此則及下二則引語見《唐詩三百首詳析》頁二八。

峻。」所以針對著「塔」來描寫，是「小」。

(3)大

喻守真針對「凡」的兩句說：「『下窺』兩句，是從上面望
到下面，作為承上啟下的關鍵。」也就是由一「點」的塔開始，
將視線向四面八方輻射出去。至於其後「目」的八句，顧亭鑑纂
輯的《學詩指南》在「連山若波濤」二句下有註云：「東寓春
景」[10]，而「青槐夾馳道」二句是「南寓夏景」，「秋色從西
來」二句是「西寓秋景」，「五陵北原上」二句則是「北寓冬
景」，所以「此八句言四方之景。」

4、作用

這首詩先分兩階段著力地描寫塔的高峻，然後再將空間向四
周極力地推擴出去；而且四望之景還結合了四個不同的季節，使
得景觀更是豐富。不過這首詩寫景的趣味尚不止此，因為它同樣
也可以被理解為高低法中的「由高而低」型態。經過這樣的分析
之後，就不難瞭解本詩為何能營造出如此既遼闊又高峻的雄奇景
觀了。

在輻射式的空間中，有一種敘寫方式是依照方位的移易來進
行描寫的，尤其在古典詞章中又特別常見，除了前面所分析的岑
參之詩外，還可以用習鑿齒〈與桓祕書〉（節段）作個例子：

1、正文

西望隆中，想臥龍之吟；東眺白沙，思鳳雛之聲；北臨樊

10　此則及下四則引語見《學詩指南》頁一○九。

墟，存鄧老之高；南眷城邑，懷羊公之風；縱目檀溪，念崔徐之友；肆眺魚梁，追二德之遠。

2、結構表

```
┌─西：「西望隆中」二句
├─東：「東眺白沙」二句
├─北：「北臨樊墟」二句
│      ┌─一：「南眷城邑」二句
└─南──┼─二：「縱目檀溪」二句
       └─三：「肆眺魚梁」二句
```

3、說明

　　此節文字將「西」、「東」、「北」、「南」的方位都點出來了，四面寫景的手法是很顯然的；而且南望之時望了三處，算是比較有變化的。

4、作用

　　周振甫在《文章例話》中提及此例，認為這不僅僅是寫四面的風光而已，而是結合地理來懷念歷史人物，西、東、北面都是各望一處，各懷一人；但南面望了三處，懷念了五個人[11]。可見得四個方位依次敘來，確實能以最經濟的字數，囊括最完整的風景、最豐富的內容。

---

[11]　參見《文章例話》頁二——㈠八四。

(三)大小大

將空間凝聚之後再拉開,就會形成「大小大」的型態,劉鶚《老殘遊記》中描述黃河結冰的一段文字,其空間就是如此處理的:

1、正文

老殘洗完了臉,把行李鋪好,把房門鎖上,他出來步到河隄上看。只見那黃河從西南上下來,到此卻正是個灣子,過此便向正東去了。河面不甚寬,兩岸相距不到二里。若以此刻河水而論,也不過百把文寬的光景。只是面前的冰,插得重重疊疊的,高出水面有七、八寸厚。

再望上游走了一、二百步,只見那上游的冰,還一塊一塊地慢慢價來,到此地被前頭的冰攔住,走不動,就站住了。那後來的冰趕上他,只擠得嗤嗤價響。後冰被這溜水逼得緊了,就竄到前冰上頭去。前冰被壓,就漸漸低下去了。看那河身,不過百十丈寬,當中大溜,約莫不過二、三十丈。兩邊俱是平水,這平水之上,早已有冰結滿。冰面卻是平的,被吹來的塵土蓋住,卻像沙灘一般。中間的大道大溜,卻仍然奔騰澎湃,有聲有勢,將那走不過去的冰,擠得兩邊亂竄。那兩邊平水上的冰,被當中亂冰擠破了,往岸上跑,那冰能擠到岸上有五、六尺遠。許多碎冰被擠得站起來,像個小插屏似的。看了有點把鐘工夫,這一截子的冰,又擠死不動了。

2、結構表

```
┌─大：「老殘洗完了臉……百把丈寬的光景」
├─小：「只是面前的冰……就漸漸低下去了」
└─大：「看那河身……又擠死不動了」
```

3、說明

陳滿銘在《國文教學論叢續編》中說：「作者在頭一段，先寫整個河道，再寫河面，然後縮小範圍，寫到河上之冰。而後一段，則先承上段之末，寫河上之冰，再寫大溜、平水，然後擴大到兩岸。十分明顯地，這是用『大、小、大』的次序來安排的。」[12] 這樣的解說是十分清楚的。

4、作用

在文學作品中，作者依照需要，靈活地調整空間的設計。譬如在此處，「大」的空間出現了兩次，但敘述的重點不同。絲毫沒有重複之感，便是一例。

(四)小大小

空間擴大之後再縮小，就形成了「小大小」的空間結構。例如許渾的〈秋日赴闕題潼關驛樓〉詩：

---

[12] 見《國文教學論叢續編》頁九八。

1、正文

　　紅葉晚蕭蕭，長亭酒一瓢。殘雲歸太華，疏雨過中條。樹色隨關迥，河聲入海遙。帝鄉明日到，猶自夢漁樵。

2、結構表

```
┌小：「紅葉晚蕭蕭」二句
├大：「殘雲歸太華」四句
└小：「帝鄉明日到」二句
```

3、說明

　　它的首聯，就小，寫長亭送別、借酒澆愁之情景；中間二聯，呈輻射狀向四方拉開，就大，寫華山、中條山和潼關、大海；而尾聯則又將範圍縮小到四望風物之自己身上，發生感慨作結[13]。

4、作用

　　在這首詩裡，「小」的空間出現了兩次，焦點都在作者自己身上；但第一次是寫自己借酒澆愁，第二次則寫在四望風物之後，心中有感；因此意境是推深的。空間的變化在此處不僅使詩境的層次更明顯，也交代了作者迴望四方之後心情改變的過程。

---

[13] 參見《國文教學論叢續論》頁九七。

四、大小法的特色

大小法中的「大」與「小」的特色，是章法美感的來源：

㈠大小法中的「小」，小至極處會形成一個「點」，而「點」的張力是最密集的，具有最強大的集中效果[14]。

㈡大小法中的「大」，大到極處是空間向四面八方作輻射式的擴散，有奔放、擴大的效果[15]，是平面美的極致[16]。

㈢所以大小法中「大」與「小」的映照（或說「面」與「點」的映照），都會造成使「大」者更擴散、「小」者更集中的效果；而大小法中各種不同的結構類型，其美感都是來源於此。

㈣在大小法中，有一類必須挑出來著重的強調：那就是「臺」與「四望風景」的結合；這不僅是因為出現次數的頻繁，更因為其中具有特別的意義。張法《中西美學與文化精神》在談到「崇高：中西文化超越意象的審美凝結」時，以「臺」作為建築的崇高的代表，他說：「臺最初的崇高在於它是祭司的專用物，帶有與神與天交往的神性，當其演變為帝王之臺，也因帝王們受命於天在萬民之上而具有一種偉大性。後來，魏晉名人文士

---

[14] 參見劉思量《藝術心理學》頁七一。

[15] 參見楊辛、甘霖合著《美學原理》：「輻狀射線表現奔放。」頁一六七。

[16] 參見陳雨帆《美學概論》：「空間美裡面，還可分作平面美和立體美兩種。」頁五。

好遊山水，在名山勝水中建造亭、臺、樓、閣之風也獲得發展，登樓登臺成為一般人的審美習慣，登樓登臺也成為中國人觸發宇宙人生的一種普遍方式。……中國的臺（樓、亭、閣）作為崇高則主要是以上觀下，站在臺上，仰觀宇宙之大，俯察品類之盛，眺望四方之遠。」[17]這個現象在前引的岑參〈與高適薛據登慈恩寺浮屠〉一詩，表現得淋漓盡致，因為此詩的寫景部分既由小而大，又由高而低，作者更因此而徹悟到禪理，這正是崇高美的展現。

㈤在「四望風景」的部分，還有另一個地方值得注意，那就是四個方位的視界，常會和四季景觀或歷史人物結合起來，前者仍可以從岑參〈與高適薛據登慈恩寺浮屠〉一詩中得到證明，後者則可以用習鑿齒〈與桓祕書〉為例。這樣不僅可以使景致更多變豐富，而且可在其中深蘊特殊的情意。

---

17 見《中西美學與文化精神》頁一四二。

第八章　「視角變換」結構

一、何謂視角變換法

空間是由長、寬、高三維所構成的,這三維中的任一維都可以有不同的變化;前面所談的遠近法、內外法屬於「長」的變化,左右法是「寬」的變化,高低法則是「高」的變化;更進一步,還有「面」的變化,即大小法。可是長、寬、高也可以互相搭配起來,作出更多變的空間設計,文學作品也會因此而更有趣味。

黃永武《中國詩學——設計篇》談到「空間的轉向」,認為:「前後遠近上下的轉向,則造成空間角度的轉換,詩人常將這種多角的視點複合在一首詩裡。」[1]這麼多變的角度,當然會提供更豐富的視界。李元洛《詩美學》討論了「空間的角度變化」,並且將之分為「單一的角度」和「複合的角度」[2],後者是:「從空間角度的變換去表現空間景物」,這就是我們所要探討的主題,它提示了空間變化的很多可能。

因此,視角變換法就是不從單一的角度去描摹景物,而是將空間三維——長、寬、高互相搭配,造成視角的移動,並將此種變化體現在文學作品中的一種章法。

---

[1] 見《中國詩學——設計篇》頁六〇。
[2] 此則及下則引語見《詩美學》頁四二〇。

二、視角變換法呈現在文章中的結構類型

視角的轉換所可能產生的組合是相當繁多的，底下只舉幾個例子作說明：

(一)由「高低」而「遠近」

對「高」的一維和「長」的一維都予以延展，會使空間十分立體化，如著名的張繼的〈楓橋夜泊〉，它的空間設計就是如此：

1、正文

月落烏啼霜滿天，江楓漁火對愁眠。姑蘇城外寒山寺，夜半鐘聲到客船。

2、結構表

```
    ┌─先─┬─高：「月落烏啼霜滿天」
    │    └─低：「江楓漁火對愁眠」
    └─後─┬─遠：「姑蘇城外寒山寺」
         └─近：「夜半鐘聲到客船」
```

3、說明

黃永武在《中國詩學──設計篇》中說道：「月落句寫天邊的遠景，江楓句寫船側的近景……（第三、四句）遠處有姑蘇城

與寒山寺，近處有夜泊的客船。」[3]

4、作用

首二句撐開一大片迷濛的水天夜景，次二句又使這個空間的深度加深了；在這空闊幽微的空間中，迢遞的鐘聲迴盪著，敲打在旅人的心上，興起了多少虛空寥落的愁情。這首詩之所以會如此迷人，成功的空間設計是一重要因素。

(二)由「遠近」而「高低」

用這種作法是先拓展空間的深度，再拓展空間的高度，例如王維的〈積雨輞川作〉：

1、正文

積雨空林煙火遲，蒸藜炊黍餉東菑。漠漠水田飛白鷺，陰陰夏木囀黃鸝。山中習靜觀朝槿，松下清齋折露葵。野老與人爭席罷，海鷗何事更相疑！

2、結構表

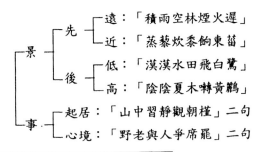

```
        ┌ 先 ┬ 遠：「積雨空林煙火遲」
        │    └ 近：「蒸藜炊黍餉東菑」
    ┌ 景 ┤
    │   └ 後 ┬ 低：「漠漠水田飛白鷺」
    │        └ 高：「陰陰夏木囀黃鸝」
    ┤
    │   ┌ 起居：「山中習靜觀朝槿」二句
    └ 事 ┤
         └ 心境：「野老與人爭席罷」二句
```

---

[3] 見《中國詩學——設計篇》頁六三。

3、說明

(1)先景後事

此詩意在描寫積雨後輞川莊的景物，並述說自己歸隱後的閒
適。

(2)景

作者要描寫雨後田園之景，首二句用遠近法寫田野；接著的
兩句也是寫田野，但用的是高低法[4]。

4、作用

作者運用這種手法，使田野的遠、近、高、低各面都被描寫
到了，一幅積雨輞川莊的圖畫，躍然在眼前。

(三)由「大小」而「高低」

面的大小與高度的搭配，會產生什麼樣的效果呢？屈原的
〈招魂〉（節段）可以作一個例子：

1、正文

> 魂兮歸來，去君之恆幹，何為四方些。舍君之樂處而離彼
> 不祥些。魂兮歸來，東方不可以託些，長人千仞，惟魂是
> 索些，十日代出，流金鑠石些，彼皆習之，魂往必釋些，
> 歸來兮，不可以託些。

---

[4] 「說明」部分參考喻守真《唐詩三百首詳析》頁二一九。

魂兮歸來，南方不可以止些，雕題黑齒，得人肉以祀，以其骨為醢些。蝮蛇蓁蓁，封狐千里些，雄虺九首，往來儵忽，吞人以益其心些。歸來兮，不可以久淫些。

魂兮歸來，西方之害，流沙千里些，旋入雷淵，靡散而不可止些，幸而得脫，其外曠宇些，赤螘若象，玄蜂若壺些，五穀不生，藂菅是食些，其土爛人，求水無所得些。彷徉無所倚，廣大無所極些，歸來兮，恐自遺賊些。

魂兮歸來，北方不目止些，增冰峨峨，飛雪千里些，歸來兮，不可以久些。

魂兮歸來，君無上天些，虎豹九關，啄害下人些，一夫九首，拔木九千些，豺狼從目，往來侁侁些。懸人目娭，投之深淵些，致命於帝，然後得瞑些，歸來往恐危身些。

魂兮歸來，君無下此幽都些，土伯九約，其角觺觺些，敦脄血拇，逐人駓駓些，參目虎首，其身若牛些，此皆甘人，歸來恐自遺災些。

2、結構表

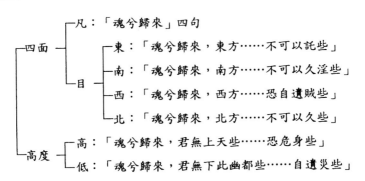

3、說明

(1)面

先總括地提了一下「四方」不可以去，底下才分別地敘說「東」、「南」、「西」、「北」各有那些怖駭的事物。

(2)高

作者分別就天上、地下的詭異幽冥之事，極力地加以鋪敘。

4、作用

〈招魂〉中巫陽的招辭是先言苦事、再言樂事，以期驚儡魂魄不敢遠離，並引誘他返回家鄉，此處所節錄的是備言苦事的一段。而且為了達到恐嚇的效果，作者從四面八方寫起，再寫到天上地下，可謂滴水不漏，效果十足。可見得在全虛的空間中，依然可能有視角的轉換。

(四)由「高低」而「大小」而「高低」

盧摯的〈沈醉東風秋景〉就是形成了這種少見的結構：

1、正文

> 掛絕壁枯松倒倚，落殘霞孤鶩齊飛。四圍不盡山，一望無窮水。散西風滿天秋意，夜靜雲帆月影低，載我在瀟湘畫裡。

2、結構表

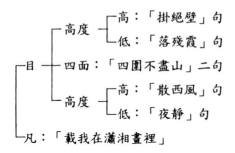

目
- 高度
  - 高：「掛絕壁」句
  - 低：「落殘霞」句
- 四面：「四圍不盡山」二句
- 高度
  - 高：「散西風」句
  - 低：「夜靜」句

凡：「載我在瀟湘畫裡」

3、說明

(1)先目後凡

作者在前面盡情地描寫秋景佳妙，只用末一句總收，指眼前景色如畫一般美妙。

(2)目

作者為了要盡致地表現秋景，所以在空間的設計上頗花了些功夫：開頭兩句一高一低，分寫瀟湘的山與水；接著三、四兩句則寫四望之下，連綿不盡的山勢與江水。再來的五、六句又是分寫高處的天與低處的水。

4、作用

這首小令描寫瀟湘的秋天景色，意境優美，有如畫幅；而之所以能描寫得這麼好，別緻的空間設計是一個很重要的因素。

三、視角變換法的特色

視角變換法可說是將空間組合的靈活性，發揮到淋漓盡致的

方法，它的特色有下列幾點：

(一)中國畫主張「散點透視」，與西方「焦點透視」不同，其視點可以上下左右移動，打破空間的限制，而辭章中亦復如此。而且這樣的「散點透視」，可藉由「人之遊」和「目之遊」達成，正如張法在《中西美學與文化精神》中說的：「中國人不是固定地站在一點進行欣賞之觀，而是可以來回走動地進行欣賞之觀。」「如果人不動，目光也必須按照文化的觀賞方式上下移動，遠近往還。」[5]這麼一來，自然會在辭章中出現多變的視角。

(二)這種視角的移動可以將不同的空間組織進文學作品中，當然同時也收納了不同空間所包含的不同景物，用一句話來形容，可說是「包羅萬有」，因而造成辭章中富於變化的美感。

(三)而且這樣躍動的空間、變化紛呈的景色，是與作者的心靈息息相通的。沈括在《夢溪筆談》中認為山水畫散點透視的表現方式的哲學根據是「以大觀小」，即從全宇宙的角度不斷運動地來觀察局部的景物；也就是說，畫面的空間組織，不是服從自然科學的透視原理，而是根據畫家的心靈來經營位置[6]。繪畫是如此，文學作品又何嘗不是呢？事實上，更可將它提昇來看：透過這樣仰觀俯察、遠近往還的審美視線，中國人自認不僅把握了現在當下，而且把握了整個宇宙[7]。

---

[5] 見《中西美學與文化精神》頁三二二。

[6] 參見《中國古代美學範疇》頁一八八～一八九。

[7] 參見《中西美學與文化精神》頁三二五。

第九章 「今昔」結構

一、何謂今昔法

《文心雕龍・神思》有云：「寂然凝慮，思接千載」，筆端之下可以收納的時間何其綿遠，因此文學作品中對「時間」要素如何處理，絕對是值得觀察的。

在掌握時間要素時，首先會注意到的是「實」與「虛」，「實」指的是過去與現在，也就是實際經歷過的時間，「虛」指的是伸向未來、只憑設想得知的時間；但因為這兩者之間「有」與「無」的特性太明顯，所以有關「實」與「虛」之間對應的關係，放在虛實法中探討比較好。在今昔法及其後的久暫法中，只將範圍鎖定在全「實」之上。

以時間為依據來組織篇章時，創作者最常用的方法是「由昔而今」和「由今而昔」[1]，有時也會採用「今昔錯間」[2]的方式。「由昔而今」者又稱作「順敘」法[3]、「豎」法[4]、「縱式結

[1] 可參考陳滿銘《國文教學論叢》頁二八。
[2] 參見陳滿銘《詩詞新論》：「錯間法。這是把昔與今……互相間錯而寫的一種作法。」頁二五八。
[3] 章學誠、李穆堂《秋山論文》都曾提及「順敘」一法。可參考拙著《文章章法論》頁三七～三八。
[4] 劉熙載《藝概・賦概》：「敘者一先一後，豎義也」，可參考拙著《文章章法論》頁三九。

構」[5]；「由今而昔」者又稱作「逆敘」[6]、「逆挽」[7]、「倒敘」[8]。至於「今昔錯間」者，可能會形成「今昔今」[9]的結構，此種方式又稱作「追敘」[10]、「倒敘」[11]（「倒敘」一詞有人指「由今而昔」，也有人指「今昔今」，易生混淆，因此以不用為宜）。不管用的是那一種方式，都使得文學作品的風貌更趨變化多端。

而且，在順敘的時間結構當中；有一種是十分常見的，那就是「四季更迭」；詞章中時見「春、夏、秋、冬」依序敘述的情形，尤其寫景文字更是如此。李扶九《古文筆法百篇》即說：「若中四方四時之波，亦古文常套」（「四方」在大小法時會談到）[12]，這也是值得注意的。

因此，今昔法可說是將時間中的「今」（現在）與「昔」（過去），依篇章需求作適當安排的章法。

---

[5] 見張會恩、曾祥芹主編《文章學教程》頁三一八。

[6] 章學誠亦曾提及「逆敘」，可參考拙著《文章章法論》頁三七。方東樹《昭昧詹言》（卷十一）也有「逆敘」之名，可參考拙著《文章章法論》頁九九。鄭文貞《篇章修辭學》（頁一八三）亦有此說。

[7] 見沈德潛《說詩晬語》（卷上），周振甫《詩詞例話》對此有所闡釋，頁一五四～一五五。

[8] 俞樾《古書疑義舉例》有此說，可參考拙著《文章章法論》頁三八。鄭頤壽《辭章學概論》（頁八〇）和鄭文貞《篇章修辭學》（頁一八三）均曾提及。

[9] 陳滿銘《國文教學論叢續編》稱為「由今而昔而今」頁九四。

[10] 吳曾祺《涵芬樓文談》曾提及「追敘」，可參見拙著《文章章法論》頁九九～一〇〇。蔣伯潛《中學國文教學法》頁八六、蔣建文《從作文原則談作文方法》（頁一四五）亦皆有此說。

[11] 李穆堂《秋山論文》有「倒敘」一說，可參見拙著《文章章法論》頁一〇四。

[12] 見《古文筆法百篇》頁四四。

二、今昔法與示現格、久暫法、正反法 的異同

(一)今昔法與示現格的異同

所謂的示現格是:「語文中利用人類的想像力,把實際上不聞不見的事物,說得如見如聞的修辭方法」[13],其中有一類可能與今昔法混淆的,那就是追述的示現:「就是把過去的事蹟說得彷彿還在眼前一樣」[14],因為如此一來在形式上常會呈現「今昔今」的結構,所以令人不禁懷疑:「今昔今」結構和「追述示現」兩者的區別到底在那裡?

示現格畢竟是修辭格,所以示現的部分(即「昔」)篇幅多半不會長,且多集中在一事一景上作細緻的描繪;但今昔法中的「今昔今」結構就不同了,將時間由現在拉回過去作敘述時,敘述的對象通常是事情的過程或連續的景觀,而且為了交代清楚或蘊蓄情深,這部分的篇幅多半較長;最後再迴筆寫現在,以精簡的筆觸發抒情感或闡述道理作結束。

譬如黃慶萱在《修辭學》中所舉的一個例子[15]:

　　每個秋天,當露水落下來的時候,淚水溼透了我的襟袖,

13　見黃慶萱《修辭學》頁三六五。
14　見黃慶萱《修辭學》頁三七〇。
15　見《修辭學》頁三七一。

> 在淚光中，我似乎又看到了故鄉的湖水，湖邊我常坐的青
> 石，石邊更有那凌亂的菖蒲，如同英雄鏽了的青劍……。
> （張秀亞〈秋日小札〉）

從「我似乎又看到了……」開始，是示現的部分，以短短的數句描寫昔日故鄉湖邊一景。

但鄭愁予的名篇〈錯誤〉所呈現的「今昔今」結構，就不宜理解為示現了：

> 我打江南走過
> 那等在季節裡的容顏如蓮花的開落
>
> 東風不來，三月的柳絮不飛
> 你底心如小小的寂寞的城
> 恰如青石的街道向晚
> 跫音不響，三月的春帷不揭
> 你底心是小小的窗扉緊掩
>
> 我達達的馬蹄是美麗的錯誤
> 我不是歸人，是個過客

它所形成的是「今昔今」的結構：

```
┌─ 今：「我打江南走過」二行
│         ┌─ 果（寂寞）：「東風不來」三行
├─ 昔 ─┤
│         └─ 因（堅貞）：「跫音不響」二行
└─ 今：「我達達的馬蹄」二行
```

詩篇一開始，即描述浪子馬蹄過處，在平靜中激起一圈圈亦猜亦喜、亦驚亦疑的漣漪。然後時間往回逆溯，描寫女子在悠長的等待中，她的寂寞與堅貞。最後時間再迴入現在，說明了這畢竟只是一個美麗的錯誤。時間在今與昔之間擺盪著，無限的惆悵也隨之悠悠盪開……。

㈡今昔法與久暫法的異同

略。見久暫法與今昔法的異同。100 頁

㈢今昔法與正反法的異同

正反法中有一大類是「今昔對比」[16]，雖然也同樣地出現了「今」與「昔」，但是與今昔法中的「由今而昔」或「由昔而今」是不同的。

因為「今昔對比」的著眼點在於拿「今」與「昔」作一對照的比較，從而感生一種感慨的情緒[17]；而今昔法就不然了，不管順敘或逆敘，它所重視的是事情的過程。所以這中間的差異是很明顯的。

可以拿辛棄疾的〈醜奴兒〉和《山海經》中〈夸父逐日〉的一段文字來作比較：

> 少年不識愁滋味，愛上層樓，愛上層樓，為賦新詞強說愁。　而今識盡愁滋味，欲說還休，欲說還休。卻道天涼好個秋。

---

[16] 參見拙著《文章章法論》頁二八四～二八五。
[17] 夏丏尊《文章講話》：「感慨的情緒成立於今昔的對比。」頁一○三。

其結構表如下：

```
┌─反（昔）：「少年不識愁滋味」四句
└─正（今）：「而今識盡愁滋味」四句
```

此詞作於作者首度廢退時，寫的是關懷國事、懷才不遇的哀愁。上片寫「少年」，下片寫「而今」，一是由於「不識愁滋味」，所以愛「強說愁」，一是由於「識盡愁滋味」，所以「欲說還休」，兩相對照下，稼軒那種難以言說的苦悶便恰到好處地傳達出來了。

至於《山海經》中對「夸父逐日」的描寫是這樣的：

> 夸父與日逐走，入日。
> 渴，欲得飲，飲於河、渭；河、渭不足，北飲大澤。
> 未至，道渴而死。棄其杖，化為鄧林。

此文所採用的是「由昔而今」的順敘法，它的結構表是這樣的：

```
        ┌─先（逐日）「夸父與日」二句
┌─昔（生前）┤中（道渴）：「渴……北飲大澤」
│       └─後（渴死）：「未至」二句
└─今（死後）：「棄其杖」二句
```

一個英雄至死不歇的志氣，就用這種簡單的方式、簡潔的筆觸，有力地傳達出來了。

三、今昔法在應用時所呈現的結構類型

　　文學作品將時間中的「今」與「昔」作巧妙安排，最簡單有效的方式是「由昔而今」（順敘）和「由今而昔」（逆敘）；此外，將「今」與「昔」錯間安排，會呈現出「今昔今」（追敘）和「昔今昔」結構，但是「昔今昔」結構十分少見。

　　㈠由昔而今

　　「由昔而今」的順敘方式可以說是以時間順序為線索的謀篇技巧中，最早出現、最常見、也最易瞭解的一種了。譬如《左傳‧曹劌論戰》就是其中的實例：

1、正文

> 十年春，齊師伐我，公將戰。曹劌請見，其鄉人曰：「肉食者謀之，又何間焉？」劌曰：「肉食者鄙，未能遠謀。」遂入見。
>
> 問何以戰？公曰：「衣食所安，弗敢專也，必以分人。」對曰：「小惠未徧，民弗從也。」公曰：「犧牲玉帛，弗敢加也，必以信。」對曰：「小信未孚，神弗福也。」公曰：「小大之獄，雖不能察，必以情。」對曰：「忠之屬也，可以一戰。戰則請從。」
>
> 公與之乘，戰於長勺。公將鼓之，劌曰：「未可。」齊人三鼓，劌曰：「可矣。」齊師敗績，公將馳之，劌曰：

「未可。」下視其轍，登軾而望之，劌曰：「可矣。」遂
逐齊師。

既克，公問其故，對曰：「夫戰，勇氣也。一鼓作氣，再
而衰，三而竭。彼竭我盈，故克之。夫大國難測也，懼有
伏焉；吾視其轍亂，望其旗靡，故逐之。」

2、結構表

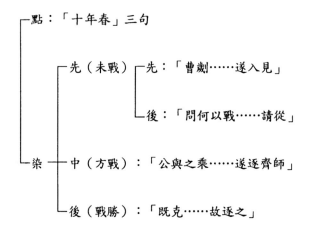

3、說明

(1)點

引子的作用是先將事件的起因交代清楚，並引起下文。

(2)染

主體的部分可依時間的推展而分成三層，誠如吳楚材《古文
觀止》中所言：「未戰考君德，方戰養士氣，既戰察敵情」[18]，

---

[18] 見《古文觀止》頁二〇。

時間的演變與內容重心結合，安排得十分嚴謹。

4、作用

　　陳滿銘在《國文教學論叢》中，針對此文有一段評析：「縱觀此文，作者是以『遠謀』二字來貫穿全篇的。他拿『十年春，齊師伐我』、『（公）戰於長勺』、『齊師敗績』的史實作為本文的大背景，而中間則安排了曹劌與鄉人、莊公的問答……將背景與一問、一答連接得牢不可分，以寫魯之所以大敗齊師，即在於曹劌能遠謀，可謂一意盤旋，了無渣滓。」[19]之所以能將這中間的關係清理得有條不紊，乃是因為本文採用了時間的順敘法的緣故。

　　前面曾提到順敘的時間結構中，有一種是依照四季的次序加以敘述，這樣的情況尤其常見於文章的節段之中，例如歐陽修〈豐樂亭記〉中的一小節文字：

1、正文

　　掇幽芳而蔭喬木，風霜冰雪，刻露清秀，四時之景無不可愛。

---

[19]　見《國文教學論叢》頁四五。

2、結構表

```
    ┌ 目 ┌ 春夏:「掇幽芳」句
    │     └ 秋冬:「風霜冰雪」二句
    └ 凡:「四時之景」句
```

3、說明

此處用「先目後凡」的結構,以「凡」部分出現的「四時」二字,統攝前面的三句。

4、作用

周明在《中國古代散文藝術》中說道:「景觀記不是遊記,寫景不受具體時間的限制,因而可以寫出四時變化的景物,使山水之美更多姿多態」[20],他並針對此則文字說:「歐公為不落俗套,一是隱去春、夏、秋、冬四字,二是行文力求變化」,所以在整齊之中又富有變化之美。

(二)由今而昔

逆敘的例子比起順敘要少得多,而且僅有的一些例子多集中在詩詞上,篇幅也多半不長。這是因為逆敘嚴格規定須「由今而昔」,但篇幅稍長的作品(散文的篇幅就比較長),通常由現在逆溯至過去後,會再迴筆寫現在,形成「今昔今」的結構。現在要看的例子,就是一闋詞——辛棄疾的〈西江月〉:

---

[20] 此則及下則引語見《中國古代散文藝術》頁一六六、一六七。

1、正文

醉裡且貪歡笑，要愁那得工夫。近來始覺古人書，信著全無是處。昨夜松邊醉倒，問松我醉何如。只疑松動要來扶，以手推松曰去。

2、結構表

```
┌ 今：「醉裡且貪歡笑」四句
└ 昔：「昨夜松邊醉倒」四句
```

3、說明

這闋詞先敘目前，後敘昨夜，顯然是用逆敘手法寫成的。

4、作用

陳滿銘《國文教學論叢》說道：「作者在這首詞的上半闋，寫的是自己目前的感想，也可以說是對當世政治上沒有是非的現狀所發出的一種慨歎；而下半闋寫的則是昨夜的醉態與狂態，也可以說是對當時政治現實不滿的一種表示。」[21] 這樣顛倒自然順序的寫法，會比較吸引人的注意，顯得比較有力。

(三)今昔今

時間由現在倒回到過去，最後迴入現在，就會形成「今昔今」的結構，這種作法稱之為「追敘」，在文學作品中是被使用

---

[21] 見《國文教學論叢》頁三九〇。

得非常頻繁的寫作手法；朱自清的名作〈背影〉採用的正是「今昔今」的結構：

1、正文

我與父親不相見已二年餘了，我最不能忘記的是他的背影。

那年冬天，祖母死了，父親的差使也交卸了，正是禍不單行的日子！喪事完畢，父親要到南京謀事，我也要回北京念書，我們便同行。

到南京時，有朋友約去遊逛，勾留了一日；第二日上午，便須渡江到浦口，下午上車北去。父親因為事忙，本已說定不送我，叫旅館裡一個熟識的茶房陪我同去。他再三囑咐茶房，甚是仔細。但他終於不放心，怕茶房不妥帖；頗躊躇了一會。其實，我那年已二十歲，北京已來往過兩三次，是沒有什麼要緊的了。他躊躇了一會，終於決定還是自己送我去。我兩三回勸他不必去，他只說：「不要緊，他們去不好！」

我們過了江，進了車站，我買票，他忙著照看行李。行李太多了，得向腳夫行些小費才可過去，他便又忙著和他們講價錢。我那時真是聰明過分，總覺他說話不大漂亮，非自己插嘴不可。但他終於講定了價錢，就送我上車。他給我揀定了靠車門的一張椅子，我將他給我做的紫毛大衣鋪好坐位。他囑我路上小心，夜裡要警醒些，不要受涼；又囑託茶房好好照應我。我心裡暗笑他的迂，他們只認得錢，託他們直是白託；而且我這樣大年紀的人，難道還不

能料理自己麼？唉！我現在想想，那時真是太聰明了！

我說道：「爸爸，您走吧！」他望車外看了一看，說：「我買幾個橘子去，你就在此地不要走動。」我看那邊月臺的柵欄外有幾個賣東西的等著顧客。走到那邊月臺，須穿過鐵道，須跳下去又爬上去。父親是一個胖子，走過去自然要費事些。我本來要去的，他不肯，只好讓他去。我看見他戴著黑布小帽，穿著黑布大馬褂，深青布棉袍，蹣跚地走到鐵道邊，慢慢探身下去，尚不大難。可是他穿過鐵道，要爬上那邊月臺，就不容易了。他用兩手攀著上面，兩腳再向上縮；他肥胖的身子向左微傾，顯出努力的樣子。這時我看見他的背影，我的眼淚很快地流下來了。我趕緊拭乾了淚，怕他看見，也怕別人看見。我再向外看時，他已抱了朱紅的橘子望回走了。過鐵道時，他先將橘子散放在地上，自己慢慢爬下，再抱起橘子走。到這邊時，我趕緊去攙他。他和我走到車上，將橘子一股腦兒放在我的皮大衣上，於是撲撲衣上的泥土，心裡很輕鬆似的。過一會說：「我走了，到那邊來信！」我望著他走出去。他走了幾步，回過頭看見我，說：「進去吧，裡邊沒人！」等他的背影混入來來往往的人叢裡，再找不著了。我便進來坐下，我的眼淚又來了。

近幾年來，父親和我都是東奔西走，家中光景，一日不如一日。我北來後，他寫了一封信給我，信中說道：「我身體平安，惟膀子疼痛得屬害，舉著提筆，諸多不便，大約大去之期不遠矣！」我讀到此處，在晶瑩的淚光中，又看見那肥胖的青布棉袍、黑布馬褂的背影。唉！我不知何時

再能與他相見！

2、結構表

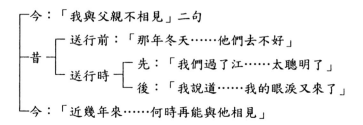

```
┌今:「我與父親不相見」二句
│      ┌送行前:「那年冬天……他們去不好」
├昔┤            ┌先:「我們過了江……太聰明了」
│      └送行時┤
│                   └後:「我說道……我的眼淚又來了」
└今:「近幾年來……何時再能與他相見」
```

3、說明

(1)第一個「今」

從現在寫起,短短二句,描繪出全文大致的輪廓。

(2)昔

時間一下子跳躍至兩年多前的冬天,那時作者要離家赴北京,作者父親親自為他送行。在敘述這件事時,是依時間先後為次來描寫的,而且特別花了許多筆墨,來集中描繪父親為他買橘子的背影。

(3)第二個「今」

時間又回到現在,但藉著父親的一封信,作者的情感與過去聯繫起來,於是掉下了傷感的淚水。

4、作用

這種寫法除了可以仔細交代前因後果之外,最大的好處是讓「今」與「昔」能彼此對應、互相激盪,從而讓人產生絕大的感悟或無限的惆悵。這些優點,〈背影〉一文可說是兼而有之,這

也就難怪這篇文章會如此感人了。

四、今昔法的特色

今昔法是將過去與現在的時間作巧妙安排的一種方法，以此為線索來架構文章的情況極為常見，因為萬事萬物的發展都不可能自時間要素中抽離；而且不同的安排有其不同的妙處，可以一一地來分析：

㈠最常見的順敘方式，也是最符合事物本身的自然規律的，張紅雨《寫作美學》中說道：「最能吻合美感情緒的發生、發展，亦即初震、再震，震動的高峰、震動的回收這一規律的就是以時間為序來結構文章」、「順向，是人們的美感情緒正常發展的類型。……合乎規律的東西就是美的，就是真的。」[22]這樣的說法相當能解釋「由昔而今」結構的美感來源。

㈡運用逆敘法的作品雖然少見得多，但它所形成的美感仍是很值得探討的：「逆向，是激情物曾經給寫作主體留下了不可磨滅的印象，在復呈這一激情物當初的形態時，常常把事物的結果和結局首先湧現出來。因為這種結果和結局曾經在引起美感情緒波動中，居於最激烈的階段上，是美感情緒波動最急促、最密集的部分，所以復呈時其印象最清楚，也就最先被顯現出來。」[23]應用在文學創作上，就會形成「由今而昔」的結構。

㈢「今昔今」的結構方式是今昔法中僅次於順敘結構、最常

---

22 見《寫作美學》頁二四五～二四六，及頁三五○。
23 見張紅雨《寫作美學》頁三五一。

被運用的方式。它與逆敘法形成的「由今而昔」的結構，僅僅差別在會再次迴筆寫現在，因此逆敘法的美感來源也可以適用於「今昔今」結構，因為它們同樣都是將美感情緒波動最密集的部分提前來寫；更有甚者，「今昔今」結構會在最後將此激烈的美感情緒再次重現，形成呼應，更有餘韻不絕的感受。因為它所造成的美感如此強烈，所以無怪乎「今昔今」結構常為人所採用了。

　㈣所有「今昔」結構所產生的美感，都可以用「美感的鏈式反應」來解釋。張紅雨《寫作美學》中說：「大腦不是純客觀地接受審美對象的作用，而是一方面將審美對象的形態與以往的審美經驗進行比較、辨別，然後表態；另一方面又以審美對象為基礎把情緒波動的波圈迅速擴大、幻化，聯想出更多的美態，獲得更多的美感。……認知和回憶是識記再現的兩種不同形態。……寫作主體就是善於捕捉這些無意回憶中閃現的有意義的東西去提高寫作美。」[24]所以由「今」而憶起「昔」，這「昔」必然是經過揀擇的，與「今」相呼應的，這種「鏈式反應」使得文章呼應不絕、情韻綿邈。

---

[24]　見《寫作美學》頁一二四～一二五。

第十章 「久暫」結構

一、何謂久暫法

「久暫」一擇詞自於高琦《文章一貫》中所收的《文筌》，它列有「體物七法」，第五則是「量體」，其說法是：「量物之上下、四方、遠近、久暫、大小、長短、多寡之則而體之。」其中「上下、四方、遠近、大小、長短」說的是空間，「多寡」說的是數量，「久暫」則說的是時間。「久」是指長時間，「暫」是指短時間。

文學作品中所收納的時間有長有短，兩者相映時，可以製造出特殊的效果。黃永武《中國詩學——設計篇》談到「時間的漸蹙」和「時間的漸長」[1]，分別指的是因時間長短變化而形成的收縮和擴張。李元洛《詩美學》在「時空變化」中則說「時間由長而短」、「時間由短而長」[2]。名稱儘管不同，所指卻是一樣的；前者說的是先創造出一段悠長的時間，再逐步凝聚到一個短時間上；後者則是由一個短暫的時刻開始，再將時間拉長、拉久，甚至於緜緜不盡。

因此，將文學作品中的長、短時間作適當安排的章法，便是久暫法。

---

[1] 見《中國詩學——設計篇》頁四四、四六。
[2] 見《詩美學》頁四〇九、四一〇。

二、久暫法與今昔法的異同

久暫法與今昔法同是因時間變化而產生的章法，但卻各有特色。一言以蔽之：今昔法著重的是文學作品中的「過去」與「現在」如何安排，久暫法則是著力於時間的「悠長」與「短暫」是怎麼相映成趣的。就因為這樣的不同，所以這兩種章法所清理出的時間軌跡、所造成的美感，也都是不相同的。

例如韋莊的〈菩薩蠻〉：

> 如今卻憶江南樂，當時年少春衫薄。騎馬倚斜橋，滿樓紅袖招。　翠屏金屈曲，醉入花叢宿。此度見花枝，白頭誓不歸。

其結構表如下：

```
┌今：「如今卻憶江南樂」
├昔：「當時年少春衫薄」五句
└今：「此度見花枝」二句
```

陳滿銘《國文教學論叢》對此有一番賞析：「作者首先以起句提明重至江南引起快樂回憶的事實，拈出『江南樂』三字，作一總括，以生發下文；接著以『當時年少春衫薄』五句，承上句的『江南樂』，將時間由現在推回到『當年』，寫當年流浪江南的

無限樂事；然後以結二句，將時間又由『當時』拉回到現在，反照篇首的『樂』字，寫『未老莫還鄉，還鄉須斷腸』的悲哀作收。」[3] 時間在今與昔之間交錯著，快樂與悲哀也是相疊、相激的，這就是今昔法的運用所造成的效果。

賀知章的〈回鄉偶書〉的時間設計卻是由久而暫的：

> 少小離家老大回，鄉音無改鬢毛衰。兒童相見不相識，笑問客從何處來！

它的結構表是這樣的：

```
      ┌ 久 ┬ 因：「少小離家老大回」
      │    └ 果：「鄉音無改鬢毛衰」
 ─────┤
      │    ┌ 因：「兒童相見不相識」
      └ 暫 ┴ 果：「笑問客從何處來」
```

黃永武《中國詩學——設計篇》談道：「『少小離家老大回』是寫出一生中百十年的光陰；『鄉音無改鬢毛衰』是寫出近年以來垂老的光景；『兒童相見不相識』是寫二人相見的片刻；『笑問客從何處來』是寫相見片刻中問話的一剎那。全詩在時間的長度上是愈來愈麼，由一生的長度，漸行漸短，終於迫促到彈指之間，這種設計，當然很神妙。」[4] 所以焦點是集中在最短暫的那一剎那，全詩的趣味也就由此而產生了。

---

3 見《國文教學論叢》頁三九五。
4 見《中國詩學——設計篇》頁四四～四五。

三、久暫法在應用時所呈現的結構類型

久暫法非常有特色,它呈現出的型態通常有四種:「由暫而久」、「由久而暫」、「久暫久」、「暫久暫」,其中前兩種是較為常見的。

㈠由暫而久

由短暫的一剎那開始,再將時間不斷地拉長、拉久,李商隱〈嫦娥〉一詩就是運用了這樣的手法:

1、正文

雲母屏風燭影深,長河漸落曉星沈。嫦娥應悔偷靈藥,碧海青天夜夜心。

2、結構表

```
    ┌暫┬先:「雲母屏風燭影深」
    │  └後:「長河漸落曉星沈」
    └久┬果:「嫦娥應悔偷靈藥」
       └因:「碧海青天夜夜心」
```

3、說明

由結構表中可以很清晰地看出時間的久暫是如何變化的,李元洛《詩美學》也針對此詩說道:「第一句通過寫主人公居室內

的燭影，表明夜已深沈，時間較短；第二句寫長夜將盡，天將明而未明，時間距離較長；第三句追溯神話傳說中嫦娥偷長生不老之藥的故事，時間宕開很遠；第四句的『碧海青天』說明空間無盡，而『夜夜心』則暗示時間之無窮。」[5]

4、作用

李元洛《詩美學》認為：「這種由短到長而永無際涯的另一種層遞式的時間設計，更富於美感層次地表現了那一齣悲劇的永恆性。」這是其他章法所不易達成的效果。

(二)由久而暫

有時是將悠長的時間逐步濃縮到一剎那，像杜牧〈金谷園〉就是如此：

1、正文

繁華事散逐香塵，流水無情草自春。日暮東風怨啼鳥，落花猶似墜樓人。

2、結構表

```
    ┌ 久 ┬ 人：「繁華事散逐香塵」
    │    └ 天：「流水無情草自春」
    └ 暫 ┬ 底：「日暮東風怨啼鳥」
         └ 圖：「落花猶似墜樓人」
```

---

[5] 此則及下則引語見《詩美學》頁四一○～四一一。

3、說明

(1)久

一、二句所描述的繁華散盡的荒涼歲月，是頗為漫長的。

(2)暫

第三句就將時間收縮至荒廢園林的一個日暮時分，此為「底」（背景）；第四句則將時間凝聚在落花飄墜的瞬時，這才是「圖」（焦點）。

4、作用

這樣的手法能將人事蒼茫之感，藉由時間的凝聚，壓縮得愈發深稠；最後的焦點落在飄搖的花朵之上，除了落花本身的象徵意義及動態美之外，又藉用典與金谷園當年的憾事連結起來，使得這個意象的形象鮮明、蘊義豐富，予人無限的感慨。

四、久暫法的特色

久暫法將長時間與短時間作精巧的搭配，而美感就由此產生了。

㈠「由暫而久」就是由短時間而推到長時間，黃永武《中國詩學——設計篇》談到：「一首敘事或抒情的詩，各句中所代表的時間性，很少是平行而等長的，為求與情感的波動配合，往往採用一種變率」、「一首詩中各句代表的時間長度不一樣，在起首很急促，繼而稍緩，愈到詩的結尾愈漫長，由一段極有限的時

間，漸趨悠長，乃至面向時間的無限性，就詩的時間內涵來說，是愈來愈拉長，在讀者的情緒上也便引起一種悠然不盡的遠韻，容易產生餘音裊裊。」[6]證諸前面的詩例，他的說法是相當有力的。

　　㈡「由久而暫」的形式設計當然也是配合著情緒波動，並且更進而加強情緒波動：「由冗長而漸短，愈到詩的結尾愈急促，終至忽然截斷。在情感上會引起意有未盡，戞然收束的趣味。」[7]為什麼會如此呢？那是因為「隨著時間的漸行漸蹙，感慨也愈來愈凝聚，在生理上、在意識中，有一種節拍愈來愈短的感受，心弦自然被愈扣愈緊了。」所以在最後的那一剎那，匯聚了最強的力量。

---

[6]　見《中國詩學──設計篇》頁四四、四六。
[7]　此則及下則引語見黃永武《中國詩學──設計篇》頁四四、四六。

第十一章 「快慢」結構

一、何謂快慢法

　　從物理時間看，時值是穩定的，一小時不論對不同的時、地、人來說，都是一小時，這是客觀時值；但在心理時間中的時值，卻是一種主觀時值，所以有時度日如年，有時卻又感到歲月如梭。為了審美的需要，創作者並不需要拘泥於物理時間，反而可以隨心所欲地變造時間；所以以物理時間的觀點來看，完全不合理、荒謬的情形，在審美的眼光中，卻往往正是創作者匠心獨運之處。楊匡漢在《詩學心裁》中說：「藝術時間是詩人及藝術家憑藉情感邏輯和想像邏輯，或加速、或減緩、或推進、或逆轉時間的進程，於回首或前瞻中，使時間被重新認識、重新組織的權力。」[1]這段話所說的就是這樣的道理。

　　至於影響我們對時值感受的，最明顯的原因有「一定時間內事件發生的數量和性質」，在一定時間內，事件發生的數量越多，性質越複雜，人們傾向於把時間估計得較短，反之則估計得較長；但是在回憶往事時，情況則恰好相反，同樣一段時間，經歷越豐富，就覺得時間長，經歷越簡單，就覺得時間短。另外，「人的態度和興趣」也是一個非常重要的因素，人們對自己感興

---

[1] 見《詩學心裁》頁二〇二。

趣的東西，會覺得時間過得快，反之則會覺得時間非常漫長。而這樣對時值的主觀變造，當然會反映在文學作品中，因此黃永武《中國詩學——設計篇》中提出了「時間的速率」[2]，李元洛《詩美學》則提出「時間的壓縮」和「時間的擴張」[3]的說法。

因此，所謂的快慢法就是有機地組織快、慢時間速率的章法。

二、快慢法在應用時呈現的結構類型

快慢法可形成「先快後慢」、「先快後慢」、「快慢快」、「慢快慢」結構，以下即舉其中兩種結構為例加以說明：

(一)先快後慢

呂本中〈夜雨〉是一個很好的例子：

1、正文

夢短添惆悵，更深轉寂寥。如何今夜雨，只是滴芭蕉。

2、結構表

```
┌ 快：「夢短添惆悵」
│      ┌ 泛：「更深轉寂寥」
└ 慢 ┤      ┌ 點：「如何今夜雨」
       └ 具 ┤
              └ 染：「只是滴芭蕉」
```

---

[2] 見《中國詩學——設計篇》頁四八。

[3] 見《詩美學》頁四○三。

3、說明

　　作者先寫好夢短促，接著寫夢醒之後時間流逝得非常緩慢。

4、作用

　　夢醒時分，只怨夢短；夢醒之後，輾轉反側，聽得疏雨滴芭蕉之聲，點點滴滴，只覺長夜似乎更長了。這首詩巧妙地將快、慢兩種時間速率鎔鑄在同一個篇章中，兩兩對照，作者的心境之無聊無奈，就更顯深刻了。

　　(二)快慢快

　　李商隱〈謁山〉就是如此組織全篇：

1、正文

　　　從來繫日乏長繩，水去雲回恨不勝。欲就麻姑買滄海，一杯春露冷如冰。

2、結構表

```
    ┌ 快 ┬ 因：「從來繫日乏長繩」
    │    └ 果：「水去雲回恨不勝」
    ├ 慢：「欲就麻姑買滄海」
    └ 快：「一杯春露冷如冰」
```

3、說明

　　這首詩的前後部分，都是感嘆現實中時光的流逝之速而又無

從改變；只有第三句，作者縱其想像，希望向麻姑買下滄海，以扭轉時間的流向，因此形成「快慢快」結構。

4、作用

黃永武《中國詩學——鑑賞篇》中說道：「作者在這首詩裡，一會幻想自己有無邊的能力與願望，一會又被冰冷的現實給擠斷了脊骨。原來『現在』都掌握不住，能對『未來』寄以很高的熱望嗎？」[4]作者心中澎湃的感情，藉著轉變時間的速率，形成了對照，因此很鮮明地傳達了出來。

三、快慢法的特色

快慢法的特色有如下數端：

㈠創作者在主觀的想像中，將時間速率變快了，這樣的表述方式，最能深刻地傳達出創作者對倏忽即逝的光陰的感喟，以及對生命的眷戀和不捨。而且，眼前發生的事物若是較為複雜與繁多，引發人們較多的情緒，那麼人們也容易感到時光似乎一下子就溜走了。因此，「快」的時間設計，在傳達某些感受上，是有其獨到之處的。此外這種手法還能達成一種不確定的戲劇效果，也是其他手法所不易做到的。

㈡「慢」的時間速率特別適合用來抒寫怨情，而且回憶過去時，若過去發生的事情多、感觸深，也會感覺上時間較長。關於

---

[4] 見黃永武《中國詩學——鑑賞篇》頁一〇二。

這一點，簡政珍《電影閱讀美學》談到「延展」（stretch）鏡頭（即慢鏡頭）時，也說道：「慢鏡頭用於表達心靈對景象或事件深刻的印象，這些事件緩慢的通過放映機，也緩慢嵌入心坎，因此難以磨滅。」[5]這樣的道理，在電影和文學中都是相通的。

[5] 見簡政珍《電影閱讀美學》頁一一三～一一四。

第十二章 「時空交錯」結構

一、何謂時空交錯法

陸機〈文賦〉說道：「觀古今於須臾，撫四海於一瞬」，想像力縱橫馳騁之時，原是不受時、空之別的限制的，所以，表現在文學作品中，自然而然地會有時、空並呈的情形出現，這就產生了時空交錯法。

黃永武《中國詩學——設計篇》列有「時空的分設」[1]一法，指的就是時、空的分設對映。李元洛《詩美學》也談到「時空分設」[2]，與黃永武的看法是相同的。成偉鈞等主編的《修辭通鑑》則有「縱橫交錯式結構」的說法，此種結構方式「既注意了時間的連貫性，又照顧了空間的平列性」[3]。張會恩、曾祥芹主編的《文章學教程》也認為：「以時空交錯為序安排層次，形成縱橫交錯式結構」[4]。他們都發現了文學作品中以時空並呈、對映的方式，來組織篇章的情形。

所以，時空交錯法就是在一篇作品中，分別關顧了時間的流逝，以及空間的呈現，使兩者之間相輔相成，以求篇章內容完

---

[1] 見《中國詩學——設計篇》頁七二。
[2] 見《詩美學》頁四二四。
[3] 見《修辭通鑑》頁六九七。
[4] 見《文章學教程》頁三一八。

整、美感多元的章法。

二、時空交錯法與「時空交感」之異同

　　黃永武在《中國詩學——設計篇》中特別談到一項「時空的交感」，他認為，「詩中的時空，有時是糅合交綜，有時是互為表裡的。在時空交叉的處理上極靈活，詩句就分不出是屬於時間抑或空間」[5]。事實上，人們生存在宇宙中，原本就不可能只立足於空間而無視於時間的流轉，或者只感受到時光的荏苒而漠視所處空間的改變；人們遊息寢處於大塊之上、流年之中，時間、空間原本就是密切結合、不可分割的。因此，嚴格說來，所有的文學作品都是在時空交感的情況下產生的；只不過，有時候會特別著意於時、空來描寫；更有的時候，時、空之間交互影響的關係太密切，遂讓人以為這原是無法分析的一體。

　　但是所謂的「時空交感」只適宜用來描述時、空緊合所產生的效果而已，並非真的就是說時、空的軌跡就會打併成一片，無法理清。其實，這當中往往有偏重、偏輕的情形，偏向以時間來貫串的，就可以適用於今昔法、久暫法，甚至時間的虛實法；偏向以空間來貫串的，就可以用遠近法、內外法……，甚至空間的虛實法來分析；若真的是時、空兩線並重，那麼也可以分別從時、空兩方面來賞析，再加以統合，就更能看出時、空交互作用的妙處來。

---

[5] 見《中國詩學——設計篇》頁七四。

譬如前面提到的黃永武《中國詩學——設計篇》中，在「時空的交感」之下，舉了劉方平的〈月夜〉為例：

更深月色半人家，北斗闌干南斗斜。今夜偏知春氣暖，蟲聲新透綠窗紗。

他認為：「說這四句詩都在寫空間景色，是可以的；說這四句都在寫時間早晚，也是可以的，每句都分辨不清是空間還是時間，它是時空糅合交綜著的。」[6]若從空間角度來看，這首詩是這樣架構的：「本詩上半是仰觀，下半是俯察，上半因月色而及星象，下半因聞蟲聲而知春暖，都是互為因果的句法。」[7]其結構表如下：

```
      ┌高┬─ 因：「更深月色半人家」
      │  └─ 果：「北斗闌干南斗斜」
      └低┬─ 果：「今夜偏知春氣暖」
         └─ 因：「蟲聲新透綠窗紗」
```

但若從時間角度來看，這首詩分明採用的是順敘法：

```
┌先（夜中）┬因：「更深月色半人家」
│          └果：「北斗闌干南斗斜」
└後（夜深）┬果：「今夜偏知春氣暖」
           └因：「蟲聲新透綠窗紗」
```

所以，綜合起來講，當春日之晚，詩中主人翁仰觀天宇，時間就靜靜地流逝著；然後才低下頭來，清晰地聽到了蟲鳴、感到了春暖。

因此，「時空交錯法」和「時空交感」，雖然字面上都有「時空」二字，但前者是指時空分設地呈現，後者則是指時間緊合的效果；前者是章法，後者是美感。兩者是不一樣的。

三、時空交錯法應用時所呈現的結構類型

人是處在時、空交會的一點上，因此作家對時、空如何處理，是相當值得觀察的，所形成的結構有「先時後空」、「先空後時」、「時空時」、「空時空」四種，其中以前兩種較為常見。

(一)先時後空

陳子昂〈登幽州臺歌〉將時、空處理得非常出色：

1、正文

前不見古人，後不見來者！念天地之悠悠，獨愴然而涕下！

2、結構表

```
        ┌時：「前不見古人」二句
    ┌因─┤
    │    └空：「念天地之悠悠」
    └果：「獨愴然而涕下」
```

3、說明

喻守真在《唐詩三百首詳析》中，針對此詩說道：「（作者）想到古今人物的不同，天地依然渺遠，就不得不愴然涕下了。」[8]

4、作用

這首詩將時間往過去、未來兩端拉得極遠，又以「天地悠悠」一句，將空間上下四方大力撐開；而身處在敻遠無邊的時空中，渺如一粟、無所憑依之感油然而生，遂逼出一個「獨」字，大大催深了心中的抑鬱與悲憤，人生當此，那能不愴然而涕下呢？

(二)先空後時

杜甫的〈月夜〉是一個相當特殊的例子，因為它所形成的雖然是「先空後時」的結構，但所敘的空間和時間都是「虛」的，與前面全「實」的時、空大異其趣，相當值得玩味。

___

[8] 見《唐詩三百首詳析》頁五四。

1、正文

今夜鄜州月，閨中只獨看。遙憐小兒女，未解憶長安，香
霧雲鬟溼，清輝玉臂寒。何時倚虛幌，雙照淚痕乾。

2、結構表

```
        ┌─ 主（妻）：「今夜鄜州月」二句
  ┌空（虛）┼─ 賓（子女）：「遙憐小兒女」二句
  │     └─ 主（妻）：「香霧雲鬟溼」二句
  └時（虛）：「何時倚虛幌」二句
```

3、說明

(1)空（虛）

喻守真在《唐詩三百首詳析》中說：「此詩章法，有一特別
之處，是不從自己長安這裡說，卻偏從鄜州那邊妻子說。首聯不
說己見月憶妻，單說妻子見月憶己，頷聯不說自己看月憶兒女，
偏說兒女隨母看月不解憶己。……頸聯是想像妻子看月憶己時的
光景。」[9]

(2)時（虛）

喻守真又說：「末聯以『雙照』應『獨看』，是寫希望相思
願償，能夠聚首相倚一同看月。」時間是伸向未來的。

---

[9] 此則及下二則引語見《唐詩三百首詳析》頁一七五。

4、作用

喻守真認為：「此詩……是一首憶內的詩，從反面抒寫離情。」所謂的「反面」，就是指詩人憑想像所創造的虛空間，再配合對未來的設想（虛時間）。這首詩的手法真是妙不可言，但又不炫奇露巧，只覺渾然天成，真是不愧老杜。

四、時空交錯法的特色

時空交錯法可以分別針對時間和空間作描寫，所以是一種非常好用的章法，而它的特色有下列數端：

㈠一般人都具有時間知覺和空間知覺。時間知覺，就是對客觀事物運動和變化的順序性和連續性的反映；空間知覺，就是感知事物的空間屬性的能力，包括對象的大小、遠近、高下、形狀、立體等等的知覺。這兩種感覺，雖然都為常人所共同具有，但是，詩人的審美感受能力又更為深刻[10]，所以，理所當然地會體現在文學作品之中，這時所形成的美就是空間時間的混合美[11]。

㈡這種時、空混合的美感，又特別容易出現在某一類文章當中，劉雨《寫作心理學》說道：「形象性類型文章的結構順序一般是在內儲的表象記憶基礎上進行的，這是一種時空交錯的順

---

[10] 見李元洛《詩美學》頁三六七。
[11] 見陳雪帆《美學概論》頁四。

序，主體運思中離不開表象的組合。」[12]證諸前面所引諸例，這種說法應是可信的。

　　㈢時、空交錯之美，美在同時掌握時間與空間，較能體現宇宙之真實——時間的流動與空間的廣延；並因而更突顯出人處在宇宙的一點中，種種作為、感受的意義，因為「存在，我們畢竟存在」，因此所營造出的是專屬於作者個人的「小宇宙」。

---

[12] 見《寫作心理學》頁二四。

第十三章 「主客」結構

一、何謂主客法

　　本章所探討的「客觀」與「主觀」，和我們平常所說的「客觀」的物理世界、「主觀」的心理世界，其涵義是不同的，因為文學作品所表現的心理時空是不可能純客觀的，吳中杰《文藝學導論》即說：「藝術真實是經過作家藝術家主體意識滲透的真實形象，是主客觀的統一。」[1]那麼，本章所謂的「客觀」與「主觀」，指的是什麼呢？此處的「客觀」和「主觀」是就創作者處理時空的不同態度相對而言，邱明正《審美心理學》說：「審美知覺既有確定性、又有可變性、不確定性、多義性，乃至模糊性。尤其當它融入主體的經驗、回憶、聯想、想像和情感以後，還常發生知覺變形，使知覺的內容發生質和量的變異。」[2]如果在表達的時候，對「確定」的部分著墨多，那與著重「知覺變形」者，當然會在呈現出來的面貌上表現出很大的差異，這種差異，就以「客觀」與「主觀」之別來指稱。

　　因此，主客法就是並用主觀與客觀態度來處理材料的章法。

---

[1] 見《文藝學導論》頁一一八。
[2] 見《審美心理學》頁一五六～一五七。

二、主客法應用時所呈現的結構類型

主客法可形成「先主後客」、「先客後主」、「客主客」、「主客主」四種結構，其下即就「先主後客」、「客主客」兩種結構，舉例加以說明。

(一)先主後客

《詩經・河廣》就是一個很好的例子：

1、正文

誰謂河廣？一葦杭之。誰謂宋遠？跂予望之。
誰謂河廣？曾不容刀。誰謂宋遠？曾不崇朝。

2、結構表

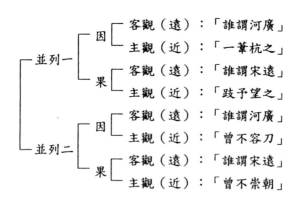

3、說明

(1)並列結構

此詩以並列的方式聯繫起前、後二章。

(2)先因後果

渡河方能至宋，因此河之廣窄與宋之遠近有著因果關係。

(3)先客後主

作者在客觀地描寫距離之遠後，緊接著主觀地把距離縮短了。

4、作用

全詩四章，每章四句，形式複疊，因此它的結構分析表也是呈現相同的形態。此詩皆用問答貫串，而且「問」之中所表示的距離，都是客觀的，「答」之中所表現的距離，都是主觀的；作者用這樣誇張的筆法，來極端地表明河不廣而易渡，宋不遠而易歸，都是思極怨極的癡語。

　(二)客主客

杜牧〈過華清宮絕句三首〉之一也運用了主客法：

1、正文

長安回望繡成堆，山頂千門次第開。一騎紅塵妃子笑，無人知是荔枝來。

2、結構表

```
┌─ 客觀（遠）：「長安回望繡成堆」
├─ 主觀（近）：「山頂千門次第開」
└─ 客觀（遠）┬─ 擊：「一騎紅塵妃子笑」
            └─ 敲：「無人知是荔枝來」
```

3、說明

(1)客主客

《唐詩新賞》（第十二輯）針對此詩前兩句說道：「起句描寫華清宮所在地驪山的景色。詩人從長安『回望』的角度來寫，猶如電影攝影師，在觀眾面前先展現一個廣闊深遠的驪山全景……接著，鏡頭向前推進，展現出山頂上那座雄偉壯觀的行宮。平日緊閉的宮門忽然一道接著一道緩緩的打開了。」[3]很明顯地，在第二句中，原本應該很遙遠的距離，在此時縮短到可以看清宮門的開啟，所以第一句為客觀的敘寫，第二句則是主觀的敘寫。不過，第三、四句又回復到正常的狀況。因此這首詩呈現了「客觀－主觀－客觀」的結構。

(2)先擊後敲

第三句寫貴妃遙望飛騎送來荔枝的情形，是「正擊」，第四句寫旁人被蒙在鼓中，是「旁敲」一筆。

4、作用

作者並用主觀、客觀的敘寫手法，凸顯了「山頂千門次第開」一句，與前、後詩句搭配起來，不僅顯得生動，而且譏刺意味更為顯然。

---

[3] 見《唐詩新賞》（第十二輯）頁一七七～一七八。

三、主客法的特色

主客法的特色大約有如下數端：

㈠客觀的處理態度並非機械地反映物理世界中的一切，因此，客觀的處理態度並不死板，仍是在創作者審美心理結構的中介下，能動地創造文學作品中的心理世界。而且這種做法當然是有其優點的，因為「如實」地記述，其實是最易令人瞭解、最容易接受的方式，所以「形似」應該是人們對藝術品最早和最基本的審美要求；而且也能使我們看到自然景物的本來面目和生活的真正樣子；還可以展示出創作者觀察現實和模仿自然的高超技巧。此外，此時運用的語言具有情緒相對穩定的語言色彩，這樣的語言不帶壓迫性，是容易讓人產生優美感受的，而且情感的平緩並不代表沒有情感或情感淡漠，反而更能透露出悠然的美感。

㈡主觀的處理態度則是更為強烈的，最明顯的表現就是「變形」，而且人們之所以能知覺到「變形」，那是因為人們都有知覺的恆常性，王秀雄《審美心理學》說道：「具象繪畫中，某形之變形效果，當觀者在過去之視覺經驗中知悉其正確之形時，則此變形所帶來之動勢更加尖銳。」[4] 繪畫的原理印證於文學的現象，也是若合符節的，就因為這樣，我們能夠分辨原本的形態和變造過的形態的不同，也就是因為能夠分辨，我們才能在這種比較中，得到特殊的感受。因此所謂「變形」是對人、景、物、象

---

[4] 見《審美心理學》頁三一〇。

所作的非如實、非常軌的「破格」描寫，既允許與實際相悖，又在深度層次上與情理相通。而且審美變形是「有所為而為」的，因此楊匡漢《詩學心裁》說道：「任何優秀的詩人都決不僅僅為了描摹而使客體變形，總是使這種變形最大限度地顯現主體審美意識。」[5]這種主觀的處理態度，其優點是很明顯的，對作者來說，是「出語驚人」，對讀者來說，是合乎「好奇心理」，都非常具有吸引力。

㈢為什麼會有主客觀並呈的情形呢？關於這點，可以從文化的層面來探討。張法《中西美學與文化精神》中談到中國文化的和諧首先強調整體的和諧，由整體的和諧來規定個體（部分），個體（部分）應該以什麼方式、有什麼位置，都是由整體性決定的。這從繪畫上鮮明地表現出來。古人畫一幅畫，先看畫幅大小，作一整體安排，部分為了適合這一整體和諧，往往令其變形。所以中國的人物畫，人物的大小比例往往與實際不襯，就是這個道理[6]。這也可以解釋主、客觀並呈的寫法為什麼會在文學作品中出現，因為要適應整體的和諧（主旨、主要情意），所以有時空間須要盡量保持原貌，有時空間就須要變形，這些都是為了適應整體的需求，也就是要達到和諧。

㈣還有一點特別值得我們注意的是：在主客觀並呈的設計中，客觀的存在往往凸顯了主觀的特異，由這特異之點，更能傳達出作者心靈的訊息；而且主客觀在此過程中互相交流、融會，使得作品既客觀、又主觀；有時是再現的、有時是表現的；既可形似、又能神似；時而冷靜理智、時而溫暖感性；還可出入無

---

[5] 見《詩學心裁》頁二六一。

[6] 見《中西美學與文化精神》頁七八。

我、有我之間；經由這樣的相互交流、相互補充，文學作品更增
添了許多靈動的姿態，並可臻至更大更高的美感——和諧。

第十四章 「眾寡」結構

一、何謂眾寡法

　　劉明華在《杜詩修辭藝術》中談道：「『一與多』是一對範疇，而且是一種重要的創作手段；它不僅限於實數『1』與『2以上』的數量的比較，還包括了個體與群體、部分與整體、次要與主要，甚至高下、巨細、遠近、先後等相近似的矛盾方面」[1]。但這樣的說法還是太寬泛了，無法準確地指陳出某一類的章法現象。

　　譬如其中「次要與主要」應該是賓與主的關係，「高下」、「巨細」宜分別列入高低法、大小法來統籌；「遠近」很明顯的是屬於遠近法；「先後」則是指時間先後，那就應該歸入今昔法了；而「部分與整體」則是「全與偏」的關係，應歸入偏全法。經過這樣的清理之後，發現還有兩組範疇還沒有被某一種章法完全統括，那就是「實數『1』與『2以上』的數量的比較」、「個體與群體」；但這也並不表示它們所呈現的是全新的關係，因為以上這兩組有時會形成對比，而這部分通常應納入正反法的範圍之內；可是也有正反法所無法分析的現象，那就表示這兩組範疇所造成的是相映成趣的效果，此時就應該別立一個章法來容

---

[1] 見《杜詩修辭藝術》頁一○。

納了。不過「一與多」這樣的說法並不能很精確地傳達此章法的內涵,於是我們決定將它定名為「眾寡法」,「眾」指的是多數,「寡」指的是少數,當「多數-少數」之間形成了包孕關係,或「少數-多數」之間出現了推擴的現象,那就是屬於眾寡法的範圍了。

眾寡法所指陳的章法現象,就是多數與少數之間相映成趣的關係;其中以「眾」來指代「多數」,「寡」來指代「少數」。

二、眾寡法與大小法的異同

(一)眾寡法與大小法的異同

略,見大小法與眾寡法的異同。62 頁

三、眾寡法在應用時所呈現的結構類型

眾寡法在應用時所呈現的型態,最常見的有「由眾而寡」和「由寡而眾」兩種:

(一)由眾而寡

司馬遷《史記·高祖功臣侯年表》中,有一段就運用了眾寡法:

[1、正文]

漢興，功臣受封者，百有餘人，天下初定，故大城名都散
亡，戶口可得而數者十二三。是以大侯不過萬家，小者五
六百戶。後數世，民咸歸鄉里，戶益息，蕭曹絳灌之屬，
或至四萬，小侯自倍，富厚如之。子孫驕溢，忘其先，淫
嬖。至太初，百年之間，見侯五，餘皆坐法隕命亡國，耗
矣。罔亦少密焉，然皆身無兢兢於當世之禁云。

[2、結構表]

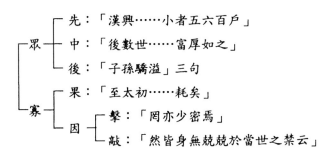

[3、說明]

(1)眾

作者敘寫漢初受封功臣有一百多人，而隨著漢帝國的日益富
強，有三個階段的不同變化。

(2)寡

到了太初年間，只剩下五個侯仍存在，這是「果」；底下用
二句話分別表出了兩個原因，但「罔亦少密焉」是「正擊」，而
「然皆」句是「旁敲」一筆。

4、作用

　　吳楚材選注、王文濡評校的《古文觀止》說：「通篇以慨嘆作致」[2]，針對此段又評道：「四歎」，而這慨嘆之意正是藉由功臣封侯的數目由眾而寡的變化帶出的，如此一來，漢朝的刻薄寡恩已盡在不言之中了。

　　(二)由寡而眾

　　數目由少而推至多，也會造成特別的效果，譬如《史記·孔子世家贊》就是如此：

1、正文

　　太史公曰：「詩有之：『高山仰止，景行行止。』雖不能至，然心鄉往之。余讀孔氏書，想見其為人。適魯，觀仲尼廟堂車服禮器，諸生以時習禮其家，余低回留之，不能去云。
　　天下君王，至於賢人，眾矣！當時則榮，沒則已焉！孔子布衣，傳十餘世，學者宗之。自天子王侯，中國言六藝者，折中於夫子，可謂至聖矣！」

2、結構表

---

[2] 此則及下則引語見《古文觀止》頁一八一。

```
    ┌ 目 ┬ 寡：「余讀孔氏書……不能去云」
    │    ├ 眾：「天下君王……學者宗之」
    │    └ 最眾：「自天子王侯……折中於夫子」
    └ 凡：「可謂至聖矣」
```

3、說明

(1)目

作者在「目一」抒寫的是自己對孔子的嚮往之情；「目二」則是敘述孔門學者對孔子的嚮往之情；「目三」則表達了「天子王侯」、「中國言六藝者」對孔子的嚮往之情；人數是越來越多的。

(2)凡

有了這三目由寡而眾地敘明了人們對孔子的嚮往之情，那麼自然就可以得出「可謂至聖矣」的結語了。

4、作用

看了前面的說明之後，我們發現孔子「至聖」的稱號能毫不費力地帶出，是因為前面眾寡法的運用積蓄了豐沛的文勢。由此可見得眾寡法的效果了[3]。

四、眾寡法的特色

眾寡法與大小法、狀態變化法可說是異中有同，因此眾寡法

---

[3] 「說明」及「作用」參考陳滿銘《國文教學論叢》頁四四一。

所造成的美感，就同時兼具上面兩種章法的特點：

(一)眾寡法與大小法的相似之處，在於它們都會形成包孕或輻射的關係；前者會凸出一個焦點，抓住所有的注意力，有集中的效果；後者因涵蓋範圍的擴大，產生一種放大的作用。

(二)眾寡法所形成的數量上的變化，也是一種狀態的變化，因此與狀態變化法有相似之處。所以它也和狀態變化法一樣，因變化而打破沈悶，而且對變化的描述也是配合作者的審美情緒的波動，因而傳達出美感來。

第十五章 「狀態變化」結構

一、何謂狀態變化法

藝術表現人對世界的感受和體認，而且比起屬於空間藝術的繪畫，和屬於時間藝術的音樂，文學更得天獨厚地可以從多方面去捕捉、體現。在變化紛繁的大千世界中，有太多太多引起人們注意的地方了；所以因時間流逝，人們可能有萬端思緒，呈現在文章中，可以用今昔法、久暫法、時間的虛實法等來歸納；同樣地，根據對所處空間異動的感知，所尋繹出的表達方式，有遠近、內外、高低、左右、大小……諸種；而且，除了用眼睛看，還可以用耳聽、用鼻嗅、用膚觸……，動用不同的感官，就會體會到這世界變化紛呈的多個面向，關於這點，從章法的角度來看，稱之為知覺變換法。

但是，還是有許多其它的狀態未被包含在內，譬如客體動、靜之間的變化，大自然陰晴雨雪的轉變……等，都是文學作品中描繪的對象；而且有些作品固然是著重於不同知覺的描寫（此部分歸在「知覺轉換法」中），但也有好些是細膩地刻畫某一知覺不同的變化，例如聲音的寂喧噪靜（聽覺）、溫度的寒涼溫熱（觸覺）……等，這些也不能遺漏不談。因此，有必要特立一個章法來統括這些現象，這個章法，就稱為狀態變化法。

所以狀態變化法指的是：將外在世界中，萬事萬物某一狀態

的變化呈現在篇章中的章法。

二、狀態變化法和知覺轉換法，正反法的異同

（一）狀態變化法和知覺轉換法的異同

略。見知覺轉換法和狀態變化法的異同。150 頁。

（二）狀態變化法和正反法的異同

略。見正反法與狀態變化法的異同。350 頁。

三、狀態變化法在應用時所呈現的結構類型

這個章法可能會有的變化可說是包羅萬象，在在顯示出創作者對這個大千世界的細膩體會。從以下幾個例子中，可以證明狀態變化法的運用的確能達到很好的效果：

（一）由「甜」而「鹹」

余光中〈車過枋寮〉寫他坐車經過屏東枋寮的一段經歷，我們可以仔細體會一下詩人是怎樣將這程印象之旅傳達給讀者的：

1、正文

> 雨落在屏東的甘蔗田裡，
> 甜甜的甘蔗甜甜的雨，
> 肥肥的甘蔗肥肥的田，
> 雨落在屏東肥肥的田裡。
> 從此地到山麓，
> 一大幅平原舉起
> 多少甘蔗，多少甘美的希冀！
> 長途車駛過青青的平原，
> 檢閱牧神青青的儀隊。
> 想牧神，多毛又多鬚，
> 在那一株甘蔗下午睡？

> 雨落在屏東的西瓜田裡，
> 甜甜的西瓜甜甜的雨，
> 肥肥的西瓜肥肥的田，
> 雨落在屏東肥肥的田裡。
> 從此地到海岸，
> 一大張河牀孵出
> 多少西瓜，多少圓渾的希望！
> 長途車駛過纍纍的河牀，
> 檢閱牧神纍纍的寶庫。
> 想牧神，多血又多子，
> 究竟坐在那一隻瓜上？

雨落在屏東的香蕉田裡，
甜甜的香蕉甜甜的雨，
肥肥的香蕉肥肥的田，
雨落在屏東肥肥的田裡。
雨是一首溼溼的牧歌，
路是一把瘦瘦的牧笛，
吹十里五里的阡阡陌陌。
雨落在屏東的香蕉田裡，
胖胖的香蕉肥肥的雨，
長途車駛不出牧神的轄區，
路是一把長長的牧笛。

正說屏東是最甜的縣，
屏東是方糖砌成的城，
忽然一個右轉，最鹹最鹹，
劈面撲過來
那海。

2、結構表

```
                    ┌─ 甘蔗：「雨落在屏東的甘蔗田裡」十一行
              ┌─ 目─┼─ 西瓜：「雨落在屏東的西瓜田裡」十一行
      ┌─ 甜（陸）─┤     └─ 香蕉：「雨落在屏東的香蕉田裡」十一行
      │          └─ 凡：「正說屏東是最甜的縣」二行
      └─ 鹹（海）：「忽然一個右轉，最鹹最鹹」三行
```

3、說明

全詩從味覺切入，算是一個比較奇特的角度。在「甜」的部分，寫了甘蔗、西瓜、香蕉三種作物；在「鹹」的部分，則描繪屏東所瀕的海。

4、作用

這首詩的結構如果歸入遠近法中的「由近而遠」，也未嘗不可，但總覺得不能完全呈露它的特色；因此，如果能點出這首詩乃是自味覺出發，配合車程，與屏東的特產和風景結合起來，那就很可以看出詩人的感覺是多麼敏銳，心情是多麼歡快，而且對臺灣農村豐盈飽滿的生命力作了多麼動人的詠唱。

(二)由「賤」而「貴」

由賤而貴也是一種狀態的變化，我們可以用蘇軾的〈記先夫人不殘鳥雀〉作個例子：

1、正文

吾昔少年時所居書室前，有竹柏雜花叢生滿庭，眾鳥巢其上。武陽君惡殺生，兒童婢僕皆不得捕取鳥雀，數年間皆巢於低枝，其鷇可俯而窺也。又有桐花鳳四五，日翔集其間，此鳥羽毛至為珍異難見，而能馴擾殊不畏人，閭里間見之，以為異事，此無他，不忮之誠信於異類也。

有野老言：鳥雀巢去人太遠，則其子有蛇鼠狐狸鴟鳶之憂，人既不殺則自近人者，欲免此患也。由是觀之，異時

鳥雀巢不敢近人者，以人為甚於蛇鼠之類也，苛政猛於虎信哉！

☐ 2、結構表

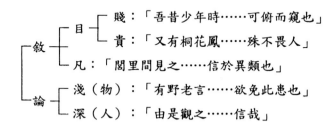

☐ 3、說明

(1)敘

作者敘述少時母親不殘鳥雀之事。此處形成「先目後凡」的結構，「目」的部分有二，林景亮《評註古文讀本》說：「入題後分兩層寫，一寫尋常之鳥，一寫珍異之鳥」[1]，所以是「由賤而貴」的關係；然後再作個總括，就是「凡」的部分。

(2)論

由前面的事件引起作者的思考，而作者的思考由物而及於人，也就是由淺入深。

☐ 4、作用

作者刻意地寫兩種不同的鳥，是有深意的，這是要表明物類無論等級，都有相同的感應。所以在此處特別指出「賤」、

---

[1] 見《評註古文讀本》頁四七。

「貴」，是有必要的。

㈢由「親」而「疏」

「由親而疏」的鋪排有時也具有很重要的意義，例如《詩・鄭風・將仲子》：

1、正文

> 將仲子兮，無踰我里，無折我樹杞。豈敢愛之？畏我父母。
> 仲可懷也；父母之言，亦可畏也。（一章）
> 將仲子兮，無踰我牆，無折我樹桑。豈敢愛之？畏我諸兄。
> 仲可懷也；諸兄之言，亦可畏也。（二章）
> 將仲子兮，無踰我園，無折我樹檀。豈敢愛之？畏人之多言。
> 仲可懷也；人之多言，亦可畏也。（三章）

2、結構表

```
┌─最親：一章
├─親：二章
└─疏：三章
```

3、說明

林奉仙在《十五國風章節之藝術表現》中分析道：「『人之多言』，固然可畏，但究竟不如父母諸兄弟之言更為可畏，所以

詩人把『父母之言』放在第一章，把『諸兄之言』放在第二章，末章才說到『人之多言』，次序有條不紊。」[2]

4、作用

經過這樣的安排，詩中女主角委婉而知禮的形象躍然而出，相當有味。

(四)由「靜」而「動」

動、靜的相對映照也是文學作品中常處理的素材，譬如朱自清〈荷塘月色〉（節段）就有如下的描寫：

1、正文

曲曲折折的荷塘上面，彌望到的是田田的葉子。葉子出水很高，像亭亭的舞女的裙。層層的葉子中間，零星地點綴著些白花，有嬝娜地開著的，有羞澀地打著朵兒的，正如一粒粒的明珠，又如碧天裡的星星，又如剛出浴的美人。微風過處，送來縷縷清香，彷彿遠處高樓上渺茫的歌聲似的。這時候葉子與花也有一絲的顫動，像閃電般，霎時傳過荷塘的那邊去了。葉子本是肩並肩密密地挨著，這便宛然有了一道凝碧的波浪。葉子底下是脈脈的流水，遮住了，不能見一些顏色；而葉子卻更見風致了。

---

2 見《十五國風章節之藝術表現》頁一一六。

2、結構表

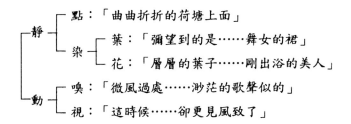

3、說明

(1)靜

作者採用「先點後染」的結構，來描寫葉與花靜定的風姿。

(2)動

作者分別由嗅覺和視覺入手，描繪葉與花在微風拂過時呈現出的樣貌。

4、作用

在作者優美的筆觸下，我們宛如眼見了荷塘中的荷花與荷葉靜態的美與動態的美，令人不禁讚嘆：真是無一不美。

(五)由「睡」而「醒」

楊喚的〈夏夜〉也用到了狀態變化法：

1、正文

　　蝴蝶和蜜蜂帶著花朵的蜜糖回家了，

　　羊隊和牛群告別了田野回家了，

火紅的太陽也滾著火輪子回家了，
當街燈亮起向村莊道過晚安，
夜就輕輕地來了。
來了！來了！
從山坡輕輕地爬下來了。
來了！來了！
從椰子樹梢上輕輕地爬下來了。
撒了滿天的珍珠和一個又圓又白的玉盤。

朦朧地，山巒靜靜地睡了！
朦朧地，田野靜靜地睡了！
只有窗外瓜架上的南瓜還醒著，
伸長了藤蔓輕輕地往屋頂上爬。
只有綠色的小河還醒著，
低聲地歌唱著溜過彎彎的小橋。
只有夜風還醒著，
從竹林裡跑出來，
跟著提燈的螢火蟲，
在美麗的夏夜裡愉快地旅行。

2、結構表[3]

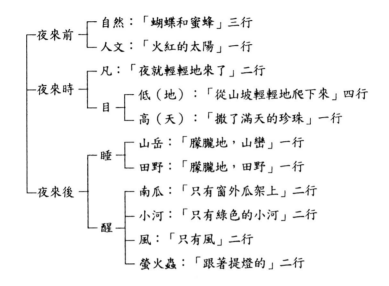

<!--
夜來前 ┬ 自然：「蝴蝶和蜜蜂」三行
      └ 人文：「火紅的太陽」一行
夜來時 ┬ 凡：「夜就輕輕地來了」二行
      └ 目 ┬ 低（地）：「從山坡輕輕地爬下來」四行
           └ 高（天）：「撒了滿天的珍珠」一行
夜來後 ┬ 睡 ┬ 山岳：「朦朧地，山巒」一行
           └ 田野：「朦朧地，田野」一行
      └ 醒 ┬ 南瓜：「只有窗外瓜架上」二行
           ├ 小河：「只有綠色的小河」二行
           ├ 風：「只有風」二行
           └ 螢火蟲：「跟著提燈的」二行
-->

3、說明

此詩採用順敘的方式，將時間分成三段來推進。而在最後一段時間中，描繪了「睡」與「醒」的不同景物。

4、作用

作者覷定「睡」與「醒」的不同來作描寫，其眼光是相當敏銳的；因為這樣的寫法既可描繪出夏夜的恬靜，又能著重在夏夜多采多姿的一面來舖陳，使得這個夏夜顯得豐美極了。

---

[3] 此結構表參見陳滿銘《文章結構分析》頁一～二。

四、狀態變化法的特色

狀態變化法的型態各種各樣，但心理因素和美感來源大致上是相同的：

㈠日常生活經驗和心理學實驗都證明，一個人長時間接受不變的或單調重複的刺激，神經系統就會降低對刺激的感覺敏度，直到對它完全失去反應[4]，不管對文學創作或鑑賞來說，這都是一個致命傷，因此創作者無不致力打破這樣的情況，所以創作者會自覺或不自覺地去尋求不同的刺激。而獨特的觀察感受能力也是創作者所普遍具有的，因此從心理學上來分析，作家的觀察感受很多情形下是一種有意的注意，錢谷融、魯樞元主編的《文學心理學》對此加以解釋道：「人對某一對象的某種特徵的注意越集中，在大腦皮層的相應部位就越能引起優勢興奮中心。此時舊的暫時神經聯繫被抑制，新的暫時聯繫容易形成，因而能保證外界刺激信息充分被感知。被感知的信息引起大腦皮層相應部位的興奮，對於同時可能興奮起來的其它部位來說是一種抑制。興奮程度強的佔了優勢壓倒興奮程度弱的，使之處於抑制狀態，這在心理學上稱為『負誘導作用』。……由於這一心理規律，文學家要達到有效的觀察，必須有一個注意中心。我們可以把這叫做『有意注意優勢』，這個優勢的建立，有助於作家實現真正有效的觀察感受。」[5]這個說法非常能解釋狀態變化法成立的原因。

---

[4] 參見錢谷融、魯樞元主編《文學心理學》頁一三九。

[5] 見《文學心理學》頁一〇一。

㈡接受、感知外界的刺激後，要將它準確地傳達出來，於是便產生了對事物的摹擬語言，這種摹擬語言，當然是對事物狀態或本質的摹畫，但又不止於此。張紅雨《寫作美學》認為：「作為激情物的事物，是觸動人們美感情緒產生波動的物體。人們之所以認為它美，是因為具有了美的形態。人們之所以有了美感，是因為情緒產生了波動。這種波動與事物的形態常常是統一起來的……對事物形態的摹擬，實際上是對美感情緒波動的狀態的摹擬，是雕琢美感情緒的一種必要手段。」[6]所以摹擬語言最終所傳達的其實是美感。

㈢因此狀態變化法所強調的，就是對事物的狀態的變化作細膩的描繪，在這樣的基礎上，作者才得以落實他的情緒波動，讀者也才可以藉此接收得到作者所傳達的美感訊息。所以，對事物狀態窮形盡相地精雕細琢，正是狀態變化法的最大特色與優點。

---

[6] 見《寫作美學》頁三一一～三一二。

第十六章 「知覺轉換」結構

一、何謂知覺轉換法

劉勰《文心雕龍·物色》篇中有一段非常著名的描寫：

> 詩人感物，聯類不窮。流連萬象之際，沈吟視聽之區，寫
> 氣圖貌，既隨物以宛轉，屬采附聲，亦與心而徘徊。故
> 「灼灼」狀桃花之鮮；「依依」盡楊柳之貌；「杲杲」為
> 出日之容；「瀌瀌」擬雨雪之狀；「喈喈」逐黃鳥之聲；
> 「喓喓」學草蟲之韻。

劉勰的說法給我們很大的啟示。詩人創作之時，既要「隨物以宛
轉」，又要「與心而徘徊」，那麼自然而然地會動用到目、耳、
鼻⋯⋯等感官，去捕捉大化之中的形形色色，然後形諸文字之
中，則眼前所見、耳中所聞、鼻中所嗅⋯⋯全都收納進去了。

黃慶萱在《修辭學》一書中，談到「摹寫」，他說：「對事
物的各種感受，加以形容描述，叫作『摹寫』」[1]，而且在分類
中有一類是「綜合的摹寫」[2]，就是將視覺、聽覺、嗅覺、味
覺⋯⋯綜合起來作描摹，而且他還強調要儘可能地作綜合的摹

---

[1] 見《修辭學》頁五一。
[2] 見《修辭學》頁六五。

寫[3]。黃慶萱所談的是字句的修飾，但在篇章的範圍中，也一樣
會出現以各種知覺出發來敘述、而且隨文章需要作變換的情形，
這就產生了知覺轉換法。

所以知覺轉換法便是以節段的篇幅去描摹不只一種的知覺，
藉此可以更多面地展現創作者對大千世界的認識。

二、知覺轉換法和狀態變化法的異同

知覺變換法強調的是不同知覺之間的轉換；狀態變化法則是
指一種狀態產生的變化。前者可以從不同的知覺出發，多面地描
繪外在世界；後者則可針對外界的某一狀態，作多層次的描寫。
可說是各有妙處。

張可久題作「春日書所見」的〈梧葉兒〉就用到了知覺變換
法：

> 薔薇徑，芍藥闌，鶯燕語間關。小雨紅芳綻。新晴紫陌
> 乾。日長繡窗閒，人立秋千畫板。

此曲的結構表[4]如下：

---

[3] 參見《修辭學》頁六七。

[4] 參考陳滿銘《文章結構分析》頁一一七。

```
        ┌ 視覺:「薔薇徑」二句
  ┌ 大(天)┼ 聽覺:「鶯燕語」句
  │        └ 視覺:「小雨紅芳」二句
  └ 小(人):「日長」二句
```

此曲先採用大小法,也就是從大範圍的花園寫起,再將空間凝聚至悄然獨立的人兒身上。在描繪花園的時候,從視覺寫到聽覺再寫到視覺;藉由這樣的手法,將滿園春色寫得熱鬧極了。

至於周振甫的《文章例話》,則針對柳宗元〈至小丘西小石潭記〉中的一段作過賞析:

> 泉,石以為底,近岸,卷石底以出。為坻,為嶼,為嵁,為巖。青樹翠蔓,蒙絡搖綴,參差披拂。

其結構表如下:

```
  ┌ 靜:「泉」八句
  └ 動:「青樹翠蔓」三句
```

周振甫說:「上面寫露出水面的石頭,是靜態;這裡寫蒙絡的翠蔓,是動態。」[5]動靜之間,相映成趣。這就是狀態變化法所產生的效果。

---

5 見《文章例話》(二)——一,頁六〇。

三、知覺轉換法在應用時所呈現的結構類型

視覺、聽覺、嗅覺、味覺、觸覺、心覺……彼此之間都有轉換的可能，因此會呈現出千變萬化的組合。底下只舉幾個例子，來大致說明一下知覺轉換法的運用情形。

㈠由「視」而「聽」

視覺、聽覺間的轉換是最常見的，常建〈破山寺後禪院〉全篇就是由視覺、聽覺入手來敘寫的：

1、正文

清晨入古寺，初日照高林。曲徑通幽處，禪房花木深。山光悅鳥性，潭影空人心。萬籟此俱寂，惟聞鐘磬音。

2、結構表

3、說明

(1)視

作者先交代時間是在清晨，接著才描寫空間中呈現的景物；而描寫空間時是先就禪房寫起，再寫房外的景色。寫房外之景時，也是很有次序地先就高處的山寫起，再敘寫低處的潭水。

(2)聽

末二句則從聽覺入手，描寫在一片寂靜之中，惟可聽聞鐘磬的清音。

4、作用

陳雪帆《美學概論》中曾提到：五官固然可產生五種感覺，而這五種感覺之外，也尚有其他的感覺，但和「美」最有關係的，就是視覺和聽覺，所以通常將這兩種感覺稱為「高等感覺」或「美的感覺」[6]。瞭解這一點後，對知覺轉換法中視覺、聽覺出現最多的情形，就不會覺得訝異了。而這首詩更是如此，全篇都是寫眼前所見、耳中所聞，可說是有「聲」有「色」，而禪房的幽深清寂，已躍然筆下。

(二)由「味」而「觸」而「嗅」而「視」

徐志摩的〈翡冷翠山居閒話〉中，有一段對於山中佳景的描述，也是運用了「知覺轉換法」，值得一看：

---

[6] 見《美學概論》頁三〇～三一。唯其所謂之「感覺」應為「知覺」。

1、正文

　　在這裡出門散步去，上山或是下山，在一個晴好的五月的
向晚，正像是去赴一個美的宴會。比如去一果子園，那邊
每株樹上都是滿掛著詩情最秀逸的果實，假如你單是站著
看還不滿意時，只要你一伸手就可以採取，可以恣嘗鮮
味，足夠你性靈的迷醉。陽光正好暖和，決不過暖；風息
是溫馴的，而且往往因為他是從繁花的山林裡吹度過來，
他帶來一股幽遠的澹香，連著一息滋潤的水氣，摩挲著你
的顏面，輕繞著你的肩腰，就這單純的呼吸已是無窮的愉
快；空氣總是明淨的，近谷內不生煙，遠山上不起靄，那
美秀風景的全部，正像畫片似的展露在你的眼前，供你閒
暇的鑒賞。

2、結構表

```
┌─ 凡：「在這裡出門散步去……赴一個美的宴會」
│      ┌─ 視、味：「比如去一果子園……性靈的迷醉」
│      ├─ 觸　　：「陽光正好暖和」二句
└─ 目 ─┼─ 嗅、觸：「風息是溫馴的……無窮的愉快」
       └─ 視　　：「空氣總是明淨的……閒暇的鑒賞」
```

3、說明

(1)凡

作者在此處先交代山中的黃昏是極美的。

(2)目

作者分別由味覺、觸覺、嗅覺、視覺來描寫山景之美。

4、作用

這樣的作法可避免單調，讓讀者從各方面去感受美，而不禁發出讚嘆：這真是一個美的宴會。

(三)由「視」而「聽」而「嗅」而「味」而「心」

李煜的〈玉樓春〉寫宴遊之樂，乃詞中妙品，其下即分析這闋詞是如何鋪排的：

1、正文

晚妝初了明肌雪，春殿嬪娥魚貫列。鳳簫聲斷水雲間，重按霓裳歌遍徹。　臨風誰更飄香屑，醉拍闌干情味切。歸時休放燭花紅，待踏馬蹄清夜月。

2、結構表

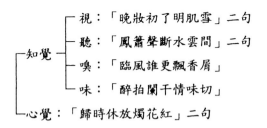

3、說明

陳滿銘在《國文教學論叢》中說：「作者首先在上片，藉著春日宮中歌舞的盛況，寫出聽覺和視覺上的享受；然後在下片，

藉著風裡『飄香』的助興、『醉拍闌干』的狂態，與踏月而歸的雅趣，寫出嗅覺、味覺和心靈上的享受。」[7]

4、作用

　　這闋詞從另一個角度來分析的話，是採用時間的順敘法；但若著重於知覺的轉換的話，可以發掘出它更多姿多采的一面。

四、知覺轉換法的特色

　　知覺轉換法之所以能成立，自有其心理學及美學的基礎，以及它的特殊的作用，底下就來談一談：

　　㈠劉雨的《寫作心理學》說道：「人的任何一種知覺活動，都離不開感覺，都是在感覺的基礎上進行的。感覺是客觀事物直接作用於人的感覺器官，而在人腦中所產生的對此事物的個別屬性的反映。」[8]因而人有視覺、聽覺、嗅覺、味覺、觸覺……等種種感覺，經過審美心理的運作後，於是產生了視覺美、聽覺美、味覺美、嗅覺美、觸覺美，和其他種種的知覺美[9]。所以，從心理學上來講，感覺只是將環境刺激的信息傳入腦的手段，知覺則是從此刺激的匯集中抽繹出有意義的信息；而表現在文學作品中的，當然是屬於知覺的層次了。

　　㈡知覺轉換法中視覺和聽覺出現的次數最頻繁，而且這兩種

---

[7] 見《國文教學論叢》頁三四六。

[8] 見《寫作心理學》頁九九～一〇〇。

[9] 見陳雪帆《美學概論》頁五。

知覺相互搭配的情況也最常見，那是因為視、聽是「高等知覺」（或稱「美的知覺」），與「美」最有關係；同時知覺之間的滲透和配合，也以視覺和聽覺最為可能[10]，所以自然會出現上述的情形。

　　㈢張法《中西美學與文化精神》將中西美感主體構成的初型作比較之後發現：西方人偏向眼耳獨尊的美感主體構成，中國人則偏向五官整合的美感主體構成。他溯源至先秦時代對飲食之味的重視，使五官的味覺無可爭議地成為審美感官；還有對「樂」的重視，使音樂之樂作為儀式整體快感的表達。凡此種種的影響至為深遠，使中國美感的主體構成基本上是五官整合的[11]。

　　㈣儘管中國人對審美感官一向是並重的，但畢竟在自然和藝術中，口、舌……的用武之地大大不如眼與耳，因此對視覺、聽覺的描寫仍是佔多數。但不論如何，各種知覺會匯歸為心理的整體功能和快感的整體功能，此功能有人稱之為「第六知覺」，不過「心覺」可能是一更恰當的說法。而且由五官之覺提昇至心覺，在心覺中獲得內在統一，這才是目的與極致[12]。

---

[10] 參考劉雨《寫作心理學》頁一一五。
[11] 見《中西美學與文化精神》頁二九一～二九六。
[12] 參考張法《中西美學與文化精神》頁三一四。

第十七章 「並列」結構

一、何謂並列法

　　並列法的運用可以說是相當早的,《詩經》中常出現的「重章」形式,有些就是屬於並列法;而且這樣的傳統一直延續下來,直到現在,並列法仍較常出現在韻文之中。

　　成偉鈞等主編的《修辭通鑑》中,按材料間的內部聯絡關係,分析出許多結構方式,其中有一類是「並列式結構」,此種結構是:「將事物的各個方面不分主次地平行地進行敘述或說明的結構方式」[1],這裡所點出的「不分主次」很重要,因為這表明了有別於賓主結構;而且所謂的「平行」,表示無法形成時間、空間、事(情)理等方面的層次關係,所以也就不能歸入今昔、遠近、本末……諸法當中。馮家俊、金建陵編著的《初中生作文章法大觀》對「並列式」的看法則是:「並列式要求圍繞一個中心,分別從不同的方面來述說」[2],我們所要注意的是「圍繞一個中心」這句話,因為並列式結構中的成份既然是並列的,並非靠賓主、淺深……等關係聯結,那麼它們是如何成為一個整體呢?這完全是因為這些結構成份都是「圍繞著一個中心」而存在的,這個「中心」就是主旨,發揮了統合力量,將它們統整成

---

[1] 見《修辭通鑑》頁六九七。
[2] 見《初中生作文章法大觀》頁四六。

一個整體。

　　所以並列法的定義是：並列結構成份都是圍繞著主旨，從各個方面、角度來闡發主旨；而且彼此之間的關係未形成其他層次。

二、並列法與凡目法的異同

　　並列法與凡目法在那個地方會產生重疊呢？那就是凡目法中的「目」的部分。因為「目」與「目」之間的關係可能是「虛」與「實」、或「正」與「反」、或「賓」與「主」……，當然也可能它們之間呈現的是並列關係；如果「目」與「目」之間是並列的，而且又未將「凡」的部分納入作整體的觀照，那麼就很容易讓人誤會為並列法了。關於此點，可以用李煜〈清平樂〉為例加以說明：

　　　別來春半，觸目愁腸斷。砌下落梅如雪亂，拂了一身還滿。　　雁來音信無憑，路遙歸夢難成。離恨恰如春草，更行更遠還生。

它的結構表[3]是：

---

[3]　參見陳滿銘《文章結構分析》頁二五一。

```
┌ 凡:「別來春半」二句
│      ┌ 並列一(落梅):「砌下落梅如雪亂」二句
└ 目 ┼ 並列二(歸雁):「雁來音信無憑」二句
       └ 並列三(春草):「離恨恰如春草」二句
```

如果只單看「目」,我們會斷定它是並列式結構,而且是圍繞著「離恨」來寫的;但這樣的作法類似於「斷章取義」,是不合理的,因此我們還是應該承認它是先凡後目結構,但「目」之下是並列結構。

三、並列法在應用時所呈現的結構類型

因為並列結構成分彼此之間的關係是平行的,所以在結構上也就無法出現像其他章法一般的「由X而X」、「先X後X」……等型態。可以用劉半農的〈教我如何不想她〉為例,作個說明:

1、正文

天上飄著些微雲,
地上吹著些微風。
啊!
微風吹動了我的頭髮,
教我如何不想她。

月光戀愛著海洋，
海洋戀愛著月光。
啊！
這般蜜也似的銀夜，
教我如何不想她。

水面落花慢慢流，
水底魚兒慢慢游。
啊！
燕子你說些什麼話？
叫我如何不想她？

枯樹在冷風裡搖，
野火在暮色中燒。
啊！
西天還有些兒殘霞，
教我如何不想她！

2、結構表

```
┌─並列一（微風）：「天上飄著些微雲」五行
├─並列二（銀夜）：「月光戀愛著海洋」五行
├─並列三（燕語）：「水面落花慢慢流」五行
└─並列四（晚霞）：「枯樹在冷風裡搖」五行
```

3、說明

　　這首詩的並列結構成分有四，我們依據內容分別標上「微風」、「銀夜」、「燕語」、「晚霞」的字樣，由此可以看得出來：它們之間並未形成任何時空層次，或賓主、正反……等關係，它們只是環繞著「教我如何不想她」的主旨來發揮而已；這也是為什麼我們不用「一」、「二」、「三」、「四」來標目的原因，因為不想被誤認為它們之間形成層遞的關係。

4、作用

　　這是一首抒寫想念之忱的情詩。作者隨手擷拾一些眼前所見的景物入詩，看似漫不經心、毫無組織，卻又都恰如其分地吐露了作者心中熱切的愛戀。並列法在這首詩中的運用，真可謂渾然天成。

四、並列法的特色

　　並列法是一種很特殊的章法，它所形成的結構看起來漫無組織，但是又可以凝為一體，這到底是為什麼呢？其下將探討這中間的原因：

　　㈠張紅雨《寫作美學》從美感情緒的產生開始談起，提出「放縱與跟蹤」的說法，認為放縱是讓美感情緒波動任意流動；而跟蹤就是寫作主體跟蹤這種流動，然後輸入載體，傳播出去。他並引用王蒙的說法，認為其表達形式是「滿天開花，放射性線

條，一方面是盡情聯想，閃電般的變化……一方面，卻又是萬變不離其宗，放出去的又都能收回來，所有的射線都有一個共同的端點。」[4]他用了一句話很恰當地形容了這種情況，那就是「形散而神不散」。這是從作者這一方面來說的。

（二）錢谷融、魯樞元主編的《文學心理學》也對這情形提出了看法，是偏向讀者一面來說的。書中曾談及「形象之間的非事件聯繫使讀者產生頓悟」，他們的解釋是：「還有一類作品，形象的聯繫則是非事件性的。……這是一種頓悟式的理解。作品只提供一個相互關聯著的形象系統，這種『關聯』不是線狀的，而是類似網狀的。作品也不指明這種『關聯』，只設置各種『缺口』，只提供一些暗示。讀者讀完整部作品，在探求機制的參與下，彌補了這些『缺口』，把握了形象之間的『關聯』，也就把握了形象整體。這種整體的把握，在心理機制上，是舊的心理場的豁然改組，新的心理場的突然建立。」[5]可見得並非沒有聯繫，只是這些聯繫並非顯然地以時間、空間、賓主……等為線索，但讀者仍是可以把握得住而產生「頓悟」。

（三）因為並列結構在形式的反覆，所以它會產生整齊美感是顯而易見的[6]；但是一再的反覆易生單調，可是並列結構卻可以避開這種單調，這個道理在陳雪帆《美學概論》中說得非常清楚：「反覆的單位為繁多時，也未嘗不可破除了單調增多了動的情趣。……例如單是同樣大小的圓形反復雖易流於單調，假若圓形是大小交互的，或與方形錯綜的，則反覆的單位已是繁多，我們

---

[4] 見《寫作美學》頁一九四～一九六。
[5] 見《文學心理學》頁二二二。
[6] 參見張紅雨《寫作美學》：「整齊美感的並列式結構。」頁二三五。

的感情也便比較不易感覺單調。」[7]並列結構在大的方面是反覆的，但在小的方面又有互異的美感，這是它得天獨厚的地方。

---

[7] 見《美學概論》頁一一二。

第十八章 「因果」結構

一、何謂因果法

因果法是運用得相當普遍的章法。宋·陳騤《文則》中即有「此紀事文之先事而斷以起事者」和「此紀事文之後事而斷以盡事者」[1]二類，配合他所舉的例子來看，前者是「因－果」式結構，後者是「果－因」式結構。而唐彪的《讀書作文譜》和來裕恂的《漢文典》都列有一則「推原」[2]法，落實到文章上，是「由果推因」。周明的《中國古代散文藝術》在探討「議論辯駁

---

[1] 陳騤《文則》之說法如下：「《左氏傳》欲載晉靈公厚斂彫牆，必先言晉靈公不君；《公羊傳》欲載楚靈王作乾谿臺，必先言靈王為無道；〈中庸〉欲言舜好問，亦先曰舜其大知也歟；《孟子》欲言梁惠王所愛所不愛，亦先曰不仁哉梁惠王也。此紀事文之先事而斷以起事者。《左氏傳》載晉文公教民而用，卒言之曰：一戰而霸，文之教也；又載晉悼公賜魏絳和戎樂，卒言之曰：魏絳如是有金石之樂禮也。此紀事文之後事而斷以盡事者」。

[2] 唐彪《讀書作文譜》之說法如下：「推原者，或從後面而推原其來歷，或因行事而推原其用心，或因疑似而推原其所以然，三者皆理有所不容已也，故文中往往用之，且有通篇用此法者。」頁八六～八七。
來裕恂《漢文典》之說法如下：「推原法者，推本題之原理，而發議論也。如蘇軾〈荀卿論〉，推出李斯之禍；〈韓非論〉推本老莊之禍。〈荀卿論〉將聖人之道，透出一段於中。〈韓非論〉將孔子之言發一段於前。」頁二二五。

類散文的論證方式」，列有「證明式論證」和「歸結式論證」[3]，分別形成「果－因」、「因－果」的結構。林景亮《評註古文讀本》中，有一段評論文字：「『雖然』以下，亦分兩層，『自信』一層為『自笑』之原因，『自笑』一層為『自信』之結果，不自信不能自笑也」[4]，這分明是「由因及果」的寫法；王守勛主編的《寫作大觀》中，列有「因果論證法」[5]，而陳滿銘在《國文教學論叢續編》中，也是明白點出了「因果」[6]二字。

「因為……所以……」的構句方式是十分常見的；相反地，由「所以」至「因為」的情形也有；甚至「因為」與「所以」多次交互出現的情況也屢見不鮮。因此，這樣的思維方式，其應用範圍擴大至篇章時，那就形成一種章法——因果法了。

二、因果法與本末法、凡目法的異同

(一)因果法與本末法的異同

略。參見本末法與因果法的異同。184頁

---

[3] 見《中國古代散文藝術》：「證明式論證……從因果關係上看，是由果求因。」（頁二五一）「（歸結式論證）先述論據（因），後出論點（果）。」頁二五六。

[4] 見《評註古文讀本》頁二一〇。

[5] 見《寫作大觀》：「因果論證是通過分析問題、剖析事理、揭示論點和論據之間的因果關係來證明論點的一種論證方法。」頁二九九。

[6] 見《國文教學論叢續編》頁一一五。

(二)因果法與凡目法的異同

周明在談到「歸結式論證」時，認為有一種組織形式是：「簡單羅列式：論據的各項材料性質相同，在陳述了若干論據之後，即概括歸結出結論，即論點」[7]，這讓人想到：此種方式與「先目後凡」格有何差別呢？

因果法與凡目法確有重疊之處，即當「因」可以條分為若干項時，似乎歸入因果法或凡目法皆可。至於在實際分析時，到底應該如何處理呢？首先要注意的是：當同一類事、景、情、理，形成總括與條分時，才適用於凡目法。如果合於這樣的條件，還是有兩可之感時，那就要看以那一種方式切入，最能呈顯出該篇文章的結構之美；而且一般說來，要運用因果法時，一定要其因果關係非常明顯者方才適合。

可以用張養浩的〈水仙子詠江南〉為例，來談一談因果法與凡目法如何畫分的問題：

> 一江煙水照晴嵐。兩岸人家接畫簷，芰荷叢一段秋光淡。看沙鷗舞再三。捲香風十里珠簾。畫船兒天邊至，酒旗兒風外颭。愛煞江南。

其結構表[8]如下：

---

7 見《中國古代散文藝術》頁二五六。
8 參考陳滿銘《文章結構分析》頁一一五。

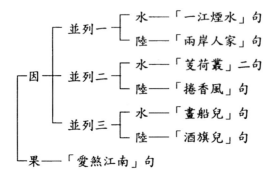

大家可以看到：雖然「因」的部分可條分為三，但我們並不用凡目法來分析，為什麼呢？因為「因」的部分是在描繪景色，「果」的部分則在抒發情感，「寫景」與「抒情」的性質並不同，所以也不宜說它們形成「條分」（目）與「總括」（凡）；因此還是用因果法來統攝比較適當。

三、因果法在應用時所呈現的結構類型

因果法可形成的結構是：「由因及果」、「由果溯因」、「因果因」、「果因果」。

㈠由因及果

這樣的敘述方式是相當常見的，譬如《列子・愚公移山》就是一個很好的例子：

1、正文

太形、王屋二山，方七百里，高萬仞，本在冀州之南、河陽之北。北山愚公者，年且九十，面山而居，懲山北之塞，出入之迂也，聚室而謀曰：「吾與汝畢力平險，指通豫南，達于漢陰，可乎？」雜然相許。

其妻獻疑曰：「以君之力，曾不能損魁父之丘，如太形、王屋何？且焉置土石？」雜曰：「投諸渤海之尾、隱土之北。」遂率子孫荷擔者三夫，叩石墾壤，箕畚運於渤海之尾，鄰人京城氏之孀妻有遺男，始齔，跳往助之；寒暑易節，始一反焉。

河曲智叟笑而止之曰：「甚矣，汝之不慧！以殘年餘力，曾不能毀山之一毛，其如土石何？」北山愚公長息曰：「汝心之固，固不可徹；曾不若孀妻弱子。雖我之死，有子存焉；子又生孫，孫又生子；子又有子，子又有孫；子子孫孫，無窮匱也；而山不加增，何苦而不平？」河曲智叟亡以應。

操蛇之神聞之，懼其不已也，告之於帝，帝感其誠，命夸蛾氏二子負二山，一厝朔東，一厝雍南。自此冀之南，漢之陰，無隴斷焉。

2、結構表[9]

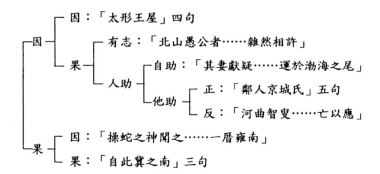

3、說明

(1)因

這一部分是交代愚公移山的過程，而「因」之下又有一「先因後果」的結構，「因」是指大山阻礙交通，「果」是指愚公提議、家人贊同，自助他助移山之事。

(2)果

這裡是記敘愚公的偉大精神，終於感動了天地，獲得神助，完成了移山願望的圓滿結局。

4、作用

在這則寓言中，可以看到一層又一層的因果關係；這樣的敘述方式，不僅交代了事的進行，其實也讓人在趣味盎然中，領悟其中包藏的至理。

---

[9] 此結構表與其後的「說明」、「作用」皆參考陳滿銘《文章結構分析》頁一三〇～一三一。

(二)由果溯因

這種逆推的方式有揭露謎底般令人期待的效果。王維〈秋夜曲〉即是一由果溯因的例子：

1、正文

桂魄初生秋露微，輕羅已薄未更衣。銀箏夜久殷勤弄，心怯空房不忍歸。

2、結構表

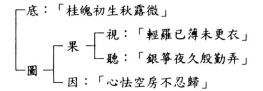

3、說明

(1)先底後圖

首句所描寫的自然景是「背景（底）」，二至四句所描寫的人事活動才是「焦點（圖）」。淒清的自然景將淒寂的人事活動，烘托得更為動人。

(2)先果後因

作者分從視覺、聽覺來描寫女子的行止，這是「果」，原因是「心怯空房不忍歸」。

4、作用

此為抒寫宮怨之詩，但「怨」字並未顯言，唯從結果、原因中可推敲得知：所謂「空」者，無人臨幸之故。如此委屈，真是不言怨而怨獨深了。[10]

(三)因果因

此種結構中「因」的部分有二，共同推出一個「果」來。韋莊〈菩薩蠻〉就是採用了這樣的結構來謀篇：

1、正文

勸君今夜須沈醉，尊前莫話明朝事，珍重主人心，酒深情亦深。　　須愁春漏短，莫訴金盃滿。遇酒且呵呵，人生能幾何。

2、結構表

```
┌─因：「勸君今夜須沈醉」二句
├─果：「珍重主人心」二句
│     ┌─因：「須愁春漏短」二句
└─因─┤
      └─果：「遇酒且呵呵」二句
```

3、說明

此詞上片起首兩句與下片四句，敘的是主人勸客的言詞，就

---

10 「說明」及「作用」參考喻守真《唐詩三百首詳析》頁三二八～三二九。

因為主人勸客慇懃，遂使作者倍覺珍重；所以前、後都是「因」，共同夾出中間的「果」來。

4、作用

「因」的部分重複兩次，自然會加強推出「果」的力量，就如這闋詞中，主旨出現在「果」，即「情深」二字，若沒有前、後文的醞釀，這「情深」二字怎能被從容拈出呢？[11]

(四)果因果

胡適的〈差不多先生傳〉就是形成「果因果」結構的文章：

1、正文

你知道中國最有名的人是誰？提起此人，人人皆曉，處處聞名。他姓差，名不多，是各省各縣各村人氏。你一定見過他，一定聽過別人談起他；差不多先生的名字，天天掛在大家的口頭，因為他是中國全國人的代表。

差不多先生的相貌，和你和我都差不多。他有一雙眼，但看得不很清楚；有兩隻耳朵，但聽得不很分明；有鼻子和嘴，但他對於氣味和口味都不很講究；他的腦子也不小，但他的記性卻不很精明，他的思想也不細密。

他常常說：「凡事只要差不多就好了。何必太精明呢？」

他小的時候，他媽媽叫他去買紅糖，他買了白糖回來。他媽罵他，他搖搖頭道：「紅糖同白糖，不是差不多嗎？」

---

11 「說明」及「作用」參考陳滿銘《國文教學論叢續編》頁二八六。

他在學堂的時候，先生問他：「直隸省的西邊是那一省？」他說是陝西。先生說：「錯了。是山西，不是陝西。」他說：「陝西同山西，不是差不多嗎？」

後來他在一個錢鋪裡做夥計；他也會寫，也會算，只是總不會精細；十字常常寫成千字，千字常常寫成十字。掌櫃的生氣了，常常罵他，他只是笑嘻嘻地賠小心道：「千字比十字只多一小撇，不是差不多嗎？」

有一天，他為了一件要緊的事，要搭火車到上海去，他從從容容地走到火車站，遲了兩分鐘，火車已開走了。他白瞪著眼，望著遠遠的火車上的煤煙，搖搖頭道：「只好明天再走了，今天走同明天走，也還差不多；可是火車公司未免太認真了。八點三十分開，同八點三十二分開，不是差不多嗎？」他一面說，一面慢慢地走回家，心裡總不很明白為什麼火車不肯等他兩分鐘。

有一天，他忽然得一急病，趕快叫家人去請東街的汪先生。那家人急急忙忙地跑過去，一時尋不著東街的汪大夫，卻把西街的牛醫王大夫請來了。差不多先生病在上，知道尋錯了人；但病急了，身上痛苦，心裡焦急，等不得了，心裡想道：「好在王大夫同汪大夫也差不多，讓他試試看罷。」於是這位牛醫王大夫走近牀前，用醫牛的法子給差不多先生治病。不上一點鐘，差不多先生就一命嗚呼了。

差不多先生差不多要死的時候，一口氣斷斷續續地說道：「活人同死人也差……差……差……不多……，……凡事只要……差……差……不多……就……好了，……何……

必……太……太認真呢？」他說完了這句格言，就絕了
氣。

他死後，大家都很稱讚差不多先生樣樣事情看得破，想得
通；大家都說他一生不肯認真，不肯算帳，不肯計較，真
是一位有德行的人。於是大家給他取個死後的法號，叫他
做「圓通大師」。

他的名譽越傳越遠，越久越大，無數無數的人，都學他的
榜樣。於是人人都成了一個差不多先生。——然而中國從
此就成了一個懶人國了。

2、結構表

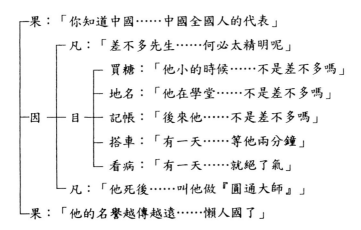

3、說明

(1)第一個果

作者一開始就記述差不多先生是全國人民的代表。

(2)因

作者在交代原因時採用了「凡目凡」的敘述方式，也就是先總括、後條分、再總括。在條分的部分，作者敘述了差不多先生五件事情，來表現他凡事含糊不認真的習性。

(3)第二個果

此處敘述大家受差不多先生的影響，結果中國成了懶人國。

4、作用

這樣的作法同時具有「由果溯因」和「由因及果」的優點：既有釋疑的驚奇感，也能將前因後果交代清楚；而且兩個「果」敘述的重心並非重複的，而是經過對原因的闡述後，文意更進了一層，這樣的文章會更具說服力。

四、因果法的特色

因果法是一應用極為普遍的章法，所構成的不同型態也相當的多，它的特色有下列數點：

㈠因果法的應用極為普遍，這點可以用劉雨《寫作心理學》中的一段話作為證明：「從文章本身來看，結構的形成過程顯然受邏輯的因果關係的支配，也就是說，一種邏輯的因果規律在無形中制約著作者的整個思考線路。」[12]其實並非所有的思考都是以因果邏輯進行的，自然地，也並非所有的文章都會運用到因果法；但是因果法的普遍存在，卻是一個不爭的事實。

---

[12] 見《寫作心理學》頁二九五。

㈡因果法中最常見的「由因及果」的結構，除了因這種順推的方式所產生的規律美外，《修辭通鑑》還特別分析道：「採用這種結構方式，用於記事，可以引起閱讀興趣，全面了解事件的原委；用於議論，可以幫助讀者弄清客觀事物發展變化的前因後果，全面地認識事物，更好地對事物的本質作出正確的判斷。」[13]可見得效果是很好的。

㈢至於「由果溯因」的結構，因為是違反了正常的推展規律，所以特別有一種多變化的新奇感；而且「果」先出現，「因」卻在最後才交代，好像謎底揭曉一般，很能夠挑起讀者的「期待慾」[14]，這也是它吸引人的地方。

㈣除了前述兩種結構外，其他的因果法的結構類型，都更具有變化的美感，而且也藉助「因」與「果」的多次呈現，來更深入內容；當然，也因為其最終都是向主旨靠攏，因此都具備了統一和諧的美感。

---

[13] 見《修辭通鑑》頁六九八。
[14] 錢谷融、魯樞元主編《文學心理學》說：「期待慾則僅指欣賞者進入和繼續欣賞活動的一種能動慾望。」頁三四五。

第十九章 「本末」結構

一、何謂本末法

　　宋‧陳騤《文則》中有一段話：「文有上下相接，若繼踵然，其體有三：有一曰：敘小至大……其二曰：敘由精及粗……其三曰：敘自流及原……」，實則這三類都依循「本末」的標準來寫，前二者是「由本而末」，後者是「由末而本」[1]。有的文論家著眼於事理由本推到末，或由末推到本時，會有一層推進一層的現象，所以稱之為「一步進一步」[2]、「層次先後」[3]、「層疊法」[4]；而且評點文字在評論到這樣的篇章時，常會用「第 X 層」之類的字眼，來進行分析[5]。明李騰芳的《山居雜著》則針對「由末而本」者，提出一極為形象化的名稱——「剝法」[6]。曹冕的《修辭學》列有「本末法」[7]，陳滿銘的《國文教學論叢》則分為兩種型態：「由本及末」和「由末及本」[8]。

---

[1] 見拙著《文章章法論》頁七三～七四。

[2] 見歸有光《文章指南》。

[3] 見宋文蔚《評註文法津梁》頁五五。

[4] 見林景亮《評註古文讀本》頁二三六；以及來裕恂《漢文典》頁二三一。

[5] 見拙著《文章章法論》頁八三～八四。

[6] 見拙著《文章章法論》頁七七～七八。

[7] 見《修辭學》頁一八九。

[8] 見《國文教學論叢》頁二八。

　　至於該如何規範本末法呢？凡將一個事理的始末原原本本、按照次序地敘出，就是「由本而末」；反之，即是「由末而本」；有時也會運用變化的方式來敘述，那就是「本末本」或「末本末」。用這四種結構來組織篇章的，便屬於本末法。

二、本末法與層遞格、因果法的異同

(一)本末法與層遞格的異同

　　前面在談本末法的異稱時，常用到「層次」、「層疊」、「層」等名詞，這令人想到修辭格中的「層遞」；而黃慶萱在《修辭學》一書中，對「層遞」的闡釋是：「凡要說的有兩個以上的事物，這些事物又有大小輕重等比例，而且比例又有一定秩序，於是說話行文時，依序層層遞進的，叫『層遞』。」[9]所謂「依序層層遞進」，這不也是本末法的特點嗎？而且「單式層遞」的部分，其中又有二種：「前進式」和「後退式」[10]，分別與「由本而末」（順）和「由末而本」（逆）類似；還有「複式層遞」中的「反復式」[11]，和本末法中的「本末本」、「末本

---

[9] 見《修辭學》頁四八一。

[10] 見《修辭學》：「凡層遞排列的次序是從淺到深，從低到高，從小到大，從輕到重，從前到後，從始到終的，屬前進式。」「凡層遞排列的次序是從深到淺，從高到低，從大到小，從重到輕，從後到前，從終到始的，屬後退式。」頁四八八。

[11] 見《修辭學》：「把前進式跟後退式的層遞一前一後連接起來，屬複層遞中的反復式。」頁四八九。

末」非常相似。到底本末法與層遞格該如何區分呢？

首先，凡是行文間形成層層遞進的，都可以是層遞格；但是本末法只限定在敘述事情的始末上；而且，層遞格畢竟只是字句修飾的手法，但本末法涵蓋的範圍可以從節段到全篇。這麼一來，兩者間的異同可說是非常清楚了；而且我們可以各舉一例來作說明，會更容易瞭解。

黃慶萱曾以宋玉〈登徒子好色賦〉中的一段為例[12]：

> 天下之佳人，莫若楚國；楚國之麗者，莫若臣里；臣里之美者，莫若臣東家之子。

這是以空間大小以及人數多寡為序，一層遞一層地推出；而且與整篇文章比較起來，此節文字所佔的比例很小。

王安石〈遊褒禪山記〉中的一段議論文字，則是由本敘到末的：

> 故非有志者，不能至也。有志矣，不隨以止也，然力不足者，亦不能至也。有志與力而又不隨以怠，至於幽暗昏惑，而無物以相之，亦不能至也。然力足以至焉，於人為可譏，而在己為有悔。盡吾志也而不能至者，可以無悔矣，其孰能譏之乎？

若以結構表示，是這個樣子：

---

[12] 見《修辭學》頁四八八。

```
┌─一層（志）：「故非有志者」二句
├─二層（力）：「有志矣」五句
├─三層（相）：「有志與力」四句
└─四層（無悔）：「然力足以至焉」六句
```

「本」是如何推到「末」的，可說是非常清楚了。

（二）本末法和因果法的異同

本末法是從因果法中獨立出來的，也因為如此，本末法和因果法兩者之間「大同」而「小異」；而這「小異」的部分正是我們判斷的依據。首先，一定要本末關係非常清楚者，才能從因果法中抽離出來；其次，這兩種方法在單用時，因果法只會形成二個層次，即「因──果」或「果──因」；但本末法則多半會有三層或三層以上的層次出現；並用時亦然，只須將它拆解為多個單用結構，就可以很明顯地看得出來。

本末法的例子，可以參見前面的王安石〈遊褒禪山記〉；至於因果法的運用，可以《韓詩外傳》中記載的一則故事為例：

> 齊景公遊於牛山之上，而北望齊曰：「美哉國乎！鬱鬱泰山，使古而無死者，則寡人將去此而何之？」俯而泣沾襟。國子、高子曰：「然。臣賴君之賜，疏食惡肉，可得而食也，駑馬柴車，可得而乘也。且猶不欲死，況君乎？」俯泣。
>
> 晏子曰：「樂哉！今日嬰之遊也，見怯君一，而諛臣二。使古而無死者，則太公至今猶存，吾君方將被蓑笠而立乎

畎畝之中。惟事之恤。何暇念死乎？」

景公慚，而舉觴自罰，因罰二臣。

它的結構表[13]是這樣的。

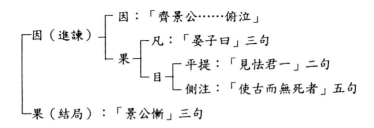

此文的因果關係鮮明，而且是「因」、「果」二層的，完全符合因果法的特點。

三、本末法在應用時所呈現的結構類型

本末法在文章中可能形成「由本而末」、「由末而本」、「本末本」、「末本末」的結構，其下以三種結構為例加以說明：

(一)由本而末

韓非子為文峭厲勁直，《韓非子·齊桓公之時》章運用了由本推到末的寫作手法，氣勢如排山倒海，令人拍案叫絕：

---

[13] 見陳滿銘《文章結構分析》頁三二二。

齊桓公之時，晉客至，有司請禮。桓公曰：告仲父者三。而優笑曰：易哉！為君。一曰仲父，二曰仲父。桓公曰：吾聞君人者，勞於索人，佚於使人。吾得仲父已難矣，得仲父之後，為何不易乎哉？

或曰：桓公之所以應優，非君人者之言也。桓公以君人為勞於索人，何索人為勞哉？伊尹自以為宰干湯，百里奚自以為虜干穆公，虜所辱也，宰所羞也，蒙羞辱而接君上，賢者之憂世亟也。然則君人者無逆賢而已矣，索賢不為人主難。且官職所以任賢也，爵祿所以賞功也，設官職、陳爵祿，而士自至。君人者奚其勞哉？

使人又非所佚也，人主雖使人，必以度量準之，以刑名參之，事遇於法則行，不遇於法則止，功當其言則賞，不當則誅，以刑名收臣以度量準下，此不可失也。君人者焉佚哉！索人不勞，使人不佚，而桓公曰勞於索人，佚於使人者不然。

且桓公得管仲又不難，管仲不死其君而歸桓公，鮑叔輕官讓能而任之，桓公得管仲又不難明矣。

已得管仲之後奚遽易哉？管仲非周公旦，周公旦假為天子七年，成王壯，授之以政，非為天下計也，為其職也。夫不奪子而行天下者，必不背死君而事其讎，背死君而事其讎者，必不難奪子而行天下，不難奪子而行天下，必不難奪其君國矣。管仲、公子糾之臣也，謀殺桓公而不能，其君死而臣桓公，管仲之取舍，非周公旦可知也。若使管仲

大賢也，且為湯武，湯武桀紂之臣也，桀紂作亂，湯武奪
之。今桓公以易居其上，是以桀紂之行居湯武之上，桓公
危矣。若使管仲不肖人也，且為田常，田常、簡公之臣
也，而弒其君。今桓公以易居其上，是以簡公之易居田常
之上也，桓公又危矣。管仲非周公旦已明矣，然為湯武與
田常未可知也，為湯武有桀紂之危，為田常有簡公之亂
也，已得仲父之後，桓公奚遽易哉？

若使桓公之任管仲必知不欺己也，是知不欺主之臣也，然
雖知不欺主之臣。今桓公以任管仲之專，借豎刁易牙蟲流
出尸而作葬，桓公不知臣欺主與不欺主已明矣。而任臣如
彼其專也，故曰桓公闇主。

2、結構表

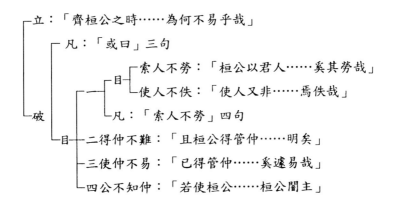

3、說明

(1)先立後破

作者先以桓公與倡優的對話立案，隨後用「或曰」領起

「破」的部分。

(2)先凡後目

「凡」的部分簡單地說明作者的想法,「目」的部分才是由本而末地推闡出來。「目」的部分有四,但可分為五層:「索人不勞」、「使人不佚」、「得仲不難」、「使仲不易」、「公不知仲」,吳闓生《桐城吳氏古文法》的註語分別評道:「第一層」、「第二層」、「第三層」、「第四層」、「第五層」[14]。

4、作用

韓非子的這段評論文字,可謂究極事情、窮盡筆勢,由本而末歷歷推出,層層駁詰,就算起桓公於地下,大約也是啞口無言、無法置辯,本末法的運用能到如此的地步,也是令人嘆服了。

(二)本末本

這樣的處理方式是由順而逆,《禮記·中庸》的首章即是如此:

1、正文

> 天命之謂性,率性之謂道,修道之謂教。道也者,不可須臾離也。可離,非道也。是故君子戒慎乎其所不睹,恐懼乎其所不聞。莫見乎隱,莫顯乎微,故君子慎其獨也。喜怒哀樂之未發,謂之中。發而皆中節,謂之和。中也者,

---

[14] 見《桐城吳氏古文法》頁一六～一八。

天下之大本也。和也者，天下之達道也。致中和、天地位
焉，萬物育焉。

2、結構表 [15]

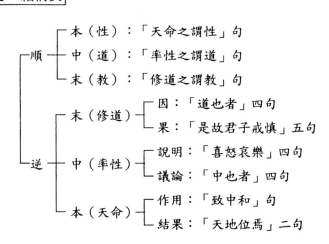

3、說明

(1)順（由本而末）

很明顯地，這是由本而順推至末。

(2)逆（由末而本）

作由後天的「修道」而推至「率性」，由「率性」而推至先
天的「天命」，是依「末中本」的次序。

4、作用

前者要順推，那是因為要順序說明《中庸》一書的綱領所

---

15 此結構表乃陳滿銘所繪。

在。後半部分逆推，那是因為要以「道也者……故君子慎其獨也」一段，來指出修道的要領；然後是「喜怒哀樂之未發」八句，指出修道之內在目標；末了「致中和」三句，指出修道之終極目標。可見得這樣的安排並非率意而為，而是經過仔細思考的[16]。

　　(三)末本末

　　先逆推再順推的例子，有《禮記・大學》的一節經文，論的是八條目的先後次序：

1、正文

> 古之欲明明德於天下者，先治其國。欲治其國者，先齊其家。欲齊其家者，先脩其身。欲脩其身者，先正其心。欲正其心者，先誠其意。欲誠其意者，先致其知，致知在格物。物格而后知至，知至而后意誠，意誠而后心正，心正而后身脩，身脩而后家齊，家齊而后國治，國治而后天下平。

---

[16] 「說明」及「作用」參考陳滿銘《國文教學論叢續編》頁九九～一〇〇。

2、結構表

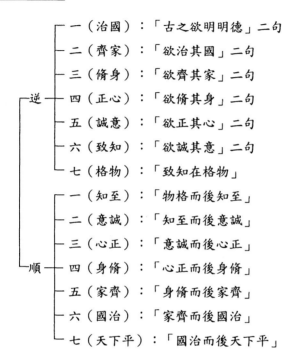

逆
- 一（治國）：「古之欲明明德」二句
- 二（齊家）：「欲治其國」二句
- 三（脩身）：「欲齊其家」二句
- 四（正心）：「欲脩其身」二句
- 五（誠意）：「欲正其心」二句
- 六（致知）：「欲誠其意」二句
- 七（格物）：「致知在格物」

順
- 一（知至）：「物格而後知至」
- 二（意誠）：「知至而後意誠」
- 三（心正）：「意誠而後心正」
- 四（身脩）：「心正而後身脩」
- 五（家齊）：「身脩而後家齊」
- 六（國治）：「家齊而後國治」
- 七（天下平）：「國治而後天下平」

3、說明

(1)逆（由末而本）

　　逆推的部分可分為七個階段，每個階段都是由兩句組成，而且這兩句形成「因果」結構，而重點是在「果」（即第二句），所以我們可以根據「果」來判斷它們之間的關係，那是由末而本的逆推。

(2)順（由本而末）

　　此處也可以分為七個階段，每一階段只一句，但其思考方式

也是「由因而果」，所以我們也可以根據「果」來判斷出這節文學是由本而推至末的。

4、作用

　　作者先將最高的目標「明明德於天下」（即「平天下」）提出來，然後逆推到「國」、逆推到「家」，逆推到「個人」的修養工夫；然再由「個人」的修養做起，再順推至「家齊」、再順推至「國治」、最後推到「天下平」。經過這兩次逆、順的推闡，八條目之間的互動關係，可說是再清楚不過了。[17]

四、本末法的特色

　　本末法運用在事理的推闡上，是相當有力的，為什麼可以產生這麼強大的效果呢？這自然是有原因的：

　　㈠當一件事情、一個道理由本順推至末時，這是合乎客觀事物的發展規律的，因而有一種發展規律美[18]；而且這樣的思維方式是受控制而有方向的神經活動，所以神經活動因省力而產生快感，這又是一種不緊不慢的輕鬆美；而且「循序漸進」也是達成和諧整齊的方法之一[19]。所以基於上述的幾點理由，「由本而末」的結構型態會造成美感，是無庸置疑的。

　　㈡但是從另一方面來說，美的最高原則——和諧整齊，在協

---

[17] 「作用」參考陳滿銘《國文教學論叢續編》頁九九。

[18] 參考張紅雨《寫作美學》頁二四五。

[19] 參考張紅雨《寫作美學》頁二三六。

調、勻稱和統一的前提下，也可以用多變化的方式來達成[20]，而且還可以避免因太過順理成章而產生的單調無聊，因此遂有「由末而本」、「本末本」、「末本末」等不同型態的產生。更何況這些刻意求變的結構，本身仍有清晰的理路可循，所以可以造成美感，應該是沒有問題的。

[20] 參考張紅雨《寫作美學》頁二三七。

第二十章 「淺深」結構

一、何謂淺深法

　　淺深的範圍原本是很大的，包括了顏色淺深、水位淺深、用意淺深……等等，但落實到詞章上、形成章法現象時，卻以因用意的不同，而造成文意（境）有淺有深者為最大宗。因此我們將它獨自成立為一個章法，以期能更明晰地指陳出文意（境）的變化[1]。

　　由於淺深法在運用時，必然會產生層次感，因此文論家多著眼於此，而稱之為「一步進一步則」（《文章指南》）[2]、「一意推出三四層」（《讀書作文譜》）[3]、「一段深一段」（《評註文法津梁》）[4]、「層層推勘法」（《作文百法》[5]、「層疊法」（《評註古文讀本》）[6]等；也有文評家乾脆拈出「淺」、「深」二字來分析文章，如金聖嘆《才子古文讀本》在評嵇康〈琴賦序〉時，認為此文分別就「音聲」和「文字」來「先作淺

---

[1] 拙著《文章章法論》中亦列有「淺深」則（頁八五～八七），但所指的是「凡一件事情在演變的過程中，它的情況有愈趨輕微或愈趨嚴重者，將它記錄下來，便會形成秩序」。兩者是不同的。

[2] 見歸有光《文章指南》。

[3] 見唐彪《讀書作文譜》頁九三。

[4] 見宋文蔚《評註文法津梁》頁一六六。

[5] 見許恂儒《作文百法》頁(二)三一。

[6] 見林景亮《評註古文讀本》頁二三六。

淺說」⁷，然後再接著「始作深深說」，由此可看出文意是由淺
遞深的。

所以，淺深法就是因文意（境）有淺有深，而在文章中形成
層次的章法。

二、淺深法在應用時所呈現的結構類型

在對文學作品進行分析時，發現應用淺深法者不少，但幾乎
都是形成「先淺後深」的結構，由深而入淺者絕少。衡諸常理，
由淺處推入深處是比較自然的安排，所以難怪在章法上會有這樣
的現象。其下就以羅家倫〈運動家的風度〉為例，來說明「由淺
而深」的情形：

1、正文

> 提倡運動的人，以為運動可以增加個人和民族體力的健
> 康。是的，健康的體力，是一生努力成功的基礎；大家體
> 力不發展，民族的生命力也就衰落下去。
> 古代希臘人以為「健全的心靈，寓於健全的身體。」這也
> 是深刻的理論。身體不健康，心靈容易生病態，歷史上、
> 傳記裡和心理學中的例證太多了。
> 這些都是對的，但是運動的精義，還不只此。它更有道德
> 的意義，這意義就是在運動場上養成人生的正大態度、政

---

⁷ 此則及下則引語見《才子古文讀本》（下）頁一七。

治的光明修養，以陶鑄優良的民族性。這就是我所謂「運動家的風度」。

養成運動家的風度，首先要認識「君子之爭」。「君子無所爭，必也射乎。揖讓而升，下而飲，其爭也君子。」這是何等的光明，何等的雍容。運動是要守著一定的規律，在萬目睽睽的監視之下，從公開競爭而求得勝利的；所以一切不光明的態度，暗箭傷人的舉動，和背地裡占小便宜的心理，都當排斥。犯規的行動，雖然可因此得勝，且未被裁判者所覺察，然而這是有風度的運動家所引為恥辱而不屑採取的。

有風度的運動家，要有服輸的精神。「君子不怨天，不尤人。」運動家正是這種君子。按照正道做，輸了有何怨尤。我輸了只怪我自己不行；等我充實改進以後，下次再來。人家勝了，是他本事好，我只有佩服他；罵他不但是無聊，而且是無恥。歐美先進國家的人民，因為受了運動場上的訓練，服輸的精神是很豐富的。這種精神，常從體育的運動場上，帶進了政治的運動場上。譬如這次羅斯福與威爾基競選，在競選的時候，雖然互相批評；但是選舉揭曉以後，羅斯福收到第一個賀電，就是威爾基發的。這賀電的大意是：我們的政策，公諸國民之前，現在國民選擇你的，我竭誠地賀你成功。這和網球結局以後，勝利者和失敗者隔網握手的精神一樣。此次威爾基失敗以後，還幫助羅斯福作種種外交活動；一切以國家為前提，這也是值得讚許的。

有風度的運動家，不但有服輸的精神，而且更有超越勝敗

的心胸。來競爭當然要求勝利，來比賽當然想創紀錄。但是有修養的運動家，必定要達到得失無動於中的境地。運動所重，乃在運動的精神。「勝固欣然，敗亦可喜。」正是重要的運動精神之一；否則就要變成「悻悻然」的小人了！

有風度的運動家是「言必信，行必果」的人。運動會要舉行宣誓，義即在此。臨陣脫逃，半途而廢，都不是運動家所應有的。「任重而道遠」和「貫徹始終」的精神，應由運動家表現。所以賽跑落後，無希望得獎，還要努力跑到的人，乃是有毅力的人。

運動家的風度表現在人生上，是一個莊嚴公正、協調進取的人生。有運動家風度的人，寧可有光明的失敗，決不要不榮譽的成功！

2、結構表

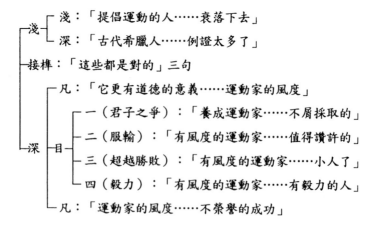

3、說明

(1)淺

本文一開始先提出別人對運動的兩種看法，但相較於作者在後面所闡述的想法，還算是「淺」的。

(2)深

作者看出運動具有道德上的意義，這才是更深入的看法，也是本文的重心所在，因此用相當多的篇幅闡述，並以「凡目凡」結構來統整。

4、作用

由淺入深的寫法，能夠明顯地表達出事理的層次；更重要地，是可以在「淺」的一層的襯托下，使「深」層的意義更為彰顯。這樣的特色，在這篇〈運動家的風度〉中，可以說是展露無遺了。

三、淺深法的特色

淺深法在指陳章法現象、深入文章內蘊上，自有其犀利的角度，而這也是其來有自的：

㈠張紅雨《寫作美學》中提到：「我們審視寫作美與不美的重要標準之一，就是其揭示的這些內容，是深是淺，是多是寡，對人們到底有多大的啟迪作用。」[8]準乎此，當一篇作品對某些

---

[8] 見《寫作美學》頁七七。

事實與真理的揭示是深刻的，它的文意（境）是有所提昇的，對人們的啟迪也更多更廣更深，那麼，這就更促進了這篇作品的美感，而淺深法恰好能標識出這種美感增強的程度與情況。

　　㈡而且淺深法所強調的文意（境）淺深的轉變，也是合於寫作主體的美感情緒的波動變化的，張紅雨《寫作美學》又談到：「《素問六節藏象論》中說：『心者，生之本，神之變也。』意思是說人是有思想感情的，其情緒是經常變化著。人們的思想感情處於靜止狀態是相對而言的。所謂靜止，只是思想情緒活動比較微弱、緩慢，是處於陰態之中。『靜者為陰……遲者為陰。』這裡所說的『遲』已昭示出動作和思維的舒緩，而決不是絕對的靜止。……所以變化是主要的，是常態。……這便形成了人的美感情緒的跳躍和轉換這一特點。以這種美感情緒波動的特點去結構文章也是常用的一種方式。」[9]所以用淺深法將變化的情形凸顯出來，是相當合理與必要的。

　　㈢淺深法中所呈現的結構絕大部分是「由淺而深」，這當然不是沒有原因的。因為這樣的循序漸進合乎事物的發展規律，自有一種規律美；而且也是和諧整齊的表現形式之一[10]，所以才會大量地出現。

---

[9]　見《寫作美學》頁二三七～二三八。

[10]　參考張紅雨《寫作美學》頁二三六。

第二十一章 「情景」結構

一、何謂情景法

　　「即景以抒情」是很常見的，這一現象早就為文論家所感知，因此對景與情之間相對待的關係，自來就多有探討；劉勰《文心雕龍》中就特列一章——〈物色〉來闡發，一直到現在為止，關於這方面的論述可說是車載斗量[1]。

　　「情」乃是指種種喜怒哀樂愛惡欲之情感[2]，是「虛」；「景」則包括了「自然之景」和「人事之景」[3]，是「實」。「自然之景」無庸贅言，乃是指自然界的種種景色；「人事之景」則是指人力造做之物所呈現出的景觀，如亭臺樓閣等，另外人事活動若是以一個畫面來呈現，也可算是人事之景[4]。「情」與

---

[1] 可參考拙著《文章章法論》頁二三一～二四三。

[2] 見元‧陳繹曾《文說》：「情，凡喜怒哀樂愛惡欲之真趣皆情也。」見《四庫全書》一四八二冊，頁二四六。

[3] 陳滿銘在賞析〈輞川閒居贈裴秀才迪〉時，將景分為「物象」與「人事」；在賞析〈題西湖〉時，則分為「人文」與「自然」見〈高中國文古典詩詞教材探析〉，收於《人文及社會學科教學通訊》九卷三期，頁二五、四〇。

[4] 「人事之景」與論敘法中的「敘事」不同。「人事之景」可以用王維〈輞川閒居贈裴秀才迪〉為例：「寒山轉蒼翠，秋水日潺湲。倚杖柴門外，臨風聽暮蟬。渡頭餘落日，墟里上孤煙，復值接輿醉，狂歌五柳前。」陳滿銘說：「而在頷、末兩聯，則於一派悠閒的自然圖案中嵌入

「景」的關係非常密切，沒有「景」，則抽象的情感無所附麗；沒有「情」，則一切景色皆為死物，與你我又何涉呢？

因此，可以為情景法下這樣的定義：情景法乃是借重具體的景物（實）來襯托抽象的情感（虛），以增強詩文的情味力量的一種章法[5]。

二、情景法與泛具法、情景交融之異同

(一)情景法與泛具法之異同

「情—景」這組對應關係，原本就歸屬於「泛—具」的概念中；但是因為「即景以抒情」是「主—客」互動時的主流之一[6]，因此有必要獨立出來，使我們在賞析詞章時，能擁有更精準的角度。但即景只能抒情嗎？可不可能即景而明理呢？答案是可能的。

元‧楊載《詩法家數》中有一段話：「寫意，要意中帶景，議論發明。」[7]，可見「景」和「議論發明」也是有關聯的。周振甫《詩詞例話》在「詩中議論」一則中，賞析了杜甫的〈蜀

了作者自己倚杖聽蟬和裴迪狂歌而至的人事景象。」（見〈高中國文古典詩詞教材探析〉，頁二五）這就是以一個畫面來呈現。但「敘事」指的是事情的過程被敘述出來，著重的是事件本身。

5　此定義乃參考陳滿銘《國文教學論叢》頁三六五。

6　另一「主—客」互動的主流是「即事以明理」，落實到詞章中，會形成「論敘」法。

7　收於《詩學指南》頁二九。

相〉：

> 丞相祠堂何處尋？錦官城外柏森森。映階碧草自春色，隔葉黃鸝空好音。三顧頻煩天下計，兩朝開濟老臣心。出師未捷身先死，長使英雄淚滿襟。

他認為這首詩：「前四句主要是描寫，後四句是議論」[8]，因此「景－論」的情況是確實存在的。然而這並不適合強行歸入情景法中，因為歸入的話，會使得情景法駁雜不純，也就失去了將它獨自成為一個章法的意義了；所以，最佳的處理方式是讓它留在泛具法之中。根據這樣的觀點，可以為〈蜀相〉畫出如下的結構表：

這樣不就非常清楚了嗎？

(二)情景法與情景交融的異同

關於情與景之間相合而相成的關係，歷來都有許多人探討，施補華《峴傭說詩》中的一段話可為代表：「景中有情，如『柳

---

[8] 見《詩詞例話》頁一一四。

塘春水漫，花塢夕陽遲』，情中有景，如『勳業頻看鏡，行藏獨倚樓』。情景兼到，如『水流心不競，雲在意俱遲』。」所謂「景中有情」，就是字面上是景語，但情感已在其中醞釀，譬如李白〈菩薩蠻〉：「平林漠漠煙如織」，詩人創造出一幅空茫飄渺的景色，而這景色恰與詩中瀰瀰漫漫的愁緒相合相應，使得景色似乎也染上了情感的色彩，這是以「景」為主。而「情中有景」，就是字面上是情語，但藉著抒情之語也帶出眼前之景；譬如李煜〈虞美人〉：「問君能有幾多愁？恰似一江春水向東流」，「春水東流」原是詩人所看到的景色，但這裡用來譬喻無盡的愁恨，很巧妙地將景語轉為情語，這是以「情」為主。至於「情景兼到」，那就是字面上必定要情語、景語同時兼顧，例如柳永〈雨霖鈴〉：「寒蟬淒切」即是如此，「寒蟬」是景語，「淒切」是情語，這句已將情、景打併成一片了。整體說來，前面這三種情形，都可以算是「情景交融」[9]。

　　說到這裡，可以很清楚地瞭解「景中有情」和「情中有景」與情景法並無扞格之處，不過「情景兼到」才適合以情景法切入分析。

三、情景法在應用時所呈現的結構類型

　　情景法是相當常見的謀篇方法，尤其是在古典韻文當中，它有四種不同的結構：「先景後情」、「先情後景」、「景情

---

[9] 此段說法乃本自陳滿銘在臺灣師大國文研究所八十七學年度「高中國文教學專題研究」課堂上之講授內容。

景」、「情景情」。

(一)先景後情

在情景法中,「先景後情」的結構是佔最大宗的,佳例不勝枚舉。其下以杜甫的名篇〈望嶽〉為例:

1、正文

岱宗夫如何?齊魯青未了。造化鍾神秀,陰陽割昏曉。
盪胸生層雲,決眥入歸鳥。會當凌絕頂,一覽眾山小。

2、結構表

```
      ┌─ 遠:「岱宗夫如何」二句
  ┌景─┼─ 近:「造化鍾神秀」二句
  │   └─ 最近:「盪胸生層雲」二句
  └情:「會當凌絕頂」二句
```

3、說明

喻守真《唐詩三百首詳析》引仇兆鼇的說法:「此詩用四層寫:一二句是遠望之色,三四句是近望之勢,五六句是細望之景,七八句是極望之情。上六句是實敘,下二句是虛摹。」[10]

4、作用

這首詩不論是對景的描摹或對情的抒寫,都非常出色;而且

---

[10] 見《唐詩三百首詳析》頁二九～三〇。

我們可以很清楚地看到情是由景生發出來的，兩者聯成一氣，脈絡相通。情景法若是運用得好，就應該如此。

(二)先情後景

形成「先情後景」結構者就少得多了，不過仍有運用得很好的例子，譬如杜牧的〈重送絕句〉。

1、正文

　　絕藝如君天下少，閑人似我世間無。別後竹　風雪夜，一燈明暗覆吳圖。

2、結構表

```
    ┌情─┬ 彼：「絕藝如君天下少」
    │   └ 己：「閑人似我世間無」
    │
    └景─┬ 點：「別後竹牎風雪夜」二句
        └ 染：「一燈明暗覆吳圖」
```

3、說明

　　黃永武在《中國詩學——鑑賞篇》中賞析道：「先以君我二句對起，你的絕藝超群，我則閑散無比，先從情事上虛寫，再以別後在棋枰上打譜，獨自檢討得失的夜景作結。」[11]

---

[11] 見《中國詩學——鑑賞篇》頁八二。

4、作用

本詩先敘寫了對行者的仰慕，以及自己的孤獨無聊，再描繪出一幅雪夜孤燈的寂寥景象，全詩就戛然而止；但在篇外那種凝望的癡情便可以想見。這便是以景結情、含蓄不盡的況味。

(三)景情景

「景情景」的結構也能達成很好的效果，例如關漢卿的〈大德歌秋〉：

1、正文

風飄飄，雨瀟瀟，便做陳摶也睡不著。懊惱傷懷抱，撲簌簌淚點拋。秋蟬兒噪罷寒蛩兒叫，淅零零細雨灑芭蕉。

2、結構表

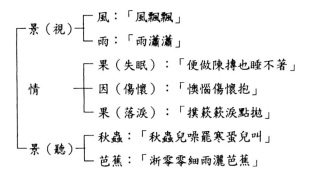

```
      ┌ 景（視）─┬ 風：「風飄飄」
      │          └ 雨：「雨瀟瀟」
      │          ┌ 果（失眠）：「便做陳摶也睡不著」
      ├ 情      ─┼ 因（傷懷）：「懊惱傷懷抱」
      │          └ 果（落淚）：「撲簌簌淚點拋」
      └ 景（聽）─┬ 秋蟲：「秋蟲兒噪罷寒蛩兒叫」
                 └ 芭蕉：「淅零零細雨灑芭蕉」
```

3、說明

就此曲的結構而言，以景起，以景結，中間插入一段抒情的

文字，情與景的結合十分緊密。

4、作用

開篇二句就營造出秋風秋雨的蕭颯景象，中間三句承此氣氛，來描寫主人翁的愁苦情狀，而末尾兩句又藉著秋聲，使「傷懷抱」之苦得以具象化。所謂「情景相生」之妙，在這首曲子中是相當突出的[12]。

(四)情景情

陶淵明〈飲酒〉之五是膾炙人口的名篇，其謀篇方式就是先抒情、後寫景、再抒情：

1、正文

　　結廬在人境，而無車馬喧。問君何能爾，心遠地自偏。
　　採菊東籬下，悠然見南山；山氣日夕佳，飛鳥相與還。
　　此中有真意，欲辨已忘言。

2、結構表

```
    ┌情┬ 果：「結廬在人境」二句
    │  └ 因：「問君何能爾」二句
  ──┼景┬ 先（白晝）：「採菊東籬下」二句
    │  └ 後（傍晚）：「山氣日夕佳」二句
    └情：「此中有真意」二句
```

---

[12] 結構表、「說明」、「作用」皆參考陳滿銘《文章結構分析》頁二八五～二八七。

3、說明

第一個「情」先提明「心遠地自偏」的意思；接著四句寫景句，是敘寫玩賞大自然的悠然心情；最後二句再一次抒情，抒發的是「得意而忘言」（《莊子‧齊物》）的真趣[13]。

4、作用

明‧謝榛在《四溟詩話》中說：「作詩本乎情景，孤不自成，兩不相背。……景乃詩之媒，情乃詩之胚，合而為詩。」用這段話來檢驗〈飲酒〉之五的謀篇，是相當適切的。情依託於景，情不會顯得枯澀；景一經情的點染，景不會流於呆板；而能夠達於情、景融為一片的境界。

四、情景法的特色

情景法在虛實法中是最大宗的；就算與其他章法相較，情景法也如賓主法、正反法……一般，是最為常見的章法。因此，當然很有必要作一番討論：

㈠關於「對景生情」，張紅雨《寫作美學》的看法是：「情緒波動的性質是由客觀存在決定的。……所謂『觸景生情』就是這個道理。而這種『情』是陽剛形態還是陰柔形態，是爽朗還是悵愴，都是受『景』的牽制，從『景』中產生出來。由此可見，

---

[13] 結構表和「說明」參見陳滿銘《文章結構分析》頁一九四。

不同的『景』引起的寫作主體的情緒波動其性質也是多種多樣的。」[14]這裡所強調的是客體的重要性與決定性。但是錢谷融、魯樞元主編的《文學心理學》卻說:「人的感知不是對客體的直接反映或複寫。感知的內容和特性,不是單純地由外界刺激所決定的,它還取決於感官的狀態、整個機體的狀態,以及既往的經驗等主體因素。也就是說,外界刺激不是直接地、機械地規定它所引起的知覺的,它必須經過主體許多內部條件的中介,才能決定知覺的內容。」[15]這裡揭示了主體的關鍵地位。而我們認為「情-景」(亦即「主-客」)關係中,兩方面的地位當然都是很重要的,必須是相適應、相調和的;但畢竟客體只是客觀地呈現,若說它有意義,那也是主體對它賦予了意義;基於這樣的道理,劉雨在《寫作心理學》中說:「由於情感的作用,觀察者必然要在視覺空間中尋找與自己情感相接近的觀察對象,而對那些與情感不相接近的事物,雖然可能近在咫尺,但在觀察者的心理上卻可能如隔天涯。」[16]所以絕不能輕忽客體的重要,但畢竟應該承認主體的主導地位。

㈡特殊的情意與經過揀擇的景象,相適應後會產生什麼樣的意義與效果呢?李澤厚在《美學論集》中談到:「成功的藝術形象總是直接性(實、顯的方面)與間接性(虛、隱的方面)矛盾雙方的一種特殊的和諧統一;其直接性總是超出自己,引導和指向一定的間接性;其間接性總是限制自己,附著和從屬於一定的

---

[14] 見《寫作美學》頁一一七。

[15] 見《文學心理學》頁一四一。

[16] 見《寫作心理學》頁一四六。

直接性。」[17]所以實（景）與虛（情）的關係是相應相生的，因此可以產生一種「調和」的美感。關於這一點，還可以用作品的「直接內容」與「間接內容」來說明：陳雪帆《美學概論》中說：「所謂直接內容——就是藝術所描寫的對象所有的實際的意義，可以稱為藝術的第一內容或表面的東西」、「所謂間接內容——則是藝術裡面所含的意義，為作品所間接表出的情趣、精神」、「大抵都是一個作品之中同時蘊藏著這兩種的內容的」、「其結合，簡直像是化學的結合，而不是物理的結合。實際上，兩種內容原有密切不可分離的關係」[18]。這種臻至合一的情狀，可說是調和到了極處，那麼自然而然地會產生融洽、優美的美感[19]。

㈢因景而生的「情」並非概念認識，而是審美認識，是把非確定的概念溶解在想像裡，以得到一種不脫離具體形象的感受和體會，這就是藝術特有的間接性，所以它給人的是欣賞而不是推理，是領悟而不是說教[20]。張法在《中西美學與文化精神》中，還將它提昇至「悟道」的層次：「在人與自然的同構中，由於自然與天道相通，人與自然就染上了一種形而上的超越性。……在寓情於景的作品中，悟道的感受卻屢見迭出。……以人景關係為主，重要的是心靈的體悟和融入，在情景的交融裡，不知何者為我，何者為物。」[21]這可說是到達最高的境界了。

㈣另外值得一提的是：情景法的運用在韻文中甚為常見，在

---

[17] 見《美學論集》頁三七三。
[18] 見《美學概論》頁八九～九○。
[19] 參考陳雪帆《美學概論》頁七一～七二。
[20] 參見李澤厚《美學論集》頁三七五。
[21] 見《中西美學與文化精神》頁二六八。

散文中則不多見，所以前面所舉的例證全是韻文。而且「景」是
為了帶出「情」，所以「景」是手段、「情」是目的，因而主旨
幾乎毫無例外地會出現在「情」中。

　經過對情景法的探討之後，還可以從中抽繹出一些虛實法共
通的特性。

　㈠前面提到成功的藝術形象總是直接性（實）與間接性
（虛）的和諧統一，落實到文章上，就會分別形成具象美（實）
和抽象美（虛）；而兩種美感是所有的虛實法都共同具有的。

　㈡因為實與虛是緊密相應的，所以會產生調和的美感；也就
是說具象美和抽象美會形成和諧統一。這也是所有的虛實法都致
力追求的最高境界。

第二十二章 「論敘」結構

一、何謂論敘法

「即事以明理」是「主－客」互動關係的另一主流，李穆堂〈覆方望溪評歐文書〉中對此有很好的闡發：「說理之文，以論事出之，則無微不顯；論事之文，以說理出之，則無小非大。蓋必事與理相足，而後詞達，詞達而後詞之能事畢。」[1]也因為這樣，早在宋朝的李塗《文章精義》就提到了論敘法，而且還將它應用時的型態分為「前敘事、後議論」、「敘事議論相間」[2]，以後歷代也都有文論家、文評家對此持續關注[3]。

論敘法中的「論」是「虛」，「敘」是「實」。歸有光《文章指南》中有「先虛後實則」，「謝疊山曰：文章立冒頭，然後入事，又是一格。如蘇子瞻〈伊尹論〉是也（蘇子瞻〈鼂錯論〉亦可與此參看）。」[4]〈伊尹論〉和〈鼂錯論〉都是一開始就說理，然後再敘伊尹、鼂錯之事[5]，可見得《文章指南》所說的

---

[1] 轉引自《古文法纂要》，頁二〇九。

[2] 見《文章精義》：「傳體前敘事、後議論，獨〈圬者王承福傳〉敘事議論相間，頗有太史公〈伯夷傳〉之風。」《四庫全書》一四八一冊，頁八〇六。

[3] 可參考拙著《文章章法論》頁二四七～二六一。

[4] 見《文章指南》頁一五。

[5] 〈伊尹論〉乃先論「其不取者愈大，則其辯者愈遠矣」，自「孟子曰：

「先虛後實」就是「先論後敘」。而「虛」是抽象，「實」是具體[6]，所以論因敘而具體化，道理更明白易懂；敘因論而抽象化，對事物得以有更深一層的觸發，蘊意不盡。

因此，論敘法就是將抽象的道理（虛）和具體的事件（實）結合起來，使之相輔相成的一種章法。

二、論敘法與泛具法、議在敘中的異同

（一）論敘法與泛具法的異同

論敘法和情景法一樣，都是因為別具特色，而從泛具法中抽離出來自成章法；例如吳楚材、王文濡評註的《古文觀止》，在評《國語・敬姜論勞逸》時，對「論」的部分評道：「泛論道理」[7]，對「敘」的部分評道：「實敘」，從這裡可以看得出來以前將論敘法歸入虛實（泛具）法中的情形。並且，還有一個地方與情景法類似，那就是即事不僅可以明理，也能夠抒情；而這「情－敘」的情況和「論－敘」也是有差異的，所以將前者歸入泛具法中。

明・屠隆在〈與友人論詩文〉中說：「情緣事起」[8]；明・

伊尹耕於有莘之野」開始，方才入事，〈鼂錯論〉從一開始「天下之患最不可為者」，到「則天下之禍集於我」為止，是論說的部分；後文由「昔者鼂錯盡忠」開始，才是敘事。

6　參考陳滿銘《國文教學論叢》頁三六二。

7　此則及下則引語見《古文觀止》頁一〇〇。

8　轉引自彭會資主編《中國文論大辭典》，頁三七。

祝允明也說：「情從事生，事有向背，而心有愛憎，由是欣戚形焉」[9]，關漢卿〈四塊玉閒適〉就是如此：

舊酒沒。新醅潑。老瓦盆邊笑呵呵。共山僧野叟閒吟和。他出一對雞，我出一個鵝，閒快活。

其結構表[10]如下：

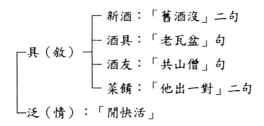

所以這首曲子很明顯地是因閒適之事，而起閒適之情，自然應該歸入泛具法了。

(二)論敘法與議在敘中的異同

論敘法中有一類是「夾敘夾議」，即是指在結構上呈現出敘事與議論間雜的型態；但劉師培在《漢魏六朝專家文》中所談的「夾敘夾議」，是指「通篇記事，並無評論，而是非曲直即存於記事之中」、「句句敘事，亦即句句評論」[11]，這就是平常所說

---

9 見《枝山文集》卷二〈姜公尚自別余樂說〉。
10 參考陳滿銘《文章結構分析》頁一〇三。
11 見《漢魏六朝專家文》第十九節「論記事文之夾敘夾議及傳贊碑銘之繁

的「議在敘中」。前述兩者都稱「夾敘夾議」，但其實內涵是不同的。

雖然它們的原理都一樣，都是即事而明理，但處理的方式卻有異：前者因在形式上表現出敘議間雜，因此是章法的一種；後者卻是指在運用事材時深藏特殊的情意，應從內蘊上去探討。所以議在敘中型的夾敘夾議，不適合放在章法中討論，是很明顯的。

岳飛〈良馬對〉就是一個「議在敘中」的例子：

> 帝問岳飛曰：「卿得良馬否？」
> 對曰：「臣有二馬，日啗芻豆數斗，飲泉一斛，然非精潔即不受；介而馳，初不甚疾，比行百里，始奮迅，自午至酉，猶可二百里，褫鞍甲而不息不汗，若無事然。此其受大而不苟取，力裕而不求逞，致遠之材也。不幸相繼以死。今所乘者，日不過數升，而秣不擇粟，飲不擇泉，攬轡未安，踴躍疾驅，甫百里，力竭汗喘，殆欲斃然。此其寡取易盈，好逞易窮，駑鈍之材也。」
> 帝稱善。

它所形成的是這樣的結構表：

簡有當」。

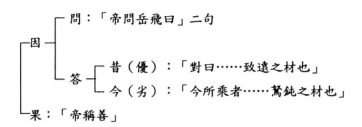

此篇全為敘事，但其中自有深意流貫。林雲銘在《古文析義》中說：「得良馬與未得，一言可盡；武穆乃將馬之所以為良、所以為不良處，細細分別出來，全為國家用人說法，妙在含蓄不露，若添一語相士，便索然無味。玩『不幸相繼以死，今所乘者』兩句，罵盡舉朝無人，皆屬駑鈍，尤感慨之極也。高宗稱善而不悟其意，國事可知。」[12]但它深蘊的情意並未在形式上表現出來，因此不能說它運用了敘論法，而應該說它在敘述事情時是採用「由因及果」的結構。

三、論敘法在應用時所呈現的結構類型

論敘法是相當常見的章法，應用起來也可以很靈活，可形成四種不同的結構，即「先敘後論」、「先論後敘」、「論敘論」「敘論敘」，茲以前三種結構為例加以說明。

(一)先敘後論

「先敘後論」的結構是最普遍被採用的了，例如聞一多著名

---

[12] 見《古文析義合編》頁七九八。

的詩作〈死水〉就是用這種方式寫成的：

1、正文

　　這是一溝絕望的死水，
　　清風吹不起半點漪淪。
　　不如多扔些破銅爛鐵，
　　爽性潑你些剩菜殘羹。

　　也許銅的要綠成翡翠，
　　鐵罐上鏽出幾瓣桃花；
　　再讓油膩織一層羅綺，
　　黴菌給他蒸出些雲霞。

　　讓死水酵成一溝綠酒，
　　飄滿了珍珠似的泡沫；
　　小珠笑一聲變成大珠，
　　又被偷酒的花蚊咬破。

　　那麼一溝絕望的死水，
　　也就誇得上幾分鮮明。
　　如果青蛙耐不住寂寞，
　　又算死水叫出了歌聲。
　　這是一溝絕望的死水，
　　這裡斷不是美的所在，
　　不如讓給醜惡來開墾，

看他造出個什麼世界。

2、結構表

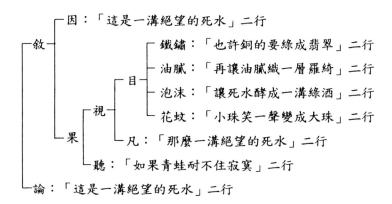

因：「這是一溝絕望的死水」二行
敍
目
鐵鏽：「也許銅的要綠成翡翠」二行
油膩：「再讓油膩織一層羅綺」二行
泡沫：「讓死水酵成一溝綠酒」二行
花蚊：「小珠笑一聲變成大珠」二行
視
凡：「那麼一溝絕望的死水」二行
果
聽：「如果青蛙耐不住寂寞」二行
論：「這是一溝絕望的死水」二行

3、說明

(1)敍

「敍」的部分形成「先因後果」的結構。作者先描述一溝令人絕望的死水，接著以三段的篇幅，分就視、聽兩種知覺來描寫死水的變化。

(2)論

最末一段是論說，乃是根據前面的敍述而得出的結論。

4、作用

作者在前面敍述的部分，用絢麗的字眼妝點這不斷發酵的醜惡死水，造成非常搶眼的視覺效果；但醜惡的畢竟還是醜惡的，因此在末段，作者下了一個十分絕望的結論，但在極端的絕望之中，似乎又隱隱透出一層「置之死地而後生」的希冀。

(二)先論後敘

以「先論後敘」的方式來寫作的文章不多，而蘇軾〈超然臺記〉就是其中的一篇：

1、正文

凡物皆有可觀，苟有可觀，皆有可樂，非必怪奇偉麗者也。餔糟啜醨，皆可以醉；果蔬草木，皆可以飽；推此類也，吾安往而不樂？夫所為求福而辭禍者，以福可喜而禍可悲也。人之所欲無窮，而物之可以足吾欲者有盡，美惡之辨戰乎中，而去取之擇交乎前。則可樂者常少，而可悲者常多，是謂求禍而辭福。夫求禍而辭福，豈人之情也哉？物有以蓋之矣。

彼遊於物之內，而不遊於物之外；物非有大小也，自其內而觀之，未有不高且大者也。彼其高大以臨我，則我常眩亂反覆，如隙中之觀鬥，又焉知勝負之所在。是以美惡橫生，而憂樂出焉。可不大哀乎。

余自錢塘，移守膠西，釋舟楫之安，而服車馬之勞；去雕墻之美，而蔽采椽之居；背湖山之觀，而適桑麻之野。始至之日，歲比不登，盜賊滿野，獄訟充斥。而齋廚索然，日食杞菊，人固疑余之不樂也。處之期年，而貌加豐，髮之白者，日以反黑。余既樂其風俗之淳，而其吏民，亦安予之拙也。於是治其園圃，潔其庭宇，伐安丘、高密之木，以修補破敗，為苟全之計。而園之北，因城以為臺者舊矣，稍葺而新之。時相與登覽，放意肆志焉。

南望馬耳常山，出沒隱見，若近若遠，庶幾有隱君子乎！而其東則盧山，秦人盧敖之所從遁也。西望穆陵，隱然如城郭，師尚父、齊威公之遺烈，猶有存者。北俯濰水，慨然太息，思淮陰之功，而弔其不終。臺高而安，深而明，夏涼而冬溫，雨雪之朝，風月之夕，余未嘗不在，客未嘗不從。擷園蔬，取池魚，釀秫酒，瀹脫粟而食之，曰：「樂哉遊乎！」方是時余弟子由適在濟南，聞而賦之，且名其臺曰超然。以見余之無所往而不樂者，蓋遊於物之外也。

2、結構表

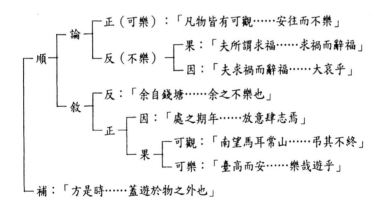

3、說明

(1)順（論）

作者在此，先從正面寫「可樂」，再從反面寫「不樂」；而且反面的部分可分為兩層，第一層就人寫慾望無窮的結果，第二層就物寫為物所役的情況，此為「因」。

(2)順（敘）

此處採用「先反後正」的寫法，先就反面寫「疑不能樂」，然後就正面寫「樂形於外」。而且「樂形於外」的篇幅很長，超然臺也到此才出現；這一大段是用「先因後果」法處理的：先敘修治園、臺的經過及目的，再敘超然臺的可觀之景、可樂之事。

(3)補

此段點明臺名及如此命名的用意，回抱全文作收[13]。

 4、作用

陳滿銘在《國文教學論叢》中說：「作者這樣的先從正面拈出一『樂』字，作為一篇的大旨，從而就反面推論人之所以不樂，乃是由於不能超然物外的緣故；然後又由反而正地藉自身安於困苦的經歷及超然臺上周遭的『可觀』、『可樂』來證明遊心物外、無往不樂的道理，無論在運材或佈局上來說，都是極富變化、極具匠心的。」[14]可見得「先論後敘」的寫法是能達成良好的效果的。

(三)論敘論

彭端淑的〈為學一首示子姪〉是以「論敘論」的結構來謀篇的：

 1、正文

天下事有難易乎？為之，則難者亦易矣；不為，則易者亦

---

[13] 「說明」參考陳滿銘《國文教學論叢》頁三七七～三七九。

[14] 見《國文教學論叢》頁三八〇。

難矣。人之為學有難易乎？學之，則難者亦易矣；不學，則易者亦難矣。

吾資之昏，不逮人也；吾材之庸，不逮人也。旦旦而學之，久而不怠焉；迄乎成，而亦不知其昏與庸也。吾資之聰，倍人也；吾材之敏，倍人也。屏棄而不用，其昏與庸無以異也。然則昏庸聰敏之用，豈有常哉？

蜀之鄙有二僧，其一貧，其一富。貧者語於富者曰：「吾欲之南海，何如？」富者曰：「子何恃而往？」曰：「吾一瓶一缽足矣。」富者曰：「吾數年來欲買舟而下，猶未能也。子何恃而往？」越明年，貧者自南海還，以告富者，富者有慚色。

西蜀之去南海，不知幾千里也；僧之富者不能至，而貧者至焉。人之立志，顧不如蜀鄙之僧哉？是故聰與敏，可恃而不可恃也；自恃其聰與敏而不學，自敗者也。昏與庸，可限而不可限也；不自限其昏與庸而力學不倦，自立者也。

2、結構表

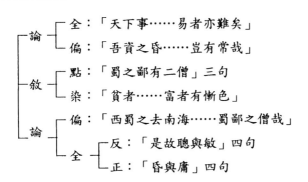

論┬全：「天下事……易者亦難矣」
　└偏：「吾資之昏……豈有常哉」

敘┬點：「蜀之鄙有二僧」三句
　└染：「貧者……富者有慚色」

論┬偏：「西蜀之去南海……蜀鄙之僧哉」
　└全┬反：「是故聰與敏」四句
　　　└正：「昏與庸」四句

3、說明

(1)論

起段先就「全」的觀點，從做事、為學談起，指明關鍵在做與不做、學與不學的行為上，以預為下段更進一層的議論打開路子。二段承起段的為學，從「偏」的觀點切入，以資材之昏與敏，作更深入的論說，指出昏庸、聰明是無常的，不可恃的。

(2)敘

此段特舉蜀僧去南海之事例，證明肯努力的終能成功，不肯努力的必將失敗。

(3)論

末段先收蜀僧之事，此為「偏」；接著從反面收前文的「不為」、「聰」、「敏」、「屏棄不用」與「富者不能至」；再從正面收「為之」、「學之」、「昏」、「庸」、「旦旦學之」與「貧者至」，此為「全」，並點明主旨結束。

4、作用

文章先提論點，再插入貧富二僧的故事，娓娓動人，增添文章的說服力，最末的結論將前面的泛論與事證一舉收盡，筆法綿密至極[15]。

---

[15] 結構表和「說明」、「作用」參見陳滿銘《文章結構分析》頁五八～六一。

四、論敘法的特色

對事議論在文章中也是相當常見的情況，它的產生與發展通常具有下列的幾種特色：

㈠作者之所以會對此事而生此議，這「事」與「議」自然都是經過揀擇，才能恰好地互相適應。而這揀擇的過程可以用心理學上「知覺定勢」的說法來加以解釋：在主－客體的系統中，主體並非外界刺激的被動反應者，反而是作為一個主動要素來發揮作用的；主體會對外界刺激加以選擇才作反應，而他的選擇受到他的經驗、需要和思想認識很大的影響；也就是說，主體需要什麼、認識什麼，他才會看到什麼[16]。所以我們常說的「因事生議」，在這種意義上應該改成「因議尋事」，才符合創作時動機發生的情況。

㈡文學創作中又有「明象」、「暗象」的分別，「明象」指的是具體的激情物的呈現，常會表現為典型形象、典型事件、典型場面；而「暗象」指的是藉此傳達的美感信息，即寫作主體獨特的發現、認識和態度[17]。張紅雨在《寫作美學》中特別指出：「暗象是從明象活動中逐漸感知的。」[18]可見得讀者是從具體的事件中領略到抽象的議論。

㈢敘論法中常藉某個事件帶出作者心中的想法，這樣的內容

---

[16] 見錢谷融、魯樞元主編《文學心理學》頁一四三。

[17] 見張紅雨《寫作美學》頁二一一～二一二。

[18] 見張紅雨《寫作美學》頁二一二。

也會產生美感的：「對客觀規律的闡發和對客觀真理的揭示，也有個審美深度的問題。……寫得深刻，就會引起人們的美感。」[19] 這應該算是與形式美相對的「內容美」。

---

[19] 見張紅雨《寫作美學》頁八一。

第二十三章 「泛具」結構

一、何謂泛具法

　　陳滿銘在〈談詞章的兩種作法——泛寫與具寫〉中說：「詞章是用以表情達意的，通常為了要加強表情達意的效果，以觸生更大的感染力或說服力，則非借助於具體的情事、景物或特殊的狀況不可。而專事描述具體的情事、景物或特殊狀況的，我們特稱為具寫法；至於泛泛地敘寫抽象情意或一般狀況的，則稱作泛寫法」[1]。可見得泛具法原本包涵的範圍相當大，首先，幾乎所有「主－客」互動時種種紛繁的變化，化為文字寫成詞章，就會形成泛具法；但將其中極具特色的「情－景」和「論－敘」兩大類獨立出來後（見前文所述），就只賸下「論－景」和「情－敘」兩類留在泛具法中了。其次，「事、景、情、理」在單寫時，也可能會出現泛、具的章法現象；但是，凡此種種若與凡目法重疊時，這部分就要劃歸凡目法（見後文所述）。所以現在所認定的泛具法，領域大為縮小；但為了要能更精準地分析文章，這樣的處理是有必要的。

　　因此泛具法應該是文學作品中「因景而明理」、「因事而生情」者，所自然形成的一種章法；而且「事、景、情、理」在單

---

[1] 收錄於《國文教學論叢續編》頁四四五。

寫時，也可能會出現泛寫、具寫合用的情形。

二、泛具法與情景法、論敘法、凡目法、詳略法的異同

（一）泛具法與情景法的異同

略。見情景法與泛具法的異同。202 頁。

（二）泛具法與論敘法的異同

略。見論敘法與泛具法的異同。214 頁。

（三）泛具法與凡目法的異同

在探討泛具法的定義時，曾談到泛具法可大致分為兩個範圍，第一個範圍是「因景而明理」、「因事而生情」者。因為「理」、「情」是抽象的，「景」、「事」是具象的，所以兩者結合起來，「一實一虛」的特性與「一條分一總括」是截然不同的；因此，就算「景」、「事」的部分可以條分成目，也不宜理解為凡目法。

但是，另一個範圍：「事、景、情、理」單寫而呈泛具型態者，與凡目法就有重疊的可能了。因為此處的「泛」、「具」分別是指「泛泛地敘寫」和「加強地描述」；「加強描述」的部分可以分成條目的情況很多，而且在此時用凡目法來分析也比較清楚，所以「具寫」部分可以分條目時，就應該歸屬於凡目法。

關於此點，可以用司馬光〈訓儉示康〉中的一節文字為例：

> 吾性不喜華靡，自為乳兒，長者加以金銀華美之服，輒羞
> 赧棄去之。二十忝科名，聞喜宴獨不戴花，同年曰：「君
> 賜不可違也」，乃簪一花。

這一段全是敘事，它的作法是：「作者先泛敘自己『性不喜華
靡』，然後舉棄去華美之服與聞喜宴獨不戴花兩件事例來具寫
它」[2]。若用結構來表示，是這樣子的：

```
┌泛：「吾性不喜華靡」
└具：「自為乳兒……乃簪一花」
```

但因為「具寫」的部分等於條分為二，所以它也形成了「先
凡後目」的結構，也可用結構表表示出來：

```
┌凡：吾性不喜華靡
│      ┌昔：「自為乳兒」三句
└目─┤
       └今：「二十忝科名」五句
```

因為用凡目法更能清楚地分析此文的結構，所以以歸入凡目
法為宜。

---

[2] 見陳滿銘《國文教學論叢續編》頁四五二。

㈣泛具法與詳略法的異同

略。見詳略法與泛具法的異同。308 頁。

三、泛具法應用時所呈現的結構類型

泛具法在應用時，最常呈現兩種型態：「先泛後具」和「先具後泛」。

㈠先泛後具

北朝民歌「企喻歌辭」中，有一首就運用了泛具法：

1、正文

男兒可憐蟲，出門懷死憂。尸喪狹谷中，白骨無人收。

2、結構表

```
┌泛：「男兒可憐蟲」二句
└具：「尸喪狹谷中」二句
```

3、說明

前二句只泛泛地說了男兒是懷著死憂的可憐蟲；後二句才具體地敘寫男兒曝屍荒山的可憐情狀。

4、作用

　　泛寫與具寫的緊密配合，使得這首詩產生撼動人心的強大力量。

　　㈡先具後泛

　　孟郊的〈遊子吟〉相當膾炙人口，它也是採用泛具法寫成的：

1、正文

　　慈母手中線，遊子身上衣。臨行密密縫，意恐遲遲歸。誰言寸草心，報得三春暉？

2、結構表

```
         ┌泛：「慈母手中線」二句
 ┌具（事）┤
 │       └具：「臨行密密縫」二句
 └泛（情）：「誰言寸草心」二句
```

3、說明

　(1)先具後泛
　　很明顯地，這首詩是「因事而生情」才寫成的，所以會形成「先事後情」（也就是「先具後泛」）的結構。
　(2)先泛後具
　　首二句只是泛泛地敘寫，次二句才仔細地描寫縫衣的動作與心情，是具寫。

4、作用

用先泛後具的手法來描述事物，使事物更形象化，更易令人感動；而由此事而生之情，才不會空泛而無實。

四、泛具法的特色

泛具法可以分成兩大部分，我們也分別針對這兩部分來探討它們的特色：

㈠文章中有時會出現「因事而生情」、「因景而明理」的情形，關於這點，我們可以參考張紅雨《寫作美學》中的一段說法：「敘事詩裡寫作主體不僅情入，有時也身入，這就是抒情詩和敘事詩常常難以分開的道理。」[3]他說的是一首詩中有敘事的成分、也有抒情的成分，那麼就可能出現「事－情」的結構；而「因景而明理」的情況也應作如是觀。因為美感情緒的波動湧現並無法作一截然的規範，它有「通常如此」的規律性，但也有「偶然如此」的靈活性。

㈡泛具法的另一部分──敘寫「事、景、情、理」時泛寫具寫合用的情形，這完全可以用「抽象」和「具象」的關係來解釋，它們會分別形成抽象美和具象美，也會互相適應而達致調和的美感。

---

[3] 見《寫作美學》頁一五七～一五八。

第二十四章 「空間的虛實」結構

一、何謂空間的虛實法

　　陳滿銘在《國文教學論叢》中，談到「虛實」法時，說：「虛實就空間來說，凡窮盡目力，寫眼前所見的，是實；而透過設想，寫遠處情況的，則是虛。」[1] 而劉勰《文心雕龍·神思》說：「悄焉動容，視通萬里」，這表示了想像力馳騁之時，是不受眼前空間限制的，所以表現在文學作品上，自然就會有實空間和虛空間之分。王夫之《詩繹》稱這種利用想像力而創造一個虛空間的作法為「取影」[2]；而因為這樣的寫法並非只針對作者所在的空間來描寫，很有可能重心反而放在另一個想像得來的空間，因此又有人稱之為「反託題意」[3]、「對面託寫」[4]；至於李扶九《古文筆法百篇》面對此一情況時，就直接說「虛託」[5]了。不過，須要強調的是：不僅視覺所見是實空間，其他經由聽覺、嗅覺……所捕捉的空間也是實空間。

---

[1] 見陳滿銘《國文教學論叢》頁三六七。

[2] 可參考拙著《文章章法論》頁二六七～二六八。

[3] 見劉坡公《學詩百法》頁五六。

[4] 見顧亭鑑纂輯、葉葆王詮註之《學詩指南》頁一四一。

[5] 見《古文筆法百篇》：「古人行文全用虛託，不肯用一實寫」（頁一五一）。

　　另外詞章中也常出現夢境、仙界、冥界，這些當然是「虛」的，並非實際存在的空間。夢是介於睡眠與覺醒之間，既不是完全無知，也不是完全知覺的一種狀態，夢境中的內容是過去生活經驗的一種反映；神話在文學作品中的大量運用，帶出了對仙界的描寫；而對死亡的懼怕與執迷，使冥界成為文學中不會缺少的一個場景。

　　所以空間虛實法的定義是：在詞章中既描寫各種知覺所感知的實空間，也描寫想像得來的虛空間（含夢境、仙界、冥界），使得空間的處理靈活而有彈性。

二、空間的虛實法與示現格的異同

　　語文中利用人類的想像力，把實際上不聞不見的事物，說得如見如聞的修辭方法，就叫作示現[6]。既然示現格的性質如此，那麼在示現時出現未曾眼見的虛空間，也是可能的了。

　　但是空間的虛實法所強調的是空間的靈活調度，以及因此而產生的美感；而示現格只是將作者感官的觀察及想像所得，活神活現地描述一番，使讀者產生情緒上的共鳴[7]；因此，兩者的訴求是不同的。更何況，章法與修辭格所修飾的對象也不同，一為篇章，一為字句，這是要分別清楚的。

　　屠格涅夫的《羅亭》中，有一小段文字用了示現修辭法：

---

[6]　見黃慶萱《修辭學》頁三六五。
[7]　參考黃慶萱《修辭學》頁三七〇。

> 哦！不！不需要。你只要拿過一張紙，在頂端寫了「短
> 歌」兩字，於是便這樣開始：「哎嗳啦！我的命運
> 呀！⋯⋯」或者類似的東西，便完成了。付印。出版。小
> 俄羅斯人讀了它，將低下頭來，埋在掌裏，眼淚便真誠地
> 汩汩湧出，原是善感的靈魂呵！

黃慶萱《修辭學》中分析道：「『小俄羅斯人讀了它，將低下頭
來，埋在掌裏，眼淚便真誠地汩汩湧出，原是善感的靈魂呵！』
只是想像中的情形，與過去、未來全然沒有關係。」[8]可見得這
是「懸想的示現」。

　　而王維〈九月九日憶山東兄弟〉則是將空間虛實法運用得妙
到顛毫的例子：

> 獨在異鄉為異客，每逢佳節倍思親。
> 遙知兄弟登高處，遍插茱萸少一人。

其結構表是這樣的：

```
       ┌ 實 ┬ 因：獨在異鄉為異客
       │    └ 果：每逢佳節倍思親
       │
       └ 虛 ┬ 點：遙知兄弟登高處
            └ 染：遍插茱萸少一人
```

8　此例見黃慶萱《修辭學》頁三七三。

劉坡公《學詩百法》對這首詩的分析是：「右詩題意全在一『憶』字。首句言作客異鄉，便含憶字之意；第二句『思親』二字，憶字已暗暗點明；第三四句從對面兄弟憶己，反託己之憶兄弟。詩境真出神入化矣！」[9]如果不是因為對空間的處理十分巧妙，怎麼可能產生這麼好的效果呢？

三、空間的虛實法應用時所呈現的結構類型

其下舉空間的虛實法：「先實後虛」、「先虛後實」、「實虛實」、「虛實虛」四種結構為例：

㈠先實後虛

這種結構是空間的虛實法中最常見的了，例如王昌齡〈從軍行〉即是運用了「先實後虛」的寫法：

1、正文

> 烽火城西百尺樓，黃昏獨坐海風秋。
> 更吹羌笛關山月，無那金閨萬里愁。

---

[9] 見《學詩百法》頁五六。

2、結構表

```
     ┌ 視 ┌ 點：「烽火城西百尺樓」
   實 ┤    └ 染：「黃昏獨坐海風秋」
 ┤  └ 聽：「更吹羌笛關山月」
   └ 虛：「無那金閨萬里愁」
```

3、說明

　　第一、二句從視覺切入寫自己，第三句從聽覺切入寫飄送而來的離別之樂，第四句就將距離拉至萬里之外的閨中，所以是「收從對面作映」[10]。

4、作用

　　作者在這首詩中創造了實、虛兩個空間，可以達成什麼樣的效果呢？顧亭鑑纂輯的《學詩指南》中說：「但言金閨之愁，而征人之愁可知。對面託出，與山中憶兄弟詩同一用意。」[11]因此而產生了含蓄不盡的韻味。

　　㈡先虛後實

　　柳永〈八聲甘州〉（節選）出現了「先虛後實」結構：

1、正文

　　想佳人、妝樓顒望，誤幾回、天際識歸舟。爭知我、倚闌

---

[10] 見顧亭鑑纂輯之《學詩指南》頁一五二。
[11] 見《學詩指南》頁一五二。

干處，正恁凝愁。

2、結構表

```
┌ 虛（彼）：「想佳人」二句
└ 實（己）：「爭知我」二句
```

3、說明

作者從虛空間寫起，再轉至實空間。

4、作用

作者描繪虛空間中的「佳人」思念自己，其實所凸顯的是實空間中的自己思念之殷切，虛實相映，更增添無限的情意。

(三)實虛實

李煜的〈虞美人〉是以「實虛實」的方式謀篇的：

1、正文

春花秋月何時了，往事知多少？小樓昨夜又東風，故國不堪回首月明中。　雕闌玉砌應猶在，只是朱顏改。問君能有幾多愁？恰似一江春水向東流。

2、結構表

```
┌ 實：「春花秋月何時了」四句
├ 虛：「雕闌玉砌應猶在」二句
└ 實：「問君能有幾多愁」二句
```

3、說明

前四句是對眼前之景的描寫；接著的二句則將空間拉向了遙遠的故國；但末二句又回到了現實，萬端愁思就藉著眼前的悠悠流水帶出了。

4、作用

這首詞很明顯地是後主面對大好江山，產生無限感觸時所寫。眼前景是令人如此的百無聊賴，而設想得來的虛景又是凋殘不堪，所以實、虛相映，那種難堪的況味又推深一層了。

㈣虛實虛

姜夔的〈踏莎行〉相當特別，其中出現了兩個「虛」，分別是對「夢境」和「幽魂」的設想：

1、正文

燕燕輕盈，鶯鶯嬌軟，分明又向華胥見。夜長爭得薄情知？春初早被相思染。　別後書辭，別時針線，離魂暗逐郎行遠。淮南皓月冷千山，冥冥歸去無人管。

2、結構表

```
┌虛（夢境）：「燕燕輕盈」五句
├實：「別後書辭」二句
└虛（冥界）：「離魂暗逐郎行遠」三句
```

3、說明

　　作者從夢境寫起，再轉入實境，接著又藉幽魂翩飛，延展向另一個虛空間。

4、作用

　　此詞為作者思念戀人所作。上片寫的是夢境，「燕燕」三句化用黃帝白晝夢遊華胥之國的傳說，寫作者夢見戀人，「夜長」二句乃夢中相會時的對話；下片「別後」二句回到現實；但「離魂」三句化用陳玄祐《離魂記》所敘倩女離魂之故事，設想戀人化為一縷芳魂，追逐著情郎的行跡。整闋詞迷離瑰艷、情思低回，令人戀戀不止。

四、空間的虛實法的特色

　　空間的虛實法可說是能將空間轉換的靈活性發揮到最極致的章法了，它的心理基礎和時間的虛實法有共通之處：

　　㈠文學作品中虛、實空間之所以能轉換自如，想像力的奔放縱馳是最重要的原因。

　　㈡錢谷融、魯樞元主編的《文學心理學》提及文學作品中存在一種「心理空間」，它是藉由心靈主動積極的創造，使得作品中的空間具有完全不同於物理空間的性質，書中特別提到：「作品中的夢境、仙境、陰曹地府等等都是幻覺空間。」[12]這就為虛

---

[12] 見《文學心理學》頁一九九。

空間中的夢境、仙界、冥界提供了堅實的心理基礎。

㈢虛空間的創作動機特別符合佛洛依德的「白日夢說」，錢谷融、魯樞元《文學心理學》主編的解釋道：「不能得到滿足的本能慾望，在通往現實的道路被阻塞的情況下，有時就會通過幻想的途徑獲得一種替代的滿足。」「作夢就是欲望的一種替代的滿足」，而「藝術就是用技巧來改變和偽裝白日夢的性質，以提供給人以美的享受」[13]，此處雖然只就夢見來說，但是仙界、冥界的道理是相通的。這樣的剖析角度有助於我們挖掘作者創作時的內在動力和作品的某些內蘊。

[13] 見《文學心理學》頁一二一～一二三。

第二十五章 「時間的虛實」結構

一、何謂時間的虛實法

陳滿銘在《國文教學論叢》中說：「凡是敘事、寫景或抒情，只限於過去或當前的，是『實』；透過想像，伸向未來的，則是『虛』」[1]。而顧亭鑑纂輯、葉葆王詮注的《學詩指南》稱這種將時間延伸至未來的寫作方法為「透後一層寫法」[2]；此外，林景亮《評註古文讀本》在分析戴名世〈數峯亭記〉時，也針對這樣的寫法說：「前用實寫，後作虛想，是為前實後虛法」[3]。

文學作品中出現的時間有實有虛，其實是相當常見的，這樣除了可以對「實」時間中出現的人、事、景、情作充分的描繪外；還可將時間無限地延伸，一方面可對未來作設想，再方面也可藉著「虛」時間的延展，將所蘊蓄的情感無限地發酵。

因此，就時間來說的虛實法，便是將「實」時間（昔、今）與「虛」時間（未來）揉雜於篇章中，以求敘事（寫景）、抒情（論理）的最好效果的章法。

---

[1] 見陳滿銘《國文教學論叢》頁三七〇。
[2] 見《學詩指南》頁一四一。
[3] 見《評註古文讀本》頁一六一。

二、時間的虛實法與示現格的異同

示現格當中有一類為「預言的示現」，它的定義是：「就是把未來的事情說得彷彿已經發生在眼前一樣」[4]；那麼，這和時間的虛實法究竟有何不同呢？

首先，這兩者的差別在於一為修辭格，一為章法；一種是字句的修飾，一種是篇章的組織。而且，時間的虛實法在應用時，絕大部分是呈現出「先實後虛」的型態，形成「實－虛－實」結構者就非常少了；至於示現格的本身是「虛」，但與前後文結合起來看，則是「實－虛－實」，所以就算有重疊的話，也僅是一小部分在兩可之間罷了。

譬如朱自清〈春〉中的一小段，即出現了示現格：

> 桃樹、杏樹、梨樹，你不讓我，我不讓你，都開滿了花趕趟兒。紅的像火，粉的像霞，白的像雪。花裡帶著甜味；閉了眼，樹上髣髴已經滿是桃兒、杏兒、梨兒。

黃慶萱在《修辭學》中說：「『閉了眼』之後，全為『預言的示現』。」[5]文中：「樹上髣髴已經滿是桃兒、杏兒、梨兒」一句，很明顯地時間是伸向未來的；但從中也可知道：示現格只處理「虛」的部分。

---

[4] 見黃慶萱《修辭學》頁三七二。
[5] 見《修辭學》頁三七二。

而李商隱〈夜雨寄北〉則是運用了虛實法：

> 君問歸期未有期，巴山夜雨漲秋池。
> 何當共剪西窗燭，卻話巴山夜雨時。

其結構表如下：

```
┌ 實（現在）：「君問歸期未有期」二句
└ 虛（未來）：「何當共剪西窗燭」二句
```

末二句全是對未來的設想，雖然只有二句，但在絕句當中已佔了一半的篇幅，因此不宜視作示現格，而應該將它理解為採由實而虛的手段寫成的作品[6]。

三、時間的虛實法在應用時所呈現的結構類型

其下所分析的結構有「先實後虛」、「實虛實」兩種，前者被較廣泛地應用，後者是相當罕見的。

(一)先實後虛

「先實後虛」的寫法在韻文中較常出現，而柳永〈雨霖鈴〉

---

[6] 參考陳滿銘《國文教學論叢》頁三七一。

就是運用得非常好的一首：

<u>1、正文</u>

　　寒蟬淒切，對長亭晚，驟雨初歇。都門帳飲無緒，方留戀處，蘭舟催發。執手相看淚眼，竟無語凝咽。念去去、千里煙波，暮靄沈沈楚天闊。　　多情自古傷離別，更那堪、冷落清秋節。今宵酒醒何處？楊柳岸、曉風殘月。此去經年，應是良辰好景虛設。便縱有、千種風情，更與何人說。

<u>2、結構表</u>

```
┌ 實：「寒蟬淒切……竟無語凝咽」
│      ┌ 先：「念去去」二句
│      ├ 插敘：「多情自古傷別離」二句
└ 虛 ┤ 中：「今宵酒醒何處」三句
       └ 後：「此去經年」四句
```

<u>3、說明</u>

(1)實

　　陳滿銘在《國文教學論叢》中說：「實的部分自篇首至『竟無語凝咽』止，先以起三句，點明時地景物，藉長亭周遭的寂寥秋景，初步襯托出『傷別』之情；再以『都門帳飲無緒』三句，實餞別時欲飲無緒、欲留不能的情事，使得『傷別』之情更加深了一層；然後以『執手相看淚眼』兩句，寫客主臨別『留戀』的

情態，進一步的將『傷別』之情具體的給描繪出來。」[7]

(2)虛

陳滿銘又說：「虛的部分則分三小節來寫：第一小節自『念去去』至『暮靄沈沈楚天闊』止，針對實的部分，寫『執手相看淚眼』時所設想『蘭舟』甫去當時的情景，藉空闊的水天晚景，極力的拓大『傷別』之情；第二小節自『今宵酒醒何處』至『曉風殘月』止，寫『執手相看淚眼』時所設想『蘭舟』離去當夜的情景，藉風柳曉月，再對『傷別』之情加以有力的烘托；第三小節自『此去經年』至篇末，寫『執手相看淚眼』時所設想『蘭舟』離去次日以至『經年』的情景，用『良辰好景』所激生的『千種風情』，把『傷別』之情作最後之宣洩，就在第一、二小節間，作者特地插入『多情自古傷離別』兩句，點明主旨，以統括全詞的意思。」

4、作用

看了柳永的這闋〈雨霖鈴〉後，令人不禁深深佩服他的才情，竟可以用一個「念」字領起這麼一長段的虛寫，而且又將別後種種描摹得淋漓盡致。柳永對虛實法的運用，可謂出神入化了。

(二)實 虛 實

白居易的〈長相思〉形成了「實虛實」結構：

---

[7] 此則及下則引語見《國文教學論叢》頁一○一。

1、正文

汴水流，泗水流，流到瓜州古渡頭。吳山點點愁。　　思悠悠，恨悠悠，恨到歸時方始休。月明人倚樓。

2、結構表

```
┌實：「汴水流」四句
├虛：「思悠悠」三句
└實：「月明人倚樓」
```

3、說明

作者在上片，寫的是自己置身於瓜州古渡所見到的景物；其次「思悠悠」三句將時間往未來拓開；最後「月明人倚樓」一句，又將時間拉回現在作收。

4、作用

整首詞的時間在現在與未來間擺盪，對「虛」的設想，更凸顯了「實」的情感，使得整闋詞顯得婉轉而多情。

四、時間的虛實法的特性

時間的虛實法將「時間」要素在文學作品中的呈現，作了最大範圍的掌控，為什麼它能夠有這樣的力量與效果呢？可以作一番探討：

㈠文學作品中的時間之所以可以在過去、現在、未來中來去自如，那是因為寫作主體有一種叫作「美感的騰飛反映」的心理形式，張紅雨《寫作美學》一書認為：「當審美對象即激情物直接以引人注目的姿態作用於寫作主體的時候，大腦主管審美的區域便開始活躍起來。……美的感受也隨之開始了能動的膨脹和升騰」、「想像、幻想、理想、假想等，都是思維活動的放縱形態，也就是騰飛反映的表現」[8]，我們在這裡要特別注意的是「想像」的活躍，張紅雨也說：「這種飛騰久而久之也就成為人們想像的一種能力」[9]。透過想像力的飛馳，就好像坐上時光機一般，可以自由穿梭、毫無阻滯。

㈡錢谷融、魯樞元主編的《文學心理學》中說：「藝術創作的材料，來自三種時間：當時的印象，早年的回憶，未來的憧憬。」[10]準乎此，那麼時間的虛實法可說是能將這三種時間掌握得最好的章法了。這是其它處理時間的章法所無法具有的優勢，也可說是時間的虛實法的最大特色。

[8] 見《寫作美學》頁一二九～一三一。
[9] 見《寫作美學》頁一三〇。
[10] 見《文學心理學》頁一二三。

第二十六章　「假設與事實（虛實）」結構

一、何謂假設與事實

　　這裡所說的「假設」指的是跳脫已存在的事實、另擬一種情況的設想，或者是逆溯古人之志，推翻已有之定論；因為時光是不可能倒流的，但是卻偏要去假設一種不可能發生的情況，因此是「虛」、是「無」。而所謂的「事實」就是指在過去的時光中，已確實發生過的事情，這自然是「實」、是「有」。這樣的手法常見於史論文字當中。

　　呂東萊《古文關鍵》針對這種情形，在蘇洵〈高祖論〉的題目底下評了兩句：「將無作有，以虛為實」[1]，其實就是說此文將假設的部分說得煞有介事，仿若事實一般。杭永年《古文快筆貫通解》評柳宗元〈箕子碑〉，亦說：「從無說有，從虛說實」[2]。王葆心《古文辭通義》則稱此為「課虛法」[3]。也有稱作「駕空自出新意」、「駕空立意」的，譬如謝枋得《文章軌範》[4]和謝

---

[1]　見《古文關鍵》一七三頁。亦可參見拙著《文章章法論》頁二七五～二七六。

[2]　見《古文快筆貫通解》（下）頁三一。

[3]　見《古文辭通義》卷十八，頁五二。

[4]　見《文章軌範》頁一一二。

无量《實用文章義法》[5]。有的則是以「代××為謀」、「代為××畫策」的方式來表達，例如謝枋得《文章軌範》[6]和吳楚材、王文濡評註的《古文觀止》[7]。

所以，在這樣的寫作手法中，「虛」指的是跳脫現實的假設，「實」指的是現實世界中已發生的一切，兩兩對映之下，會產生鮮明的效果。

二、假設與事實（虛實）法和時間的虛實法的異同

這兩者最大的不同點出現在「虛」之中。時間的虛實法中的「虛」，雖然也是假設，但指的是對未來的種種設想。假設與事實中的「假設」就不同了，它的時間是往過去回溯的。因此，只要看準這一點，就可以輕易地判別這兩種不同的虛實法。

譬如王昌齡〈出塞〉就是將假設與事實結合起來謀篇的作品：

> 秦時明月漢時關，萬里長征人未還。
> 但使龍城飛將在，不教胡馬度陰山。

它的結構表是這樣的：

---

[5] 見《實用文章義法》（上）頁三二。

[6] 見《文章軌範》：「此一段是代管仲為謀。」頁一○六。

[7] 見《古文觀止》：「此段代為相如畫策。」頁五七二。

```
     ┌ 實（事實）┬ 時：「秦時明月漢時關」
     │          └ 空：「萬里長征人未還」
     │
     └ 虛（假設）┬ 敲：「但使龍城飛將在」
                └ 擊：「不教胡馬度陰山」
```

喻守真《唐詩三百首詳析》認為：「此詩大意是譏諷邊將不得其人，故丁壯常長征不還。」[8]因此首二句是敘述丁壯未還的事實，末二句的盼望則與已發生的事實不合，所以這就是「假設」的部分。

至於孟浩然〈過故人莊〉則是運用時間虛實法的顯例：

　　故人具雞黍，邀我至田家。綠樹村邊合，青山郭外斜。
　　開軒面場圃，把酒話桑麻。待到重陽日，還來就菊花。

其結構分析表[9]如下：

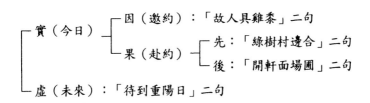

```
     ┌ 實（今日）┬ 因（邀約）：「故人具雞黍」二句
     │          └ 果（赴約）┬ 先：「綠樹村邊合」二句
     │                    └ 後：「開軒面場圃」二句
     │
     └ 虛（未來）：「待到重陽日」二句
```

重陽之約的時間是伸向未來的，而且藉此又將朋友的情誼推深一

8　見《唐詩三百首詳析》頁三二九。
9　見陳滿銘《文章結構分析》頁三一。

層，手法自然，毫無斧鑿痕跡。

三、假設與事實（虛實）法在應用時所呈現的結構類型

此種章法也會形成四種結構，其下所探討的是「先實後虛」和「實虛實」兩種：

㈠先實後虛

韓愈的〈送楊少尹序〉就是在虛處作工夫，竟成一篇絕妙奇文。且來看看韓愈的手段：

1、正文

昔疏廣、受二子，以年老，一朝辭位而去。於時公卿設供張，祖道都門外，車數百兩；道路觀者，多歎息泣下，共言其賢。漢史既傳其事，而後世工畫者，又圖其迹，至今照人耳目，赫赫若前日事。

國子司業楊君巨源，方以能詩訓後進。一旦以年滿七十，亦白丞相，去歸其鄉。世常說古今人不相及，今楊與二疏，其意豈異也？

予忝在公卿後，遇病不能出，不知楊侯去時，城門外送者幾人，車幾兩，馬幾匹；道旁觀者，亦有歎息知其為賢以否？而太史氏又能張大其事為傳，繼二疏蹤迹否？不落莫否？見今世無工畫者，而畫與不畫固不論也。然吾聞楊侯

之去，丞相有愛而惜之者，白以為其都少尹，不絕其祿；
又為歌詩以勸之。京師之長於詩者，亦屬而和之。又不知
當時二疏之去，有是事否？古今人同不同，未可知也。
中世士大夫，以官為家，罷則無所於歸。楊侯始冠，舉於
其鄉，歌鹿鳴而來也。今之歸，指其樹曰：「某樹，吾先
人之所種也；某水、某邱，吾童子時所釣遊也。」鄉人莫
不加敬，誡子孫以楊侯不去其鄉為法。古之所謂鄉先生沒
而可祭於社者，其在斯人歟！其在斯人歟！

2、結構表

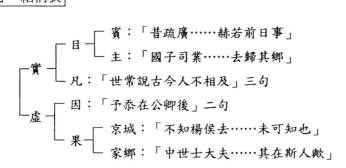

3、說明

(1)實

作者以疏廣叔侄襯楊少尹，敘述楊氏辭官告老的原由。

(2)虛

「虛」所佔的篇幅最大。作者在此抖擻精神，撇開自己未曾
眼見的場面，純憑假設另造一種情況，說得活龍活現、煞有介
事。

4、作用

為什麼作者要以這樣的手法來寫成這篇文章呢？林雲銘對此曾有一番剖析：「七十，致仕之年也，楊侯原不得為高；增秩而不奪其俸，亦國家優老之典也，楊侯又不得為奇；至於贈行唱和，乃古今之通套；而不去其鄉，尤屬本等之常事；看來無一可著筆處。」[10]所以只好「從無可著筆處著筆」（林氏語），於是寫成此文。韓愈無與倫比的巧妙構思真是令人讚嘆啊！

(二)實虛實

前面說有一種作法是逆溯古人之志，跳脫已有之定論，方孝孺〈豫讓論〉就是如此寫成的，而且形成了「實虛實」的結構：

1、正文

> 士君子立身事主，既名知己，則當竭盡智謀，忠告善道，銷患於未形，保治於未然，俾身全而主安。生為名臣，死為上鬼，垂光百世，照耀簡策，斯為美也。苟遇知己，不能扶危於未亂之先，而乃捐軀殞命於既敗之後，釣名沽譽，眩世駭俗。由君子觀之，皆所不取也。
> 蓋嘗因而論之：豫讓臣事智伯，及趙襄子殺智伯，讓為之報讎。聲名烈烈，雖愚夫愚婦，莫不知其為忠臣義士也。嗚呼！讓之死固忠矣。惜乎處死之道，有未忠者存焉。何也？觀其漆身吞炭，謂其友曰：「凡吾所為者極難，將以

---

[10]　此則及下則引語見《古文析義》頁七〇四。

愧天下後世之為人臣而懷二心者也。」謂非忠可乎？及觀斬衣三躍，襄子責以不死於中行氏，而獨死於智伯。讓應曰：「中行氏以眾人待我，我故以眾人報之；智伯以國士待我，我故以國士報之。」即此而論，讓有餘憾矣。

段規之事韓康，任章之事魏獻，未聞以國士待之也；而規也章也，力勸其主，從智伯之請，與之地以驕其志，而速其亡也。郤疵之事智伯，亦未嘗以國士待之也；而疵能察韓、魏之情以諫智伯，雖不用其言，以至滅亡，而疵之智謀忠告，已無愧於心也。讓既自謂智伯待以國士矣。國士，濟國之事也。當伯請地無厭之日，縱欲荒棄之時，為讓者，正宜陳力就列，諄諄然而告之曰；「諸侯大夫，各受分地，無相侵奪，古之制也。今無故而取地於人，人不與，而吾之忿心必生；與之，則吾之驕心以起。忿必爭，爭必敗；驕必傲，傲必亡。」諄切懇告，諫不從，再諫之；再諫不從，三諫之；三諫不從，移其伏劍之死。死於是日，伯雖頑冥不靈，感其至誠，庶幾復悟。和韓、魏，釋趙圍，保全智宗，守其祭祀。若然，則讓雖死猶生也，豈不勝於斬衣而死乎？讓於此時，曾無一語開悟主心，視伯之危亡，猶越人視秦人之肥瘠也。袖手旁觀，坐待成敗，國士之報，曾若是乎？智伯既死，而乃不勝血氣之悻悻，甘自附於刺客之流，何足道哉？何足道哉？

雖然，以國士而論，豫讓固不足以當矣。彼朝為讎敵，暮為君臣，靦然而自得者，又讓之罪人也。噫！

2、結構表

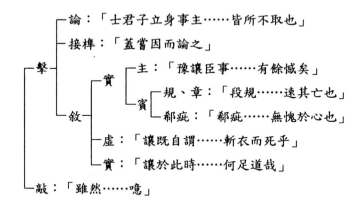

3、說明

(1)擊（論）

吳楚材選注、王文濡評校《古文觀止》對這一段有註語云：「就正意泛論起。」[11]

(2)擊（接榫）

此句的作用是聯絡「論」與「敘」。

(3)擊（敘）

敘述的部分佔了全文最多的篇幅，採用的是「實虛實」的結構，即前、後都是對事實的描述，中間才是作者所作的假設。而第一個「實」的部分形成了「先主後賓」的結構，所以《古文觀止》針對「賓」的部分註道：「請規章作陪客」、「又請郗疵作陪客」；而「主」當然是指豫讓了；而關於「虛」的部分，評註

---

[11] 此則及下三則引語見《古文觀止》頁五四三～五四五。

語云：「一段代為豫讓畫策」。

(4)敲

此處忽出一意形成旁「敲」一筆，與前幅的正「擊」配合起來，讓全文更是面面俱到。

> **4、作用**

豫讓之忠是千古傳誦的，作者欲推翻定論，一定要使讀者口服心服，所以拏定一點：「不能扶危於未亂之先，而乃捐軀殞命於既敗之後」來評論，並從虛處著筆，假設當時應如何處置方是上策，與已成之事實作一比較，任誰都不得不同意作者的看法。這篇文章能夠如此成功，虛實法的運用功不可沒。

> ## 四、假設與事實（虛實）法的特色

「假設與事實」一虛一實的性質是相當明顯的，這兩者的組合在文章中有什麼樣的特色呢？

㈠前面談「美感的騰飛反映」時，曾引述過張紅雨《寫作美學》中的一段話：「想像、幻想、理想、假想等，都是思維活動的放縱形態，也就是騰飛反映的表現。」[12]「假想」就是假設。這表示寫作主體可依據美感情緒的波動，將假設的部分自由地組織在篇章內。

㈡「實」指的是運用真實的事材、物材來進行創作，但這絕

---

[12] 見《寫作美學》頁一三一。

非流水帳般地平鋪直敘，而是將現實生活中出現的材料經過去蕪存菁的處理，而以凝鍊、集中的筆觸來表達。

㈢寫作主體在現實生活中找不到適當的審美對象時，便會衝破生活現狀而進入虛構的世界，而此「虛構」是出於現實而超乎現實，是不同於一般真實的「真實」，是合乎「審美真實」或「藝術真實」的「真實」。

㈣「虛」與「實」絕非對立的，「虛」是對現實生活所提供的素材，作了不同的處理，其最終目標仍是指向審美理想的完成。

第二十七章 「問答」結構

一、何謂問答法

問答法因具有簡明可辨的外型，所以被注意的時間很早，如唐·王昌齡《詩格》即有「問益體」[1]，而提出「問答」（或稱「答問」）說法的就更多了，如陳騤《文則》、李塗《文章精義》、王若虛《滹南集》、楊良弼《作詩體要》、歸有光《文章指南》[2]……等等。但也有人著重「問」，所以將此法稱為「設問」，《場屋準繩》就是如此[3]。

另外，還有一種「對話」的形式，多見於史傳文字中，它雖然不是藉由問與答來組織篇章，但也是因著對話的方式造成呼應，而將不同的片段組合成一個整體，所以在原理上是相通的，因此也可以歸入問答法中。

所以問答法就是藉著「問」與「答」來組織篇章，而且「對話」也應包括在問答法中。

---

[1] 收錄於《詩學指南》頁八七。

[2] 可參考拙著《文章章法論》頁三二一～三二三。

[3] 高琦《文章一貫》所引。可參考拙著《文章章法論》頁三二二。

二、問答法與設問格、立破法、抑揚法的異同

(一)問答法與設問格的異同

黃慶萱的《修辭學》對設問格的定義是:「講話行文,忽然變平敘的語氣為詢問的語氣,叫做設問」[4],這似乎是只針對著「問」的部分來說;而且最後還特別強調:「連續設問以加強語文氣勢」[5]。

但是問答法就不同了,它有問有答,甚且重點常在「答」的部分出現;另外還有一點也是設問格所未強調的:那就是運用問答法常會形成「問、答、問、答……」的型態,也就是可以「迭用」問答法。

譬如黃慶萱在《修辭學》中,曾以王維〈山中送別〉為「設問」之例[6]:

> 山中相送罷,日暮掩柴扉。
> 春草明年綠,王孫歸不歸?

其結構表如下:

---

[4] 見《修辭學》頁三五。
[5] 見《修辭學》頁四七。
[6] 見《修辭學》頁四五。

```
    ┌ 實（現在）┬ 因：「山中相送罷」
    │          └ 果：「日暮掩柴扉」
    │
    └ 虛（未來）┬ 敲：「春草明年綠」
               └ 擊：「王孫歸不歸」
```

最後一句以疑問的方式出現，但在結構上無法表現出問答法的型態來；可見得這是屬於修辭格，而非章法。

但王維另一首〈送別〉就不同了：

下馬飲君酒，問君何所之？君言不得意，歸臥南山陲。但去莫復問，白雲無盡時。

此詩的結構表中就出現了「先問後答」的型態：

```
  ┌ 先 ┬ 問：「下馬飲君酒」二句
  │    └ 答：「君言不得意」二句
  └ 後：「但去莫復問」二句
```

「先」的部分是藉由問答法帶出的，然後才由此事而生出五六句的感慨。這裡出現的一問一答，很明顯地是屬於問答法的運用。

(二)問答法與立破法、抑揚法的異同

因為「問答」是一簡便好用而且有效的聯絡手段，所以被廣泛地使用著，也因此與其它章法產生重疊的可能性就大為提高了，尤其是立破法和抑揚法。比方來說，也許會出現這樣的章法

現象：前一個「問」同時也是「立」，後一個「答」同時也是「破」；另一種可能是「問」是「揚」（或「抑」），「答」是「抑」（或「揚」）。

可以舉一個實例來說明，那就是《左傳·齊伐楚盟召陵》（節段）：

> 楚子使與師言曰：「君處北海，寡人處南海，唯是風馬牛不相及也。不虞君之涉吾地也，何故？」管仲對曰：「昔召康公命我先君太公曰：五侯九伯，女實征之，以夾輔周室。賜我先君履，東至於海，西至於河南，南至於穆陵，北至於無棣。爾貢包茅不入，王祭不共，無以縮酒，寡人是徵。昭王南征而不復，寡人是問。」

其結構表如下：

```
 ┌ 立（問）：「楚子使與師言……何故」
 │        ┌ 淺：「昔召康公……夾輔周室」
 └ 破（答）┤ 中：「賜我先君履……至於無棣」
          │    ┌ 一：「爾貢包茅……寡人是徵」
          └ 深 ┤
               └ 二：「昭王南征」二句
```

楚人之問，等於是立案，管仲的回答則一一將它破解。所以在「以夾輔周室」之下，《才子古文讀本》有註語云：「一援王命，破『不相及』句」[7]；在「北至於無棣」下，評云：「二宜

---

[7] 此則及下二則引語見金聖嘆《才子古文讀本》（上）頁四。

賜履，破『涉吾地』句」；最後在「寡人是問」之下，又評云：
「三與楚罪，破『何故』句」。那麼，在這個時候，到底應該用
那一種章法來分析比較適當呢？

　　我們認為：這樣的篇章，確實具有問答的外形，也擁有因此
而產生的聯絡效果，但它還多了一項普通問答法所沒有的特質，
那就是立破法針鋒相對、是非明晰的精神。因此，用問答法來分
析，是無法將這項重要特質點出的，還是以歸入立破法為宜。問
答法與抑揚法重疊時亦是如此，只從問答的角度去看，也不能鈎
掘出篇章中褒貶分明的態度[8]，所以也要歸入抑揚法。甚至問答
法與其它任何一種章法重疊使用時，也都應該以另一種章法為
主；因為「問答」最重要的作用是聯絡，我們也應該如此看待。

三、問答法在應用時所呈現的型態

　　將問答結構歸納起來，發現有以下幾種型態：「一問一
答」、「一問數答」、「數問一答」、「數問數答」等，其下將
一一舉例說明：

(一)一問一答

　　這是最簡單的形式，但辛棄疾卻能藉此衍生成一篇新鮮有趣
的妙文，那就是〈沁園春將止酒，戒酒杯勿使近〉一詞：

----

[8] 見拙著《文章章法論》：「抑揚法針對人事，含有鮮明的褒貶態度。」
　　頁三〇一～三〇二。

1、正文

「杯汝來前！老子今朝，點檢形骸。甚長年抱渴，咽如焦
釜；於今喜睡，氣似犇雷？汝說：『劉伶，古今達者，醉
後何妨死便埋。』渾如此，嘆汝於知己，真少恩哉！更憑
歌舞為媒，算合作、人間鴆毒猜。況怨無小大，生於所
愛；物無美惡，過則為災。與汝成言：『勿留亙退，吾力
猶能肆汝杯。』」杯再拜，道：「麾之即去，招則須
來。」

2、結構表

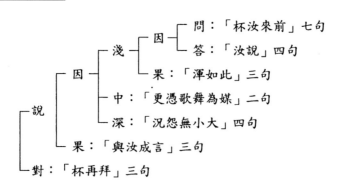

3、說明

因為辛棄疾的一段話「問」的性質不明顯，所以將「問」、
「答」易為「說」、「對」，而對話成文也是問答法的一種形式：
(1)說
作者在此部分運用了因果法。並且在第一個「因」底下，假
設與杯問答，造成問答結構底下又有問答結構的情形。

(2)對

此乃假設杯子作抗議性的回答。

4、作用

　　陳滿銘在《詩詞新論》中說：「就在這一呼一應之間，毫不費力的，把自己在政治上失意的苦悶與牢騷，都整個發洩出來了。」[9]可見得問答法實在是一個聯絡文章的良好方式。

(二)一問數答

　　宗白華的〈詩〉，則形成了一問三答的結構：

1、正文

　　　啊！詩從何處尋？

　　　在細雨下，點碎落花聲！

　　　在微風裡，飄來流水音！

　　　在藍空天末，搖搖欲墜的孤星！

2、結構表

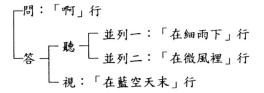

```
┌問：「啊」行
│      ┌聽┌並列一：「在細雨下」行
└答┤   └並列二：「在微風裡」行
      └視：「在藍空天末」行
```

---

[9]　見《詩詞新論》頁二六二。

3、說明

作者自設一問，隨即又自己給了三個答案。

4、作用

這樣的自設問答，重點幾乎沒有例外地都出現在「答」的部分。〈詩〉以三個回答，帶出三幅非常有詩意的、圖畫般的形象，充分地回答了問題：「詩從何處尋？」

　　(三)數問一答

劉墉〈你自己決定吧〉（節段）一文中，就出現了數問一答的情形：

1、正文

直到今天，距搬家公司來運東西只剩兩天的時間，你才開始拿紙箱到臥室，卻又不斷來問：「怎麼封箱底？」「不要的書是否要送給圖書館？」「膠帶沒了怎麼辦？」「前一年的筆記本要不要保留？」「淘汰的書是不是扔進垃圾袋？」這時我給的答案都是同一句：「你自己決定吧！」

2、結構表

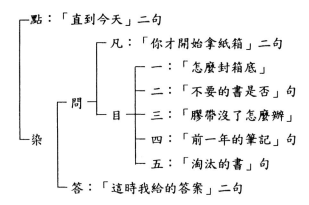

點：「直到今天」二句

問

凡：「你才開始拿紙箱」二句

目

一：「怎麼封箱底」

二：「不要的書是否」句

三：「膠帶沒了怎麼辦」

四：「前一年的筆記」句

五：「淘汰的書」句

染

答：「這時我給的答案」二句

3、說明

此段文字形成「先點後染」結構，在「染」的部分出現了「五問一答」。

4、作用

作者採用這種方式的原因是：要加倍地凸顯出回答的那一句：你自己決定吧！而且也確實收到了效果。

㈣數問數答

《左傳‧楚歸晉知罃》全文皆用問答連綴而成，是運用問答法的顯例：

1、正文

晉人歸楚公子穀臣與連尹襄老之尸于楚，以求知罃。於是

荀首佐中軍矣，故楚人許之。

王送知罃曰：「子其怨我乎？」對曰：「二國治戎，臣不才，不勝其任，以為俘馘。執事不以釁鼓，使歸即戮，君之惠也。臣實不才，又誰敢怨？」

王曰：「然則德我乎？」對曰：「二國圖其社稷而求紓其民，各懲其忿以相宥也。兩釋纍囚，以成其好。二國有好，臣不與及。其誰敢德？」

王曰：「子歸，何以報我？」對曰：「臣不任受怨，君亦不任受德。無怨無德，不知所報？」

王曰：「雖然，必告不穀。」對曰：「以君之靈，纍臣得歸骨於晉。寡君之以為戮，死且不朽。若從君之惠而免之，以賜君之外臣首。首其請于寡君，而以戮於宗，亦死且不朽。若不獲命，而使嗣宗職。次及於事，而帥偏師以修封疆。雖遇執事，其弗敢違，其竭力致死，無有二心，以盡臣禮。所以報也！」

王曰：「晉未可與爭。」重為之禮而歸之。

2、結構表

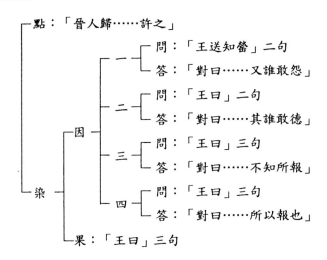

3、說明

作者先以一段引子交代事件之原由，並引起下文。

(1)染（因）

此處出現了楚王與知罃的四組問答，所以杭永年《古文快筆貫通解》中不斷有這樣的眉批：「問得妙。對得妙」、「問得更妙。對得更妙」、「問得愈妙。對得愈妙」[10]。

(2)染（果）

此處的結果也是根據楚王之語帶出的。

4、作用

杭永年《古文快筆貫通解》的總評說道：「不意共王四問，

---

[10] 此三則引語及下則引語見《古文快筆貫通解》（上）頁一三～一四。

便有如此四段妙論，一段妙是一段，讀之增添意氣。曰：『誰敢怨』，曰：『誰敢德』，曰：『不知所報』，曰『所以報』，一篇血脈自相連屬，渾然天成。」可見得問答法除了有聯絡的作用外，還有推深情意的功能。

四、問答法的特色

問答法是一簡明易辨的章法，它具有什麼樣的特色呢？以下將作一些探討：

㈠黃慶萱在《修辭學》中談到「設問」格時，認為語言具有「刺激」與「反應」雙重屬性，前者會形成「問」，後者會形成「答」[11]。而且不僅「問」、「答」是如此，人與人間的對話也會形成「刺激－反應」的關係，並可以因此而將兩個不同的部分連結起來。

㈡在組織一篇作品的結構時，還可以在前述的基礎上再作發展。錢谷融、魯樞元主編的《文學心理學》引用曹日昌主編的《普通心理學》的一段話：「人……特別是能對已有的問題作出解答的東西，往往都是有興趣的。」[12]所以善用這種心理，便能製造懸疑，讓讀者的心理處於緊張狀態；而一旦獲得解答，撥雲見日的輕鬆感，就是造成美感的因素。

---

[11] 參考《修辭學》頁三五。

[12] 見《文學心理學》頁二一八。

第二十八章 「凡目」結構

一、何謂凡目法

　　「凡目」法被發現的時代頗早，也一直受到重視，而且十分實用，許多作者自覺或不自覺地廣泛運用著「凡目」法，所以有關「凡目」法的實際批評的資料相當豐富；也因此，凡目法有許多異稱，如《文則》中的「總數」法，歸有光、許恂儒所說的「提應」法，李騰芳所說的「括」法、「契」法，吳楚材、林雲銘、唐彪所說的「分總」法，宋文蔚所說的「提疏」法，顧亭鑑、方植之所說的「分合」法，金聖嘆所說的「開總」法，劉熙載、周振甫所說的「斷續」法，王葆心所說的「外籀」、「內籀」，蔣伯潛所說的「分析」、「綜合」法，以及陳滿銘所曾提出過的「演繹」、「歸納」法……等等[1]，而現在所採用的「凡目」法之名稱，是由陳滿銘所提出的，「凡」是指「總括」、「目」是指「條分」，此一名稱簡單明確，最早見於《周禮・天官・宰夫》：

　　　　二曰師，掌官成以治凡；三曰司，掌官法以治目。

---

[1] 以上諸氏說法，參見拙著《文章章法論》頁三四二～三四三。

而宋・葉適《析帛》也說：

> 必鈎考其凡目，而後可以有所是正。

如今用於詞章，不但可以適切地表達出它被應用時所呈現的種種形態，同時也不會有與其它章法混淆的困擾，所以是相當合於實用的。

但是，在應用這種章法時，須要注意的是：只有同一類事、景、理、情呈現出「總括」、「條分」的情形時，才可以算是凡目法（這點從凡目法與泛具法的異同中，最可明白地看出，詳見後文）。這是特別要留心的。

因此，由上述的討論可知，凡目法是在敘述同一類事、景、理、情時，運用了「總括」與「條分」來組織篇章的一種方式。

二、凡目法與並列法、泛具法、因果法、平側法的異同

(一)凡目法與並列法的異同

略。見並列法與凡目法的異同。160 頁。

(二)凡目法與因果法的異同

略。見因果法與凡目法的異同。169 頁。

㈢凡目法與泛具法的異同

略。見泛具法與凡目法的異同。228頁。

㈣凡目法與平側法的異同

略。見平側法與凡目法的異同。289頁。

三、凡目法在運用時所呈現的結構類型

凡目法是一應用極廣的章法，它在詞章中以各種不同的風貌出現，共有以下四種：「先凡後目」、「先目後凡」、「凡目凡」、「目凡目」[2]。而且不管是那一種，都會涉及軌數多寡的問題；所謂軌數，是指「凡」與「目」的內容都可以區分為幾部分，彼此緊密呼應。例如單軌者，就是「將主要內容凝為一軌，以貫穿節、段或全文的一種方式」[3]；雙軌者，就是「將平列或有主從關係的重要內容析為兩軌，以貫穿節、段或全文的一個方式」；三軌者，則是「將平列或有主從關係的重要內容分為三軌，以貫穿節、段或全文的一個方式」，餘者依此類推。軌數越多，代表所要統整的材料增多，篇幅通常隨之擴增，也越須費心安排，因此也就比較少見；尤其是韻文，常因篇幅的限制，而無

---

[2] 見陳滿銘〈凡目法在蘇辛詞裡的運用〉，《國文天地》十一卷十一、十二期，頁三六～四四、五六～六五。

[3] 單軌、雙軌和三軌的說法，參見陳滿銘《國文教學論叢》頁二四九～二五三。

法出現含太多軌數者。在後面所舉的實例中，除了分析出它的凡目結構外，也將指明是由幾軌貫穿而成的。

(一)先凡後目

用「先條分後總括」的方式寫成的文章頗多，可以沈復〈兒時記趣〉作個例子：

1、正文

> 余憶童稚時，能張目對日，明察秋毫。見藐小微物，必細察其紋理，故時有物外之趣。
>
> 夏蚊成雷，私擬作群鶴舞空，心之所向，則或千或百，果然鶴也。昂首觀之，項為之強。又留蚊於素帳中，徐噴以煙，使之沖煙飛鳴，作青雲白鶴觀，果如鶴唳雲端，為之怡然稱快。
>
> 又常於土牆凹凸處、花臺小草叢雜處，蹲其身，使與臺齊。定神細視，以叢草為林，蟲蟻為獸；以土礫凸者為丘，凹者為壑。神遊其中，怡然自得。
>
> 一日，見二蟲鬥草間，觀之，興正濃，忽有龐然大物，拔山倒樹而來，蓋一癩蝦蟆也。舌一吐而二蟲盡為所吞。餘年幼，方出神，不覺呀然驚恐。神定，捉蝦蟆，鞭數十，驅之別院。

2、結構表

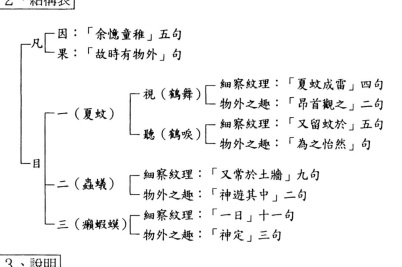

因：「余憶童稚」五句
果：「故時有物外」句

一（夏蚊）
　　視（鶴舞）── 細察紋理：「夏蚊成雷」四句
　　　　　　　　物外之趣：「昂首觀之」二句
　　聽（鶴唳）── 細察紋理：「又留蚊於」五句
　　　　　　　　物外之趣：「為之怡然」句

二（蟲蟻）── 細察紋理：「又常於土牆」九句
　　　　　　物外之趣：「神遊其中」二句

三（癩蝦蟆）── 細察紋理：「一日」十一句
　　　　　　　物外之趣：「神定」三句

3、說明

(1)凡

在「凡」中提出了兩軌綱領：「細察紋理」、「物外之趣」。

(2)目

「目」有三：夏蚊、蟲蟻、癩蝦蟆，此為三件兒時趣事，而且在鋪陳時，都一一回應了「凡」之中所提出的兩軌綱領。

4、作用

此文先總括地提出兩軌綱領，並且其中一軌同時也是主旨，即「物外之趣」，這造成了「開門見山」的明朗顯豁之美。其後條分的部分，等於是以具體的事例來印證作者所說的「物外之趣」，而且也是以兩軌貫串，可說是呼應得十分嚴密。

(二)先目後凡

「先條分後總括」的例子也不少，梁啟超的〈最苦與最樂〉就是這樣寫成的：

1、正文

人生什麼事最苦呢？貧嗎？不是。失意嗎？不是。老嗎？死嗎？都不是。我說人生最苦的事，莫若身上背著一種未了的責任。人若能知足，雖貧不苦；若能安分（不多作分外希望），雖失意不苦；老、死乃人生難免的事，達觀的人看得很平常，也不算什麼苦。獨是凡人生在世間一天，便有應該做的事。該做的事沒有做完，便像是有幾千斤重擔子壓在肩頭，再苦是沒有的了。為什麼呢？因為受那良心責備不過，要逃躲也沒處逃躲呀！

答應人作一件事沒有辦，欠了人家的錢沒有還，受了人家的恩惠沒有報答，得罪了人沒有賠禮，這就連這個人的面也幾乎不敢見他；縱然不見他的面，睡在夢裡，都像有他的影子來纏著我。為什麼呢？因為覺得對不住他呀！因為自己對他的責任，還沒有解除呀！不獨是對於一個人如此，就是對於家庭、對於社會、對於國家，乃至對於自己，都是如此。凡屬我受過他好處的人，我對於他便有了責任。凡屬我應該做的事，而且力量能夠做得到的，我對於這件事便有了責任。凡屬我自己打主意要做一件事，便是現在的自己和將來的自己立了一種契約，便是自己對於自己加一層責任。有了這責任，那良心便時時刻刻監督在

後頭，一日應盡的責任沒有盡，到夜裡頭便是過的苦痛日子；一生應盡的責任沒有盡，便死也帶著苦痛往墳墓裡去。這種苦痛卻比不得普通的貧困老死，可以達觀排解得來。所以我說人生沒有苦痛便罷；若有了苦痛，當然沒有比這個加重的了。

翻過來看，什麼事最快樂呢？自然責任完了，算是人生第一件樂事。古語說得好：「如釋重負」；俗語亦說是：「心上一塊石頭落了地」。人到這個時候，那種輕鬆愉快，真是不可以言語形容。責任越重大，負責的日子越久長，到責任完了時，海闊天空，心安理得，那快樂還要加幾倍哩！大抵天下事從苦中得來的樂才算真樂。人生須知道有負責任的苦處，才能知道有盡責任的樂處。這種苦樂循環，便是這有活力的人間一種趣味。卻是不盡責任，受良心責備，這些苦都是自己找來的。一翻過來，處處盡責任，便處處快樂；時時盡責任，便時時快樂。快樂之權，操之在己。孔子所以說：「無入而不自得」，正是這種作用。

然則為什麼孟子又說「君子有終身之憂」呢？因為越是聖賢豪傑，他負的責任越是重大；而且他常要把種種責任來攬在身上，肩頭的擔子從沒有放下的時節。曾子還說哩：「任重而道遠」，「死而後已，不亦遠乎？」那仁人志士的憂民憂國，那諸聖諸佛的悲天憫人，雖說他是一輩子感受苦痛，也都可以。但是他日日在那裡盡責任，便日日在那裡得苦中真樂，所以他到底還是樂，不是苦呀！

有人說：「既然這苦是從負責任而生的，我若是將責任卸

卻，豈不是就永遠沒有苦了嗎？」這卻不然，責任是要解除了才沒有，並不是卸了就沒有。人生若能永遠像兩三歲小孩，本來沒有責任，那就本來沒有苦。到了長成，責任自然壓在你的肩頭上，如何能逃躲？不過有大小的分別罷了。盡得大的責任，就得大快樂；盡得小的責任，就得小快樂。你若是要逃躲，反而是自投苦海，永遠不能解除了。

2、結構表

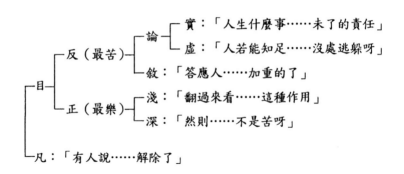

3、說明

(1)目

「目」的部分包括一、二、三、四段，其中一、二兩段從反面論「最苦」，這是第一軌；三、四兩段從正面論「最樂」，這是第二軌。

(2)凡

「凡」的部分將以上兩軌的意思作了總括，以收束全文。

4、作用

此文旨在說明責任與苦樂的關係,認為最苦的事是有未了的責任,而最樂的事就是盡了責任。作者用「先目後凡」的方式來處理,分別先將「最苦」(一軌)與「最樂」(二軌)作仔細的闡述,使得最後結論的帶出顯得順理成章,令人不得不信服[4]。

(三)凡目凡

「先總括後條分再總括」是最嚴謹的謀篇方式,歷來採用的人相當的多。甘績瑞的〈從今天起〉即是如此:

1、正文

> 「從今天起」這一句話,有兩層意思:一是我們認為不正當的事,不應當做的事,從今天起,就決定不再去做。二是我們認為正當的事,應當做的事,從今天起,便開始去做。
>
> 假如我們有一種不良的習慣,想要把它改了,而我們不下極大的決心,那不良的習慣,便時時刻刻會來引誘我們去做不正當的事,我們不去做,就要覺得十二分的不舒服,十二分的難過。如果我們因為不良習慣的引誘和驅使,而轉了一個念頭:「今天姑且做一次,明天不做了。」這「姑且做一次」的念頭,就是惡習慣戰勝我們的好機會,也便是惡習慣的根。古人說:「去惡,如農夫之務去草

---

[4] 結構表及「說明」、「作用」參見陳滿銘《文章結構分析》頁四四~四六。

焉。」俗語說：「斬草不除根，春風吹又生。」所以我們
要革除一種惡習慣，便須下一個極大的決心，從今天起，
就不再做。那麼這種惡習慣就可以永久不再發生了。

反過來說，我們想要做一件正當的事，也要從今天起，便
開始去做，莫存「今天過了還有明天」的心。為什麼呢？
因為因循怠惰，是一條綑住手腳的繩子，它能使我們的事
業永遠不能成功。假如我們要做一件正當的事，而不立刻
去做，以為「將來做的時候多得很，今天不做，還有明天
可做呢！」這樣一來，一次，二次，三次……就被因循怠
惰的習慣所誤了。今天的事推到明天，明天又推到後天，
一天一天的推下去，我們還有做成功的時候嗎？所以我們
應當做的事，要從今天起，就開始去做。

古人說：「從前種種，譬如昨日死；以後種種，譬如今日
生。」這句話中間，我們應當注意「昨日死」、「今日
生」六個字。壞的我，在昨天已經死了，從今天起，便不
再做壞事；好的我，今天才生，從今天起，就要做好事。

佛家說：「放下屠刀，立地成佛。」假使想要成佛，而不
能立刻放下屠刀，那成佛的希望，不過是幻想罷了。

2、結構表

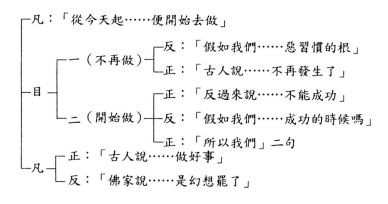

3、說明

(1)第一個「凡」

作者在一開始就提明「從今天起」的兩層意思。

(2)目

「目」指二、三兩段，分別就這兩層意思加以詳細論說。

(3)第二個「凡」

最後先以「古人說」十五句，引古人「昨日死」（一軌）、「今日生」（二軌）之說，從正面來總結上文的兩層意思；然後以「佛家說」七句，引佛家「放下屠刀（一軌），立地成佛（二軌）」之說，從反面來總結上文的兩層意思。

4、作用

作者以「從今天起」的兩層意思來貫串全文：不應當做的事，從今天起不再去做（一軌），這是就消極一面來說的；而應

當做的事，從今天起便開始努力地去做（二軌），這是就積極一面來說的。而且起、收處又都加以總括論述，可說是結構嚴謹到了極點[5]。

㈣目凡目

「目凡目」是較為特殊的一種謀篇方式，杜甫著名的七律〈聞官軍收河南河北〉就是形成這樣的結構：

1、正文

劍外忽傳收薊北，初聞涕淚滿衣裳。卻看妻子愁何在？漫卷詩書喜欲狂。白日放歌須縱酒，青春作伴好還鄉。即從巴峽穿巫峽，便下襄陽向洛陽。

2、結構表

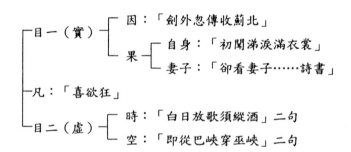

3、說明

(1)目一

---

5 結構表及「說明」、「作用」參見陳滿銘《文章結構分析》頁二九～三○。

作者在此處先說「喜欲狂」之囚，再分別描述自己和妻子「喜欲狂」的情狀。其中寫妻子的部分，是先以「卻看」二字作接榫，然後「愁何在」是泛寫，「漫卷詩書」的動作是具寫。

(2)凡

作者以「喜欲狂」三字統領全篇。

(3)目二

此處的時間伸向未來，所以是虛寫。作者以「放歌縱酒」上承自身、「作伴還鄉」上承妻子，寫「喜欲狂」之餘打算春日攜手還鄉；而末聯緊接著寫還鄉時會經過的路程，對「喜欲狂」作更進一層的渲染。

> 4、作用

此詩旨在寫〈聞官軍收河南河北〉後「喜欲狂」之情，所以作者以「實」、「虛」形成「目一」、「目二」，一前一後來渲染「喜欲狂」的心情；如此，由「忽傳」而「初聞」、「卻看」而「漫卷」、「即從」而「便下」，一氣奔注，將自己與妻子「喜欲狂」的情狀，描摹得真是生動極了[6]。

> # 四、凡目法的特色

凡目法應用既廣，所形成的結構類型也十分完備且精密，則它所造成的美感是很值得一談的：

㈠凡目法的形成，基本上是運用了歸納、演繹的邏輯思考；

---

[6] 結構表及「說明」、「作用」參見陳滿銘《文章結構分析》頁三八～三九。

也就是說歸納式的思考會形成「先目後凡」的結構，演繹式的思考會形成「先凡後目」的結構，而「凡目凡」和「目凡目」結構，則是綜合運用了歸納、演繹的推理方式而形成的。因為歸納、演繹的邏輯思維是一種受控制而有方向的神經活動，所以人在從事歸納、演繹的邏輯思維時，神經活動會因省力而產生快感；自然地，在組織篇章時，若採用了凡目法，也會因同樣的原因，而使文章產生美感。

　　(二)「凡目」結構中必然會有「凡」有「目」。「凡」是總括，所以會因具有統括的力量，而有集中的美感產生；至於「目」則是條分，條分的項目是並列的，通常在字數上相差不多，甚至在構句上也會有類似之處，因而它會產生一種整齊美。

　　(三)「凡目凡」和「目凡目」結構還有一個值得一提的地方：那就是這兩種結構會像天平一般，特別具有對稱的美感（或者說是均衡的美感）；而且我們又知道：對稱的形式以左右對稱居絕大多數[7]，恰恰符合我們將「凡目凡」和「目凡目」結構展開之後的型態。這實在是相當有意思的。

　　(四)在「凡目」結構中，主旨會出現在那一部分，也是相當值得玩味的。陳滿銘特別強調過：主旨通常出現在「凡」，但也有少數的情況是出現在「目」之中[8]；至於「凡目凡」結構，若是第二個「凡」沒有比第一個「凡」，多產生特殊的議論或情意，則應該視為主旨在篇首出現[9]。

---

[7]　參考陳雪帆《美學概論》頁六六。

[8]　見《國文教學論叢續編》頁六五。

[9]　此說本於陳滿銘於國立臺灣師範大學八十八學年度教學碩士班「國文教學專題研究」課堂上之授課內容。

第二十九章 「平側」結構

一、何謂平側法

平側法是「平提側注」法的簡稱，許多文論家曾談及平側法，經由他們的探討，平側法的特性更被確定與彰顯。宋文蔚在《評註文法津梁》中，於「布局」裡列有「平側法」一說，他認為：

> 若義有輕重，或偏重一項，則開首用筆平提，以下或用串說，或用側注，均無不可。又有擇其最重之一項者，用特筆提起，再分串各項者，尤見用法變化[1]。

他很簡要地說明了平側法的特性；而且也說明了平側法在運用時可能出現的兩種情形：「先平提、後側注」，以及「先側注、後平提」。

許恂儒的《作文百法》中則不稱「平側」法，而稱之為「兩義兼權」法。他說：

> 兩義兼權者，一題之中本有甲乙二義，而孰重孰輕，各抒

---

[1] 見《評註文法津梁》頁一○九。

所見以論定之是也。或注重甲義而偏輕乙義，或左袒乙義
而薄視甲義，皆隨作者之命意以為說數[2]。

這種說法的缺點是：只說出了側重的情形，卻未交代亦須有平提
的部分；而且只限制在兩項之中作比較，卻未想到實際上很可能
不止如此。因此這樣的名稱與定義，其實並不能牢籠這種方法的
全貌。

羅君籌的《文章筆法辨析》中曾討論到「接筆」，其定義
為：「凡承上義前文，順勢遞下，連接一氣者，謂之接筆」[3]，
其中有一法曰：「側接」，而它的特性是：

側注題面曰側接。
平提之後，多用側筆卸入題面。

結合起來看，會發現他所說的其實就是平側法。

曾忠華編著的《作文津梁──（中）論說文篇》在談「結
構」時，提出了「平側」法，他說：

一篇文章中若要闡論好幾項事理，而這幾項事理，初出現
時都居平等的地位，便以平等對待列述在首段，作為一篇
文章總提綱，這叫做「平提」；而其中一、二項，在文中
所扮演的角色較為重要，論說間須偏重於此，這叫做「側

注」。「側注」的意思是說：特別偏重於某項[4]。

這是將平側法在運用時的考量，說得清楚極了；但卻將它的型態只限制為「先平後側」，這是不合於事實的。

陳滿銘在《國文教學論叢續編》中，對平側法也有簡單的闡釋：

以平側而言，平指平提，側指側注[5]。

雖然簡單，但是言簡意賅，將平側法最重要的特色點出來了。

因此可以為平側法下這樣的定義：所謂的平側法，就是必須有平提數項的部分，也必有側注其中一、二項的部分，兩者結合起來，便形成了平側法。

二、平側法與凡目法的異同

有一點必須釐清的是：平側法與凡目法的異同。宋文蔚在《評註文法津梁》中對「平側法」的看法，剛好顯示了這一點：

篇中有分兩項或三項者，如義均平列，則於總提後平分各項，用意詮發；若義有輕重，或偏重一項，則開首用筆平

---

[4] 見《作文津梁——（中）論說文篇》頁一三二。
[5] 見《國文教學論叢續編》頁一一三。

提，以下或用串說，或用側注，均無不可[6]。

後面一部分在之前已引述過了。我們在此要探討的是：所謂的「義均平列，則於總提後平分各項，用意詮發」者，應該列入平側法嗎？我們認為：這應是凡目法中的「先凡後目」格；因為只要是總提中的各項，在其後的篇幅中都再予發揮者，皆屬於這一類。至於「若義有輕重，或偏重一項，則開首用筆平提，以下或用串說，或用側注，均無不可」者，才是平側法的運用；重點在於平提中的各項，只能有一柱再加以申說，因此宋文蔚將這兩類都列入「平側」法中，是不夠精確的。

但是有時會有這樣的情況發生：平提的各項雖然都曾再加以著墨，但輕重之間相去頗遠，那麼這到底算是那一種呢？我們認為這仍應歸入凡目法當中，而且這許多「目」之間所形成的很可能是賓主關係，所以才會有上述的情形發生。我們可以用一篇宋琬的短文〈擁劍〉為例作說明：

> 海濱有介蟲焉，狀如蟛蜞，八足二螯，惟右螯獨鉅，長二寸許。潮退，行沮洳中，聞人聲弗避，豎其螯以待，若禦敵者；然土人取而烹之，螯雖熟不僵也。嗚呼！螳螂奮臂以當車轍，漆園吏固笑之矣！彼夫恃其區區之才與力，殺身而不悟者多矣！之二蟲何知焉？

其結構表如下：

```
    ┌─目─┬─主（蟛蜞）：「海濱有介蟲焉……雖熟不僵也」
┌─┤    └─賓（螳螂）：「嗚呼……固笑之矣」
│ └─凡：「彼夫恃其區區之才與力……何知焉」
```

這篇文章的作法是：「前半以蟛蜞豎螯作喻，後段起處，復以螳臂當車陪蟛蜞，至末數語始點清作意」、「其結處則二蟲並收」[7]，可見得蟛蜞與螳螂所佔的篇幅雖有頗大的差距，但不宜理解為側注在蟛蜞上，而是蟛蜞為「主」，螳螂為「賓」；同時在文末將二蟲並收，可見得所形成的是「先目後凡」格。

經過這樣的區分，平側法與凡目法的不同之處就相當明顯了。

三、平側法在運用時所呈現的結構類型

平側法在實際應用時，可形成的結構類型有下列四種：「先平後側」（包括「側注的部分再一次側注」，以及「側注回繳全體」兩種變體）、「先側後平」、「平側平」、「側平側」。以下依次來看：

(一)先平後側

「先平後側」的結構是平側法中最常見的一種。孔稚珪〈北山移文〉就運用得非常漂亮：

---

[7] 見林景亮《古文評註讀本》頁六。

1、正文

鍾山之英，草堂之靈，馳煙驛路，勒移山庭。夫以耿介拔俗之標，瀟灑出塵之想，度白雪以方絜，干青雲而直上，吾方知之矣。若其亭亭物表，皎皎霞外；芥千金而不盼，屣萬乘其如脫；聞鳳吹於洛浦，值薪歌於延瀨，固亦有焉。豈期終始參差，蒼黃翻覆，淚翟子之悲，慟朱公之哭；乍迴迹以心染，或先貞而後黷，何其謬哉！嗚呼！尚生不存，仲氏既往，山阿寂寥，千載誰賞？

世有周子，儁俗之士，既文既博，亦玄亦史。然而學遁東魯，習隱南郭；竊吹草堂，濫巾北岳；誘我松桂，欺我雲壑；雖假容於江臯，乃纓情於好爵。

其始至也，將欲排巢父，拉許由，傲百氏，蔑王侯。風情張日，霜氣橫秋。或歎幽人長往，或怨王孫不游。談空空於釋部，覈玄玄於道流。務光何足比？涓子不能儔！

及其鳴騶入谷，鶴書赴隴，形馳魄散，志變神動。爾乃眉軒席次，袂聳筵上；焚芰製而裂荷衣，抗塵容而走俗狀。風雲悽其帶憤，石泉咽而下愴。望林巒而有失，顧草木而如喪。

至其紐金章，綰墨綬，跨屬城之雄，冠百里之首，張英風於海甸，馳妙譽於浙右。道帙長擯，法筵久埋。敲扑諠囂犯其慮，牒訴倥傯裝其懷。琴歌既斷，酒賦無續。常綢繆於結課，每紛綸於折獄。籠張趙於往圖，架卓魯於前籙。希蹤三輔豪，馳聲九州牧。

使我高霞孤映，明月獨舉；青松落蔭，白雲誰侶？磵戶摧

絕無與歸，石徑荒涼徒延佇！至於還颷入幕，寫霧出楹，
蕙帳空兮夜鶴怨，山人去兮曉猿驚！昔聞投簪逸海岸，今
見解蘭縛塵纓。於是南嶽獻嘲，北隴騰笑，列壑爭譏，攢
峰竦誚。慨遊子之我欺，悲無人以赴弔。故其林慚無盡，
澗愧不歇，秋桂遺風，春蘿罷月。騁西山之逸議，馳東皋
之素謁。

今又促裝下邑，浪栧上京；雖情投於魏闕，或假步於山
扃。豈可使芳杜厚顏，薜荔蒙恥，碧嶺再辱，丹崖重滓，
塵游躅於蕙路，汙淥池以洗耳？宜扃岫幌，掩雲關，斂輕
霧，藏鳴湍，截來轅於谷口，杜妄轡於郊端。於是叢條瞋
膽，疊穎怒魄；或乘柯以折輪，乍低枝而掃迹。請迴俗士
駕，為君謝逋客。

2、結構表

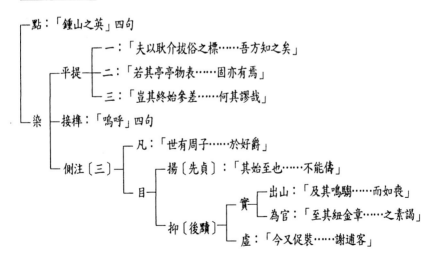

3、說明

(1)平提

孔稚珪在一開始就提出了三種隱者,第一種是:「夫以耿介拔俗之標,……吾方知之矣」,過商侯所選的《古文評註全集》中有註曰:「此是生而高潔,飄然世外一種人」[8];第二種是:「若其亭亭物表……固亦有焉」,過商侯曰:「此是生而高潔,能不為富貴所動一種人」;第三種則是:「豈其始終參差……何其謬哉」,過商侯曰:「謂其人暫避迹於山中,而心猶染於塵俗」。

(2)接榫

其後的篇幅都是在描述第三種隱者,而在此用「嗚呼!尚生不存,仲氏既往,山阿寂寥,千載誰賞」一段作為「平提」與「側注」的接榫,吳楚材所選的《古文觀止》中曾在此段下註道:「承上啟下,感慨情深」[9]。

(3)側注

在側注的部分還形成了「先凡後目」格,「凡」的部分是:「世有周子……乃纓情於好爵」一段,底下才是分成二「目」,因此《古文觀止》亦有註語云:「以上總寫,以下分作兩截寫」,「兩截」就是「兩目」;而「目」的部分是先「揚」(目1)和後「抑」(目2),林雲銘的《古文析義》並分別點出:「應上『先貞』二字」、「應上『後黷』二字」[10]。而「抑」的部

---

[8] 此則及下二則引語見《古文評註全集》頁四三三。
[9] 見《古文觀止》頁二九四。
[10] 見《古文析義》頁六七一。

分的「實」是指「昔」與「今」，「虛」是指未來。

4、作用

由此可以看出：〈北山移文〉先平提三種隱者，再側注到第三者上，輕重之間，深責之意已十分顯然；而且在其後又用了褒貶態度十分鮮明的抑揚法，使得主旨「請回俗士駕，為君謝逋客」的帶出，就十分有力量了。

但「先平後側」的結構在應用時，還可能有更細微的變化，譬如它可能會在「側注」的部分再一次形成「先平後側」的結構；顧炎武的〈廉恥〉就是如此：

1、正文

《五代史‧馮道傳》論曰：「『禮、義、廉、恥，國之四維；四維不張，國乃滅亡。』善乎管生之能言也！禮、義，治人之大法；廉、恥，立人之大節。蓋不廉則無所不取，不恥則無所不為。人而如此，則禍敗亂亡，亦無所不至。況為大臣而無所不取，無所不為，則天下其有不亂，國家其有不亡之者乎？」

然而四者之中，恥尤為要，故夫子之論士曰：「行己有恥。」孟子曰：「人不可以無恥。無恥之恥，無恥矣！」又曰：「恥之於人大矣！為機變之巧者，無所用恥焉！」所以然者，人之不廉而至於悖禮犯義，其原皆生於無恥也。故士大夫之無恥，是謂國恥。

吾觀三代以下，世衰道微，棄禮義，捐廉恥，非一朝一夕

之故。然而松柏後凋於歲寒，雞鳴不已於風雨，彼眾昏之日，固未嘗無獨醒之人也。

頃讀顏氏家訓，有云：「齊朝一士夫，嘗謂吾曰：『我有一兒，年已十七，頗曉書疏。教其鮮卑語及彈琵琶，稍欲通解，以此伏事公卿，無不寵愛。』吾時俯而不答。異哉！此人之教子也！若由此業，自致卿相，亦不願汝曹為之！」嗟乎！之推不得已而仕於亂世，猶為此言，尚有小宛詩人之意；彼閹然媚於世者，能無愧哉？

2、結構表

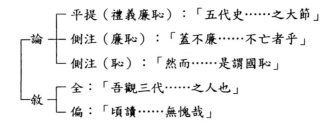

3、說明

(1)先論後敘

〈廉恥〉是採用「先論後敘」的結構，平側法的應用出現在「論」的部分。

(2)平提

《五代史・馮道傳》論所引的管生之言，起著總括的作用，其中「禮、義、廉、恥」便被分為「禮義」和「廉恥」兩組。

(3)第一次側注

下文再側注到「廉恥」上，即「蓋不廉則無所不取……其有

不亡者乎」一段，曾忠華說：「已將禮、義、廉、恥割畫為兩組，以便去掉本文中不切要的第一組『禮、義』，而第二組『廉、恥』，正是本文所需要的」[11]。

(4)第二次側注

「廉」和「恥」本身也是下一個「先平後側」結構的「平提」的部分，隨後「恥」又被挑出來著重地加以論述，即「然而四者之中……是謂國恥」一段。

4、作用

這樣先平提、後側注，側注的部分本身又是平提，隨後再側注；落實到文章中，就形成了這樣的情形：「禮義、廉恥」→「廉、恥」→「恥」，我們可以很明顯地看出：焦點是愈來愈集中在「恥」上。所以當主旨「人之不廉以至於悖禮犯義，其原皆生於無恥也」出現時，就顯得理所當然了。

除此之外，還有一種是平提之後只側注其中一項，但側注的同時，也回繳整體的寫作手法；這是「先平後側」格的變體，也就是有「先平後側」的外形；但內容上卻是均有收束，達成了「先目後凡」的效果。可以用辛棄疾的〈賀新郎〉為例來說明：

1、正文

> 綠樹聽鵜鴂。更那堪、鷓鴣聲住，杜鵑聲切。啼到春歸無尋處，苦恨芳菲都歇。算未抵、人間離別。馬上琵琶關塞

---

[11] 見《作文津梁──（中）論說文篇》頁一三五。

黑，更長門翠輦辭金闕。看燕燕，送歸妾。　　將軍百戰
身名裂。向河梁回頭萬里，故人長絕。易水蕭蕭西風冷，
滿座衣冠似雪。正壯士、悲歌未徹。啼鳥還知如許恨，料
不啼、清淚長啼血。誰共我、醉明月？

2、結構表

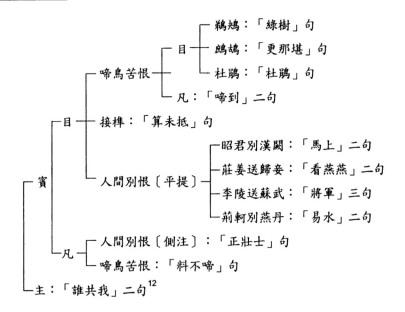

3、說明

　　這闋詞的第一層結構成分是「賓—主」，「賓」的部分佔了
絕大部分的篇幅，其章法的運用很值得觀察。

　　(1)目

12 此結構見〈辛棄疾的〈賀新郎〉〉，頁六八至六九。「平提」、「側
注」字眼為筆者所加。以下所引二則陳滿銘語亦是同一出處。

「目」可分為「啼鳥苦恨」和「人間別恨」。這裡所要探討的是「人間別恨」的部分。前面平提了人間離別的四種恨事，它的作用是：「前二者設與當時和番聯敵的政策相涉，用以表示痛心之意；而後二者，則與滯留或喪生於淪陷地區的愛國志士相關，用以抒發關切與哀悼之情」。

(2)凡

「凡」要收束前面的「目」，而其中收「人間別恨」的是「正壯士悲歌未徹」一句；表面上看起來，它只收了前面所提的第四種恨事──荊軻別燕丹，但前述的悲劇都一直不斷地上演著，何止是第四種呢？因此它雖具有側注的外形，但事實上是回應了整體。陳滿銘說：「它的上句（即「正壯士」一句），用側注以回繳整體的技巧，上收人間的別恨」，這種說法是相當正確的。

┌─────────┐
│ 4、作用 │
└─────────┘

這闋詞中，「賓」的材料相當豐富，「啼鳥苦恨」中寫了三種鳥──鵜鴂、鷓鴣、杜鵑，「人間別恨」中又用了四個歷史人物的典故──昭君、莊姜、李陵、荊軻；但詞作的篇幅又是有限的，因此在「人間別恨」這組材料中，運用了「側注以回繳全體」的手法，有效地以最少的字數、表達了最完整的意義，是相當高妙的一種作法。而由於「賓」的部分蘊蓄情深，所以「主」的部分雖僅有短短二句「誰共我、醉明月」，但所帶出的惜別之意卻是綿綿不盡的[13]。

---

[13] 陳滿銘說：「其次就『主』的部分來看，它僅含結尾的『誰共我』二句……到這裡才正式切入題目，點出惜別之意作結」，見〈辛棄疾的

(二)先側後平

「先側後平」的結構相當罕見，不過，《史記·刺客列傳贊》就是以這種結構來組織全文的。

1、正文

> 世言荊軻，其稱太子丹之命，天雨粟、馬生角也，太過；又言荊軻傷秦王，皆非也。始公孫季功、董生與夏無且游，具知其事，為余道之如是。自曹沫至荊軻五人，此其義或成或不成，然其立意較然不欺其志，名垂後世，豈妄也哉！

2、結構表

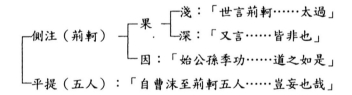

3、說明

(1)側注

〈刺客列傳〉共載五人：一曹沫，二專諸，三豫讓，四聶政，五荊軻；但此贊獨側重於荊軻。金聖嘆《才子古文讀本》中，有評註云：「或成或不成，筆意蓋注或不成也；五人中，獨惜荊軻甚至。」而「獨惜荊軻」出現在前半部分，即「世言荊

軻……道之如是」一段，是「側注」。

(2)平提

從「自曹沫至荊軻五人」開始，到「豈妄也哉」為止，是「平提」五人的部分。

4、作用

「先側後平」結構，與「先平後側」結構一般，都可以達到使「側注」部分得到更多注意的效果；而且最後的一束，和凡目法中的「凡」作用類似，可以作一總括；同時與習見的「先平後側」結構不同，也比較有變化。

(三)先平後側再平

「平提－側注－平提」的結構並不常見，而當它出現在只有區區八句的律詩中時，就更令人嘖嘖稱奇了，那就是柳宗元的〈登柳州城樓寄漳汀封連四州刺史〉：

1、正文

城上高樓接大荒，海天愁思正茫茫。驚風亂颭芙蓉水，密雨斜侵薜荔牆。嶺樹重遮千里目，江流曲似九迴腸。共來百越文身地，猶自音書滯一鄉。

2、結構表 [14]

```
┌─平提〔五人〕：「城上高樓接大荒」二句
│                      ┌─近景：「驚風亂颭芙蓉水」二句
├─側注〔柳宗元〕─┤
│                      └─遠景：「嶺樹重遮千里目」二句
└─平提〔五人〕：「共來百越文身地」二句
```

3、說明

(1)第一次平提

第一個「平提」的部分出現在首聯，喻守真在《唐詩三百首詳析》中說道：「此詩首聯上句是寫柳州，下句是總寫四人分處之地大都近海，所以說海天茫茫」[15]，因此這一聯就將五人所居之處都交代出來了。

(2)側注

接著就以頷、頸二聯的篇幅，側注到柳州上來描寫，所以喻氏又說：「頷聯是接寫柳州夏日的景物，所謂『驚風密雨』，是報告柳州當地的氣候，是寫的近景。頸聯二句是寫的遠景。嶺樹重重，遮斷望眼，見得相望之殷。迴腸纍纍，曲似江流，見得相思之苦。」

(3)第二次平提

最後一聯是第二次平提的部分，喻守真說：「末聯是總說五人的遭際，天各一方，音書久滯」。又再一次將五人統合在一起，並作一收束。

---

[14] 此結構表乃根據陳滿銘之說法所繪。

[15] 此則及下三則引語見《唐詩三百首詳析》頁二四三。

4、作用

這種結構的妙處是：因為有兩次「平提」的部分，所以能非常密切地縮合五人；而且又有「側注」的部分，因而有足夠的空間針對主要對象加以描繪、渲染。喻守真認為這首詩的作意是：「因為四刺史和宗元休戚相關，從而發生一種親摯的友誼，雖然各在一方，而相思之苦，不能自已。」詩人活用了平側法，創造出這樣的結構，恰恰好能使形式完美地與內容結合，達到最佳效果。

(四)先側後平再側

還有一種作法是十分巧妙的：先側、後平、再側，真可謂匠心獨運，歸有光〈吳山圖記〉即是如此：

1、正文

> 吳長洲二縣在郡治所分境而治，而郡西諸山，皆在吳縣，其最高者穹窿山，鄧尉西脊銅井，而靈巖吳之故宮在焉；尚有西子之遺迹，若虎池邱劍池，及天平尚方支硎，皆勝地也。而太湖汪洋三萬六千頃、七十二峰，沈浸其間，則海內之奇觀矣。余同年友魏君用晦為吳縣，未及三年，以高第召入為給事中。君之為縣有惠愛，百姓扳留之不能得，而君亦不忍於其民，由是好事者繪吳山圖以為贈。
>
> 夫令之於民誠重矣，令誠賢也，其地之山川草木亦被其澤而有榮也；令誠不賢也，其地之山川草木，亦被其殃而有辱也。君之於吳之山川蓋增重矣。異時吳民將擇勝於巖巒

之間，尸祝於浮屠老子之宮也，固宜。而君則亦既去矣，
何復惓惓於此山哉？昔蘇子瞻稱韓魏公去黃州四十餘年，
而思之不忘，至以為思黃州詩，子瞻為黃人刻之於石；然
後知賢者於其所至，不獨使其人之不忍忘而已，亦不能自
忘於其人也。

君今去縣已三年矣，一日與余同在內庭，出示此圖，展玩
太息，因命余記之。噫！君之於吾吳有情如此，如之何而
使吳民能忘之也。

2、結構表

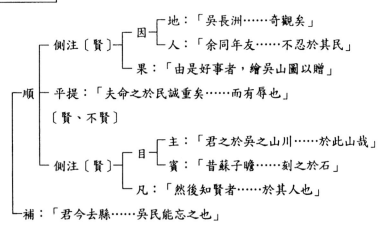

3、說明

除去「補」的部分不看，「順」的部分形成「側注－平提－
側注」的結構。

(1)第一次側注

作者一開始就從「賢」的一面來著手，運用「因果」法，一

方面交代事情的原由，一方面也談到了令尹之賢。

(2)平提

「平提」的部分出現在中間一段，從「夫令之於民誠重矣」開始，到「而有辱也」為止，李扶九的《古文筆法百篇》中有眉批云：「賢、不賢兩層拓開，反正淋漓，高渾無匹」[16]，可見得是平提「賢」與「不賢」。

(3)第二次側注

此處採用了不同的材料、不同的章法（凡目法），再一次渲染令尹之賢。

4、作用

這樣的結構有兩種好處：其一是，因為有兩次側注的部分，所以可以選用不同的材料、著重不同的重點，盡情地扣緊題旨來作發揮。其二是，平提的部分出現在中間，除了提出別項以開拓文境外，又特別能產生統合前後的力量。而這篇〈吳山圖記〉，前後都側注在「賢」上，中間平提的部分除了「賢」之外，又轉出一項「不賢」，照應得十分嚴整，又具有變化。

四、平側法的特色

平側法在應用時所展現的形貌，實在是多采多姿；並且種種特殊的安排，又恰可使文章內容得到最好的安置，而作者的情意

---

[16] 見《古文筆法百篇》頁二〇。

也藉此充分地展現。真可謂「運用之妙,存乎一心」啊!總括言之,可以得到下列的幾點結論:

㈠運用平側法最大的優點是:可以很容易地凸顯出主題。王德春在《修辭學辭典》中,對「側重美」有所闡釋:「語言藝術的原則之一,它強調在用詞、造句、謀篇中突出重點,以收到最佳的表達效果。[17]」在這一點上,平側法可說是得天獨厚。因為在平提各項的烘托下,會很容易凸顯那特別側注的一、兩項,而這部分通常也佔了大部分的篇幅;更何況又可將結構靈活地變化為「側注-平提」、「側注-平提-側注」……等等,比起其他的章法,如「賓主」法、「正反」法等,都還要來得印象鮮明、效果強烈。

㈡平提的部分,其地位不僅只是相對於「側重」而已,它還有更積極的作用,那就是有收束的效果;從這方面來看,有點類似「凡目」法中的「凡」。同時,因為平提中必有一至多項是離所欲側重的主題較遠的,因此它又有拓開的作用,這又有點類似「縱收」法中的「縱」。所以,它所造成的效果與美感也是多方面的。

㈢平側法在運用時,有一類是很特殊的:那就是「側注以回繳全體」,如前引辛棄疾的詞就是如此;而它的作用也很特殊,就是它可以藉由這樣的安排來節省篇幅,但是卻能達成與「凡目」法同樣的效果。

---

[17] 見《修辭學辭典》頁一八。

第三十章　「詳略」結構

一、何謂詳略法

　　詳寫就是對事物作比較具體、詳細的敘述，略寫就是對事物作概括、簡略的敘述[1]。陸機〈文賦〉中說道：「若夫豐約之裁，俯仰之形，因宜適變，曲有微情。」這裡說的「豐約之裁」，就是指材料的剪裁取捨[2]，表現在文章中，就有詳寫、略寫之分。而「因宜適變」，就是要依照適當的情況來作調整；那麼，何時應詳寫？何時應略寫呢？

　　首先最重要的一條準則是與中心思想關係緊密的材料得詳寫，與中心思想關係不大的材料可以略寫[3]，唐彪在《讀書作文譜》中，「詳略」一法之下，引用柴虎臣的話說：「詳略者，要審題之輕重為之。題理輕者宜略，重者宜詳。」[4]其次，具有代表性的材料宜詳寫，一般性的材料得略寫[5]，如方望溪在〈與孫

---

[1] 參見鄭頤壽《辭章學概論》頁一二七。

[2] 參見王凱符、張會恩主編的《中國古代寫作學》頁二一三。

[3] 可參見王守勛主編的《寫作大觀》（頁二〇六）、劉錫慶、齊大衛主編的《寫作》（頁四一）、王凱符、張會恩主編的《中國古代寫作學》頁二一三。

[4] 見《讀書作文譜》頁八四。

[5] 參見劉錫慶、齊大衛主編的《寫作》（頁四二）、王凱符、張會恩主編的《中國古代寫作學》頁二一五。

以寧書〉中談到：「故嘗見義於《留侯世家》曰：『留侯所從容與上言天下事甚眾，非天下所以存亡，故不著。』此明示後世綴文之士以虛實詳略之權度也。」[6]還有，別人所未言、難言者宜詳，人所已言、易言者宜略[7]。要注意的是，不管是詳寫或略寫，它們的目的都是為了表現主題[8]，而且藉由這種方法，可以節省筆墨、使重點突出。

可以這麼說：詳略法就是將詳寫、略寫的筆法在文章中交互為用，以凸出主旨的章法。

二、詳略法與泛具法的異同

專事描寫具體的情事、景物或特殊狀況的，特稱為具寫法；至於泛泛地敘寫抽象情意或一般狀況的，則稱作泛寫法[9]。乍看之下，這似乎和詳寫、略寫頗有類似之處。

但是，泛具法是針對同一件事（景、情、理）兼用泛、具寫法者而言；詳略法則是指在文章中，某些事（景、情、理）用詳寫，其他的某些事（景、情、理）又用略寫。掌握住這一點，就可以很輕易地區分泛具法與詳略法了。

譬如李益〈喜見外弟又言別〉的首、頷二聯：

[6] 轉引自王凱符、張會恩主編的《中國古代寫作學》頁二一四。
[7] 參見劉錫慶、齊大衛主編的《寫作》（頁四一～四二）、成偉鈞等所主編的《修辭通鑑》頁七五三。
[8] 參見劉錫慶、齊大衛主編的《寫作》頁四二。
[9] 見陳滿銘《國文教學論叢》頁四四五。

十年離亂後，長大一相逢。問姓驚初見，稱名憶舊容。

其結構表如下：

```
┌泛：「十年離亂後」二句
└具：「問姓驚初見」二句
```

剛開始只是泛寫初見的一剎那，接著才以實際的動作、對話、情緒轉變，來將這一剎那作詳細具體的描繪。所以這是「先泛後具」格。

至於詳略法的運用，則可以用周敦頤〈愛蓮說〉為例：

> 水陸草木之花，可愛者甚蕃：晉陶淵明獨愛菊。自李唐來，世人盛愛牡丹。予獨愛蓮之出淤泥而不染，濯青漣而不妖；中通外直，不蔓不枝；香遠益清，亭亭淨植，可遠觀而不可褻玩焉。
>
> 予謂：菊，花之隱逸者也；牡丹，花之富貴者也；蓮，花之君子者也；噫！菊之愛，陶後鮮有聞。蓮之愛，同予者何人？牡丹之愛，宜乎眾矣。

它的結構表[10]是這樣子的：

---

[10] 參考陳滿銘《文章結構分析》頁五四。

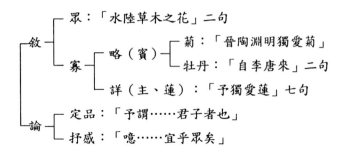

作者在眾多的草木之花中，挑選了三種：菊、牡丹、蓮，並以菊與牡丹（賓）來襯托蓮（主）。菊與牡丹象徵「隱逸者」和「富貴者」，理由是眾人皆知的，因此用略筆。至於蓮，作者是特地要用它來象徵「君子」的，這是作者別有寄託之處，因此非用詳筆來敘寫不可[11]。這樣的安排，相當合乎詳略法運用的原則。

三、詳略法應用時所呈現的結構類型

詳略法可形成「先詳後略」、「先略後詳」、「詳略詳」、「略詳略」四種結構，茲針對前兩種結構舉例加以說明，並另舉一「詳略」迭用之特例：

㈠先詳後略

運用「先詳後略」手法者，有賈誼著名的作品〈過秦論〉：

---

[11] 見陳滿銘《國文教學論叢續編》頁四三六。

1、正文

秦孝公據殽函之固，擁雍州之地，君臣固守，以窺周室；有席卷天下，包舉宇內，囊括四海之意，并吞八荒之心。當是時也，商君佐之，內立法度，務耕織，修守戰之具，外連衡而鬥諸侯。於是秦人拱手而取西河之外。

孝公既沒，惠文、武、昭襄，蒙故業，因遺策，南取漢中，西舉巴蜀，東割膏腴之地，北收要害之郡。諸侯恐懼，會盟而謀弱秦，不愛珍器重寶肥饒之地，以致天下之士，合從締交，相與為一。當此之時，齊有孟嘗，趙有平原，楚有春申，魏有信陵；此四君者，皆明智而忠信，寬厚而愛人，尊賢重士，約從離橫，兼韓、魏、燕、趙、齊、楚、宋、衛、中山之眾。於是六國之士，有寧越、徐尚、蘇秦、杜赫之屬為之謀；齊明、周最、陳軫、召滑、樓緩、翟景、蘇厲、樂毅之徒通其意；吳起、孫臏、帶佗、兒良、王廖、田忌、廉頗、趙奢之倫制其兵。嘗以十倍之地，百萬之眾，叩關而攻秦。秦人開關延敵，九國之師，逡巡遁逃而不敢進。秦無亡矢遺鏃之費，而天下諸侯已困矣。於是從散約解，爭割地而賂秦。秦有餘力而制其敝，追亡逐北，伏尸百萬，流血漂櫓；因利乘便，宰割天下，分裂河山，強國請服，弱國入朝。施及孝文王、莊襄王，享國日淺，國家無事。

及至始皇，奮六世之餘烈，振長策而馭宇內，吞二周而亡諸侯，履至尊而制六合，執捶拊以鞭笞天下，威振四海。南取百越之地，以為桂林、象郡；百越之君，俛首係頸，

委命下吏；乃使蒙恬北築長城而守藩籬，卻匈奴七百餘里；胡人不敢南下而牧馬，士不敢彎弓而報怨。於是廢先王之道，燔百家之言，以愚黔首；墮名城，殺豪俊，收天下之兵，聚之咸陽，銷鋒鏑，鑄以為金人十二，以弱天下之民。然後踐華為城，因河為池，據億丈之城，臨不測之谿以為固。良將勁弩，守要害之處；信臣精卒，陳利兵而誰何？天下已定，始皇之心，自以為關中之固，金城千里，子孫帝王萬世之業也。

始皇既沒，餘威震於殊俗。然而陳涉，甕牖繩樞之子，氓隸之人，而遷徙之徒也，才能不及中人，非有仲尼、墨翟之賢，陶朱、猗頓之富，躡足行伍之間，倔起阡陌之中，率罷散之卒，將數百之眾，轉而攻秦；斬木為兵，揭竿為旗，天下雲集而響應，贏糧而景從。山東豪俊，遂並起而亡秦族矣。

且夫天下非小弱也，雍州之地，殽函之固，自若也；陳涉之立，非尊於齊、楚、燕、趙、韓、魏、宋、衛、中山之君也；鋤耰棘矜，非銛於鉤戟長鎩也；謫戍之眾，非抗於九國之師也；深謀處慮，行軍用兵之道，非及曩時之士也；然而成敗異變，功業相反也。試使山東之國，與陳涉度長絜大，比權量力，則不可同年而語矣。然秦以區區之地，致萬乘之權，招八州而朝同列，百有餘年矣；然後以六合為家，殽函為宮，一夫作難而七廟墮，身死人手，為天下笑者，何也？仁義不施，而攻守之勢異也。

2、結構表[12]

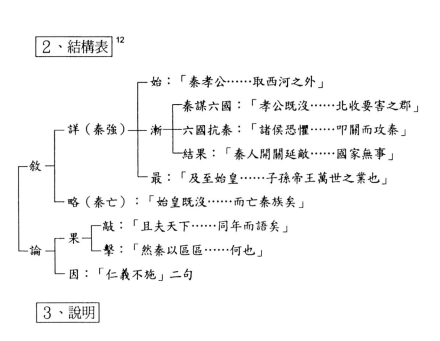

3、說明

(1)敘（詳）

在這一部分，作者以三段、幾乎佔了全文四分之三的篇幅，來敘寫秦國壯大的三個階段：始、漸、最，描寫得相當詳細，以凸顯秦強非易。

(2)敘（略）

這一段寫秦亡之速，用筆頗為簡略。

(3)論

作者在此利用第一、二、四段所提供之材料，將秦、六國、陳涉作一比較，原本應該六國勝秦、秦勝陳涉此為旁「敲」一筆，但歷史的結局卻恰恰相反——秦勝六國、陳涉勝秦，此為正

---

[12] 此結構表參見陳滿銘《文章結構分析》頁三〇四～三〇五。

「擊」一筆，因而逼出一篇的主旨：「仁義不施而攻守之勢異也」十一字，以收束全篇。

4、作用

為什麼在寫秦強的時候要用詳筆呢？那是因為要顯示出秦強之難；又為什麼敘秦亡的時候要用略筆呢？那是因為要傳達出秦亡之速。兩者配合起來，形成鮮明的對比，於是讀者自然就對結論：「仁義不施而攻守之勢異也」深信不疑了[13]。

(二)先略後詳

范仲淹的〈岳陽樓記〉則是形成了「先略後詳」的結構：

1、正文

慶曆四年春，滕子京謫守巴陵郡。越明年，政通人和，百廢具興，乃重修岳陽樓，增其舊制，刻唐賢今人詩賦於其上；屬予作文以記之。

予觀夫巴陵勝狀，在洞庭一湖。銜遠山，吞長江，浩浩湯湯，橫無際涯；朝暉夕陰，氣象萬千；此則岳陽樓之大觀也，前人之述備矣！然則北通巫峽，南極瀟湘，遷客騷人，多會於此，覽物之情，得無異乎？

若夫霪雨霏霏，連月不開；陰風怒號，濁浪排空；日星隱耀，山岳潛形；商旅不行，檣傾楫摧；薄暮冥冥，虎嘯猿啼；登斯樓也，則有去國懷鄉、憂讒畏譏、滿目蕭然，感

---

[13] 「說明」及「作用」參考陳滿銘《國文教學論叢續編》頁四三八～四四四。

極而悲者矣！

至若春和景明，波瀾不驚，上下天光，一碧萬頃；沙鷗翔集，錦鱗游泳，岸芷汀蘭，郁郁菁菁。而或長煙一空，皓月千里，浮光躍金，靜影沈璧，漁歌互答，此樂何極！登斯樓也，則有心曠神怡，寵辱偕忘，把酒臨風，其喜洋洋者矣！

嗟夫！予嘗求古仁人之心，或異二者之為，何哉？不以物喜，不以己悲，居廟堂之高，則憂其民；處江湖之遠，則憂其君。是進亦憂，退亦憂；然則何時而樂耶？其必曰：「先天下之憂而憂，後天下之樂而樂」乎！噫！微斯人，吾誰與歸？時六年九月十五日。

２、結構表

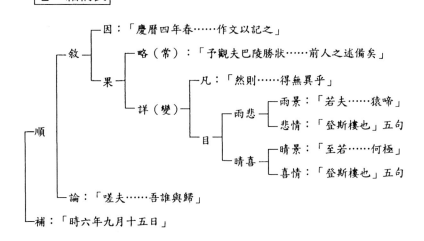

３、說明

(1)順（敘）

作者先交代一下作〈岳陽樓記〉的因由；接著才敘樓外景觀，就在這部分出現前詳後略的情形。在敘常景時，只作概括的描述，就以「前人之述備矣」一句結束了。而在敘變景時，卻分成兩大部分，詳細地描寫兩種覽物異情[14]。

(2)順（論）

此處先應變景的部分，論古仁人之心不同於一般以物喜、以己悲的遷客騷人，從而領出「先天下之憂而憂，後天下之樂而樂」的主旨，並表出無比的嚮往之情，而且也間接地勉勵了遷謫中的友人。

(3)補

補敘作記的年、月、日。

4、作用

此文的主旨是「先憂後樂」，作者費心地尋出「憂」、「樂」二字，將古仁人的憂樂，與一般騷人墨客面對岳陽樓時不同景物產生的憂樂之情，形成強烈對比，如此一來，先憂後樂的主旨便與岳陽樓融為一體。所以「變景」的部分與主旨密切相關，自然要大書特書，以預為主旨作鋪墊；而「常景」的部分則顯然不須如此大費周章，用略筆即可，這便是詳略互見的妙處[15]。

(三)「詳略」迭用

杜甫的〈觀公孫大娘弟子舞劍器行〉是一相當精采的詩例，

---

[14] 關於「詳略」的看法，參考劉錫慶、齊大衛主編之《寫作》頁四一～四二。

[15] 結構表及「說明」、「作用」參考陳滿銘《文章結構分析》頁一八四～一八七。

其中對詳略法的運用很值得觀察：

1、正文

　　昔有佳人公孫氏，一舞劍器動四方，觀者如山色沮喪，天
地為之久低昂。㸌如羿射九日落，矯如群帝驂龍翔，來如
雷霆收震怒，罷如江海凝清光。絳唇珠袖兩寂寞，晚有弟
子傳芬芳。臨潁美人在白帝，妙舞此曲神揚揚。與余問答
既有以，感時撫事增惋傷！先帝侍女八千人，公孫劍器初
第一。五十年間似反掌，風塵澒洞昏王室。梨園子弟散如
煙，女樂餘姿映寒日。金粟堆南木已拱，瞿塘石城草蕭
瑟。玳絃急管曲復終，樂極哀來月東出。老夫不知其所
往，足繭荒山轉愁疾！

2、結構表

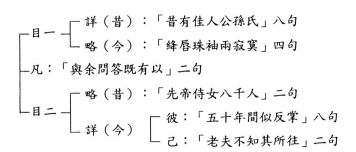

3、說明

(1)目一

　　此處先詳細地描寫公孫大娘的舞姿，但在敘其弟子時，只用
「神揚揚」三字，所以喻守真《唐詩三百首詳析》評道：「很得

前後詳略的方法」[16]。這邊強調的是「昔盛」。

(2)凡

「感時撫事增惋傷」一句既是「凡」，也是主旨（綱領）。

(3)目二

這裡與「目一」相反，對於從前的事情用略寫，對眼前之事則寫得比較詳細，因為此處強調的是「今衰」。

4、作用

作者因觀舞而引起了無窮的感慨，這便是「撫時感事增惋傷」。為了使「惋傷」之意不致虛泛，作者便在前、後用「目一」、「目二」來敘寫「撫時感事」的經驗；而且為了要加強「惋傷」之意，又分別在「目」的部分運用詳略法，以強調出「昔盛」、「今衰」的感受。在這樣的精心安排下，「惋傷」之意怎能不愈加深沈呢？

四、詳略法的特色

詳略法在應用時有幾個準則要予以考慮，而這些準則的建立都是有根據的：

㈠陳雪帆在《美學概論》中提到：「容積特大，也是表示為主的一種方式。……小說上的人物特加詳寫等，便是其例。」[17]同樣的原理在散文及詩歌創作中也是一樣行得通的，所以與中心

---

[16] 見《唐詩三百首詳析》頁七八。

[17] 見《美學概論》頁八三。

思想關係密切的材料得詳寫，與中心思想關係不大的材料可以略寫。

㈡錢谷融、魯樞元主編的《文學心理學》提到一種「陌生化效應」，也是相當有啟發性的：「人有好奇的天性，因為人的心靈有個經濟性原則：凡是熟悉的、認識了的事物，人們就不再注意它了，否則，人的心理就要弄得精疲力盡、窮於應付。只有那些新鮮的、尚未認識到的事物才能引起人的興趣。」[18]所以人所未言、難言者宜詳寫，人所已言、易言者宜略寫，這條準則是相當合乎陌生化效應的。

㈢張紅雨《寫作美學》中談到，能引起人們產生美感的東西，大約應具備有新鮮、強烈、深刻的特性。他認為新鮮的事物「常常顯示出與眾不同的示差性，這種示差性滿足了人們的審美需求。」[19]這與前面提到的「陌生化效應」可以互為啟發。而另外兩類強烈、深刻的事物，則可以產生這樣的效應：「知覺強烈的事物常常使人情緒震動較大，留下的印象較深，美感較豐富」、「感受深刻的東西，常常有一個由感覺到感知的過程，有一個由初步理解到全部理解的過程。不僅從表象，而且從本質上瞭解的東西才能產生最真實的美感。」[20]而強烈又深刻的東西自然是極具代表性的，所以這也說明了為什麼具有代表性的材料宜詳寫，一般性的材料得略寫。

㈣在美學中，大家都承認美感的來源之一是「比例」；而所

---

[18] 見《文學心理學》頁二一六。

[19] 見《寫作美學》頁一一二。

[20] 見張紅雨《寫作美學》頁一一二～一一四。

謂的「比例」就是兩部分的配稱或不配稱[21]。在詳略法中，首先要注意的是詳寫、略寫都必須以凸出主旨為第一考量，所以這就涉及了部分與全體的比例是不是很適當的問題；不只如此，詳寫與略寫之間也要配合得恰到好處，這就是部分與部分的比例協調[22]。當部分與全體、部分與部分的比例都配置得十分亭勻時，自然便會予人極大的審美享受了。

---

[21] 見陳雪帆《美學概論》頁七三。

[22] 楊辛、甘霖《美學原理》談到：「比例。指一件事物整體與局部以及局部與局部之間的關係。」頁一七一。

第三十一章 「賓主」結構

一、何謂賓主法

　　「賓主」法是相當常見的寫作手法，自古以來即受到重視。宋·李塗的《文章精義》、元·陳繹曾《修辭鑑衡》、毛先舒《詩辨坻》稱為「客」、「主」；宋·呂東萊《古文關鍵》從「賓」的作用上著眼，用了「旁影」這一名詞[1]；明·李騰芳《山居雜著》中的「轉跌之跌」即為賓主法；金聖嘆批註的《才子古文讀本》、吳楚材、王文濡所評註的《古文觀止》、顧亭鑑纂輯、葉葆王詮註的《學詩指南》，則分別稱「賓」為「陪說」、「陪客」、「作陪」[2]；而李扶九《古文筆法百篇》中，引用了金聖嘆的說法，將以賓襯主的作用稱為「水長船高」[3]；明·方以智《文章薪火》、唐彪《讀書作文譜》、宋文蔚《評註文法津梁》、吳喬《圍爐詩話》、來裕恂《漢文典》、曹冕《修辭學》、陳滿銘《國文教學論叢》都稱之為「賓主」法[4]。由此可約略看出賓主法受重視的情形。

---

[1] 見《古文關鍵》頁五七。
[2] 以上三則引言分別見《才子古文讀本》（上）頁一九一；《古文觀止》頁五四五；《學詩指南》頁一二○。
[3] 見《古文筆法百篇》頁一八。
[4] 以上所引諸氏之說法，可參見拙著《文章章法論》頁二○三～二一○。

　　參照前引諸家的說法，我們可以為賓主法下這樣的定義：所謂的賓主法，便是運用輔助材料（賓），來凸顯主要材料（主），從而有力地傳達出主旨的一種章法[5]。

二、賓主法與譬喻格、映襯格、引用格、「興」法、正反法之異同

㈠賓主法與譬喻格的異同

　　在評點文字中，發現前人常將賓主法與譬喻格混為一談。例如呂東萊《古文關鍵》在韓愈〈答陳商書〉的題目底下，加了一句：「設譬格」[6]，其實他指的應是韓愈所用的「齊王好竽」一事，此事是「賓」，作用在陪襯陳商。又如謝枋得的《文章軌範》評韓愈的〈應科目與時人書〉時，說：「一篇皆是譬喻」[7]，實則怪物為賓、韓愈為主，應為賓主法。還有林景亮《評註古文讀本》在評柳宗元〈蝜蝂傳〉時，則乾脆寫道：「是篇前半刻劃蝜蝂之貪，後半借蝜蝂以喻世之嗜取者，前半為賓，後半為主，故為譬喻法」[8]，可以明顯地看出：在他的觀念中，賓主法和譬喻法是等同的。

　　譬喻是一種「借彼喻此」的修辭法，凡二件或二件以上的事

---

[5] 參考陳滿銘《國文教學論叢》頁三五一～三五二。
[6] 見《古文關鍵》頁六六。
[7] 見《文章軌範》頁四一。
[8] 見《評註古文讀本》頁五七。

物中有類似之點，說話作文時運用「那」有類似點的事物來比方
說明「這」件事物的，就叫譬喻[9]。這與賓主法就有重疊的部分
了，因為賓主法也是運用賓和主中共有的特點，來達成以賓凸顯
主的目的。但不同的是：譬喻格屬於字句鍛鍊的範圍，賓主法則
是篇章修飾的方法[10]，因此所適應的對象是不一樣的；而且賓主
法中不可能出現喻詞、「主」也不可能省略（譬喻格中的「本
體」可以省略）；還有，「賓」的數目在兩個以上時，那麼就可
能不僅從正面、也從反面來凸出「主」。這些，都是賓主法異於
譬喻格的地方。

可以用一個淺近的例子[11]來說明譬喻格：

> 有女如玉。（《詩·召南·野有死麕》）

本體是「女」，喻詞是「如」，喻體是「玉」。「玉」雖是用來
比方說明「女」的，但絕不能認為「玉」是「賓」，「女」是
「主」。

而前面提過的柳宗元〈蝜蝂傳〉：

> 蝜蝂者，善負小蟲也。行遇物，輒持取，卬其首，負之。
> 背愈重，雖困劇不止也。其背甚澀，物積，因不散。卒躓
> 仆，不能起。人或憐之，為去其負。苟能行，又持取如
> 故。又好上高，極其力不已，至墜地死。

9　見黃慶萱《修辭學》頁二二七。
10　陳滿銘為拙著《文章章法論》所寫的序言稱：「修辭學本有兩大領域，
　　一為字句之鍛鍊，一為篇章之修飾」，見《文章章法論》頁一。
11　引自黃慶萱《修辭學》頁二二九。

今世之嗜取者，遇貨不避，以厚其室，不知為己累也，唯
恐其不積。及其怠而躓也，黜棄之，遷徙之，亦以病矣。
苟能起，又不艾。日思高其位，大其祿，而貪取滋甚，以
近於危墜。觀前之死亡不知戒。雖其形魁然大者也，其名
人也，而智則小蟲也。亦足哀夫！

它的結構是這樣的：

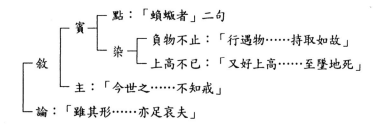

很顯然地，這絕不能以譬喻格來理解，這是「先賓後主」的結
構，「賓」是「蝜蝂」，「主」是「今世之嗜取者」。

(二)賓主法與映襯格的異同

映襯格的定義是：「在語文中，把兩種不同的，特別是相反
的觀念或事實，對列起來，兩相比較，從而使語氣增強，使意義
明顯的修辭方法，叫作『映襯』」[12]。謝枋得《文章軌範》把賓
主法稱為「對說」[13]；林雲銘在《古文析義》中，則稱之為「對

---

[12] 見黃慶萱《修辭學》頁二八七。
[13] 見《文章軌範》頁二二九、一六八～一六九。

講」、「對勘」、「伴講」、「互較」[14]，為什麼會有這些名詞產生呢？那是因為他們著眼於賓主法也是運用不同的材料，來形成賓與主、來作比較；有時，評點家甚至直接稱為「襯」、「襯筆」、「陪襯」、「夾襯」，譬如過商侯的《古文評註全集》[15]和顧亭鑑纂輯、葉葆王詮注的《學詩指南》[16]，皆是如此。

有時賓與主之間的關係是相反的，這就和前面所說的：把相反的觀念或事實拿來作比較的情況很類似了。譬如喻守真的《唐詩三百首詳析》，在針對韓愈〈石鼓歌〉中的一部分作賞析時，說：「『憶者——無佗』為第五段……其中又拉了『拓本』、『郜鼎』、『石經』來作陪襯……。『中朝——則那』為六段……又用羲之俗書來作反襯。」[17]這裡不僅提到「陪襯」，最後還出現了「反襯」一詞。

但映襯格和譬喻格一樣，都是字句鍛鍊的方法，和進行篇章修飾的賓主法，畢竟是不同的；此外，「賓」與「主」之間有明顯的主、從之分，這也是映襯格所未強調的；而且映襯格是把「兩種」不同的材料對列起來，但賓主法中的「賓」卻可以不只一個（所以賓主法又稱「眾賓拱主」法）；也因為如此，映襯格不是從反面襯，就是從正面襯，但賓主法卻可以同時有反面、正面的賓。看過底下所舉的實例後，會對這些不同點理解得更清楚。

朱自清〈匆匆〉裡有一段非常優美的描寫，就是運用了映襯

---

[14] 以上四個名詞分別見《古文析義》頁二七六、二一八、三四九和一六○。

[15] 見《古文評註全集》頁八三九。

[16] 見《學詩指南》頁一二八、一二○和一三八。

[17] 見《唐詩三百首詳析》頁八八。

修辭法[18]：

> 燕子去了，有再來的時候；楊柳枯了，有再青的時候；桃
> 花謝了，有再開的時候。但是聰明的，你告訴我，我們的
> 日子為什麼一去不復返呢？

「燕子」、「楊柳」、「桃花」都是屬於同一種性質，用來襯出
「我們的日子」一去不復返，是多麼令人無法接受。

　　李白〈行路難〉之二運用了賓主法，而且「賓」不止一個：

> 大道如青天，我獨不得出。羞逐長安社中兒，赤雞白狗賭
> 梨栗。彈劍作歌奏苦聲，曳裾王門不稱情。淮陰市井笑韓
> 信，漢朝公卿忌賈生。君不見昔時燕家重郭隗，擁篲折節
> 無嫌猜。劇辛樂毅感恩分，輸肝剖膽效英才。昭王白骨縈
> 蔓草，誰人更掃黃金臺？行路難，歸去來！

它的結構是這樣的：

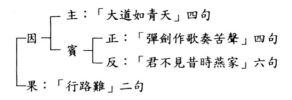

作者正是不得志的時候，因而想到了馮驩、鄒陽、韓信、賈誼四

---

[18] 此例引自黃慶萱《修辭學》頁二九二。

個同是不得志的古人，這是從正面襯；但是轉念一想，又舉出郭隗、鄒衍、劇辛、樂毅四個得志於燕昭王的古人，但這四人雖然得志，等到昭王一死，仍是各奔東西，結果還是白辛苦一場，這是從反面襯；所以最後作者發出「歸去來」的浩嘆[19]。經過這樣的討論之後，當然不會將映襯格與賓主法等量齊觀了。

(三)賓主法和引用格的異同

黃慶萱認為「引用」格是：「語文中援用別人的話或典故、俗語等等，叫作『引用』」[20]；而容易和賓主法混淆的，是引用典故這一類。譬如韓愈〈送王秀才序〉是以陶潛、阮籍二人為「賓」，謝枋得《文章軌範》便評道：「從醉鄉引得陶阮二人嗜酒者作證」[21]；又如司馬相如〈難蜀父老〉中有「昔者鴻水浡出……聲稱浹乎於茲」一段，是用大禹三事來托出漢武非常之事功的，而過商侯《古文評註全集》的眉批云：「此段為引治水以證之」[22]。事實上，運用輔助材料時，材料來源自古人事跡、話語，是相當常見的；從章法的觀點來看，這就是賓主關係。所以不宜稱之為「引證」。

但是，相反地，也不能將引用古事、古語之處，就稱之為賓主法。舉例而言，錢公輔〈義田記〉欲贊美范仲淹之高義，就用晏子之高義為「賓」來襯托，並以孟子之語：「親親而仁民，仁民而愛物」作斷語；但過商侯《評註古文讀本》的眉批云：「又

---

[19] 參考喻守真《唐詩三百首詳析》頁一一七。
[20] 見《修辭學》頁九九。
[21] 見《文章軌範》頁二二四。
[22] 見《古文評註全集》頁二九九。

引孟子為證，此段即其義而評品贊美之，見公之高義卓乎在千古之上，是借賓形主法。」[23]這又是將賓主法的範圍拓得太大、反而失去意義了。此處應是屬於引用格中的「明引」[24]。

在這裡，可以看一篇前面提及的司馬相如〈難蜀父老〉（節段），應該可以對賓主法與引用格的分野，有更清楚的認識。

> 蓋世必有非常之人，然後有非常之事，有非常之事，然後有非常之功，非常者，固常之所異也。故曰：非常之原，黎民懼焉。及臻厥成，天下晏如也。昔者鴻水浡出，氾濫衍溢，民人登降移徙，崎嶇而不安。夏后氏戚之，乃堙鴻水、決江、疏河、漉沈、灒菑、東歸之於海，而天下永寧。當斯之勤，豈惟民哉？心煩於慮而身親其勞，躬傶骿、胝無胈、膚不生毛，故休烈顯乎無窮，聲稱浹乎於茲。且夫賢君之踐位也，特豈委瑣握蹜，拘文牽俗，循誦習傳當世，取說云爾哉？必將崇論閎議，創業垂統，為萬世規，故馳騖乎兼容并包，而勤思乎參天貳地。

其結構表如下：

```
┌ 論：「蓋世必有非常之人……天下晏如也」
│      ┌ 賓（夏禹）：「昔者鴻水浡出……聲稱浹乎於茲」
└ 敘 ┤
       └ 主（漢武）：「且夫賢君……參天貳地」
```

---

[23] 見《古文評註全集》頁六五一。

[24] 見《修辭學》：「明白指出所引的話出自何處，叫作明引。」頁一○二。

這節文字採「先論後敘」的結構。「論」的部分鎖定「非常」二字發議，「敘」的部分則是以夏禹之事跡為「賓」，來陪出漢武（主）。所以不能說整個敘說夏禹之事的文字是「引用」，它的地位應該是賓主法中的「賓」。

㈣賓主法和「興」法的異同

「興」乃《詩》六義之一；關於「興」的說法雖然紛紜，但最為人所接受的應是「觸物感發」[25]。而這兩種特質：「觸『物』」和「（彼此）感發」，恰好也是賓主法所具有的；若一定要加以區分，大概只能說賓主法所要求的賓與主的關係，要更密切一點，而「興」法只須一脈相通即可[26]。

在這當中，當然也有重疊的時候，我們可以看一看《詩經》的名篇〈周南・桃夭〉：

> 桃之夭夭，灼灼其華。之子于歸，宜其室家。（一章）
> 桃之夭夭，有蕡其實。之子于歸，宜其家室。（二章）
> 桃之夭夭，其葉蓁蓁。之子于歸，宜其家人。（三章）

余培林說：「一章寫當春之時，桃樹少好，桃花灼灼，以襯托女子之豔麗，于歸之得時，宜其宜室宜家也。二章、三章義同首

---

[25] 參見余培林所著《詩經正詁》（上冊）「緒論」頁一四～一五。

[26] 余培林說：「至於興之作用，或氣氛之醞釀，或主體之烘托，或事物之興起，或情意之象徵，不一而足。」（見《詩經正詁》（上冊）頁一五）可見它並不像賓主法一般，要求賓一定要襯托主，從而有力地傳達出主旨。

章，唯易花為實為葉以起興而已。」[27]這篇詩以「興」的角度去看，當然不錯；但若是說桃花為賓、于歸之女為主，這是賓主法的運用，也未嘗不可，如果是這樣的話，那麼結構表就應該是如此：

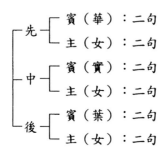

結構表中的「先」、「中」、「後」標明的是時間遞進的順序。這樣的分析，不是也很清楚嗎？

　　(五)賓主法與正反法的異同

　　略。見正反法與賓主法的異同。352頁

三、賓主法在應用時所呈現的結構類型

　　賓主法的應用非常廣泛，最常見的結構是「先主後賓」和「先賓後主」（「賓主賓」和「主賓主」就比較少見了），其下

---

[27] 見《詩經正詁》（上冊）頁二一～二二。

在分析這些例子時，也將附帶討論一些賓主法值得注意的特點：

㈠先主後賓

賓主法在運用時，通常會先出現「賓」，再以「賓」跌出「主」，所以「先主後賓」的情況是比較少見的。不過，方苞的〈左忠毅公軼事〉卻是以「先主後賓」的方式謀篇的：

1、正文

先君子嘗言：鄉先輩左忠毅公視學京畿。一日，風雪嚴寒，從數騎出，微行，入古寺。廡下一生伏案臥，文方成草。公閱畢，即解貂覆生，為掩戶，叩之寺僧，則史公可法也。及試，吏呼名，至史公，公瞿然注視。呈卷，即面署第一。召入，使拜夫人，曰：「吾諸兒碌碌，他日繼吾志事，惟此生耳！」

及左公下廠獄，史朝夕窺獄門外。逆閹防伺甚嚴，雖家僕不得近。久之，聞左公被炮烙，旦夕且死，持五十金，涕泣謀於禁卒，卒感焉！一日，使史公更敝衣草屨，背筐，手長鑱，為除不潔者。引入，微指左公處，則席地倚牆而坐，面額焦爛不可辨，左膝以下，筋骨盡脫矣！史前跪，抱公膝而嗚咽。公辨其聲，而目不可開，乃奮臂以指撥眥，目光如炬，怒曰：「庸奴！此何地也，而汝來前！國家之事，糜爛至此，老夫已矣！汝復輕身而昧大義，天下事誰可支拄者？不速去，無俟姦人構陷，吾今即撲殺汝！」因摸地上刑械，作投擊勢。史噤不敢發聲，趨而出。後常流涕述其事以語人曰：「吾師肺肝，皆鐵石所鑄

造也！」

崇禎末，流賊張獻忠出沒蘄、黃、潛、桐間，史公以鳳廬道奉檄守禦。每有警，輒數月不就寢，使將士更休，而自坐幄幕外，擇健卒十人，令二人蹲踞而背倚之，漏鼓移則番代。每寒夜起立，振衣裳，甲上冰霜迸落，鏗然有聲。或勸以少休，公曰：「吾上恐負朝廷，下恐愧吾師也。」

史公治兵，往來桐城，必躬造左公第，侯太公、太母起居，拜夫人於堂上。

余宗老塗山，左公甥也，與先君子善，謂獄中語，乃親得之於史公云。

2、結構表

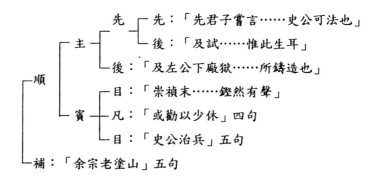

3、說明

(1)順（主）

作者挑出足以代表左光斗忠毅精神的兩件事來加以敘寫。第一件事將左公為國拔舉英才的忠忱與苦心，寫得極其生動；第二件事則充分的寫出左公的公忠憂國與剛正不屈來。

(2)順（賓）

這個部分寫史公受左公感召，繼其志業，「忠毅」地守禦流寇；以及史公篤厚師門、不忘本的情形。

(3)補

此段的作用乃說明本文所記的軼事，確係有根有據，以回應篇旨的「先君子嘗言」[28]。

4、作用

陳滿銘《國文教學論叢》曾賞析過這篇文章：「縱觀此文，作者始終是針對著『忠毅』二字來寫的。其中寫左公『忠毅』的部分是『主』，而寫史公『忠毅』的部分則為『賓』；也就是說：寫史公的『忠毅』，便等於在寫左公的『忠毅』，這樣『借賓以定主』，使主旨充分的顯現於篇外，手段是相當高明的。」[29]這段話將賓主法在此篇文章中產生的效果，說得真是清楚極了。

另外，韓愈〈送王秀才序〉的第一段也用到了賓主法，同樣也是形成「先主後賓」的結構，而且特別值得注意的是：此處的賓有兩個，而且是一正一反，這是相當特別的。

1、正文

> 吾少時讀醉鄉記，私怪隱居者無所累於世，而猶有是言，豈誠旨於味邪？及讀阮籍陶潛詩，乃知彼雖偃蹇，不欲與世接，然猶未能平其心，或為事物是非相感發。於是有託

---

[28] 「說明」參考陳滿銘《國文教學論叢》頁一一八。
[29] 見《國文教學論叢》頁一一八～一一九。

而逃焉者也。若顏氏子操瓢與簞，曾參歌聲若出金石，彼得聖人而師之，汲汲每若不可及，其於外也固不暇，尚何麴蘗之託而昏冥之逃邪？吾又以為悲醉鄉之徒不遇也！

建中初，天子嗣位有意貞觀開元之丕績，在廷之臣爭言事，當此時，醉鄉之後世，又以直廢。

吾既悲醉鄉之文辭，而又嘉良臣之烈，思識其子孫，今子之來見我也，無所挾，吾猶將張之，況文與行不失其世守，渾然端且厚；惜乎吾力不能振之，而其言不見信於世也！於其行，姑與之飲酒。

2、結構表

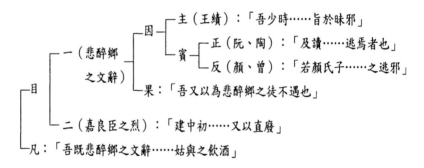

目
─ 一（悲醉鄉之文辭）─┬─ 因 ┬─ 主（王績）：「吾少時……旨於昧邪」
　　　　　　　　　　　　　　　└─ 賓 ┬─ 正（阮、陶）：「及讀……逃焉者也」
　　　　　　　　　　　　　　　　　　└─ 反（顏、曾）：「若顏氏子……之逃邪」
　　　　　　　　　　　　└─ 果：「吾又以為悲醉鄉之徒不遇也」
─ 二（嘉良臣之烈）：「建中初……又以直廢」
凡：「吾既悲醉鄉之文辭……姑與之飲酒」

3、說明

　　此文形成「先目後凡」格，「凡」的部分出現的「悲醉鄉之文辭」和「嘉良臣之烈」，分別統攝「目一」和「目二」。

(1)目一

　　「目一」的結構是「先因後果」，「果」只有一句，「因」則佔了大部分篇幅，而且是以「二賓陪一主」的方式寫成的。這

兩個「賓」形成一正一反的關係，同時要特別注意的是：判斷正、反的標準在於：第一個「賓」合於段旨——「悲醉鄉之徒不遇」，所寫的阮、陶二人皆是不遇之例，而第二個「賓」則是從「不遇」的反面轉出「遇」聖人的顏、曾二人；所以雖然阮、陶二人之事頗為消極，顏、曾二人則積極奮發，但卻不能據此而認定阮、陶是「反面」的「賓」，顏、曾是「正面」的「賓」。

(2)目二

這部分是敘寫醉鄉（王績）之子孫、王秀才之家族前輩，「以直廢」的事蹟。

(3)凡

最後將「目一」、「目二」作一收束，並拍回此文所贈的對象——王秀才，以「與之飲酒」作結，切合題目。

4、作用

茅坤對此篇的評語是：「昔人以不用入醉鄉，今與之飲酒，有無限意。」[30]所以「悲醉鄉文辭」的一段是在文章中起著相當作用的，而這段又用了「二賓陪一主」的寫法，使醉鄉之「不遇」更令人感慨。再加上「嘉良臣之烈」的一段又是寫「不遇」，所以最末轉入同樣也是因「不遇」而遠行的王秀才身上，那可真是百感交集了。所以林雲銘《古文析義》說道：「末轉入王含（註：即王秀才）身上。止稱其文行之佳，己不能張為惜，以『姑與飲酒』一句作結便了，暗應『醉鄉』，似感慨而非感慨，似慰藉而非慰藉，似勉勵而非勉勵，絕無一字著迹。」[31]

---

[30] 見胡楚生編著《韓文選析》頁二○九。
[31] 見《古文析義》頁七○一。

(二)先賓後主

「先賓後主」的情況就很多了，我們以劉基的〈蜀賈〉為例，來作個說明：

1、正文

蜀賈三人，皆賣藥於市。其一人專取良，計入以為出，不虛賈，亦不過取贏。一人良不良皆取焉，其賈之賤貴，惟買者之欲而隨以其良不良應之。一人不取良，惟其多賣則賤其賈，請益則益之，不較，於是爭趨之，其門之限月一易，歲餘而大富。其兼取者，趨稍緩，再朞亦富。其專取良者，肆日中如宵，旦食而昏不足。

郁離子見而歎曰：今之為士者亦若是夫！昔楚鄙三縣之尹三，其一廉而不獲於上官，其去也無以儆舟，人皆笑以為癡。其一擇可而取之，人不尤其取，而稱其能賢。其一無所不取，以交於上官，子吏卒而賓富民，則不待三年，舉而仕諸綱紀之司，雖百姓亦稱其善。不亦怪哉！

2、結構表

```
    ┌ 賓（賈）：「蜀賈三人……旦食而昏不足」
  ┌敘┼ 接榫：「郁離子見而嘆曰」二句
  │   └ 主（士）：「昔楚鄙三縣……亦稱其善」
  └論：「不亦怪哉」
```

3、說明

(1)敘

本文絕大部分的篇幅是用於敘事，而且採用了「先賓後主」的結構，林景亮《評註古文讀本》說道：「前半卻以賈人為士作陪，故亦為借賓定主法。」[32]

(2)論

「論」的部分僅有一句，卻鮮明地表達了作者批判的態度。

4、作用

林景亮《古文評註讀本》說道：「命意則在士之無所不取。」為了夾出此意，作者以蜀賈作為襯托，於是事件的荒謬、不合理就被凸顯出來了。在這篇文章中，賓主法的運用是相當有效果的。

前面所舉的例子是最單純的，由一賓一主所組成的賓主結構，但有時候「賓」不止一個，甚至可能有很多個，此時，雖然「以賓襯主」的目的不變，但「賓與主」、「賓與賓」之間關係會變得比較複雜，很值得再作探究，而韓愈〈送孟東野序〉就是一極具代表性的例子：

1、正文

大凡物不得其平則鳴。草木之無聲，風撓之鳴。水之無聲，風蕩之鳴；其躍也，或激之；其趨也，或梗之；其沸也，或炙之。金石之無聲，或擊之鳴。人之於言也亦然。

---

[32] 此則及下則引語見林景亮《評註古文讀本》頁八七。

有不得已者而後言，其謌也有思，其哭也有懷，凡出乎口而為聲者，其皆有弗平者乎！

樂也者，鬱於中而泄於外者也，擇其善鳴者而假之鳴：金、石、絲、竹、匏、土、革、木八者，物之善鳴者也。維天之於時也亦然。擇其善鳴者而假之鳴：是故以鳥鳴春，以雷鳴夏，以蟲鳴秋，以風鳴冬，四時之相推剋，其必有不得其平者乎！其於人也亦然。人聲之精者為言，文辭之於言，又其精也，尤擇其善鳴者而假之鳴。

其在唐虞，咎陶、禹，其善鳴者也，而假以鳴。夔弗能以文辭鳴，又自假於韶以鳴。夏之時，五子以其歌鳴。伊尹鳴殷。周公鳴周。凡載於詩書六藝，皆鳴之善者也。周之衰，孔子之徒鳴之，其聲大而遠。傳曰：「天將以夫子為木鐸」其弗信矣乎！其末也，莊周以其荒唐之辭鳴。楚，大國也，其亡也，以屈原鳴。臧孫辰、孟軻、荀卿以道鳴者也。楊朱、墨翟、管夷吾、晏嬰、老聃、申不害、韓非、慎到、田駢、鄒衍、尸佼、孫武、張儀、蘇秦之屬，皆以其術鳴。秦之興，李斯鳴之。漢之時，司馬遷、相如、揚雄，最其善鳴者也。其下魏、晉氏，鳴者不及於古，然亦未嘗絕也；就其善者：其聲清以浮，其節數以急，其辭淫以哀，其志弛以肆；其為言也，亂雜而無章。將天醜其德莫之顧邪？何為乎不鳴其善鳴者也？

唐之有天下，陳子昂、蘇源明、元結、李白、杜甫、李觀，皆以其所能鳴。其存而在下者，孟郊東野始以其詩鳴。其高出魏、晉，不懈而及於古，其他浸淫乎漢氏矣。從吾遊者，李翱、張籍，其尤也。三子者之鳴信善矣，抑

不知天將和其聲，而使鳴國家之盛邪？抑將窮餓其身，思
愁其心腸，而使自鳴其不幸邪？三子者之命，則懸乎天
矣。其在上也，奚以喜？其在下也，奚以悲？東野之役於
江南也，有若不釋然者，故吾道其命於天者以解之。

2、結構表

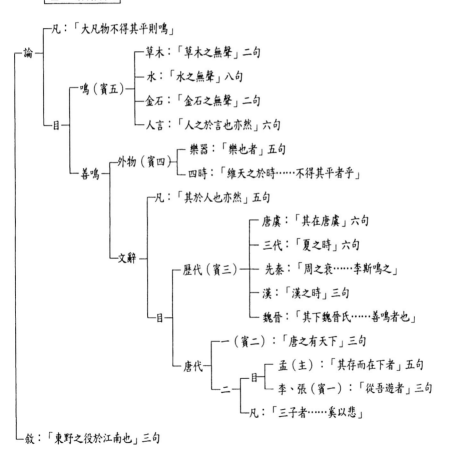

3、說明

　　這篇文章採用「先論後敘」的寫法，「論」的部分佔了絕大的篇幅，賓主法的運用相當精采；而「敘」只用三句交代作此序的原由。我們要注意的是「論」的部分：

　　「論」是以「先凡後目」的方式寫成，「凡」止一句，「目」則篇幅甚巨。而「目」的全幅都是用賓主法衍成，在探討這個章法的應用時，最重要的是先找出「主」，而且「主」永遠只有一個，也就是與主旨關係最密切的那個材料；在〈送孟東野序〉中，我們可以依據主旨——「東野以詩鳴」而確定「主」毫無疑義的是孟東野。找到「主」之後，便可以開始清理「主」與「賓」的關係。在一般的情況下，「賓」通常只有一個，有時候也會多到兩三個，這時候，它們之間的關係是不難判定的。但是〈送孟東野序〉則不然，它的「賓」多達數十個，其中有人有物，分屬五個層級（我們用大寫的阿拉伯數字來表示它的層級，數字越小，表示與主的關係越密切），很容易讓人感到眼花撩亂，此時，該如何處理呢？

　　首先，要從與「主」關係最密切的「賓」開始著手，那就是「三子」中的另外兩個——李翱和張籍，他們與孟東野一樣，都是「存而在下」的初唐之後的「善鳴者」，所以特別適合來陪襯孟東野，因此他們是「賓一」。

　　其次，作者又找了唐開國以來，「以其所能鳴」的陳子昂、蘇源明、元結、李白、杜甫、李觀等六人為陪襯，他們與孟東野的關係比起來、張二人要疏遠一些，所以是「賓二」。

　　然後，我們可以看到作者在前面就文辭（人聲之粗者）來寫

歷代「善鳴」的人物，共有五個時期，數十個人物（列出姓名者有二十七人），他們也都是「賓」，是第三層「賓」。

再往前推，作者所找的輔助材料已不限於「人」，他所用的是樂器中「善鳴」的金、石、絲、竹、匏、土、革、木等八音；以及天時中「善鳴」的春鳥、夏雷、秋蟲、冬風等四季的聲音。這些都屬於「賓四」的層級。

最後，作者由「善鳴」寫到「鳴」，依次以草木、水、金石、人言（人聲之粗者）為「賓」，來再一次烘托「主」——孟東野。這是「賓五」[33]。

經由這樣的層層推勘之後，〈送孟東野序〉中的賓主關係應該是相當清楚了。但我們這裡還要再探討一個問題：即所謂的「四賓主」之說。閻若璩在《潛丘札記》卷二中談到：

> 四賓主者：一，主中主，如一家人唯有一主翁也。二，主中賓，如主翁之妻妾、兒孫、奴婢，即主翁之分身以主內事者也。三，賓中主，如主翁之親戚朋友，任主翁之外事者也。四，賓中賓，如朋友之朋友，與主翁無涉者也。于四者中，除卻賓中賓，而主中主亦只一見；惟以賓中主鈎動主中賓而成文章，八大家無不然也。

所謂「主中主亦只一見」，正可呼應我們前面所說的：「主」只能有一個；而「四賓主」的說法也確實指出了賓主關係中的某些現象。李扶九《古文筆法百篇》中，評〈送孟東野序〉時，引了

---

[33] 結構表的繪製及到此為止的「說明」，均參考陳滿銘《國文教學論叢》頁三五八～三五九。

朱環峰的說法，就是用「四賓主」的觀點來評析此文：

> 朱環峯曰：布置襯托純用賓主法。東野是「主」，餘是
> 「賓」。但細分之，自唐至晉魏是「賓之賓」也，陳子昂
> 六人「賓中主」也，李翱、張籍又是「主中賓」也。[34]

他所講的是文辭（人聲之精者）那一部分的賓主關係，我們可以
用一簡表標識出來：

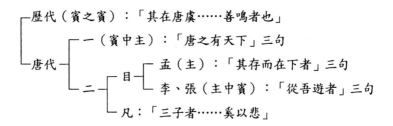

此處出現的「主」和「賓之賓」，就是閻若璩所說的「主中主」
和「賓中賓」。以前就是用這樣的稱法，將「主」與「賓」的關
係表達出來：與「主」關係最密切的是「主中賓」，次之的是
「賓中主」，再次之就是「賓之賓」了。當然這樣有它的好處，
就是能夠將一部分的層級關係理清楚，並且點明了「主」只有一
個。但是也有它的缺點：能夠包涵的範圍還是不夠大，最多只能
推到第三層「賓」而已；而且用詞稍嫌囉嗦，也不能令人一目了
然。不過這樣的說法還是相當有參考價值的。

---

[34] 見《古文筆法百篇》頁六二。

4、作用

沈德潛對此文有如下的評語：「從物聲說到人聲，從人聲說到文辭，從上古之文辭，歷數以下說到有唐，然後轉落東野，位置秩然，而出以離奇惝怳，使讀者河漢其言。其實法律謹嚴，無蹻此文也。」[35]他從最外圍的「賓」開始分析，一直倒落到「主」上。賓主法的運用能到如此的地步，真是教人嘆為觀止了。

四、賓主法的特色

賓主法應用得極為廣泛，被注意的時代也很早，而且一直以來都持續被討論著，可說是一極為重要的章法。所以賓主法具有什麼樣的特色，也是必須知道的：

（一）賓主法中一定有「主」有「賓」，而且必然是先有「主」，才去找可為陪襯的「賓」。這樣的關聯可以用「美感的鏈式反映」來解釋，也就是說審美主體被激情物所激動後，並不只是被動地產生相應的美感，其神經波更會輻射著以往的審美經驗，在此基礎上產生更多、更廣、更美的聯想姿態[36]；而這種鏈式反應的主要進行方式之一就是「神似」，那就是「寫作主體對引起情緒波動而產生美感的激情物，不僅僅是觀賞它的外形，更

---

[35] 見《韓昌黎文彙評》頁一四〇。
[36] 參見張紅雨《寫作美學》頁一二四。

多地是思索它的神韻，從神態上想到許多神似的內容。」[37]
「賓」之所以可以烘托主，常是因為彼此有「神似」之處，可作
為比較。

　　(二)前面的說法很能夠解釋「賓」從正面烘托「主」的情形；
但有時「賓」卻是有正有反，從兩個方面來襯托「主」。我們可
以根據劉雨《寫作心理學》中的一段話，來為此作個說明。「在
邏輯類文章的構思中，聯想的目的首先是根據相似或相反的原
則，使材料能最大限度地進入作者思考範圍，並在頭腦中明確材
料之間的內在聯繫。」[38]不管是「相似」或「相反」，都是聯想
的對象，都可能成為被運用的輔助材料。

　　(三)「主」與「賓」在篇章中是如何達成聯繫的，那是靠了
「美感情緒的雙邊跳躍」，張紅雨在《寫作美學》中說：「所謂
美感情緒的雙邊跳躍，就是人們在審美的過程中，在美感情緒發
生波動的情況下，總希望要縱觀全局，鳥瞰整體。對某一事件的
發展不僅希望瞭解此方，也希望掌握彼方。『知彼知己』這是人
們的心理常態，也是審美的一種習慣和反映。」[39]這種審美方式
應用在「賓主」結構的文章中，就變成了時時要關顧「主」，也
時時要關顧「賓」；就以方苞〈左忠毅公軼事〉一文為例，在敘
寫「主」的時候，常常穿插著「賓」，在敘寫「賓」的時候，也
不忘迴顧「主」，此時讀者若要達成完整的審美過程，美感情緒
是必然會雙邊跳躍的。

　　(四)「主」與「賓」之間的關係必然是前者為主、後者為從，

---

[37] 見張紅雨《寫作美學》頁一二五。
[38] 見《寫作心理學》頁二五〇。
[39] 見《寫作美學》頁二四一。

而這樣的情況也是符合美學原理的，陳雪帆在《美學概論》中說：「美的整體中的各個部分，不當一律地並列在同一水平線上；其中當有高級的部分與低級的部分，主腦的部分與從屬的部分之分。所有低級的或從屬的部分當為其中一個或數個高級的或主腦的部分所統攝，而後全體的精神方覺凝聚，繁多的統一的印象方覺顯明。」[40]另外，他也強調：「此等為主的部分與為從的部分之間，也須互有相平衡的情形。假若為主的部分太強，有併吞了從部之勢……不能算為審美上圓滿的境界。」[41]

㈤前面的特點講的是「賓」烘托「主」的情形，但「賓」和「主」結合起來，乃是為托出「主旨」而服務的；前者是部分與部分的關係，後者是部分與全體的關係。而部分與全體之所以可以統一起來，根據陳雪帆《美學概論》的說法，乃是因為有統一的要素為各部分所公有，而且在全體間佔著重要的位置；這種公有的要素在美學上來說，就是所謂的「公相」[42]，落實到文章上，那就是「主旨」了。而且陳雪帆認為全體與部分仍是要講求平衡的：「公相的統一與部分的繁多間，應有所謂平衡。能平衡，則公相的統一愈謹嚴，部分的分化愈繁富，卻愈有濃厚的趣味。」[43]

㈥賓主法中運用「主」與「賓」，都是為了帶出「主旨」，這相當符合形式美的最高原理──繁多的統一[44]，因而會有整齊

---

[40] 見《美學概論》頁八一。
[41] 見《美學概論》頁八三～八四。
[42] 參見《美學概論》頁七八。
[43] 見《美學概論》頁八〇。
[44] 參見陳雪帆《美學概論》頁七七。

和諧的美感產生。而「主」與正面的「賓」結合的情形，也符合形式美的原則之一——調和，因為「調和是把兩個相接近的東西相並列」[45]，由此會使人感到融和、協調。但若是用反面的「賓」來襯托「主」，那又會有「對比」的趣味產生[46]，特別有鮮明、振奮的效果。

㈦最後我們還可以討論一下「主」如何判定的問題。因為「主」是烘托「主旨」最主要的材料，所以「主」必然是眾多材料中，與「主旨」關係最密切的一種；因此，只要掌握住「主旨」，就可以輕易斷定何者為「主」、何者為「賓」了。而且因為與「主旨」關係最密切者為「主」，所以「主」只可能有一個，其餘關係稍疏遠者、次疏遠者、最疏遠者，不管數目有多少，全部都只能算是「賓」，這點在韓愈〈送孟東野序〉中可以看得非常清楚。

㈧附帶一提的是：在分析運用賓主法的篇章時，發現絕大多數都與人事有關。這也是很有趣的現象。

---

[45] 見楊辛、甘霖《美學原理》頁一七〇。

[46] 楊辛、甘霖《美學原理》：「對比是把兩種極不相同的東西並列在一起。」頁一七一。

第三十二章 「正反」結構

一、何謂正反法

　　將對比的原理運用在文章寫作上，自然而然就會形成正反法，所以有的人乾脆稱之為「對比法」[1]、「對照法」[2]；也有的人著重在正、反之間會產生呼應的效果，而有「正反翻應」[3]、「正伏反應」[4]的說法；也因為正、反之間會相反而相成，所以又有「正反相生」（或反正相生）[5]之說；當然，直接稱之為「正反」（或「反正」）[6]法的也不乏其例。不過，更多的文評家著眼於「反」的一面，而定出許多不同的名詞，諸如「反說」[7]、

---

[1] 曾忠華《作文津梁》稱之為「對比法」上冊頁四七。周明《中國古代散文藝術》稱之為「對比論證」頁二七。

[2] 見陳滿銘《詩詞新論》頁五八。

[3] 見歸有光《文章指南》頁一〇。

[4] 見章微穎《中學國文教學法》頁五四。

[5] 宋文蔚《評註文法津梁》有「反正相生」則（頁八八）、林景亮《評註古文讀本》：「故為反正相生」（頁七八）、許㤫儒《作文百法》有「反正相生法」（卷一，頁一七）。還有曾忠華《作文津梁》：「正反相生」（中冊，頁八八）。

[6] 有唐彪《讀書作文譜》（卷七，頁八七），來裕恂《漢文典》列有「宜反正相參」（頁二六四），陳滿銘《國文教學論叢》（頁三七二）。

[7] 見呂東萊《古文關鍵》頁九六、林雲銘《古文析義》頁二六九、李扶九《古文筆法百篇》頁四六。

「反跌」[8]、「反振」[9]、「反擊」[10]、「反照」[11]、「反剔」[12]、「反託」[13]、「反落」[14]、「反對」[15]、「反形」[16]、「反掉」[17]、「反筆」[18]、「反激」[19]、「反射」[20]、「反面逼題」[21]、「翻說」[22]、「翻跌」[23]、「逆筆」[24]、「逆騰」[25]……等等。由這麼繁多的名詞中，或可窺見正反法在詞章中被廣泛運用情形之一斑。

不過，在為正反法下定義前，要先討論一下「正」與「反」該如何界定？唯一的判斷原則就是根據主旨；合於主旨的材料就是「正」，從對面托出主旨的材料就是「反」。關於此點，可以用李斯〈諫逐客書〉為例作個說明，其主旨是「諫逐客」，所以

---

[8] 見林雲銘《古文析義》頁二三七、吳闓生《古今詩範》頁四四、王文濡《古文辭類纂》頁四六。

[9] 見林雲銘《古文析義》頁二二七。

[10] 見林雲銘《古文析義》頁二八七。

[11] 見吳楚材、王文濡評註之《古文觀止》頁二三七、李扶九《古文筆法百篇》頁九〇。

[12] 見吳楚材、王文濡評註之《古文觀止》頁二三九、吳闓生《桐城吳氏古文法》頁一二〇。

[13] 見顧亭鑑等輯、葉葆王詮注的《學詩指南》頁一五一。

[14] 見吳闓生《桐城吳氏古文法》頁一二〇。

[15] 見吳闓生《桐城吳氏古文法》頁一二四。

[16] 見吳闓生《古今詩範》頁二〇。

[17] 見李扶九《古文筆法百篇》頁五一。

[18] 見李扶九《古文筆法百篇》頁一二三。

[19] 見李扶九《古文筆法百篇》頁一六九。

[20] 見吳闓生〈與李右周書〉，收於《古文法纂要》頁二二六。

[21] 見宋文蔚《評註文法津梁》頁四四。

[22] 見李扶九《古文筆法百篇》頁三〇。

[23] 見林雲銘《古文析義》頁二二。

[24] 見吳闓生《桐城吳氏古文法》頁一一八。

[25] 見吳闓生《桐城吳氏古文法》頁一八。

論述「逐客之害」的部分是「正」，論述「用客之利」的部分是「反」[26]；這與我們一般認為積極性的意見是「正」，消極性的意見是「反」的看法是不同的。所以，嚴格說起來，凡是運用正反法的詞章，其用意都是藉反面的材料託出正面的意思，使得主旨得以凸顯出來。

因此，可以這樣說：所謂的正反法，就是將極度不同的兩種材料並列起來，作成強烈的對比，藉反面的材料襯托出正面的意思，以增強主旨的說服力與感染力[27]。

二、正反法與映襯格、今昔法、狀態變化法、眾寡法、賓主法、立破法、抑揚法之異同

(一)正反法與映襯格之異同

劉熙載《藝概》中談到：「詞之妙全在襯跌。如文文山〈滿江紅和王夫人〉云：『世態便如翻覆雨，妾身元是分明月。』〈酹江月和友人驛中言別〉云：『鏡裡朱顏都變盡，只有丹心難滅。』此二句若非上句，則下句之聲情不出矣！」周振甫《詩詞例話》針對此則說：「正意先不說出，用一句話來襯托一下，再說出正

---

[26] 參考陳滿銘《國文教學論叢》頁三七三，亦可參見陳滿銘《文章結構分析》頁二○七～二○九。

[27] 見陳滿銘《詩詞新論》頁五八。

意」[28]。而李扶九《古文筆法百篇》在評析柳宗元〈種樹郭橐駝傳〉時，說道：「『他植』句反襯下文」[29]，「他植」句指的是「他植者雖窺伺傚慕，莫能如也」一段。在這兩個例子中，一曰「襯跌」，一曰「反襯」，但到底該算是修辭格中的映襯呢？還是章法中的正反法？

映襯格中的反襯[30]和正反法，兩者的作用其實是一樣的，都是用反面來托出正面；但前者是屬於字句鍛鍊，後者是屬於篇章修飾，適用的範圍有小大之別。不過，在前面兩個例子中，說是反襯或正反法，似乎都是可以接受的。由此也可以看出修辭格和章法難免會有重疊之處。

(二)正反法與今昔法之異同

略。見今昔法與正反法之異同。87頁。

(三)正反法與狀態變化法的異同

狀態變化法的定義是：將外在世界中，萬事萬物的變化呈現在文章中的寫作手法。乍看之下，這似乎與正反法無涉，沒有重疊的可能；但仔細尋繹之後，會發現中間還是有值得討論的地方，而且對這兩種章法本質的辨別，有相當的助益。

當狀態變化法所呈現出來的章法現象是「動－靜」、「寂－噪」、「冷－熱」……之時，我們會驀然發現：它們兩兩之間形

---

[28] 見《詩詞例話》頁八六。

[29] 見《古文筆法百篇》頁一二七。

[30] 黃慶萱《修辭學》對「反襯」的定義是：「對於一種事物，用恰恰與這種事物的現象或本質相反的副詞或形容詞加以描寫。」頁二九○。

成的是對照的關係，那麼，這應該歸入正反法嗎？我們認為這是不需要的。因為，狀態變化法所強調的是狀態的變化所帶來的相映成趣的效果，並沒有要求以這一方去烘托那一方；但正反法就不同了，它要求以反面的材料襯托出正面的意思，說得嚴重一點，就是犧牲反方來成全正方；所以這兩種章法的特質是完全不同的。這也提醒了我們一個很重要的觀念：那就是並非對照的現象就一定會形成正與反的關係。

可以舉例來說明，會更有助於觀念的釐清。譬如李商隱的〈落花〉：

> 高閣客竟去，小園花亂飛。參差連曲陌，迢遞送斜暉。腸斷未忍掃，眼穿仍欲歸。芳心向春盡，所得是沾衣。

它的結構表如下：

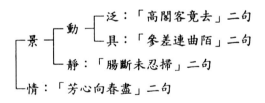

題為「落花」，首四句以「先泛後具」的筆法寫落花迴風的動態，五、六句所描寫的即是落花鋪地的靜態[31]，一動一靜之間，小園落花的景象鮮活入眼；末二句方是抒發因景而生的愁緒。所

---

[31] 參考喻守真《唐詩三百首詳析》頁一九七。

以我們可以很明顯地看出：這首詩絕不能從正反法的角度去分析，因為它所強調的是相映成趣的效果[32]。

(四)正反法與賓主法的異同

賓主法中的賓可正可反，當賓是從正面去烘托時，當然毫無疑義；但是若是用了反面的輔助材料時，與正反法會不會產生重疊的現象呢？林景亮的《評註古文讀本》在評歸有光的〈陶菴記〉時說：「先於反面尋出一司馬遷為賓，更於正面深贊陶淵明，是正反兼賓主法」[33]；周明的《中國古代散文藝術》也談到「主與賓──人物間關係的設計」時，認為其中有一類是「正反對比關係」，他說：「人物間的正反關係，從表現技巧上說，就是正反對比」[34]，那麼這與正反法又有何分別呢？

我們認為：當賓主法在運用時採用了二個以上的賓，而這些賓有正有反，我們才能藉此認定這個反面的輔助材也是賓，我們在賓主法中分析過的李白〈行路難〉和韓愈〈送王秀才序〉就是這一類的例子；但是主要材料和輔助材料呈現一正一反的關係時，其實歸入賓主法或正反法都說得通，但是我們通常將它歸入正反法中，以免造成兩可的困擾。

可以拿前面提及的歸有光〈陶菴記〉作個例子：

> 余少好讀司馬子長書，見其感慨激烈憤鬱不平之氣，勃勃不能自抑，以為君子之處世，輕重之衡常在於我，決不當

---

[32] 此處之觀念本自陳滿銘之說法。

[33] 見《評註古文讀本》頁一六五。

[34] 見《中國古代散文藝術》頁五一。

以一時之所遭而身與之遷徙上下；設不幸而處其窮，則所以平其心志，怡其性情者，亦必有其道，何至如閭巷小夫，一不快志，悲怨憔悴之意動於眉背之間哉？蓋孔子亟美顏淵而責子路之慍，見古之難其人久矣。

已而觀陶子之集，則其平淡沖和、瀟灑脫落、悠然勢分之外，非獨不困於窮，而直以窮為娛，百世之下諷詠其詞，融融然塵查俗垢與之俱化，信乎古之善處窮者也。推陶子之道可以進於孔子之門，而世之論者徒以元熙易代之間謂為大節，而不究其安命樂天之實。夫窮苦迫於外，飢寒慘於膚，而情性不撓，則於晉宋間真如蚍蜉聚散耳。

昔虞伯生慕陶而並諸邵子之間，予不敢望於邵而獨喜陶也：予又今之窮者，扁其室曰陶菴云。

它的結構表可以畫成這樣：

```
      ┌ 反（賓）：「余少好……其人久矣」
 ┌順─┤          ┌ 敘：「已而……善處窮者也」
─┤    └ 正（主）─┤
 │                └ 論：「推陶子之道……蚍蜉聚散耳」
 └補：「昔虞伯生……曰陶菴云」
```

「順」的部分形成了「先反後正」的結構，前半部乃以司馬遷為不善處窮之例，後半部則從陶淵明入手，談善處於窮，而全文的意旨「安貧樂道」[35]，就是由於「不善處窮」和「善處於窮」產

---

[35] 見林景亮《評註古文讀本》：「是篇以『安貧樂道』為柱義。」頁一六五。

生對比，才得以被強調，因此這篇文章與其說是運用了賓主法，還不如說是運用了正反法來得恰當。最後補敘的部分才交代了寫作此文的原由。

(五)正反法與立破法之異同

略。見立破法與正反法之異同。368 頁。

(六)正反法與抑揚法之異同

略。見抑揚法與正反法之異同。383 頁。

三、正反法在應用時所呈現的結構類型

正反法可形成下列四種結構：「先正後反」、「先反後正」、「正反正」、「反正反」，其後即一一舉例說明，並再舉一「反正」迭用之例：

(一)先正後反

這樣的結構並不常出現，可以用辛棄疾〈木蘭花慢滁州送范倅〉作個例子，來加以說明：

1、正文

老來情味減，對別酒，怯流年。況屈指中秋，十分好月，不照人圓。無情水都不管，共西風只管送歸船。秋晚蒪鱸江上，夜深兒女燈前。征衫便好去朝天。玉殿正思賢。想

夜半承明，留教視草；卻遣籌邊。長安故人問我，道愁腸
殢酒只依然。目斷秋霄落雁，醉來時響空弦。

2、結構表

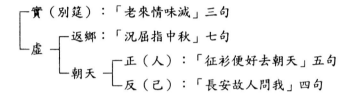

3、說明

(1)實

首三句針對別筵情景作描寫，乃是「實事」。

(2)虛

可分為兩部分：前七句預想其返鄉時節、途中所歷、歸家情
事。而後面則是想像范倅朝天必可獲得重用，這是「英雄有用武
之地」，但自己呢？依然借酒澆愁，「英雄無用武之地」；前者
為「正」，後者為「反」，是「先反後正」的結構。

4、作用

這首詩的精采處是對「虛」（設想）的鋪陳；而「先正後
反」結構在這裡的作用，是以己之落寞襯出友人的抱負得展，期
許祝福之意溢於言表，可見得作者送友人的一片誠心。

　　㈡先反後正

「先反後正」的結構是最常見的了。例如膾炙人口的歐陽修

〈生查子元夕〉，就是以這樣的方式寫成的：

1、正文

　　去年元夜時，花市燈如晝。月上柳梢頭，人約黃昏後。
　　今年元夜時，月與燈依舊。不見去年人，淚溼春衫袖。

2、結構表

```
   ┌ 反（昔）┬ 景：「去年元夜時」二句
   │         └ 事：「月上柳梢頭」二句
   └ 正（今）┬ 景：「今年元夜時」二句
             └ 事：「不見去年人」二句
```

3、說明

(1)反
上片寫去年元宵之夜與戀人相會的歡樂情景，是「反」。
(2)正
下片寫今年元宵節的孤寂景況，是「正」。[36]

4、作用

　　這首詞以上片寫去年相見之歡樂，反襯下片今年不見之痛苦[37]，所以「昔」與「今」、「相見」與「不見」、「歡樂」與「痛苦」，形成多重的對比，有力地逼出主旨——失戀的惆悵，而這主旨在篇內並未明言，是見於篇外的。

---

[36] 結構表及「說明」參考陳滿銘之說法。
[37] 參見國中選修國文第二冊第二十三課之賞析，頁一四八。

(三)正反正

全篇形成的「正反正」結構者，是很少的，而李文炤〈儉訓〉就是其中的一篇：

1、正文

> 儉，美德也，而流俗顧薄之。
>
> 貧者見富者而美之，富者見尤富者而美之。一飯十金，一衣百金，一室千金，奈何不至貧且匱也？每見閭閻之中，其父兄古樸質實，足以自給，而其子弟羞向者之為鄙陋，盡舉其規模而變之，於是累世之藏，盡廢於一人之手。況乎用之奢者，取之不得不貪，算及錙銖，欲深谿壑；其究也，謟求詐騙，寡廉鮮恥，無所不至；則何若量入為出，享恆足之利乎？
>
> 且吾所謂儉者，豈必一切捐之？養生送死之具，吉凶慶弔之需，人道之所不能廢，稱情以施焉，庶乎其不至於固耳。

2、結構表 [38]

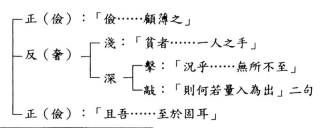

```
    ┌─ 正（儉）：「儉……顧薄之」
    │           ┌─ 淺：「貧者……一人之手」
    ├─ 反（奢）─┤        ┌─ 擊：「況乎……無所不至」
    │           └─ 深 ─┤
    │                    └─ 敲：「則何若量入為出」二句
    └─ 正（儉）：「且吾……至於固耳」
```

---

[38] 此結構表乃參考陳滿銘之說法所繪。

3、說明

(1)正

此文開門見山，第一句就將主旨提出。

(2)反

這裡是寫奢的害處，從反面見出「儉」確為美德。作者先說奢足以敗家，再說人為物欲驅使，便會無所不為。

(3)正

再從正面論說，讓立論更為完備。

4、作用

從正面立論起，再轉入反面，更見立論之確切不移，最後以正面作收，題完意足。正如許恂儒《作文百法》中的「反正相生法」所言：「反正相生者，自反而正，或更自正而反，反覆辯論，層出不窮……可以互相發明，互相映射，處處關合，有相生之義。」[39]

(四)反正反

蘇洵〈六國論〉中有一節文字，形成了「反正反」的結構：

1、正文

嗚呼！以賂秦之地，封天下之謀臣；以事秦之心，禮天下之奇才；並力西嚮，則吾恐秦人食之不得下咽也。悲夫！

---

[39] 見《作文百法》卷一，頁十七。

有如此之勢，而為秦人積威之所劫，日削月割，以趨於
亡。為國者，無使為積威之所劫哉！

2、結構表[40]

```
┌─反（不賂秦之利）：「嗚呼……食之不得下咽也」
├─正（賂秦之害）：「悲夫……以趨於亡」
└─反（不賂秦之利）：「為國者」二句
```

3、說明

　　這是作者對賂秦之國所發出的感嘆，所以此節文字旨在抒寫
「賂秦之害」，此為正面；相反地，抒寫「不賂秦之利」者，便
是反面了。

4、作用

　　「反正反」的結構是相當少見的。而這節文字藉由對反面的
多所著墨，更見得賂秦之害貽禍甚深，這種做法是頗為巧妙的。

　　(五)「反正」迭用

　　李斯著名的〈諫逐客書〉，就是間雜地出現正、反面的材
料，大大地加強了主旨的說服力：

1、正文

　　臣聞吏議逐客，竊以為過矣。

---

[40] 此結構表參考陳滿銘《文章結構分析》頁二三七。

昔繆公求士，西取由余於戎，東得百里奚於宛，迎蹇叔於宋，來丕豹、公孫支於晉。此五子者，不產於秦，繆公用之，并國二十，遂霸西戎。孝公用商鞅之法，移風易俗，民以殷盛，國以富彊，百姓樂用，諸侯親服，獲楚魏之師，舉地千里，至今治彊。惠王用張儀之計，拔三川之地，西并巴蜀，北收上郡，南取漢中，包九夷，制鄢、郢，東據成皋之險，割膏腴之壤，遂散六國之從，使之西面事秦，功施到今。昭王得范睢，廢穰侯，逐華陽，彊公室，杜私門，蠶食諸侯，使秦成帝業。此四君者，皆以客之功。由此觀之，客何負於秦哉？向使四君卻客而不內，疏士而不用，是使國無富利之實，而秦無彊大之名也。

今陛下致昆山之玉，有隨和之寶，垂明月之珠，服太阿之劍，乘纖離之馬，建翠鳳之旗，樹靈鼉之鼓。此數寶者，秦不生一焉，而陛下說之何也？必秦國之所生然後可，則是夜光之璧，不飾朝廷；犀象之器，不為玩好；鄭衛之女，不充後宮；而駿良駃騠，不實外廄；江南金錫不為用；西蜀丹青不為采。所以飾後宮，充下陳，娛心意，說耳目者，必出於秦然後可，則是宛珠之簪，傅璣之珥，阿縞之衣，錦繡之飾，不進於前；而隨俗雅化，佳冶窈窕，趙女不立於側也。夫擊甕叩缶，彈箏搏髀，而歌呼嗚嗚快耳者，真秦之聲也。鄭、衛、桑間、韶虞、武象者，異國之樂也。今棄擊甕叩缶而就鄭衛，退彈箏而取韶虞，若是者何也？快意當前，適觀而已矣！今取人則不然，不問可否，不論曲直，非秦者去，為客者逐。然則是所重者在乎色樂珠玉，而所輕者在乎民人也！此非所以跨海內，制諸

侯之術也！

臣聞地廣者粟多，國大者人眾，兵彊者則士勇。是以泰山不讓土壤，故能成其大；河海不擇細流，故能就其深；王者不卻眾庶，故能明其德。是以地無四方，民無異國，四時充美，鬼神降福。此五帝三王之所以無敵也。今乃棄黔首以資敵國，卻賓客以業諸侯，使天下之士，退而不敢西向，裹足不入秦，此所謂藉寇兵而齎盜糧者也。

夫物不產於秦，可寶者多；士不產於秦，而願忠者眾。今逐客以資敵國，損民以益讎，內自虛而外樹怨於諸侯，求國無危，不可得也。

2、結構表

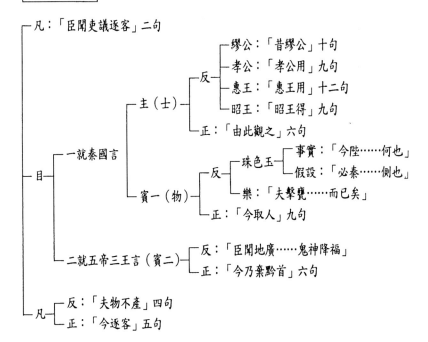

3、說明

(1)第一個「凡」

「凡」的部分，即首段。作者先開門見山地將一篇主旨提明，以領出下文「目」、「凡」的部分。

(2)目一

「目一」又分為兩部分：「主」與「賓」。所以，很明顯地，「物」是用來陪襯「士」的；而且都形成「先反後正」的結構。而因為主旨是「諫逐客」，所以正面的材料就是「逐客之過」，反面的材料則是「用客（物）之利」。

(3)目二

「目二」其實整個是第二層的「賓」，同樣用來陪襯「主」，但關係較為疏遠；不過，它也是形成「先反後正」的結構，而判別正反的標準當然和「目一」是一樣的。

(4)第二個「凡」

「凡」的部分也是以「用客（物）之利」和「逐客之過」，來「反」、「正」雙收全文。

4、作用

如果只提出一篇主旨，而沒有用材料來輔助，是難以產生說服人的力量的；在運用材料的時候，若能夠從正、反兩面入手，效果當然會加倍。像這篇〈諫逐客書〉從二段至末段，都形成「由反而正」的順序，甚至反面的材料還比正面的材料多得多；但事實證明：這樣做的效果是非常好的[41]。

---

[41] 結構表及「說明」、「作用」皆參考陳滿銘《文章結構分析》頁二○七～二○九。

四、正反法的特色

正反法是相當為人所熟知的章法，應用起來十分便利，對於它的形成原因和美感，自然必須有所瞭解：

㈠美感的鏈式反映可能從「相反聯想」出發，以「對映」的方式來進行，張紅雨《寫作美學》中指出：「寫作主體面對審美對象還會出現一種逆態心理，感到激情物美得突出和鮮明，常常會想到與激情物相對立的其他形態。高與低、大與小、快與慢、美與醜等等都是相對而言的。在人們的腦海之中都有一個模糊標準，這個標準是長期審美經驗沈澱、積累得出的結果。所以當審美對象以它特有的姿態作用於審美主體的時候，在腦海中立刻浮現出與之對映的許多新形態來同審美對象比較、衡量，使審美對象的特點更突出，姿態更優美……引起人們的審美衝動，產生美感。」[42]這其中有兩點需要特別注意：即「相對立的其他形態」和「使審美對象的特點更突出，姿態更優美」，參照正反法的定義，會發現其中的關係是若合符節的。

㈡一般認為正反法運用了「對比」的原理，這是沒有錯的，但它不僅僅只造成「對比」的現象，而是在此基礎之上又有發展。姚一葦《藝術的奧祕》中為「對比」一詞所下的定義是：「係指把兩種不同事物安排在一起，以強調顯露它們彼此之間的差異」[43]，此時所著重的是「相互輝映」、「相得益彰」，和正

---

[42] 見《寫作美學》頁一二八。
[43] 見《藝術的奧祕》頁一八九。

反法所強調的「以反面烘托正面」是不同的。但姚一葦隨即又說：「文字表現的藝術品則全然不能用形式來限制，它的對比絕非僅止於一種文字的對列，更非僅止於一種對列的感覺。我們可以肯定地指出：凡文字表現的藝術品中的對比必然具有一個感覺以外的意義。」[44]這段說明非常能解釋正反法中運用對比、但又不止對比的情形，而且所謂「感覺以外的意義」，這意義應該是指向主旨的。

　　㈢此外還可以從美感的層面上來分析：美的形式原理的最高準則是「繁多的統一」，「統一」固然是必須追求的，但若沒有「繁多」為調劑，就不免感覺到單調，所以「我們覺得美的對象最好一面有著鮮明的統一，同時構成它的要素又是異常的繁多」[45]。而造成繁多可能從多個方向來進行，正如陳雪帆《美學概論》中談到的：「有時甚至有反對、背馳、矛盾、衝突、糾紛、互爭等要素摻雜在內，反而更能增進我們的快感。」[46]很顯然地，正反法中以反面托出正面，進而加強主旨說服力的作法，是正好符合由繁多而統一的美感進程的。

　　㈣正反法是在「對比」的基礎上產生的。而因為對比是把兩種極不相同的東西並列在一起，所以容易因這極大的差異性，而讓人產生鮮明、醒目、活躍、振奮的強烈感受[47]；同樣地，正反法也具有這樣的特性。所以古時文論家稱正反法為「正反相生」法，大概正是著眼於這相反而相成的張力吧！

---

[44] 見《藝術的奧祕》頁一九〇～一九一。
[45] 見陳雪帆《美學概論》頁七八。
[46] 見《美學概論》頁八〇。
[47] 參考楊辛、甘霖《美學原理》頁一七一。

㈤在分析文章中正反法的運用情形時，有一點需要注意的：那就是只有同一性質的文字才可以談正面、反面。譬如一篇文章若形成的是「先敘後論」的結構，則「敘」與「論」性質不同，是無所謂正或反的；但若是「敘」或「論」底下又形成「正反」結構，則是可能的；因為「敘」或「論」都各自可以使用正、反面的材料，以夾出主題。

第三十三章　「立破」結構

一、何謂立破法

立破法的「立」就是「立案」，有時也稱作「立公案」[1]、「作後案」[2]；吳闓生的《桐城吳氏古文法》中，曾談到：「凡立案止須將事中情節，所當駁難之處，一一表明而已，以故行文專求簡峻，並不多著筆墨」[3]，這是因為「立」的目的是引起「破」；陳滿銘認為「立」是箭靶，「破」是箭，務求正中紅心。所以「破」的部分通常較受注意，異稱也較多，有稱「辨」[4]者、稱「駁」[5]者、稱「難」[6]者，還有稱為「掀翻」[7]者，當然，更有稱為「破」[8]者。而前人對立破法也有不同的稱呼，宋文蔚

---

[1] 見謝枋得《文章軌範》評註語：「立公案起辨」頁一一四。
[2] 見林雲銘《古文析義》評註語：「作後案」（頁八二六），其意是此段文字乃作為後文駁正之對象。
[3] 見《桐城吳氏古文法》頁二。
[4] 見謝枋得《文章軌範》頁一一四、林雲銘《古文析義》頁二五八～二五九，以及吳楚材、王文濡評註之《古文觀止》頁五三～五五。
[5] 見林雲銘《古文析義》頁八二六、吳闓生《古文範》頁六一，以及宋文蔚《評註文法津梁》頁七二、頁二三九。
[6] 見林雲銘《古文析義》頁二五八～二五九。
[7] 見金聖嘆《才子古文讀本》（下）頁一九。
[8] 見呂東萊《古文關鍵》頁七七、金聖嘆《才子古文讀本》（上）頁四、吳楚材與王文濡評註之《古文觀止》頁六四～六七，以及吳闓生《桐城吳氏古文法》頁七九～八〇。

《文法津梁》有一則是「駁難本題」[9]，李扶九《古文筆法百篇》有一類作法是「曲折翻駁」[10]，其實說的都是立破法。

可以看得出來：運用立破法的篇章中應有「立」的部分，也有「破」的部分，「立」與「破」之間針鋒相對，使得所欲探討的主題更加是非分明[11]。

二、立破法和正反法、問答法的異同

㈠立破法和正反法的異同

立破法其實是從正反法中獨立出來的，因此它們共同的特色是：都是由兩組看似背離、但終歸統合的對象所組成，而且在這「背離－統合」之間所產生的張力，正是章法美感的來源；背離得越遠，統合之時的力量也越強。而且正反法的重心在「正」的一面，立破法的目的也幾乎都在「破」，這也是兩者的相似之處。

但會成為兩種不同的章法，自然是因為其間畢竟有不同的地方。立破法的論辯味道極濃，可以用「針鋒相對」來形容，也像前面所提到的箭靶與箭的關係；正反法就沒有強調這樣的特色了。因此也可以這麼說：把正反法中特別針鋒相對的那一類抽離出來，就是立破法了。

---

[9] 見《評註文法津梁》頁二六。

[10] 見《古文筆法百篇》頁六九。

[11] 「立在篇外」的說法本於陳滿銘。

　　關於這樣的情形，可以用王安石的〈讀孟嘗君傳〉作個說明：

> 世皆稱孟嘗君能得士，士以故歸之，而卒賴其力，以脫於虎豹之秦。
> 嗟呼！孟嘗君特雞鳴狗盜之雄耳，豈足以言得士！不然，擅齊之強，得一士焉，宜可以南面而制秦，尚何取雞鳴狗盜之力哉！雞鳴狗盜之出其門，此士所以不至也。

其結構表如下：

　　原本「得士」與「不得士」之間所形成的對比關係，用正反法的角度來分析，也未嘗不可；但這樣的話，就沒有辦法強調王安石「不得士」的看法，乃是為了駁正以往「得士」的舊說[12]。所以，用立破法來分析，才是最準確的。

　　(二)立破法和問答法的異同

　　略。見問答法和立破法、抑揚法之異同。262頁。

---

[12] 此說本於陳滿銘課堂所授內容。

三、立破法在應用時所呈現的結構類型

立破法在應用時所呈現的結構方式有四：「先立後破」、「先破後立」、「立破立」、「破立破」，底下依次來作分析：

(一)先立後破

這是立破法中最常見的結構了。其中最單純的一種是「立」中提出一個論點，「破」即就此論點作反駁，前面分析過的王安石〈讀孟嘗君傳〉就是如此。但有時候卻是「立」中提出數個論點，「破」中也一一予以反擊，王安石〈答司馬諫議書〉（節段）就是一篇如此寫成的：

1、正文

蓋儒者所爭，尤在於名實；名實已明，而天下之理得矣！今君實所以見教者，以為侵官、生事、征利、拒諫，以致天下怨謗也。

某則以為受命於人主，議法度而修之於朝廷，以授之於有司，不為侵官；舉先王之政，以興利除弊，不為生事；為天下理財，不為征利；闢邪說，難壬人，不為拒諫。至於怨誹之多，則固前知其如此也。人習於苟且非一日，士大夫多以不恤國事，同俗自媚於眾為善。上乃欲變此；而某不量敵之眾寡，欲出力助上以抗之，則眾何為而不洶洶然？

2、結構表

```
┌立：「蓋儒者所爭……以致天下怨謗也」
│   ┌一（侵官）：「某則以為……不為侵官」
│   ├二（生事）：「舉先王之政」三句
└破─┼三（征利）：「為天下理財」二句
    ├四（拒諫）：「闢邪說」三句
    └五（怨謗）：「至於怨誹之多……洶洶然」
```

3、說明

(1)立

作者在這節文字裡，先總括地指出司馬光所見教的四件事：「侵官」、「生事」、「征利」、「拒諫」，還有因此而生的「怨謗」。

(2)破

接著作者一一提出答辯，因此形成了貫穿「立」與「破」的五軌：「侵官」、「生事」、「征利」、「拒諫」、「怨謗」。

4、作用

立破法針鋒相對的特性在此節文字中展現無遺，因此造成了凌厲迅捷的風格，確為王氏文風的代表作品之一。

(二)先破後立

這樣的結構不常出現，但如果先「立在篇外」，就可能會有這樣的情況產生。韋莊〈金陵圖〉就是如此：

1、正文

　　誰謂傷心畫不成？畫人心逐世人情。
　　君看六幅南朝事，老木寒雲滿故城。

2、結構表

```
      ┌破 ┌問：「誰謂傷心畫不成」
  ┌破─┤   └答：「畫人心逐世人情」
  └立：「君看六幅南朝事」二句
```

3、說明

　　這是一篇題畫之作，詩人看了六幅描畫南朝史事的彩繪，揮筆寫下了這首詩。

　　(1)破

　　比韋莊略早的詩人高蟾寫過一首〈金陵晚望〉：「曾伴浮雲歸晚翠，猶陪落日泛秋聲。世間無限丹青手，一片傷心畫不成。」韋莊此詩的首二句就在破這首詩的說法，所以先反問「誰謂」，又說「畫人心逐世人情」，說明了這是因為一般的畫家只想迎合世人的庸俗心理，專去畫些粉飾太平的東西，而不願意反映社會的真實面貌罷了。

　　(2)立

　　作者藉「金陵圖」為一例證，立下一論：此畫畫面中古木枯凋、寒雲籠罩，一片淒寒，不是把傷心畫出來了嗎？所以對史實的深憂，還是可以畫得出來的。[13]

---

[13]　此例由陳滿銘提供。

4、作用

　　這首詩藉著「立在篇外」（即高蟾〈金陵晚望〉），因而直接在篇內形成「先破後立」的結構。不過高蟾和韋莊二人，都是借六朝舊事抒發對晚唐現實的憂慮，這片心事是相同的[14]。

(三)立破立

　　劉伶的〈酒德頌〉中藉著對人、我行為的描述，闡論了他曠達不羈的思想，並形成了「立破立」的結構：

1、正文

> 有大人先生，以天地為一朝，萬期為須史，日月為扃牖，八荒為庭衢，行無轍迹，居無室廬，幕天席地，縱意所如。止則操卮執觚，動則挈榼提壺，惟酒是務，焉知其餘。有貴介公子、縉紳處士，聞吾風聲，議其所以。乃奮袂攘襟，怒目切齒，陳說禮法，是非蜂起。先生於是方捧甖承槽，銜杯漱醪，奮髯箕踞，枕麴藉糟，無思無慮，其樂陶陶。兀然而醉，怳爾而醒，靜聽不聞雷霆之聲，熟視不覩泰山之形，不覺寒暑之切肌，利欲之感情，俯觀萬物，擾擾焉若江海之載浮萍，二豪侍側焉，如蜾蠃之與螟蛉。

---

[14] 「說明」及「作用」參考《唐詩新賞》第十五輯頁三七～三八。

2、結構表

```
┌─立：「有大人先生……焉知其餘」
├─破：「有貴介公子……是非蜂起」
│       ┌─淺：「先生於是……其樂陶陶」
└─立──┤
        └─深：「兀然而醉……與螟蛉」
```

3、說明

(1)第一個「立」

這一段敘述「大人先生」的思想、行為。金聖嘆《才子古文讀本》評道：「以上，寫酒德已畢。」[15]

(2)破

這一部分是以禮法之士的言行，來「掀翻」（《才子古文讀本》評註語）前面的「立」。

(3)第二個「立」

在前面一節「破」的文字的最後面，《才子古文讀本》有一評語：「公等何足污先生筆端，寫之，亦以掀翻出下二段妙理也」，這表示此節文字是用來「破」前面的說法，以全文而言，是再一次地「立」。而中間可以分為兩個層次：第一層是「先說付之不見不聞」、後一層是「又說雖便見之聞之，亦復奚有」（《才子古文讀本》評註語）。

4、作用

這篇〈酒德頌〉相當能代表作者的思想，作者運用「立破

---

[15] 此則及下四則引語見《才子古文讀本》下、頁一九。

立」的結構，先以第一個「立」來傳達自己的想法，又藉著第二次「立」來駁倒「破」，使得作者的思想趨向更加地鮮明，也更有力量。特別值得注意的是：此文的重點反而在「立」的部分，這是相當罕見的情形。

(四)破立破

歐陽修著名的〈縱囚論〉，就是以「破立破」的方式來鋪陳的：

1、正文

信義行於君子，而刑戮施於小人。刑入於死者，乃罪大惡極，此又小人之尤甚者也。寧以義死，不苟幸生，而視死如歸，此又君子之尤難者也。方唐太宗之六年，錄大辟囚三百餘人，縱使還家，約其自歸以就死。是以君子之難能，期小人之尤者以必能也。其囚及期，而卒自歸無後者，是君子之所難，而小人之所易也；此其近於人情哉？或曰：「罪大惡極，誠小人矣。及施恩德以臨之，可使變而為君子；蓋恩德入人之深，而移人之速，有如是者矣。」曰：「太宗之為此，所以求此名也。然安知夫縱之去也，不意其必來以冀免，所以縱之乎？又安知夫被縱而去也，不意其自歸而必獲免，所以復來乎？夫意其必來而縱之，是上賊下之情也；意其必免而復來，是下賊上之心也。吾見上下交相賊，以成此名也，烏有所謂施恩德與夫知信義者哉？不然，太宗施德於天下，於茲六年矣，不能使小人不為極惡大罪。而一日之恩，能使視死如歸而存信義，此

又不通之論也。」

然則何為而可？曰：「縱而來歸，殺之無赦；而又縱之而又來，則可知為恩德之致爾；然此必無之事也。若夫縱而來歸而赦之，可偶一為之爾。若屢為之，則殺人者皆不死，是可為天下之常法乎？不可為常者，其聖人之法乎？是以堯舜三王之治，必本於人情；不立異以為高，不逆情以干譽。」

2、結構表[16]

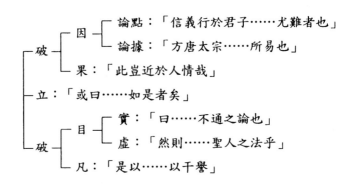

```
        ┌ 因 ┬ 論點：「信義行於君子……尤難者也」
   ┌ 破 ┤    └ 論據：「方唐太宗……所易也」
   │    └ 果：「此豈近於人情哉」
───┼ 立：「或曰……如是者矣」
   │    ┌ 目 ┬ 實：「曰……不通之論也」
   └ 破 ┤    └ 虛：「然則……聖人之法乎」
        └ 凡：「是以……以干譽」
```

3、說明

(1)第一個「破」

此處可說是以「理」破唐太宗縱囚事。所以第一段先提出論點，其次就其事來論其不合理處，所以歸結出一個結果：「此豈近於人情」。

(2)立

---

[16]　此結構表乃根據陳滿銘之說法繪成。

此處假擬一人之說來立一案。

(3)第二個「破」

作者在這個部分中是分別從「實」（事實）與「虛」（假設）著手，來破前面的立案。「實」的主要看法，是認為此事根本是「上下交相賊」所做成的；「虛」的作用是以「假設」讓此事的荒謬更顯露，從而導出結論：「本於人情」。

4、作用

本文屬翻案文章，因為所翻之「案」──唐太宗縱囚事，一直以來都傳為美談，是大家所熟知的；因此作者不須多費言辭，一開篇就破此說。但為了讓理論體系更趨完固，因此作者假擬出一人，將可能產生的疑問提出，作者便在後面加以回答、反擊，並趁便將自己的想法闡論得更透闢，使所有的疑慮煙消雲散，讀者只好心服口服。所以吳楚材選注、王文濡評校的《古文觀止》說道：「太宗縱囚，囚自來歸，俱為反常之事。先以『不近人情』斷定，末以『不可為常法』結之，自是千古正論。通篇雄辨深刻、一步緊一步，令無可躲閃處。此等筆力，如刀斫斧截，快利無雙。」[17]而這種犀利的風格，正是立破法的特色。

四、立破法的特色

立破法的特質鮮明、美感強烈，運用在篇章中效果絕佳，因

---

[17] 見《古文觀止》頁四三二。

此它的特色是很值得好好探討的。

㈠錢谷融、魯樞元主編的《文學心理學》認為人類心理有一個基本傾向，就是探求含義。因此作家可以善用此種心理，在結構上著力，以促成讀者理解上的飛躍，而其方法之一就是「以異常的材料組接向心理的惰性挑戰」[18]，這在立破法中尤其突出。因為立破法中的「立」通常是積非成是的觀念或習以為常的成見，也就是「心理的惰性」，但這些都會在「破」中被推翻，而挑戰權威、顛覆傳統的結果，自然會有力地促使讀者作全新的思考，效果之好不言而喻。

㈡「立」與「破」是相對立的，就好像是「反」與「正」一般；因此將立破法從正反法中獨立出來，目的在於強調出它「針鋒相對」的特質。也因為立破法擁有比正反法更強烈而鮮明的質性，所以正反法所具有的醒目、活躍的特色，立破法也有，而且效果加倍。陳滿銘是這樣形容的：「立」與「破」之間會形成「質的張而弓矢至」的關係，「破」對「立」的挑戰，就好像是捏住七寸，予以眼明手快的致命一擊般。由此而產生的淋漓快感，正是立破法的美感所在。

㈢因為立破法的特性如此，所以論辨類的文章大量地運用立破法。而且為了增加說服力，常會使用引證、假設的手法，以達到「真理愈辯愈明」的目的。

㈣立破法中最常見的結構類型是「先立後破」，此時「立」的標出通常有三種方式：第一是先簡述事件緣由或他人說法，以作為下文「破」的依據；第二是假設有人提出相反的意見問難，

---

[18] 見《文學心理學》頁二二一。

下文藉答辯以明其理，此時常用「或曰」立案；第三是採用對話的方式，用某人的一段話來「立案」，自己的回答就是「破」，此種方式尤常見於使用立破法的史傳文字中。

第三十四章　「抑揚」結構

一、何謂抑揚法

抑揚法是一特質鮮明、應用廣泛的章法，因此自古以來即深受重視，譬如高琦《文章一貫》、歸有光《文章指南》、唐彪《讀書作文譜》、劉熙載《藝概》、許恂儒《作文百法》、來裕恂《漢文典》……等[1]，均曾提及。不僅如此，抑揚法在實際應用時會呈現出不同的型態，歸有光《文章指南》即將它分為五類：「有先抑而後揚者」、「有先揚而後抑者」、「有抑揚並用者」、「有揚中之抑者」、「有抑中之揚者」[2]；前三類沒有問題，但後二類的「抑意」或「揚意」，並非在形式上表現出來，而是在內容中別有深意，這稱為「隱義」，並不適合放在章法中來討論，應該歸入「立意」（可參見「抑揚法與『隱義』之異同」），是必須注意的。

而且，因為抑揚法發展的起源是「論人敘事，難得有絕對的好壞，所以往往把相反的兩個情感作對照敘述」[3]，因此「抑、揚並重」地來說明，有呈現事實的功用[4]；但是有時候抑、揚並

---

[1] 可參考拙著《文章章法論》頁二九四～三○○。
[2] 見《文章指南》頁四八七，以下一則引語亦是同一出處。
[3] 見蔣建文《從作文原則談作文方法──實用修辭學》頁一三八。
[4] 此乃採用陳滿銘之說法。

非並重的，而是有偏重的情形，就好像高琦《文章一貫》所引歐陽起鳴的話：「欲抑則先揚，欲揚則先抑」[5]，此時「抑」（或「揚」）只是手段，「揚」（或「抑」）才是目的，而所表現出來的褒貶態度是十分鮮明的，這就是「抑揚偏重」。

因此，「抑」就是貶抑，「揚」就是頌揚[6]。當我們針對一個人物或一件事情，有所貶抑或頌揚時，就是運用了抑揚法。

二、抑揚法與「隱義」、正反法、問答法、縱收法之異同

(一)抑揚法與「隱義」之異同

「隱義」一詞出自《文心雕龍‧徵聖》篇：「或隱義以藏用」，「隱義」的意思是「暗藏旨意」[7]。既然是暗藏的，那就表示須深思尋繹方能有所得，只看字面都不能領會，就更別提在形式上表現出來了。因此，凡是這樣的「隱義」，都無法從章法的層面加以討論。

所以，前面探討抑揚法的涵義時，曾提及的「有揚中之抑者」（即表面上是褒揚，實際上是寓有貶意），和「有抑中之揚者」（即表面上是貶抑，實際上是寓有褒意），這兩種都不能納入抑揚法的範圍之中，而必須從「立意」上去探析。

---

[5] 見《文章一貫》頁二八。
[6] 參考陳滿銘《國文教學論叢》頁三九六。
[7] 見《漢語大詞典》「隱義」條第一義十一冊、頁二二八。

可以舉例來作說明。譬如李白〈清平調〉之二的末二句就運用了「揚中有抑」的寫法：

> 一枝紅艷露凝香，雲雨巫山枉斷腸。
> 借問漢宮誰得似？可憐飛燕倚新粧。

這首詩的結構表應該是這樣的：

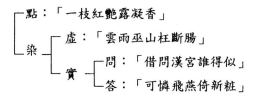

整首詩只有第一句是「點」出眼前所見的實景，其它都是就此來「染」，因而產生的設想。喻守真《唐詩三百首詳析》曾針對末二句說：「用『可憐』作結，揚中有抑」[8]，也就是說表面上稱美貴妃麗質天生，猶勝徒靠新粧專寵的趙飛燕，但趙飛燕是何許人？讀者稍一凝思便即瞭然，因此這實際上是深含諷意的；可是這層貶意並不能在形式上呈現出來，所以在結構上也不能分析出「先揚後抑」的型態。這就證明了前面所說的：「隱義」並不屬於章法的層面。

(二)抑揚法與正反法之異同

正反法雖然也是同時運用正、反兩面的材料，但其目的只在

---

8 見《唐詩三百首詳析》頁三三二。

「正」的一面，「反」的一面只是用作輔助而已；所以這會與抑揚法中有所偏重的一類產生混淆。那麼，要如何區別呢？

首先，抑揚法運用的對象只限於人或事，因為人或事難得有絕對的好或壞，所以自然在評述時會有所貶抑或褒揚。而且貶抑或褒揚又是一種較強烈的態度，更何況又是在「欲抑而先揚」或「欲揚而先抑」的情形之下，效果會更為加強；因此，這種鮮明的褒貶態度所造成的強烈效果，也是正反法所無法達成的。

可以看一篇王安石的〈傷仲永〉，就可以明白這中間的分別了：

> 金谿民方仲永，世隸耕。仲永生五年，未嘗識書具，忽啼求之，父異焉，借旁近與之，即書詩四句並自為其名，其詩以養父母收族為意，傳一鄉秀才觀之，自是指物作詩立就，其文理皆有可觀。邑人奇之，稍稍賓客其父，或以錢幣丐之。父利其然也，日扳仲永環謁於邑人，不使學。
>
> 余聞之也久，明道中，從先人還家於舅家見之，十二三矣。今作詩，不能稱前時之聞，又七年，還自揚州，復到舅家問焉，曰：泯然眾人矣。
>
> 王子曰：仲永之通悟，受之天也，其受之天也，賢於材人遠矣。卒之為眾人，則其受於人者不至也。彼其受之天也如此其賢也，不受之人，則為眾人。今夫不受之天，固眾人，又不受之人，得為眾人而已耶？

此文的結構表如下：

```
        ┌ 揚：「金谿民方仲永……不使學」
     ┌敘┤ 接榫：「余聞之也久」
     │  │    ┌ 先：「明道中……稱前時之聞」
     │  └ 抑 ┤
     │       └ 後：「又七年……泯然眾人矣」
     └ 論：「王子曰……得為眾人而已耶」
```

林景亮《詳註古文讀本》認為此文是「欲抑先揚」[9]，這樣的看法是正確的，因為此文先揚的目的，乃是欲以方仲永幼時早慧的事跡，與長大後的平庸（抑）作一對照，以強調學習的重要；若說此文是「先反後正」的結構，雖然也沒什麼不對，但是卻不夠精準，也比較無法點出它的特色。

　　㈢抑揚法與問答法之異同

　　略。見問答法與立破法、抑揚法之異同。262 頁。

　　㈣抑揚法與縱收法之異同

　　略。見縱收法與抑揚法之異同。396 頁。

三、抑揚法在應用時所呈現的結構類型

　　抑揚法在應用時，會呈現出「先揚後抑」、「先抑後揚」、「揚抑揚」、「抑揚抑」四種型態；但在這些類型中，尚須注意

9　見《評註古文讀本》頁一三一。

的是：此文中的抑揚到底是屬於「並重」還是「偏重」？這樣的判斷與主旨的確定關係甚大，所以是需要相當留心的。

(一)先抑後揚

「先抑後揚」的例子有司馬遷的《史記·蕭相國世家贊》：

1、正文

蕭相國何於秦時為刀筆吏，錄錄未有奇節。及漢興，依日月之末光，何謹守管籥，因民之疾，奉法順流，與之更始。淮陰黥布等皆以誅滅，而何之勳爛焉，位冠群臣，聲施後世，與閎夭散宜生等爭烈矣！

2、結構表

┌抑：「蕭相國何於秦時」二句
└揚：「及漢興……爭烈矣」

3、說明

針對開始二句，金聖嘆《才子古文讀本》評道：「抑」[10]，而接著「及漢興」一句到最後，是「揚」（評註語）。

4、作用

這段贊語先抑後揚、抑揚並重地評價了蕭何的一生。但卻有另一層涵義深藏其中，正如林雲銘《古文析義》中所說的：

---

[10] 此則及下則引語見《才子古文讀本》上，頁一七〇。

「閎、散在周無赫赫之功」、「龍門以閎夭、散宜生為比，意謂漢高於開國諸臣，止容得閎、散，不能容得周召、太公，此微詞也。」[11]這便是我們在前面所說的「隱義」，是無法在形式上看出的。

在「先抑後揚」的作品中，有一類的用意是「欲揚先抑」，邵長蘅〈青門旅稿自序〉就是如此：

1、正文

> 予自己未入都，忽忽已十餘年矣。此十餘年中，無歲不旅，間一再歸草堂，不久輒去。又二年，始得排次己未迄辛未所存詩文，凡六卷，題曰：青門旅稿，鋟之梨。
>
> 嗟乎！士負七尺軀，進不能有所豎立，退不能巖棲谷飲；垂老矣，涸姓名於不仕不隱間，為鄉里所笑，行自慙也。不幸如昌黎所謂衣食於奔走，學殖日落，而猶欲以是詹詹者，與立言之士爭身後名於萬一，又重自悲也。
>
> 雖然，某於此亦有可以自信，不為流俗毀譽非笑之所移者。而況海內交遊離合之迹，忠孝節烈之行事，與夫山川遊覽之勝，往往見於予文，它日歸草堂，閒居無事，偶一展卷，或亦軃然而自笑也夫。

---

[11] 見《古文析義》頁一六〇。

2、結構表

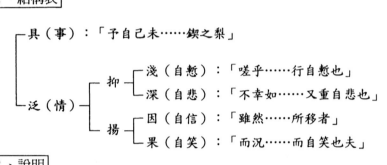

3、說明

⑴具（事）

林景亮《評註古文讀本》說道：「『鍥之梨』以前為首段，此段先敘事後點題。」[12]

⑵泛（情）

林景亮《評註古文讀本》又說道：「先以『自慼』、『自悲』作抑筆，次以『自信』、『自笑』作揚筆」。並針對「抑」的部分評道：「此段分『淺』、『深』兩層寫。『行自慼』以前，祇感嘆身世，其意淺；以後則說及著書，其意深」，又認為「揚」的部分是：「『自信』一層為『自笑』之原因，『自笑』一層為『自信』之結果，不『自信』不能『自笑』也。」

4、作用

這篇文章經過仔細的安排，正如《評註古文讀本》的眉批所言：「至以『自信』針對『自慼』，以『自笑』針對『自悲』，

---

[12] 此則及下六則引語見《評註古文讀本》頁二一〇。

亦極慘淡經營，真是文章聖手。」所以前幅一抑再抑，其實都只是波瀾作勢，目的在使後幅的連續二揚，能於絕低處騰起，更添無限姿態。所以《古文評註讀本》又有註語云：「故玩其『自信』、『自笑』四字，足見首段『始得』二字，實含有欣幸意。」作者真正的用意，也在於此。

(二)先揚後抑

「先揚後抑」大概算是抑揚法中最常見的結構了。嚴遂成〈遇符離讀張忠獻公傳書後〉就呈現這樣的型態：

1、正文

北使來朝輒問安，隱然敵國膽先寒。十年作相遲秦檜，萬里長城壞曲端。采石一舟風浪大，富平五路戰場寬。傳中功過如何序？為有南軒下筆難。

2、結構表

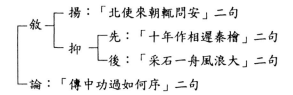

3、說明

(1)敘
首二句「揚」其功蹟，接著四句分敘其生平兩件大過失，是「抑」。

(2)論

根據前面的「敘」，作出「難以下筆」的結論。

4、作用

王文濡《清詩評註》說道：「忠獻才識，自是南宋名相，然曲端之死，富平之潰，均不免為賢德之累。全詩貶多於褒，末句以詼諧出之，尤見微詞寓諷。」[13]所以這首詩應是屬於「抑揚並重」的一類，因為這樣方能持平地論斷功過。

「先揚後抑」格中，還有一類「抑揚偏重」者，如歐陽修《五代史·伶官傳序》：

1、正文

嗚呼！盛衰之理，雖曰天命，豈非人事哉！原莊宗之所以得天下，與其所以失之者，可以知之矣。

世言晉王之將終也，以三矢賜莊宗，而告之曰：「梁，吾仇也；燕王，吾所立；契丹，與吾約為兄弟；而皆背晉以歸梁。此三者，吾遺恨也。與爾三矢，爾其無忘乃父之志！」莊宗受而藏之於廟。其後用兵，則遣從事，以一少牢告廟。請其矢，盛以錦囊，負而前驅，及凱旋而納之。方其係燕父子以組，函梁君臣之首，入於太廟，還矢先王，而告以成功，其意氣之盛，可謂壯哉！

及仇讎已滅，天下已定，一夫夜呼，亂者四應，倉皇東

---

[13] 見《清詩評註》頁二七六。

出，未及見賊，而士卒離散。君臣相顧，不知所歸。至於
誓天斷髮，泣下沾襟，何其衰也！豈得之難而失之易歟？
抑本其成敗之迹，而皆自於人歟？

書曰：「滿招損，謙受益。」憂勞可以興國，逸豫可以亡
身，自然之理也。故方其盛也，舉天下之豪傑，莫能與之
爭。及其衰也，數十人伶人困之，而身死國滅，為天下
笑。夫禍患常積於忽微，而智勇多困於所溺，豈獨伶人也
哉！作伶官傳。

｜2、結構表｜

```
┌─凡：「嗚呼……可以知之矣」
│      ┌─揚（得）：「世言晉王……可謂壯哉」
├─目─┤
│      └─抑（失）：「及仇讎已滅……自於人歟」
└─凡：「書曰……作伶官傳」
```

｜3、說明｜

(1)第一個「凡」

吳楚材選註、王文濡評校的《古文觀止》，對此段的評語
是：「先作總挈，『盛衰得失』四字，是一篇關鍵。」[14]

(2)目

「目」由一「揚」一「抑」構成，《古文觀止》分別註道：
「一段揚」、「一段抑」。

(3)第二個「凡」

---

[14] 此則及下三則引語見《古文觀止》頁四三九～四四○。

這段總收前文,並以正意:「禍患常積於忽微,智勇多困於所溺」作結,《古文觀止》評道:「結出正意」。

4、作用

因為此文的主旨是「禍患常積於忽微,智勇多困於所溺」,所以一揚一抑只為夾出此意,因而就有偏重的情形,也就是說「揚(得)」是為了與「抑(失)」形成絕大的反差,令人凜然一驚,從而深深地認同主旨。因此,這是一篇「欲抑先揚」的文章。

四、抑揚法的特色

我們在前面談過:抑揚法可分為兩類,即「抑揚並重」者和「抑揚偏重」者,這兩者的心理基礎和所造成的效果並不一樣,因此有必要分開來探討:

㈠「抑揚並重」中的「抑」與「揚」同等重要,而且相互映照;這正符合「對比」的原理,可以收得對比的最好效果——交互輝映、相得益彰。同時針對一個人或一件事,將它的優、劣處都提出並列,令人一目瞭然,有呈現事實的功能,令作者的論述顯得更客觀、公正、明白[15]。這一點在史論文字中最能看得出來。

㈡「抑揚偏重」的作法,在心理上是違反「暈輪」效果的,

---

[15] 參考陳佳君〈抑揚法的理論與應用〉,見《第一屆中國修辭學學術研討會論文集》頁二三九。

但也因此造成更鮮明的印象。錢谷融、魯樞元主編的《文學心理學》引用美國克特‧Ｗ‧巴克主編的《社會心理學》，對「暈輪」效果作出了解釋，簡單地說，就是先入為主，以偏概全[16]。但「欲抑先揚」或「欲揚先抑」的寫法，卻剛好抓住人們的這種心理特點，再來個「反其道而行」，令人耳目一新。

㈢因為「抑揚偏重」的作法與「暈輪」效果剛好背道而馳，所以會在短時間內引起讀者兩種截然相反的情緒。格式塔學派認為，情感也伴隨著力的活動產生，情感的性質由力的式樣所決定。而力的式樣又有兩種性質，其一是具有方向性。如果所要表現的情感具有肯定積極的性質，其方向是向前、向上或外張的；如果是消極否定的情緒，力的方向就是向後、向下或向內的。其二是所有方向性的張力都具有一定的強度[17]。而在「抑揚偏重」的情形下，「抑」與「揚」的方向不僅剛好相反，而且因為具有鮮明的褒貶態度，所以力的強度又大；兩兩作用之下，抑揚法的強大效果是可以預期的。

㈣不過，不管是「抑揚並重」或「抑揚偏重」，在文勢上都會造成一起一伏的波瀾，所以自古以來就有「抑揚頓挫」的說法；程兆熊《美學與美化》也認為抑揚法有「韻律和輕快之美」[18]，就是著眼在這一點上說的。

---

[16] 參考《文學心理學》頁二一七。
[17] 見錢谷融、魯樞元主編《文學心理學》頁二○九～二一○。
[18] 見《美學與美化》頁八。

第三十五章 「縱收」結構

一、何謂縱收法

　　「縱」是放開，「收」是拉回；表現在詞章上，「縱」就是在時、空、情、理……各方面縱離主軸，「收」就是將遠放之文勢完全兜攬包抄，拍回主軸。因為這樣的特性，所以常有人將此法稱為「開合」[1]，又可將「縱」與「收」分別稱為「起」、「頓」[2]；「振」、「落」[3]；「起」、「伏」[4]；「提振」、「跌宕」[5]；「起」、「迴」[6]；「跌」、「到題」[7]……等。

　　而「縱」與「收」之間的關係，用一句話來形容就清楚了，那就是「欲擒先縱」。為什麼會這樣呢？因為「不縱，則不足以騁驟其情思，不足以渲染其文章」[8]，而且「不收，則或至於蕩檢失所守，或至於縱轡迷所歸」；所以「『縱』是手段，『擒』

---

[1] 如王葆心《古文辭通義》中所主張，參見拙著《文章章法論》頁三七三～三七四。呂東萊《古文關鍵》頁二○九、吳闓生《古今詩範》頁二○二、林景亮《評註古文讀本》頁二四～二五，皆有此說。

[2] 見金聖嘆《才子古文讀本》（上）頁一六三。

[3] 見金聖嘆《才子古文讀本》（上）頁一九六。

[4] 見金聖嘆《才子古文讀本》（下）頁三。

[5] 見吳闓生《桐城吳氏古文法》頁五四。

[6] 見吳闓生《古今詩範》頁四七。

[7] 見吳闓生《古今詩範》頁二三○。

[8] 此則及下一則引語，見傅庚生《中國文學欣賞舉隅》頁七三。

是目的」[9]。這也是我們為何不稱「擒縱」[10]，而稱「縱收」的原因[11]；因為「縱收」這個名稱更符合實際運用時多半先縱而後收的情形。

所以縱收法是將「縱離主軸」、「拍回主軸」的手段交錯為用的一種章法。

二、縱收法與抑揚法、張弛法之異同

(一)縱收法與抑揚法之異同

吳闓生《桐城吳氏古文法》在評《韓非子·文公出亡》章時，有段註語說：「將擒先縱，欲抑先揚，為下文跌宕作勢」[12]，這讓我們注意到：「欲抑先揚」和「先縱後收」有再作釐清的必要。

這兩者會被混淆，主要是因所造成的文勢有類似之處（「欲抑先揚」會形成「先揚後抑」的結構）；但根本上來講，它們是完全不同的。首先，抑揚法針對人、事給予褒貶，因此所用到的

---

[9] 見魏飴《散文鑑賞入門》頁一四三。

[10] 「擒縱」是縱收法最常見的異稱，李騰芳《山居雜著》、來裕恂《漢文典》（頁二六五）、許恂儒《作文百法》（(二)、頁二六）、羅君籌《文章筆法辨析》（頁四八八、四九九）、周振甫《文章例話》（頁九七～九八）、曾忠華《作文津梁》（頁一四一）、王德春主編之《修辭學辭典》（頁二二六～二二七）……，皆稱「擒縱」。許多評點家亦用「擒縱」一詞來分析文章（參見拙著《文章章法論》頁三七六、三七八）。

[11] 此名詞取自傅庚生《中國文學欣賞舉隅》頁七三。

[12] 此則及下則引語見《桐城吳氏古文法》（上）頁二〇。

材料都是事實；但是縱收法則是可不羈勒地騁其想像、運用設想，而使其展現出變幻無方的姿態。其次，抑揚法最大的特色是鮮明的褒貶態度；而縱收法是在一縱一收間，將情意展延、收束，進而達成推深的效果。經過這樣的辨別，縱收法與抑揚法的異同，應該是相當清楚的了。

譬如前面提到的《韓非子・文公出亡》章，到底應該認定為抑揚法還是縱收法呢？其原文如下：

> 或曰：齊晉絕祀，不亦宜乎？桓公能用管仲之功，而忘射鈎之怨，文公能聽寺人之言，而棄斬袪之罪，桓公文公能容二子者也。
>
> 後世之君明不及二公，後世之臣賢不如二子，以不忠之臣事不明之君，君不知則有燕操、子罕、田常之賊，知之則以管仲寺人為解，君必不誅，而自以為有桓文之德，是臣讎君而明不能燭，多假之資，自以為賢而不戒，則雖無後嗣，不亦可乎？且寺人之言也，直飾君令而不貳者，則是貞於君也，死君復生臣不媿而後為貞，今惠公朝卒而暮事文公，寺人之不貳何如？

其結構表如下：

```
┌─收：「或曰」三句
│
├─縱：「桓公能用管仲之功」五句
│
│      ┌─一：「後世之君……不亦可乎」
└─收─┤
       └─二：「且寺人之言也……不貳何如」
```

為什麼我們不將全文分析為「抑揚法」的運用呢？那是因為我們可以看到：第二個「收」的部分分為二層，而這二層中都有設想的成份（第一層中假設有「後世之君」；第二層中假設「死君復生」）；尤其是第一層，吳氏評為：「全從空際發揮，最是文中妙境，所謂無中生有也」，這與抑揚法講求事實的特質是相衝突的。因此還是由縱收法的角度切入較佳。

(二)縱收法與張弛法之異同

略。見張弛法與縱收法之異同。410 頁。

三、縱收法在應用時所呈現的結構類型

縱收法可形成四種結構：「先縱後收」、「先收後縱」、「收縱收」、「縱收縱」，其下即以前三種結構舉例說明；並另舉「縱收」迭用兩次、「縱收」迭用三次兩例，以見其應用上的變化。

(一)先縱後收

這一類是縱收法中最常見的了。例如馬援〈示官屬〉就是形成這樣的結構：

1、正文

吾從弟少游，常哀吾慷多大志，曰：士生一世，但取衣食裁足，乘下澤車，御款段馬，為郡掾吏，守墳墓，鄉里稱

善人，斯可矣，致求盈餘，但自苦耳。當吾在浪泊西里
間，虜未滅之時，下潦上霧，毒氣重蒸，仰視飛鳶，跕跕
墮水中，臥念少游平生時語，何可得也。今賴士大夫之
力，被蒙大恩，猥先諸君紆佩金紫，且喜且慚。

2、結構表

```
     ┌─ 縱：「吾從弟少游……但自苦耳」
  ┌因─┤
  │   └─ 收：「當吾在浪泊里間……何可得也」
  └果：「今賴士大夫之力」四句
```

3、說明

此文的第一層結構是「由因及果」，「因」底下形成一縱一
收。

林景亮《評註古文讀本》針對這「先縱後收」的情況，評
道：「首句至『自苦耳』，述弟勸勉之語，為下文『臥念』二句
伏案，實則立志好勇之反面耳。馬援志固不在求盈餘也，故為欲
擒先縱法。」[13]

4、作用

此文先述其弟之語，而此語與馬援的心志是背道而馳的，因
此是縱筆；接著才敘述馬援征戰之時心中的感，這是「收」。經
此一收，便很自然地帶出馬援得官「且喜且慚」的心情。

---

[13] 見《評註古文讀本》頁一八九。

(二)先收後縱

「先收後縱」的情況相當罕見，但自有其特殊的效果。例如王勃〈山中〉就是用這種方式謀篇的：

1、正文

長江悲已滯，萬里念將歸。況屬高風晚，山山黃葉飛。

2、結構表[14]

```
   ┌收 ┌ 因：「長江悲已滯」
   │   └ 果：「萬里念將歸」
   └縱：「況屬高風晚」二句
```

3、說明

(1)收

此處的二句互為因果：因長江已滯，所以欲歸之念更亟，與主旨──鄉思扣得極緊。

(2)縱

著一「況」字將空間推擴出去，遼遠蒼涼的景象與回鄉的意念是相悖離的，因此是「縱」。

4、作用

這首詩形成的是「拍回－跳離」的章法現象，所造成的美感

---

[14] 此結構表乃依據陳滿銘之說法繪成。

也別具一格，末尾的拋離，特別有一種不羈的姿態，情味是很迷人的。

(三)收縱收

盧仝的〈有所思〉筆勢縱橫，不可羈勒，將縱收法的特性發揮得淋漓盡致：

1、正文

當時我醉美人家，美人顏色嬌如花；今日美人棄我去，青樓朱箔天之涯。娟娟姮娥月，三五二八圓又缺；翠眉蟬鬢生別離，一望一見心斷絕。心斷絕，幾千里，夢中醉臥巫山雲，覺來淚滴湘江水；湘江兩岸花木深，美人不見愁人心。含愁更奏綠綺琴，調高弦絕無知音。美人兮美人，不知為暮雨分為朝雲？相思一夜梅花發，忽到窗前疑是君。

2、結構表

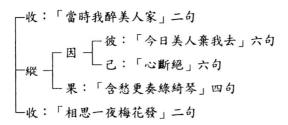

3、說明

起二句所述作者與美人的關係極近，是「收」。隨即從自己與美人兩方面著手，來描寫分離的情況，是「縱」。而最後是如

何拉回的呢？傅庚生在《中國文學欣賞舉隅》中說：「突然云『忽到窗前疑是君』，藉『疑』字竟將梅花與美人捏合為一，藉一『忽』字竟將全篇約束得住，終於落到『君』字上。」[15]所以在此刻，作者與美人似乎又重逢了，此是「收」。

4、作用

這首詩歌旨在抒發相思之情，而作者採用「收縱收」的結構，將情意收束、展延、收束，起了很大的推深作用；而姿態之變幻離合，更使原本就無法捉摸的相思意，愈發地迷離無端了。

(四)「縱收」迭用兩次

「縱」與「收」的多次迭用，會在文章中造成特殊的效果。譬如韓愈〈龍說〉，就是以此方式謀篇的：

1、正文

> 龍噓氣成雲，雲固弗靈於龍也。然龍乘是氣，茫洋窮乎玄間，薄日月，伏光景，感震電，神變化，水下土，汩陵谷，雲亦靈怪矣哉！
> 雲，龍之所能使為靈也，若龍之靈，則非雲之所能使為靈也。然龍弗得雲，無以神其靈矣，失其所憑依，信不可歟？異哉！其所憑依，乃其所自為也。易曰：「雲從龍。」既曰龍，雲從之矣。

2、結構表

---

[15] 見《中國文學欣賞舉隅》頁七五。

```
         ┌─ 淺 ┬─ 縱:「龍噓氣成雲」二句
         │     └─ 收:「然龍乘是氣……雲亦靈怪也哉」
     ┌─ 目 ┤
     │   └─ 深 ┬─ 縱:「雲」四句
     │         └─ 收:「然龍弗得雲」四句
     └─ 凡:「異哉……雲從之矣」
```

3、說明

李扶九《古文筆法百篇》在總評處寫道:「此雲龍取之《易》,用開合法。……張聲有云:……文僅一百一十字,卻成五段,而段段有轉。」[16]所謂「開合法」,常指的是「縱收法」;而「五段」是指「目」四段和「凡」一段:

(1)目

〈龍說〉的寫作目的是:「思得明君用己,故有是說」,因此「龍」用以喻「君」,「雲」用以喻「臣」;但畢竟作者的用心是冀望能為明主所用,所以重點在「龍」身上時,是「縱離主軸」,因為此時尚未合到「雲」上;但一旦將重心轉移到「雲」上時,那就是收了。

所以一開始的二句:「龍噓氣成雲,雲固弗靈於龍也」為「目一」,是「縱」,眉批云:「前節言龍之靈,意輕」。

「目二」所談的是雲的作用,所以眉批云:「次節言龍(註:應為「雲」)之靈,意重」,此是「收」。

接著「目三」又只著重在龍的神奇上,所以是「縱」,眉批云:「三節中言龍之靈,意輕」。

---

[16] 此則及以下七則引語見《古文筆法百篇》頁一二三。

「目四」強調的是雲的功能，又是一「收」，眉批亦云：「四節申言雲之靈，意重」。

(2)凡

最後數句是總收，眉批云：「末節言龍必有雲，無雲則亦非龍」，闡明了龍與雲之間相輔相成的關係。

4、作用

在這篇文章中，作者一而再地「縱」，極力地讚揚「龍（君）」之靈明偉大；但又一而再地「收」，表示「龍（君）」畢竟不能沒有「雲（臣）」。作者用這樣的方式來傳達他的想法，使得文氣不致一瀉無餘，反而具有跌宕生姿的效果。

(五)「縱收」迭用三次

李白〈月下獨酌〉全篇都運用了縱收法，形成迭用三次的結構：

1、正文

花間一壺酒，獨酌無相親；舉杯邀明月，對影成三人。月既不解飲，影徒隨我身；暫伴月將影，行樂須及春。我歌月徘徊，我舞影零亂；醒時同交歡，醉後各分散。永結無情遊，相期邈雲漢。

2、結構表

```
    ┌─ 先 ─┬─ 收：「花間一壺酒」二句
    │      └─ 縱：「舉杯邀明月」二句
    │
    ├─ 中 ─┬─ 收：「月既不解飲」二句
    │      └─ 縱：「暫伴月將影」四句
    │
    └─ 後 ─┬─ 收：「醒時同交歡」二句
           └─ 縱：「永結無情遊」二句
```

3、說明

這首〈月下獨酌〉的特別之處，是假擬樂景以襯出「獨」來。所以凡是寫「獨」處，是「拍回主軸」，是「收」；而寫歡樂之景的，是「縱離主軸」，是「縱」：

(1)第一次「收」

首二句點出「獨酌」來，是「收」。

(2)第一次「縱」

隨即寫「對影成三人」，則作者不獨，是「縱」。

(3)第二次「收」

此處寫月不解飲、影徒隨身，畢竟是「獨」，因此是「收」。

(4)第二次「縱」

此四句寫及時行樂，恍如不獨，因此是「縱」。

(5)第三次「收」

接著又轉到分散，則作者最終仍是孤獨的。此是「收」。

(6)第三次「縱」

末二句則寄望未來能相親共酌，則作者將永不孤獨。此又是

「縱」[17]。

4、作用

月下獨酌是何等孤獨之事，作者偏能寫得如許熱鬧；但一片熱鬧之中，又透露出無限孤獨。縱收法的運用能到如此地步，可說是已臻化境了。

四、縱收法的特色

在文章中運用縱收法，很能夠為文章增添多變的姿態。到底為什麼縱收法會有這樣的魅力呢？其下將嘗試作一些說明：

㈠「縱」就是放開，「收」就是拉回。為什麼文章中會出現放開、拉回的現象呢？張紅雨《寫作美學》說：「寫作主體在立意和結構文章的時候，其思維和想像不受時間和空間的限制……積澱於記憶中的審美經驗的紛紛復呈，是美感情緒四處流溢的一種表現形式。……其表現形式就是『放』的寫作。……但這種縱橫馳騁的放開美感情緒，常常正是為了收束美感情緒，使之集中到一點上，從而增加美感情緒波動的密度和濃度。」[18]可見得放開、拉回的動作，在形成美感上是深具意義的；而且這段話也解釋了前面所提到的「『縱』是手段，『擒』是目的。」

㈡前面提到的「放開」、「拉回」，會在文章中「形成了美

---

[17] 「說明」參考傅庚生《中國文學欣賞舉隅》頁七九。

[18] 見《寫作美學》頁二二四。

感情緒放與收之間的落差，於是便增強了文章的感染力」[19]，也就是說放開、收束的交互作用，可以藉著因落差而產生的力量，來推深作品中的情意，增強美感。而且因為落差大，所以表現出來的變化也大，文章自然會產生搖曳多端的姿態，相當吸引人。

---

[19] 見張紅雨《寫作美學》頁二二八。

第三十六章 「張弛」結構

一、何謂張弛法

張，就是緊張；弛，就是鬆弛。任何事物的發展總是有一定節奏的，就好像山峯有起伏，流水有緩急，聲音有高低一般，總是要一張一弛，調節得當。而文章也是如此，要抓住文章的節奏，使之有張有弛、張弛結合，以適合人類心理需求、達成最佳的審美效果。

劉熙載《藝概·詞曲概》中將張弛法稱為「寬緊」[1]，但後代的文論家則多使用「張弛」一詞[2]。但是什麼才叫做「張」、什麼才叫做「弛」呢？文章中又是如何達成「張弛」的呢？劉錫慶、齊大衛主編的《寫作》認為：「在情節的安排上要盡量做到緩急錯落」[3]；魏飴的《散文鑑賞入門》則說道：「情節方面的緊張與弛緩」、「情感氣氛上的強與弱」、「人物刻畫上的詳與

---

[1] 見《藝概·詞曲概》：「詞之章法，不外相摩相蕩，如奇正、空實、抑揚、開合、工易、寬緊之類。」

[2] 如劉錫慶、齊大衛主編之《寫作》（頁一〇一）、孫移山主編之《文章學》（頁三〇〇）、魏飴《散文鑑賞入門》（頁一四八）、王凱符、張會恩主編之《中國古代寫作學》（頁二八八）和周明《中國古代散文藝術》頁二一〇。

[3] 見《寫作》頁一〇一。

略」、「語言運用上的疏與密」等，都可以造成張弛的節奏[4]，但後二者一屬於詳略法，一屬於風格論，因此文章要呈現張弛疾徐的節奏，應該可以從調整情節與氣氛入手。

　　總之，張弛法就是造成文章中緊張與鬆弛的不同節奏，並使之互相配合，使文章更具姿態、更富美感的一種章法。

二、張弛法與縱收法的異同

　　雖然張弛法與縱收法在文勢上有類似之處，但兩者當然是不一樣的。

　　從本質上來講，可以用兩句詩來譬喻它們的不同：張弛法是「兩岸猿聲啼不住（弛），輕舟已過萬重山（張）」，縱收法是「山重水複疑無路（縱），柳暗花明又一村（收）」[5]。其次張弛法著重的是張弛互相配合，以造成美感，談不上誰主誰從；可是縱收法中的「縱」是手段，「收」才是目的，文章的重心只放在「收」。

　　岑參的〈逢入京使〉就是運用了張弛法：

　　　　故園東望路漫漫，雙袖龍鍾淚不乾。
　　　　馬上相逢無紙筆，憑君傳語報平安。

它形成的是這樣的結構：

---

[4] 見《散文鑑賞入門》頁一五〇。
[5] 此說法本自陳師滿銘口授。

```
┌弛:「故園東望路漫漫」二句
└張:「馬上相逢無紙筆」二句
```

喻守真《唐詩三百首詳析》說:「上半敘事是緩慢的,下半卻是匆遽的。」[6]「弛」之後接著一「張」,有提起人注意、製造全詩高潮的效果。

朱慶餘的〈宮詞〉所形成的則是一縱一收的結構:

> 寂寂花時閉院門,美人相並立瓊軒。
> 含情欲說宮中事,鸚鵡前頭不敢言。

其結構表如下:

```
┌底:「寂寂花時閉院門」
│          ┌縱┌因:「美人相並立瓊軒」
└圖┤   └果:「含情欲說宮中事」
    └收:「鸚鵡前頭不敢言」
```

喻守真《唐詩三百首詳析》評道:「花時應熱鬧,反說『寂寂』,院門應開,反說『閉』,見得此間是幽冷之宮,久已不見君王進幸。失寵者不祇一人,故曰『相並』,『立瓊軒』所以賞花,賞花常感懷,必互訴所苦。如此騰挪,方轉出『含情欲說』四字來。滿腔幽懷,雖欲訴說,但一看前頭鸚鵡,深恐其學話曉

---

[6] 見《唐詩三百首評析》頁二九七。

舌,傳與君王,故又不敢竟說。此詩妙在句句騰挪,字字呼應寫宮人之敢怨而不敢言之情,躍然紙上。」[7]所謂的「騰挪」就是「縱」,此詩以首句為背景,三、四句皆縱,最後用一句話收盡,可見朱氏手法之高妙了。

三、張弛法在應用時呈現的結構類型

在謀篇時,由「張」與「弛」配合,可形成「先張後弛」、「先弛後張」、「張弛張」、「弛張弛」四種不同變化:

㈠先張後弛

蕭蕭的〈白楊〉形成的是「先張後弛」的結構:

1、正文

（選自《悲涼》,爾雅出版社出版）
惹人發慌的
就是那些,那些迎風的白楊
一排
比一排

悠
閒

---

[7] 見《唐詩三百首詳析》頁三〇八。

2、結構表

```
┌ 張:「惹人發慌的」四行
└ 弛:「悠閒」
```

3、說明

前段說「惹人發慌的」、「迎風的」白楊,予人動態、緊張的感受,而且接著「一排／比一排」二行,又製造了緊密的空間感;但末段短短二行「悠／閒」,卻又在一瞬間將整個節奏舒緩下來,因此全詩形成的是一張一弛的節奏。

4、作用

張默在《小詩選讀》中說:「(本詩)層次節奏的邅變……均值得愛詩者的欣賞與探討。」[8]而節奏的由張而弛,顯然是由改變空間的密度、調整詩中的氣氛而造成的。

(二)先弛後張

「先弛後張」的寫作方法,容易在作品結尾製造高潮,所以是較為常見的。張祜的〈宮詞〉就是如此:

1、正文

故國三千里,深宮二十年。一聲何滿子,雙淚落君前。

---

[8] 見《小詩選讀》頁一八四。

2、結構表

```
      ┌─ 弛 ─┬─ 空：「故國三千里」
      │      └─ 時：「深宮二十年」
      │
      └─ 張 ─┬─ 聽：「一聲何滿子」
             └─ 視：「雙淚落君前」
```

3、說明

(1)弛

「故國三千里」是寫離鄉空間的夐遠，「深宮二十年」是寫入宮時間的久長。此二句將空間、時間拓展得極為遼闊，有種悠悠遠遠的感覺，這是「弛」。

(2)張

末二句將空間凝聚至「君前」、時間拉回至眼前，分別由聽覺、視覺兩方面對此地、此時給予最大的特寫，這是「張」。

4、作用

末句中的兩滴淚珠，隨著一聲宛暢的舞曲滾落下來，這淚珠中有三千里歸路的渺茫，和二十年深宮的慍怨；情緒在此爆發，極有震撼力。但這氣氛的醞釀，卻得歸功於首二句的蓄勢。所以「弛」與「張」的巧妙配合，確能收到極佳的效果[9]。

(三)張弛張

李白的名篇〈早發白帝城〉，就是以這種方式謀篇的：

---

[9] 參考黃永武《中國詩學──設計篇》頁七四。

1、正文

朝辭白帝彩雲間，千里江陵一日還。

兩岸猿聲啼不住，輕舟已過萬重山！

2、結構表

```
┌ 張：「朝辭白帝彩雲間」二句
├ 弛：「兩岸猿聲啼不住」
└ 張：「輕舟已過萬重山」
```

3、說明

(1)第一次「張」

「千里」是長距離、「一日」是短時間，而千里之途可以一日飛渡，可見船行之疾。所以這裡藉船行的快捷將節奏調快。

(2)弛

「不住」是不停的意思。在這裡猿聲已不知啼過多少悠悠歲月，往後也將一直啼鳴下去。所以這一句帶出悠遠無盡的時間，調子是緩慢的。

(3)第二次「張」

此句又再一次將節奏調快。輕舟之迅捷，毫無阻滯，頗有一瀉直下的感覺。

4、作用

如果用「全張」的節奏來寫這首詩，也無不可。但「張」之中用「弛」來調節，結果是「其勢益張」，效果加倍地好。

㈣弛張弛

蕭蕭〈轉彎後的山〉相當注意節奏疾徐的配置，所形成的是「弛張弛」的結構：

1、正文

（選自《悲涼》，爾雅出版社出版）
草長
鷥飛
雲自是悠閑
颼
過

路。乃斷
一個急煞車
只有絲瓜花靜靜垂在屋後

2、結構表

```
┌弛：「草長」五行
├張：「路。乃斷」二行
└弛：「只有絲瓜花」行
```

3、說明

此詩張弛節奏的形成，主要是靠對氣氛的掌握。我們可以很明顯地感受到：「弛」的部分予人舒緩恬適的感覺，而「張」的

部分則如異峯突起，突然緊張了起來。

4、作用

張默《小詩選讀》評這首詩時說：「一幅多麼恬靜的鄉野畫面，突出在讀者的眼前，令人愉悅。」[10]而這種愉悅恬適之感（第二個「弛」）除了來自首五行（第一個「弛」）的鋪墊外，中間「張」的二行更是功不可沒；因為緊張之後產生的放鬆之感，才是最沁人心脾的。

四、張弛法的特色

在生活和自然中處處都存在著節奏，文學作品自然也不例外。張弛法著重的是將作品的節奏掌握得恰到好處，它有著什麼樣的特色呢？

㈠楊辛、甘霖《美學原理》談到「節奏韻律」時，說：「構成節奏有兩個重要關係：一是時間關係，指運動過程；一是力的關係，指強弱的變化。」[11]審美情緒的波動同樣有一運動過程，而且力的強弱也會起變化，因此形成了節奏。張紅雨《寫作美學》針對這一點，從審美情緒的發生、發展開始談起：「人們在審美的過程中，當激情物以其特殊的姿態和表象作用於人們與之相應的大腦反應區時，便產生了情緒波動，因而有了美感。然而，人們的情緒波動不是直線上升的。有時會波動大些，有時會

---

[10] 見《小詩選讀》頁一八三。
[11] 見《美學原理》頁一七三。

波動小些。……如果寫作主體把這種情緒波動的脈絡和規律輸入載體，並以這種情緒波動去結構文章，便形成了文章的有張有弛的結構特色。」[12]文章中張、弛的節奏就是這樣產生的。

（二）一般說來，「張」的節奏予人緊張感，「弛」的節奏則是舒緩的；而「由弛而張」會更強調出最末的「張」，「由張而弛」則是緊張之後更形放鬆；張、弛節奏若作更多次不同的搭配，會有起伏呼應的效果，韻律感會更強。

---

[12] 見《寫作美學》頁二一九～二二〇。

第三十七章 「插敘」結構

一、何謂插敘法

插敘法是相當好用的章法，用途十分廣泛。章學誠、李穆堂《秋山論文》、方東樹《昭昧詹言》、吳曾祺《涵芬樓文談》皆曾提到「插敘」一詞[1]；沈德潛《說詩晬語》中提到的「倒插法」則同時包括了插敘和補敘[2]；另外林紓《春覺齋論文》稱為「插筆」[3]、來裕恂《漢文典》稱為「插句」[4]。不過近人文論中，幾乎都統稱為「插敘」，譬如蔣伯潛《中學國文教學法》、鄭乃臧《中國古代文論家手冊》、鄭頤壽《辭章學概論》、王德春《修辭學辭典》、陳滿銘《作文教學指導》[5]……等，皆是如此，這也是比較合適的稱法。

因為插敘法是中斷原有的敘述，所以出現的位置多在中間而不在首、尾[6]；而且插敘法適用的情形是很多的，有一類是追

---

[1] 可參見拙著《文章章法論》頁一二二及一二五～一二七。

[2] 可參見拙著《文章章法論》頁一二三。

[3] 可參見拙著《文章章法論》頁一二七～一二八。

[4] 見《漢文典》頁一八二。亦可參見拙著《文章章法論》頁一二八。

[5] 分別見《中學國文教學法》頁八六、《中國古代文論家手冊》頁四五九、《辭章學概論》頁一二九、《修辭學辭典》頁一九、《作文教學指導》頁五三〇。

[6] 參見鄭乃臧《中國古代文論家手冊》頁四五九。

敘，不過已歸入今昔法之中了（詳見後文）；但是最常見的是對
於事件的補充說明或交代[7]；另外還有用來抒發情感與議論的[8]、
用來解釋的[9]、用來具寫景物的[10]、用來拈出主旨（綱領）的[11]、
用來拓開文（詩）境的[12]，還有許多其他的適用的狀況[13]。可見
得靈活地運用插敘法，的確能使詞章內容更完整、形式更富變化。

　　因此，簡單地說，插敘法就是將詞章從中擘開，插入一段文
字的章法。

二、插敘法與今昔法的異同

　　插敘法與今昔法的重疊之處，在於「追敘」，也就是「今昔
今」結構。從插敘法的觀點來看，追敘是在敘述「今」的文字當

---

[7] 可參見鄭文貞《篇章修辭學》頁六二、曹冕《修辭學》頁二〇七，以及
拙著《文章章法論》頁一三九～一四〇。

[8] 可參見王德春《修辭學辭典》，以及拙著《文章章法論》頁一三五～一
三六。

[9] 可參見來裕恂《漢文典》（頁一八二）、蔣伯潛《中學國文教學法》
（頁八六）所舉之例，以及陳滿銘《作文教學指導》頁五三〇～五三
三、拙著《文章章法論》頁一三三～一三四。

[10] 可參見蔣伯潛《中學國文教學法》（頁八六）所舉之例，以及陳滿銘
《作文教學指導》頁五三六～五三九、拙著《文章章法論》頁一三六～
一三八。

[11] 可參見陳滿銘《作文教學指導》頁五三九～五四二，以及拙著《文章章
法論》頁一三八～一三九。

[12] 可參見拙著《文章章法論》頁一三四～一三五。

[13] 可參見拙著《文章章法論》頁一四一～一四三。

中，硬插入一段「昔」，林紓《春覺齋論文》所舉之例[14]，以及陳滿銘《作文教學指導》[15]都是如此看待，但從今昔法的觀點來看，這分明是「今昔錯間」的形態之一，譬如蔣伯潛《中學國文教學法》就將追敘與插敘分開[16]。

這兩種說法都言之成理，完全是由於切入角度不同，所以有不同的歸類，並不能說是孰是孰非。但因為各種章法大體上可依據空間、時間、事（情）理來分類，所以為了體現這種分類的精神，將時間感十分明顯的追敘歸入今昔法中，會是比較適當的作法。

可以用李白〈關山月〉為例，來作個說明：

> 明月出天山，蒼茫雲海間。長風幾萬里，吹度玉門關。漢下白登道，胡窺青海灣。由來征戰地，不見有人還！戍客望邊色，思歸多苦顏。高樓當此夜，嘆息未應閒！

其結構表如下：

```
┌今：「明月出天山」四句
├昔：「漢下白登道」四句
└今：「戍客望邊色」四句
```

喻守真《唐詩三百首詳析》說道：「首四句將題目字一一拆出，敘明其地。中間四句是敘從前邊關的戰爭，轉出『由來征戰地，

---

[14] 可參見拙著《文章章法論》頁一二七～一二八。
[15] 參見陳滿銘《作文教學指導》頁五三三～五三六。
[16] 見《中學國文教學法》頁八六。

不見有人還」的主意。末四句是敘現在邊關情形，並寫成客望歸的苦痛。」[17]喻氏說得非常明白，中間四句是追敘，並帶出主旨「由來征戰地，不見有人還」；因此雖然插敘中也有一類是「拈出主旨（綱領）」者，但還是應該將之歸在今昔法的追敘中。

三、插敘法在應用時所涉及的結構類型

插敘法本身並不能架構出一個完整的結構，但它可以和其它的章法搭配起來，共同組織一個篇章。不過因為可能出現的搭配情形千變萬化，所以無法一一列舉；底下僅就插敘法適用的情況各舉一例，並用這個例子來分析它的結構，以略窺插敘法所涉及的結構類型之一斑：

(一)結構類型之一

插敘法最常見的用途是對於事件的補充說明或交代，例如全祖望〈梅花嶺記〉中的一節文字：

1、正文

> 至是，德威求公之骨不可得，乃以衣冠葬之。或曰：「城之破也，有親見忠烈青衣烏帽，乘白馬，出天寧門投江死者，未嘗殉於城中也。」自有是言，大江南北，遂謂忠烈未死。已而英、霍山師大起，皆託忠烈之名，彷彿陳涉之

---

17 見《唐詩三百首詳析》頁四一。

稱項燕。

2、結構表

```
┌先：「至是」三句
├插敘：「或曰……忠烈未死」
└後：「已而英霍山師大起」三句
```

3、說明

　　陳滿銘在《國文教學論叢續編》中說：「這節文字，顯然地是以『已而英、霍山師大起』接『乃以衣冠葬之』句，而全祖望卻插以『或曰城之破也』八句，解釋『求公之骨不可得，乃以衣冠葬之』的可能情況，並交代『英、霍山師大起』所以『皆託忠烈之名』的直接原因。」[18]所以原本是順敘的文字，因中間插入一段而有了變化。

4、作用

　　這樣的處理使讀者對前後文的文意了解得更為透徹，當然是十分有必要的[19]。

　　㈡結構類型之二

　　插敘也可以用來抒感或議論，如李白〈沐浴子〉即出現這種情形：

---

[18] 見《國文教學論叢續編》頁二七九。
[19] 參見陳滿銘《國文教學論叢續編》頁二七九。

1、正文

> 沐芳莫彈冠，浴蘭莫振衣。處世忌太潔，至人貴藏暉。滄
> 浪有釣叟，吾與爾同歸。

2、結構表

> ┌─因：「沐芳莫彈冠」二句
> ├─插敘：「處世忌太潔」二句
> └─果：「滄浪有釣叟」二句

3、說明

　　阮廷瑜的《李白詩論》說：「詩共六句，首二句一截，末二句一截。中間『處世』兩句，則是轉軸。」[20]其實不是「轉軸」，而是「插敘」。

4、作用

　　此詩主旨乃是在篇末帶出的歸隱之意，但若沒有插敘二句的議論在前作鋪墊，那麼「生隱心」的原由仍是晦而不明的。

　　(三)結構類型之三

　　插敘用作解釋的情況非常多，《戰國策・齊策・鄒忌諷齊王納諫》（節段）就出現了這樣的插敘：

---

[20] 見《李白詩論》頁七四。

1、正文

　　鄒忌脩八尺有餘，身體昳麗。朝服衣冠窺鏡，謂其妻曰：「我孰與城北徐公美？」其妻曰：「君美甚，徐公何能及公也！」城北徐公，齊國之美麗者也。忌不自信，而復問其妾曰：「吾孰與徐公美？」妾曰：「徐公何能及君也！」旦日，客從外來，與坐談，問之客曰：「吾與徐公孰美？」客曰：「徐公不若君之美也！」

2、結構表

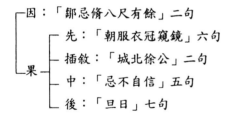

```
┌因：「鄒忌脩八尺有餘」二句
│      ┌先：「朝服衣冠窺鏡」六句
│      │插敘：「城北徐公」二句
└果──┤中：「忌不自信」五句
       └後：「旦日」七句
```

3、說明

　　這段文字是用「先因後果」的方式來鋪陳的。插敘就出現在「果」之間。

4、作用

　　陳滿銘在《國文教學論叢續編》中說：「這兩句插敘承上扣緊鄒忌之問，敘明城北徐公的美麗，並接下交代鄒忌不自信而復問其妾與客之原因。如果在這兒沒有這兩句屬於解釋性的插敘，就會令人滿頭霧水，不明所以了。」[21]可見得插敘的重要了。

---

[21]　見《國文教學論叢續編》頁二七八。

(四)結構類型之四

插敘也可以用來具寫景物，譬如屈原的〈湘君〉（節段）：

1、正文

朝騁騖兮江皋，夕弭節兮北渚。鳥次兮屋上，水周兮堂下。捐余玦兮江中，遺余佩兮醴浦；采芳洲兮杜若，將以遺兮下女。時不可兮再得，聊逍遙兮容與。

2、結構表

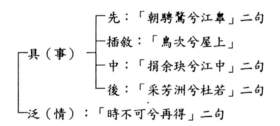

3、說明

這節文字先敘事後抒情，就在敘事的句子中間，突然夾入兩個寫景的句子。

4、作用

林雲銘《古文析義》對此插敘評道：「淒寂之景現前矣。」[22]巫覡在水邊徘徊、捐玦採草的寥落的形貌，突然之間就生動地呈

---

22 見《古文析義》頁五三八。

現在眼前了。可見得這二句的妙用了。

(五)結構類型五

插敘可以用來拈出主旨（綱領），由此看來，這個插敘在這篇作品中的重要性真是非同小可。例如歐陽修的〈踏莎行〉即是如此：

1、正文

> 候館梅殘，溪橋柳細。草薰風暖搖征轡。離愁漸遠漸無窮，迢迢不斷如春水。　　寸寸柔腸，盈盈粉淚。樓高莫近危闌倚。平蕪盡處是春山，行人更在春山外。

2、結構表

```
┌近：「候館梅殘」三句
├插敘：「離愁漸遠漸無窮」五句
└遠：「平蕪盡處是春山」二句
```

3、說明

這闋詞原本是設想「行者」的足跡所至，而由近而遠地寫景：依序寫候館、溪橋、草原、青山，以至於青山之外。但就在草原之處，作者硬是一筆割開，插入由「送行者」觀點出發的一段抒情文字，而這中間就出現了主旨——「離愁」二字。

4、作用

這種作法可以使內情與外景相揉相襯，臻於融合無間的境

界，手法是相當高妙的[23]。

(六)結構類型之六

用插敘來拓開文（詩）境的，有枚乘的〈上諫吳王書〉（節段）：

1、正文

舜無立錐之地，以有天下；禹無十戶之聚，以王諸侯；湯武之地還過百里，上不絕三光之明，下不傷百姓之心者，有王術也。故父子之道，天性也。忠臣不避重誅以直諫，則事無遺策，功流萬世。臣乘願披腹心而效愚忠，惟大王少加意念惻怛之心於臣乘言。

2、結構表

```
     ┌─ 一（君）：「舜無立錐……有王術也」
  ┌目─┼─ 插敘：「故父子之道」二句
  │   └─ 二（臣）：「忠臣不避重誅」三句
  └凡：「臣乘願披腹心」二句
```

3、說明

此節文字採用「先目後凡」格，「插敘」出現在「目一」和「目二」之間。

---

[23] 「說明」及「作用」參見陳滿銘《國文教學論叢續編》頁二八九。

4、作用

金聖嘆《才子古文讀本》評道：「看他斜插『父子天性』句，意言君臣理同，卻不甚明白；然誦之，又自成渾然。」[24]顯然作者是欲以此二句引起「君臣」一倫，因此有拓開文境的效果。

四、插敘法的特色

在文章中應用插敘法，會形成什麼樣的特色呢？

㈠張紅雨《寫作美學》提到文章中插敘的形成原由，他說：「在寫作過程中，寫作主體的寫作美感情緒的波動有時可以是多種形態的，而且跳躍性很大。常常出現忽兒事由、忽兒發展、忽兒從前、忽兒現在的現象。甚至有時美感情緒流向多變，出現旁流和擴充。因此有的文章，順敘、倒敘、補敘、插敘等等各種手法交錯出現，使文章形成了交錯型的架構。」[25]這表示插敘出現的時機是在文章作非順向發展的時候。

㈡更積極一點地來說，在順應美感情緒大方向發展的前提下，可以運用插敘的方式，故意讓美感情緒迂迴發展，以增強美感濃度、增加審美享受[26]。所以插敘也是增加作品變化美的一種方式。

---

[24] 見《才子古文讀本》（上）頁二○四。

[25] 見《寫作美學》三五二頁。

[26] 參考張紅雨《寫作美學》頁三五七。

㈢而且因為插敘截斷了原來敘述的次序，所以會產生「藕斷絲連」的效果；「斷」是指插敘的部分，「連」是指插敘的前、後兩部分意脈上的連貫。這種若斷實續的效果，是別的章法難以達成的[27]。

㈣在談到插敘適用的情形時，曾列舉了六種狀況，而其中用作補充說明或解釋的情況，是相當常見的，因此林紓《春覺齋論文》說：「法在敘到吃緊處，非插筆則眉目不清，故必補其所以致此之由；敘到紛煩處，非插筆則綱要不得，故必揭其所以必然之故。」這也是插敘所具備的作用，因此也會造成美感。

---

[27] 此說本自陳滿銘。

第三十八章　「補敘」結構

一、何謂補敘法

　　補敘，就是文章結尾出現一節用作補充的文字。宋·李塗《文章精義》中認為歐陽修〈醉翁亭記〉的結尾乃是師法《詩經·召南·采蘋》[1]，其實指的就是補敘法的運用。而章學誠則認為敘事文之作法有「補綴於後」[2]者，應該就是說補敘；沈德潛《說詩晬語》中有「倒插法」[3]，其中也包括了補敘一類；還有蔣兆蘭《詞說》提到「補筆」[4]，可見得韻文中也可能用到補敘法。不過最常被稱說的，還是「補敘」一詞，李穆堂《秋山論文》、方東樹《昭昧詹言》、吳曾祺《涵芬樓文談》[5]、蔣伯潛《中學國文教學法》[6]、陳滿銘《國文教學論叢續編》[7]，皆曾言及「補敘」。

　　因為補敘法是對前文所漏或語焉不詳者加以補充敘述[8]，所

---

[1] 見《文淵閣四庫全書》集部四二〇，頁八〇六。

[2] 可參見拙著《文章章法論》頁一二二。

[3] 可參見拙著《文章章法論》頁一二三。

[4] 見《中國近代文論類編》頁二〇三。

[5] 可參見拙著《文章章法論》頁一二五～一二七。

[6] 見《中學國文教學法》頁八六。

[7] 見《國文教學論叢續編》頁二八九。

[8] 參見《國文教學論叢續編》頁二八九。

以它常常補敘人名[9]、補敘事情發生的時間[10]、補敘事情形成的緣由[11]、追懷親友舊遊[12]，也可能再出一意，以開拓文（詩）境[13]；當然，除了前面提到的，也可以有其他更多的用途[14]。因為補敘法的功用如此，所以它總是出現在篇章之末，與前面自成一個整體的文字相比起來，像是另外附加上去似的，因此前面的文字稱作「順」，補敘的文字則稱作「補」；它使得詞章簡潔，不枝不蔓，但又不會喪失其完整性。

因此，補敘法就是在篇章之末，對前文作補充敘述的章法。

二、補敘法在應用時所涉及的結構類型

補敘法和插敘法一樣，都無法自成一結構，必須與其它章法配合起來運用，才能架構篇章。因此我們處理的方式與插敘法相同，那就是依照補敘法的不同用途，來分析它所涉及的結構類型。底下就依次來看：

㈠結構類型之一

---

9 可參見蔣伯潛《中學國文教學法》頁八六、陳滿銘《國文教學論叢續編》頁二九五，及拙著《文章章法論》頁一四六。

10 可參見陳滿銘《國文教學論叢續編》頁二八九～二九二，及拙著《文章章法論》頁一四三～一四四。

11 可參見陳滿銘《國文教學論叢續編》頁二九二～二九五，及拙著《文章章法論》頁一四四～一四六。

12 可參見陳滿銘《國文教學論叢續編》頁二九七～二九八。

13 可參見拙著《文章章法論》頁一四七～一四八。

14 可參見拙著《文章章法論》頁一四八～一四九。

在最後才補敘人名的篇章，有歐陽修的〈醉翁亭記〉：

1、正文

環滁皆山也。其西南諸峰，林壑尤美。望之蔚然而深秀者，琅邪也。山行六七里，漸聞水聲潺潺，而瀉出於兩峰之間者，釀泉也。峰回路轉，有亭翼然，臨於泉上者，醉翁亭也。作亭者誰？山之僧智僊也。名之者誰？太守自謂也。太守與客來飲於此，飲少輒醉，而年又最高，故自號曰醉翁也。醉翁之意不在酒，在乎山水之間也。山水之樂，得之心而寓之酒也。

若夫日出而林霏開，雲歸而巖穴暝，晦明變化者，山間之朝暮也。野芳發而幽香，佳木秀而繁陰，風霜高潔，水落而石出者，山間之四時也。朝而往，暮而歸，四時之景不同，而樂亦無窮也。

至於負者歌於塗，行者休於樹，前者呼，後者應，傴僂提攜往來而不絕者，滁人遊也。臨谿而漁，谿深而魚肥；釀泉為酒，泉香而酒洌；山肴野蔌，雜然而前陳者，太守宴也。宴酣之樂，非絲非竹。射者中，弈者勝，觥籌交錯，起坐而諠譁者，眾賓懽也。蒼顏白髮，頹然乎其間者，太守醉也。

已而，夕陽在山，人影散亂，太守歸而賓客從也。樹林陰翳，鳴聲上下，遊人去而禽鳥樂也。然而禽鳥知山林之樂，而不知人之樂；人知從太守遊而樂，而不知太守之樂其樂也。醉能同其樂，醒能述以文者，太守也。太守謂誰？廬陵歐陽修也。

2、結構表

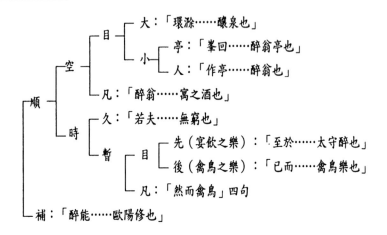

3、說明

　　此文可分為「順」和「補」兩大部分。「補」是補作者之名；「順」則按「先泛寫、後具寫」的形式寫成：

　　⑴空

　　這段文字以「先目後凡」的結構來組合，其中的「目」可別為二：其一用以敘大空間，其二用以敘小空間；再以「凡」作個總括，並拈出「樂」字，以統攝全文。

　　⑵時

　　此處也一樣形成「先目後凡」的結構。「目」分別是敘「宴飲之樂」和「禽鳥之樂」；而「凡」呼應此二目，點明太守「與民同樂」之樂的一篇旨意，而作一收束。

4、作用

首段有「名之者誰？太守自謂也」，後面若無呼應，則不免有落空之感，因此在最末補上作記太守之姓名，顯得十分圓滿[15]。

(二)結構類型之二

有時補敘是用來補事情發生的時間，例如柳宗元的〈始得西山宴遊記〉：

1、正文

自余為僇人，居是州，恒惴慄。其隟也，則施施而行，漫漫而遊，日與其徒上高山，入深林，窮迴溪，幽泉怪石，無遠不到。到則披草而坐，傾壺而醉；醉則更相枕以臥。意有所極，夢亦同趣。覺而起，起而歸。以為凡是州之山水有異態者，皆我有也，而未始知西山之怪特。

今年九月二十八日，因坐法華西亭，望西山，始指異之。遂命僕過湘江，緣染溪，斫榛莽，焚茅茷，窮山之高而止。

攀援而登，箕踞而遨。則凡數州之土壤，皆在袵席之下。其高下之勢，岈然洼然，若垤若穴。尺寸千里，攢蹙累積，莫得遯隱。縈青繚白，外與天際，四望如一。然後知是山之特出，不與培塿為類。悠悠乎與灝氣俱，而莫得其涯；洋洋乎與造物者游，而不知其所窮。引觴滿酌，頹然

---

[15] 結構表和「說明」、「作用」皆參見陳滿銘《文章結構分析》頁二七〇～二七四。

就醉，不知日之入。蒼然暮色，自遠而至。至無所見，而猶不欲歸。心凝形釋，與萬化冥合。然後知吾嚮之未始游，游於是乎始。

故為之文以志。是歲元和四年也。

2、結構表

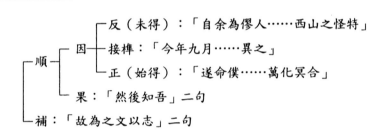

3、說明

(1)順

主體部分的寫法是「由因及果」。「因」的部分是先從反面寫未知西山，再從正面寫始知西山，然後才得出結果：「遊於是乎始」。

(2)補

陳滿銘在《國文教學論叢續編》中，針對此段說：「這補敘了作記的年份。」[16]

4、作用

作者在篇中曾提及「今年九月二十八日」，所以在最後補出

---

[16] 見《國文教學論叢續編》頁二八九。

作記年份，呼應得十分嚴密。

　　㈢結構類型之三

　　在文章最後才補敘事情形成的緣由者，有張裕釗〈北山獨遊記〉：

| 1、正文 |

　　　　余讀書馬蹟鄉之山寺，望其北，一峯嶺然而高，嘗心欲至焉，無與偕，弗果遂。一日，奮然獨往，攀藤葛而上，意銳甚；及山之半，足力勩，止復進；益上，則澗水縱橫，草間微徑如煙縷詰曲交錯出，惑不可辨識；又益前，聞虛響振動，顧視來者無一人，益荒涼慘慄，心動欲止，然終不釋，鼓勇益前，遂陟其巔。至則空曠寥廓，目窮無際，自近及遠，窪者、隆者、布者、搏者、迤者、峙者、環者、倚者、怪者、研者、去相背者、來相御者，吾身之所未歷一，左右望而萬有皆貢其狀，畢效於吾前。

　　　　吾於是慨乎其有念也：天下遼遠殊絕之境，非先蔽志而獨決於一往，不以勩而惑且懼而止者，有能詣其極者乎！是游也，余既得其意而快然以自愉，於是嘆余向之勩而惑且懼者之幾失之，而幸余之不以是而止也。乃沘筆而記之。

2、結構表

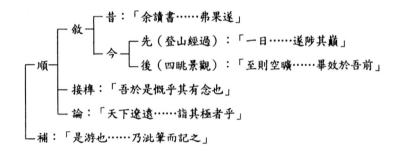

3、說明

(1)順

主體是由「敘」和「論」結合而成。「敘」的部分先敘「望」字，已為下文的「遊」字理下伏筆；所以接著就寫作者獨遊的經過、所看到的景觀。「論」的部分乃抒發遊山所得到的感想。

(2)補

此處方補出作者作此記的原由。

4、作用

林景亮《評註古文讀本》針對最末的補敘說：「回顧前文，篇法完善」[17]，所以這一段補充是必要的，否則會有交代得不夠完整的毛病。

---

[17] 見《評註古文讀本》頁一五五。

㈣結構類型之四

有時候追懷親友舊遊的內容也會放在補敘中，例如歸有光的〈項脊軒志〉：

1、正文

項脊軒，舊南閤子也。室僅方丈，可容一人居。百年老屋，塵泥滲漉，雨澤下注，每移案，顧視無可置者。又北向，不能得日；日過午已昏。余稍為修葺，使不上漏。前闢四窗，垣牆周庭，以當南日。日影反照，室始洞然。又雜植蘭、桂、竹、木於庭，舊時欄楯，亦遂增勝。借書滿架，偃仰嘯歌，冥然兀坐，萬籟有聲。而庭階寂寂，小鳥時來啄食，人至不去。三五之夜，明月半牆，桂影斑駁，風移影動，珊珊可愛。

然余居此，多可喜，亦多可悲。先是，庭中通南北為一，迨諸父異爨，內外多置小門牆，往往而是。東犬西吠，客踰庖而宴，雞棲於廳。庭中始為籬，已為牆，凡再變矣。家有老嫗，嘗居於此。嫗，先大母婢也，乳二世，先妣撫之甚厚。室西連於中閨，先妣嘗一至。嫗每謂余曰：「某所，而母立於茲。」嫗又曰：「汝姊在吾懷，呱呱而泣；娘以指扣門扉曰：『兒寒乎？欲食乎？』吾從板外相為應答。」語未畢，余泣，嫗亦泣。余自束髮讀書軒中，一日，大母過余曰：「吾兒，久不見若影，何竟日默默在此，大類女郎也？」比去，以手闔門，自語曰：「吾家讀書久不效，兒之成，則可待乎！」頃之，持一象笏至，

曰：「此吾祖太常公宣德間執此以朝，他日汝當用之。」瞻顧遺迹，如在昨日，令人長號不自禁。

軒東故嘗為廚，人往，從軒前過。余扃牖而居，久之，能以足音辨人。軒凡四遭火，得不焚，殆有神護者。

項脊生曰：「蜀清守丹穴，利甲天下，其後秦始皇築女懷清臺。劉玄德與曹操爭天下，諸葛孔明起隴中。方二人之昧昧于一隅也，世何足以知之？余區區處敗屋中，方揚眉瞬目，謂有奇景。人知之者，其謂與坎井之蛙何異？」

余既為此志，後五年，吾妻來歸，時至軒中，從余問古事，或憑几學書。吾妻歸寧，述諸小妹語曰：「聞姊家有閣子，且何謂閣子也？」其後六年，吾妻死，室壞不修。其後二年，余久臥病無聊，乃使人修葺南閣子，其制稍異於前。然自後余多在外，不常居。

庭有枇杷樹，吾妻死之年所手植也；今已亭亭如蓋矣。

2、結構表

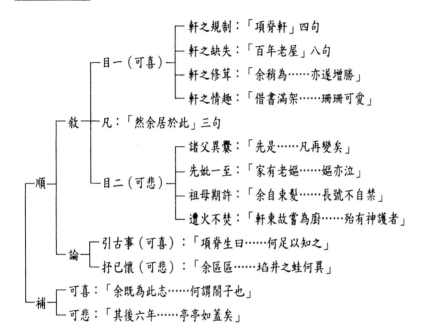

3、說明

(1)敘（順）

作者先記敘項脊軒內外的環境，以預為後文的「謂有奇景」搭好橋樑；這主要是就「可喜」（目一）來寫的。中間則以「然余居於此，多可喜，亦多可悲」三句作一總括（凡），並拈出「可喜」與「可悲」作為此文的綱領。所以接下來追敘在項脊軒內外所發生的人事變遷，乃是就「可悲」（目二）來寫的。

(2)論（順）

作者先引古事為喻，欣欣然有自傲（喜）之意；但反顧現

實，不免為自己的不得志而感到可悲了。到了這裡，上文的「借書滿架，偃仰嘯歌」、「兒之成，則可待乎」、「余扃牖而居」、「殆有神護者」等，便全有了著落了。

(3)補

補敘的前半部寫作者與妻子的溫馨往事，這是「可喜」；但隨後即敘及妻子亡逝，以及項脊軒的變遷，最後記敘亡妻手植的枇杷樹，以寄寓對她的無限懷念，這是「可悲」之事。

4、作用

「可喜」與「可悲」兩條綱領，不僅貫串文章主體，也貫穿補敘的部分，使這兩者更是結合得密不可分。而且前面懷想祖母、先妣等至親，補敘處則追懷亡妻種種，所以那種綿邈的情韻一直延續下來，令人低迴再三[18]。

(五)結構類型之五

補敘處也可能再出一意，例如柳宗元〈桐葉封弟辨〉就是這樣處理的：

1、正文

古之傳者有言，成王以桐葉與小弱弟，戲曰：「以封汝。」周公入賀。王曰：「戲也。」周公曰：「天子不可戲。」乃封小弱弟於唐。

吾意不然。王之弟當封耶？周公宜以時言於王，不待其戲

---

[18] 結構表及「說明」、「作用」皆參見陳滿銘《文章結構分析》頁一七五〜一七八。

而賀以成之也；不當封耶？周公乃成其不中之戲，以地以人與小弱者為之王，其得為聖乎？且周公以王之言，不可苟焉而已，必從而成之耶？設有不幸，王以桐葉戲婦寺，亦將舉而從之乎？凡王者之德，在行之何若。設未得其當，雖十易之不為病；要於其當，不可使易也，而況以其戲乎？若戲而必行之，是周公教王遂過也。

吾意周公輔成王，宜以道，從容優樂，要歸之大中而已，必不逢其失而為之辭。又不當束縛之，馳驟之，使若牛馬然，急則敗矣。且家人父子尚不能以此自克，況號為君臣者耶？是直小丈夫缺缺者之事，非周公所宜用，故不可信。

或曰：封唐叔，史佚成之。

2、結構表

```
        ┌ 立：「古之傳者有言……小弱弟於唐」
   ┌ 順 ┤       ┌ 擊：「吾意不然……教王遂過也」
   │    └ 破 ┤
   │          └ 敲：「吾意周公……故不可信」
   └ 補：「或曰」三句
```

3、說明

(1)立

作者先引古事立一案。

(2)破

這一部分都在「破」前面所「立」之案，又可大分為「擊」與「敲」兩個部分，因為「擊」的部分是正面就封弟與否來破，

而「敲」的部分則是就周公應如何輔佐成王來破，所以「敲」時時回顧「擊」、凸顯「擊」，以達成最好的效果。

(3)補

在最末另出一意，使全文文意更完足。

4、作用

章懋勳云：「按晉世系，桐葉封弟，乃史佚事。若周公入賀之說，議論出自劉向《說苑》中，史未詳載，而見於別傳，必無之事也。子厚之辯，正欲駁倒『周公入賀』一說耳。⋯⋯尤妙在臨了結出史佚來，便不置深辯，留有餘不盡之意。」[19]這段話將柳宗元作此文的動機，和補敘的作用，都交代得非常清楚。

三、補敘法的特色

補敘法在美感上，頗有其特殊之處，值得一提：

㈠在談插敘法的特色時，曾引用了張紅雨《寫作美學》中的一段話，來說明插敘法的形成原因，而這也同樣適用於補敘法，因為那段話強調的是寫作主體的美感情緒波動很大，不一定作順向發展[20]。而原來該在前面就提及的事情，因著種種的原因，到最後才作補敘，這也是改變了敘述次序，是一種變化，因此也會產生變化美。

㈡至於為什麼要將一些事情延至最後才交代，通常是為了使

---

[19] 見胡楚生編著《柳文選析》頁四四。

[20] 參考《寫作美學》頁三五二。

前面的主體部分更簡明暢達，不會有太多枝節，但因為有補敘的存在，所以也不至於喪失敘述的完整性。這樣就同時兼顧了簡潔與完備的優點。而且前面漏失的，後面就補充，這也是一種呼應，所以有聯絡美。

附 錄

論幾種特殊的章法

陳滿銘

提要：

章法是篇章的條理，源自於人類共通之理則，所以很早就受到辭章家的注意，但都只個別看到其中的幾棵「樹」，而一概不見其「林」。一直到晚近，經過努力的探究，才逐漸「集樹成林」，而確定它的原則、範圍和主要內容，形成一個體系。然而所能掌握的章法，雖有三十多種，卻依然不夠周遍，以致分析某些詩文時，偶爾也難免會發生切不進去的情況。因此本文就將平日分析辭章時所遇到的幾種特殊「條理」，分偏全、點染、天（自然）人（人事）、圖底、敲擊等，舉古典詩詞或散文為例，分別輔以結構分析表作說明，以見這幾種特殊章法的究竟。

關鍵詞：章法、結構、偏全、點染、天（自然）人（人事）、
　　　　　圖底、敲擊。

一、前言

所謂章法，指的是辭章的篇章條理[1]。這種條理，源自於人

---

[1] 見拙作〈談辭章章法的主要內容〉、〈談篇章結構〉，《章法學新裁》（萬卷樓，民國 90.1 初版）頁 319-360、362-419。

類共通的理則，自古為一般人用於辭章之中，而形成秩序、變化、聯貫、統一[2]作用的，到目前為止，已經發現有三十幾種[3]。平時用這三十幾種章法來分析詩詞或散文，大致可通行無阻，但偶然也會有切不進去的情形，所以就必須另循「驗證章法現象以求得共通理則」的途徑，來面對這種情形，確立「新」（相對於已發現者而言）的章法，以彰顯其「條理」，而擴大其適應面。底下就是這樣求得的幾種章法：

二、偏全法

這所謂的「偏」，是指局部或特例；而「全」，是指整體或通則。作者在創作詩文之際，往往會用「局部」與「整體」、「特例」與「通則」的相應條理來組合情意材料。它雖和本末、大小等法[4]，有一點類似，但「本末」比較著眼於事、理的終始，而「大小」則比較著眼於空間的寬窄與知覺的強弱，和「偏全」比較著眼於事、理、時、空的部分與全部、特殊與一般的，有所不同。這種章法和其他章法一樣，可以形成幾種能產生秩序、變化、聯貫（呼應）作用的結構，那就是：「先偏後全」、「先全後偏」、「偏、全、偏」、「全、偏、全」等。「先偏後

---

[2] 即章法的四大原則，也稱四大律，同注 1，頁 316-360。又參見拙作〈論辭章章法的四大律〉（民國 90.9《國文天地》17 卷 4 期）頁 101-107。

[3] 見仇小屏《篇章結構類型論》上、下（萬卷樓，民國 89.2 初版）頁 1-620。

[4] 同注 1，頁 324-336。又同注 3，頁 105-122、181-198。

全」的，如張九齡的〈感遇〉詩：

> 孤鴻海上來，池潢不敢顧。側見雙翠鳥，巢在三株樹。矯
> 矯珍木巔，得無金丸懼。美服患人指，高明逼神惡。今我
> 遊冥冥，弋者何所慕？

在這首詩裡，作者以孤鴻自喻，以雙翠鳥喻李林甫、牛仙客[5]，表達出自己身世之感。首先以「孤鴻」四句，將孤鴻（主）與雙翠鳥（賓）作個對比，寫海上來的孤鴻居然不敢稍顧小小水池，而雙翠鳥卻反而不知危險，築巢在珍貴的樹木之上；這是敘事的部分。其次以「矯矯」四句，承上就「雙翠鳥」（賓）此事，用化特例（偏）為通則（全）的手法，並暗用揚雄〈解嘲〉「高明之家，鬼瞰其室」的意思，提出議論，以勸告他的政敵；然後以結二句，又落到孤鴻（主）身上，交代「不敢顧」的原因，發出感慨收束；這是說理、抒感的部分。如以「賓主」的條理來裁篇，則其結構表是這樣子的：

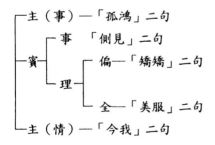

5　陳沆：「公被謫後有〈詠燕〉詩云：『無心與物競，鷹隼莫相猜。』即
　　此旨也。孤鴻自喻，雙翠鳥喻林甫、仙客。」見高步瀛選注《唐宋詩舉
　　要》（學海出版社，民國 62.2 初版）頁 8。

其中「矯矯」四句，是形成「先偏後全」結構的。

「先全後偏」的，如杜甫的〈八陣圖〉詩：

功蓋三分國，名成八陣圖。江流石不轉，遺恨失吞吳。

此詩作於唐大曆元年（766），杜甫初至夔州時[6]，旨在詠懷諸葛武侯。它在起二句，藉「三分國」、「八陣圖」，從整體性的豐功偉業（全）與局部性的軍事貢獻（偏），來歌頌諸葛亮，將諸葛亮一生的功業、貢獻頌讚得極為簡鍊，大力地預為下面的憑弔作鋪墊；這是「揚」的部分。而「江流」句，一方面承「八陣圖」而寫，寫八陣圖中的石堆，在長久大水的沖刷下，至今依然未動、未變，以抒發「物是人非」的感慨；一方面又暗含「我心匪石，不可轉也」（《詩·邶風·柏舟》）之意，寫諸葛亮忠貞不二的心志，既表示對他的崇仰，也對他的齎志而歿有著惋惜的意思。然後以結句，寫出諸葛亮一生最大的憾恨[7]。在這憾恨中，作者那「官應老病休」（〈旅夜書懷〉詩）的抑鬱也一併宣洩出來了；這是「抑」的部分。如此以「先揚後抑」[8]的條理裁篇，可用如下結構表來呈現：

6　八陣圖在四川府夔州奉節縣南。同注5，頁766-767。

7　劉開揚：「『遺恨失吞吳』有幾種解說，朱鶴齡說是諸葛不能勸止先主征吳，致稱歸挫辱；劉逵說先主欲吞吳而不知用諸葛所製陣法，以致失敗（黃生《杜詩說》卷十解同），這樣解說更切題旨些。」，見《唐詩的風采》（世紀出版集團、上海書店出版社，2000.6 一版一刷）頁321。

8　抑揚法的一種結構。見拙作〈談運用詞章材料的幾種基本手段〉，《國文教學論叢》（萬卷樓，民國80.7初版）頁351-408。另參仇小屏《篇章結構類型論》下（萬卷樓，民國89.2初版）頁459-483。

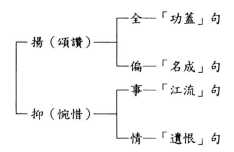

其中「功蓋」二句，是形成「先全後偏」結構的。

「偏、全、偏」的，如辛棄疾的〈清平樂〉詞：

> 連雲松竹，萬事從今足。拄杖東家分社肉，白酒床頭初
> 熟。　　西風梨棗山園，兒童偷把長竿。莫遣旁人驚去，
> 老夫靜處閒看。

此詞題作「檢校山園[9]，書所見」，當作於作者「隱居帶湖最初
之三數年內」[10]，用以寫作者之喜情。其中「萬事從今足」一
句，泛就「萬事」（整體）來說，說他從今以後，對什麼事都覺
得心滿意足；這是「全」的部分。而首句「連雲松竹」，寫他
「檢校山園」之所見，藉以先表出「萬事」中一事之喜悅（一足
一例一），這是「偏一」的部分；接著「拄杖」二句，藉他往分
社肉、床頭酒熟，來寫「萬事」中另一事之喜悅（二足一例

9　鄧廣銘：「山園，稼軒之帶湖居第，乃建於信州附郭靈山之限者，故洪
　　邁〈稼軒記〉有『東岡西阜，北墅南麓』等語，稼軒因亦自稱『山
　　園』。」見《稼軒詞編年箋注》（華正書局，民國67.12）頁156。
10　同注9。

二），這是「偏二」的部分；至於下片「西風」四句，藉靜看兒童偷偷打棗的動作，寫「萬事」中又一事的喜悅（三足－例三），這是「偏三」的部分。據此，其篇章結構，可呈現如下表：

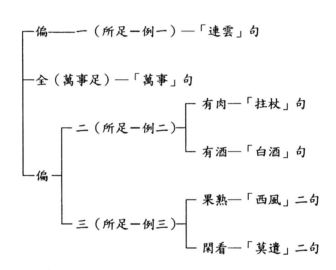

可見這首詞，就「篇」而言，是形成「偏、全、偏」的結構的。

「全、偏、全」的，如文天祥的〈正氣歌〉：

> 天地有正氣，雜然賦流形；下則為河嶽，上則為日星，於人曰浩然，沛乎塞蒼冥。皇路當清夷，含和吐明庭；時窮節乃見，一一垂丹青。
>
> 在齊太史簡，在晉董狐筆，在秦張良椎，在漢蘇武節；為嚴將軍頭，為嵇侍中血，為張睢陽齒，為顏常山舌；或為遼東帽，清操厲冰雪；或為出師表，鬼神泣壯烈；或為渡江楫，慷慨吞胡羯；或為擊賊笏，逆豎頭破裂。

是氣所磅礴，凜烈萬古存。當其貫日月，生死安足論？地維賴以立，天柱賴以尊。三綱實繫命，道義為之根。

這是〈正氣歌〉的前三段文字，主要在論正氣在扶持倫常綱紀、延續宇宙生命上的莫大價值。其中首段共十句，首先以「天地」二句，拈出「正氣」（浩然之氣）[11]，作一總括，以引出下面的議論；這是「凡」[12]的部分。然後以「下則」八句，採「先平提、後側注」[13]的順序，先平提天、地、人，以正氣之無所不在，說明其重要，再側注到「人」身上，指出它是人類氣節的根源，以見其影響之大；這是前一個「全」的部分。次段共十六句，承上段之「側注」（人），舉出因發揮浩然正氣而「一一垂丹青」之十二件古哲的忠烈節義事蹟，以為例證；這是「偏」的部分。三段共八句，先以「是氣」四句，由十二古哲之正氣擴大到全人類，由時空的當下擴大到無限的時空，依然側注於「人」，肯定「正氣」的存在與作用；次以「地維」四句，推及於「地」、「天」，作進一層的說明；末以「三綱」二句，總括

11　「正氣」源自於孟子所謂的「浩然之氣」，參見何寄澎〈正氣歌評析〉，《高中國文教學參考資料》下（五南圖書出版公司，民國84.5初版一刷）頁667-676。

12　「凡」，指總括，與指條分之「目」，形成凡目法，為主要章法之一。見拙作〈凡目法在高中國文課裡的運用〉、〈凡目法在國中國文課文裡的運用〉，《國文教學論叢續編》（萬卷樓，民國87.3初版）頁191-247。

13　為平側（平提側注）法的一種結構。見仇小屏〈平提側注法的理論與應用〉，《第一屆中國修辭學學術研討會論文集》（中國修辭學會、台灣師大國文系，民國88.6）頁551-573。另參見其《篇章結構類型論》下，同注3，頁503-529。

上面六句，指出「正氣」是維繫天、地、人生命的根源力量；這是後一個「全」的部分。依此看，其結構表可畫成這樣：

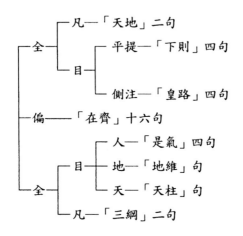

僅就此三段而言，是形成「全、偏、全」的結構的。

三、點染法

「點染」本用於繪畫，指基本技巧[14]。而移用以專稱辭章作法的，則始於清劉熙載[15]。但由於他的所謂的「點染」，指的，乃

---

[14] 《顏氏家訓·雜藝》：「武烈太子偏能寫真，坐上賓客，隨宜點染，即成數人，以問童孺，皆知姓名矣。」見李振興、黃沛榮、賴明德《新譯顏氏家訓》（三民書局，82.9初版）頁386。

[15] 劉熙載《藝概·詞曲概》：「詞有點有染，柳耆卿〈雨霖鈴〉云：『多情自古傷離別，更那堪、冷落清秋節。今宵酒醒何處，楊柳岸，曉風殘月。』上二句點出離別冷落，『今宵』二句乃就上二句意染之。」見

是「情」（點）與「景」（染），和「虛實」此一章法大家族中的「情景」法[16]，恰巧相重疊，所以就特地借用此「點染」一詞，來稱呼類似畫法的一種章法：其中「點」，指時、空的一個落足點，僅僅用作敘事、寫景、抒情或說理的引子、橋樑或收尾；而「染」，則指真正用來敘事、寫景、抒情或說理的主體。也就是說，「點」只是一個切入或固定點，而「染」則是各種內容本身。這種章法相當常見，也可以形成「先點後染」、「先染後點」、「點、染、點」、「染、點、染」等結構，而產生秩序、變化、聯貫（呼應）之作用。「先點後染」的，如《孟子·離婁》下的一章文字：

> 齊人有一妻一妾而處室者，其良人出，則必饜酒肉而後反。其妻問所與飲食者，則盡富貴也。其妻告其妾曰：「良人出，則必饜酒肉而後反。問其與飲食者，盡富貴也，而未嘗有顯者來。吾將瞷良人之所之也。」
>
> 蚤起，施從良人之所之，遍國中無與立談者。卒之東郭間，之祭者乞其餘；不足，又顧而之他。此其為饜足之道也。
>
> 其妻歸，告其妾曰：「良人者，所仰望而終身也；今若此！」與其妾訕其良人，而相泣於中庭。而良人未之知也，施施從外來，驕其妻妾。由此觀之，則人之所以求富

《劉熙載文集》（江蘇古籍出版社，2000.12一版一刷）頁147。
[16] 虛實法涵蓋真假、敘論、情景與時（今昔與未來）、空（目見與設想）等章法，形成一大家族。見拙作〈談運用詞章材料的幾種基本手段〉，同注8，頁362-372。又參見陳佳君〈虛實章法析論〉（台灣師大碩士論文，民國90.4）頁1-289。

　　貴利達者，其妻妾不羞也而不相泣者，幾希矣。

此章文字凡四段，可分為「敘」與「論」[17]兩截。其中前三段為「敘」，末段為「論」。「敘」一截，先以「齊人有一妻一妾」三句，泛敘齊人常「饜酒肉而後反」以「驕其妻妾」之事，作為故事[18]的引子；這是「點」的部分。再以「其妻問」句起至「驕其妻妾」句止，具體敘述其妻、妾由起疑、跟蹤，以至於發現、哭泣，而齊人卻一無所覺的經過；這是「染」的部分。「論」一截，即末段四句，依據上述的故事，發出感慨，以為人追求富貴利達，很少人不像齊人那樣寡廉鮮恥，很充分地將諷喻的義旨表達出來。依此篇章條理，可將其結構表呈現如下：

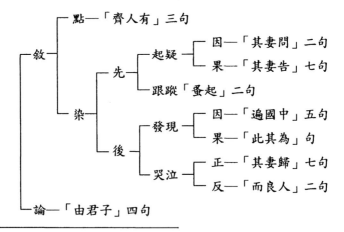

---

17 「敘論」為主要章法之一。見拙作〈談採先敘後論的形式所寫成的幾篇課文〉，《國文教學論叢》（萬卷樓，民國 80.7 初版）頁 121-130。又參見仇小屏《文章章法論》（萬卷樓，民國 87.11 初版）頁 247-260。

18 本故事是寓言式的，而情節精采，如同一篇雜型短篇小說。參見夏傳才主編《中國古代文學名篇選讀——先秦兩漢三國六朝卷》（南開大學出版社，2001.3 一版一刷）頁 129-130。

其中「敘」的部分，是形成「先點後染」的結構的。

「先染後點」的，如白居易的〈長相思〉詞：

> 汴水流，泗水流，流到瓜州古渡頭。吳山點點愁。　　思
> 悠悠，恨悠悠，恨到歸時方始休。月明人倚樓。

作者在此詞，寫自己在瓜州古渡「月明人倚樓」（點）時之所見所感（染）。其中上片四句，寫「所見」：先以起三句，寫所見「水」，藉向北所見汴、泗二水之不斷奔流，襯托出一份悠悠別恨；再以「吳山」句，藉向南所見吳山之「點點」，又襯托出另一份悠悠別恨，使得情寓景中，大力地預為下半之抒情（所感）鋪路。而下片「思悠悠」三句，則即景抒情，寫「所感」：先以「思悠悠」二句，用實寫（今日）的方式，直接將一篇主旨，亦即此刻「悠悠」之「恨」拈出；再以「恨到」一句，用虛寫（未來）的方式，將「恨」作進一步之渲染。有了以上兩個「染」的部分，便很自然地逼出「月明人倚樓」的結句[19]，以「點」明作者此番之所見所感，是在明月之下、倚樓之時發生的，這樣作交代，充分發揮了「點」的作用。據此，可用下表來表示其結構：

---

[19] 此句在敘事中帶寫景，故說是敘事或寫景，都可以。木齋即以為乃寫景，說此詞「結句以景結情，意象淒美，令人回味無盡。結句以景結情，為後人效法的門徑之一。」見《唐宋詞流變》（京華出版社，1997.11 一版 一刷）頁 26。如此則可形成「景、情、景」之結構，見拙著《詞林散步—唐宋詞結構分析》（萬卷樓，民國 89.1 初版）頁 20-21。

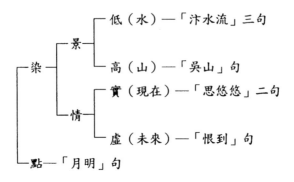

可見此詞就「篇」而言，是形成「先染後點」的結構的。

「點、染、點」的，如《列子》的〈愚公移山〉：

> 太形、王屋二山，方七百里，高萬仞，本在冀州之南、河
> 陽之北。北山愚公者，年且九十，面山而居。懲北山之
> 塞，出入之迂也，聚室而謀曰：「吾與汝畢力平險，指通
> 豫南，達於漢陰，可乎？」雜然相許。
>
> 其妻獻疑曰：「以君之力，曾不能損魁父之丘，如太形、
> 王屋何？且焉置土石？」雜曰：「投諸渤海之尾、隱土之
> 北。」遂率子孫荷擔者三夫，叩石墾壤，箕畚運於渤海之
> 尾；鄰人京城氏之孀妻有遺男，始齔，跳往助之；寒暑易
> 節，始一反焉。
>
> 河曲智叟笑而止之曰：「甚矣，汝之不慧！以殘年遺力，
> 曾不能毀山之一毛，其如土石何？」北山愚公長息曰：
> 「汝心之固，固不可徹，曾不若孀妻弱子。雖我之死，有
> 子存焉；子又生孫，孫又生子；子又有子，子又有孫；子
> 子孫孫，無窮匱也。而山不增，何苦而不平？」河曲智叟

亡以應。

操蛇之神聞之，懼其不已也，告之於帝，帝感其誠，命夸
峨氏二子負二山，一厝朔東，一厝雍南。自此冀之北、漢
之陰，無隴斷焉。

這是藉一則寓言故事，以說明有志竟成、人助天助的道理[20]。作
者在此，直接以開端四句，交代這個故事發生的地點與原因，屬
此文之「引子」；而以結尾二句，才應起交代這個故事的結局，
乃本文之「收尾」；這都是「點」的部分。至於「北山愚公者」
句起至「一厝雍南」句止，則正式用具體的情節來呈現這件故事
發生的經過；這是「染」的部分。這個部分，作者用「先因後
果」的順序加以組合：其中「北山愚公者」句起至「河曲智叟亡
以應」句止，敘述愚公決意「移山」，贏得家人、鄰居的贊可與
幫助，無視於河曲智叟之嘲笑，努力率眾去「移山」的始末，此
為「因」；而「操蛇之神聞之」起至「一厝雍南」句止，敘述愚
公的這番努力，終於感動了天帝，而命大力神去助其完成「移
山」的最後結果；此為「果」。由這個角度[21]切入來看它的篇
章，則其結構表是這樣子的：

---

[20] 換句話說，就是告訴人「世上無難事，只怕有心人。只要有決心，有持
之以恆的精神，那麼再艱難的事情也不在話下。」見王景琳、徐匋編
《歷代寓言名篇大觀》（未來出版社，1988.9 一版一刷）頁 23-26。

[21] 也可由「因果」的角度切入，形成「先因後果」的結構，見拙著《文章
結構分析—以中學國文課文為例》（萬卷樓，民國 88.5 初版）頁 129-
133。

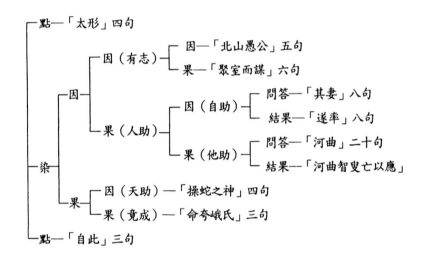

特就「篇」來看，此文是形成「點、染、點」的結構的。

「染、點、染」的，如賀鑄的〈石州慢〉詞：

> 薄雨收寒，斜照弄晴，春意空闊。長亭柳色纔黃，倚馬何
> 人先折？煙橫水漫，映帶幾點歸鴻，平沙銷盡龍荒雪。猶
> 記出關來，恰如今時節。　　將發。畫樓芳酒，紅淚清
> 歌，便成輕別。回首經年，杳杳音塵都絕。欲知方寸，共
> 有幾許新愁？芭蕉不展丁香結。憔悴一天涯，兩厭厭風
> 月。

此詞旨在寫別情。首先以「薄雨」句起至「平沙」句止，具寫自
己在關外所見雨後「空闊」之初春景象，藉所見雨霽、柳黃、鴻
歸、雪銷等自然景與折柳贈別之人事景，來襯托別情；這是頭一
個「染」的部分。其次以「猶記」六句，採「先今後昔」的逆敘

方式，交代自己在去年年底與一美人[22]在關內餞別後，即出關而來，以呼應前、後，使自己在此之所見所感，有一明顯的落腳點；這是「點」的部分。然後以「回首」七句，採「先情後景」的順序，先拈出「新愁」，而以丁香、芭蕉作譬喻，再結合空間的虛與實，以景結情[23]；這是後一個「染」的部分。依此分析，可畫成其結構表如下：

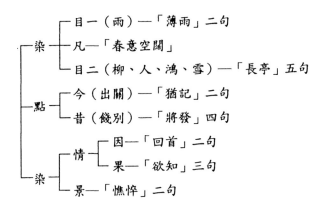

依此看來，它在「篇」這一層，是形成「染、點、染」的結構的。

22　吳曾：「方回眷一妹，別久，妹寄詩云：『獨倚危欄淚滿襟，小園春色懶追尋。深恩縱似丁香結，難展芭蕉一片心。』賀因賦此詞，先敘分別景色，後用所寄詩成〈石州引〉云。」見《詞話叢編（一）・能改齋詞話》（新文豐出版公司，民國 77.2 台一版）頁 139。

23　唐圭璋：「『憔悴』兩句，以景收，寫出兩地相思，視前更進一層。」見《唐宋詞簡釋》（木鐸出版社，民國 71.3 初版）頁 119。

四、天人法

　　所謂「天」，指的是「自然」；所謂「人」，指的是「人事」。通常在寫景或說理的時候，作者往往會涉及「天」與「人」。如就寫景來說，「天」就是自然之景，「人」就是人事之景；若就說理而言，則「天」就屬於天道，「人」就屬於人道。雖然「天人」一詞用於章法，有點格格不入，但由於一時找不到更貼切的語詞來代替，而且「天人」兩個字，在意義上也很明確，所以就勉強用於此，以稱呼這一種章法。而它也同樣可以形成「先天後人」、「先人後天」、「天、人、天」、「人、天、人」等結構。茲單就「寫景」一類，分別舉例作個說明，以見一斑。「先天後人」的，如王維的〈輞川閑居贈裴秀才迪〉詩：

> 寒山轉蒼翠，秋水日潺湲。倚杖柴門外，臨風聽暮蟬。渡頭餘落日，墟里上孤煙。復值接輿醉，狂歌五柳前。

此詩乃作者與裴迪秀才相酬為樂之作。在一特定時空之下，作者藉自然景物與人物形象之刻劃，以寫自己閒適之情。它一面在首、頸兩聯，具體描繪了「輞川」附近的水陸秋景與暮色，勾勒出一幅有色彩、音響和動靜的和諧畫面；另一面又在頷、末兩聯，於一派悠閒之自然圖案中，很生動地嵌入了作者自己倚杖聽蟬，和裴迪狂歌而至的人事景象；使兩者相映成趣，而形成了物

我一體的藝術境界[24]，十分活潑地將「輞川閑居」之樂作了具體的表達。據此，可畫成如下結構表：

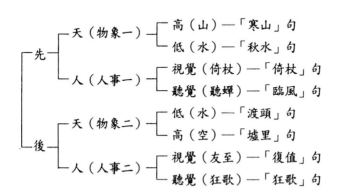

可見在此詩之前後二聯，都形成了「先天後人」的結構。

「先人後天」的，如李清照的〈聲聲慢〉詞：

> 尋尋覓覓，冷冷清清，悽悽慘慘戚戚。乍暖還寒時候，最難將息。三杯兩盞淡酒，怎敵他、晚來風急。雁過也，最傷心，卻是舊時相識。　　滿地黃花堆積。憔悴損、如今有誰堪摘。守著窗兒，獨自怎生得黑。梧桐更兼細雨，到黃昏、點點滴滴。這次第，怎一箇愁字了得。

---

[24] 李浩說此詩：「全詩具有時間的特指（『落日』時分）和空間位置的具體固定，通過『（柴門）外』、『（渡）頭』、『（墟）里』、『（五柳）前』等方位名詞，勾勒出景物的相互位置關係，景物具有空間開發性，既活潑無礙，又彼此依存，是構成整個畫面諧調的一個部分。讀這樣的詩，應該在一個時間的片刻裡從空間上去理解作品，把握詩人用最高的藝術手腕所凝定下來的富有包孕性的瞬間印象。」見《唐詩的美學闡釋》（安徽大學出版社，2000.4 一版一刷）頁 255。

這闋詞旨在寫「愁」。它就「篇」此一層而言，是用「先因後果」[25]的結構寫成的。「因」的部分，自篇首至「到黃昏」句止，主要採「凡、目、凡」順序來寫：頭一個「目」，指「尋尋」三句，共疊十四個字，寫在秋涼時，因尋覓舊跡，卻物是而人非，故倍感淒涼，無法自已，含有極強之層次邏輯[26]，為下句之「最難將息」預築橋樑；而「凡」，乃指「乍暖」二句，既承上也探下地作一總括，不言哀愁而哀愁自見；至於後一個「目」，則自「三杯」句起至「到黃昏」句止，先以「三杯」句，寫試酒的人事景（人），並以「怎敵他」起至「如今」句止，寫風急、雁過、花落等自然景（天）；後以「守著」二句，寫守窗的人事景（人），並以「梧桐」二句，寫雨打梧桐的自然景（天）；針對「最難將息」四字作具體之描寫，為結二句蓄力。「果」的部分，為結二句，用「這次第」總結上面「因」的部分，逼出一個「愁」字，點醒主旨，以融貫全篇，使全詞含著無盡的哀愁。這種結構，可呈現如下表：

---

[25] 為因果法的一種結構，見拙著《章法學新裁》，同注 1，頁 481-488。又見仇小屏《篇章結構類型論》上，同注 4，頁 208-225。

[26] 唐圭璋：「起下十四個疊字，總言心情之悲傷。中心無定，如有所失，故曰『尋尋覓覓』。房櫳寂靜，空床無人，故曰『冷冷清清』。『悽悽慘慘戚戚』六字，更深一層，寫孤獨之苦況，愈難為懷。」，同注 23，頁 145。又木齋：「起首突兀而起，連用十四個疊字，寫出自己的尋覓、冷清與悽慘。『尋尋覓覓』，未言賓語，尋覓的是什麼？是失去的愛情、伴侶？是永難尋回的青春？是冷落的故國？還是兼而有之？尋覓之不得而覺『冷冷清清』，冷清之甚而覺『悽悽慘慘戚戚』。內在的層次邏輯很強。」同注 19，頁 227。

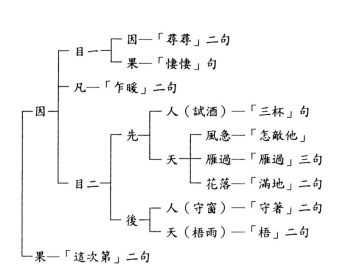

本詞在「目二」的部分，顯然形成了兩疊「先人後天」的結構。

「天、人、天」的，如吳文英的〈浣溪沙〉詞：

> 門隔花深夢舊遊，夕陽無語雁歸愁。玉纖香動小簾鉤。
> 落絮無聲春墮淚，行雲有影月含羞。東風臨夜冷於秋。

此詞寫夢後懷舊之情，用「先虛（夢中）後實（夢後）」的順序
寫成。其中起句，寫夢中，為「虛」；而自「夕陽」句起至篇
末，寫夢後，為「實」。開端由「門隔花深」，直接切入夢遊，
敘明舊遊之地，寫得極為幽深、隱約[27]，有「室邇人遠」之意。
接著在二、三句，寫夢後捲簾（人事—人），見無語之夕陽與歸

---

[27] 吳惠娟：「『門隔花深』既指所夢的舊遊之地，又寫出了夢境的幽深與
隱約。」見《唐宋詞審美觀照》（學林出版社，1999.8 一版一刷）頁
14。

燕（自然—天），藉以襯托懷舊之情（愁），很自然地所得之
「愁」就格外多了；然後在下片三句，依序寫夢後所見落絮、月
羞、風臨等景物（自然—天），而特地又將「絮落」擬之為「春
墮淚」、「行雲有影」喻之為「月含羞」[28]，且用「冷於秋」強
化夜境之淒涼，以推深懷舊之情。如此，懷舊之情（愁）就充滿
字裡行間了。據此分析，其結構表可呈現如下：

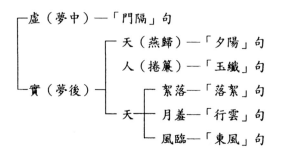

就在「實」（夢後）的部分裡，形成了「天、人、天」的結構。

　　「人、天、人」的，如馬致遠〈題西湖〉中的〈慶東原〉
曲：

　　暖日宜乘轎，春風堪信馬，恰寒食有二百處秋千架。向人嬌杏
　　花，撲人衣柳花，迎人笑桃花。來往畫船遊，招颭青旗掛。

----

[28] 陳文華：「柳絮點點，其狀正如淚痕，而柳絮墮於春日，故曰『春墮
　　淚』；而己亦正為懷人之悲而墮淚，故寫絮亦是寓己。月為雲遮，恍若
　　含羞，而人亦因相隔而不得覿面，故寫月亦是喻所思之人。」見《海綃
　　翁夢窗詞說詮評》（里仁書局，民國85.2初版）頁129。

此曲用以寫春景，藉轎馬、秋千、畫船、青旗等人文景色（人），與杏、柳、桃等自然風光（天），活潑地予以呈現，呈現得十分熱鬧，從而襯托出作者此刻喜悅的心情。如果按這種呈現次序，由「天」與「人」切入，則形成了如下結構：

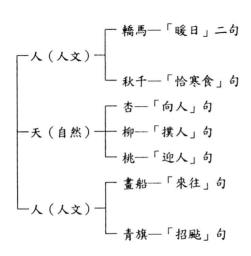

就「篇」而言，它形成了「人、天、人」的結構。

五、圖底法

　　一般說來，作者在辭章中所用之時、空（包括「色」）材料，有一些是充當「背景」用的，也有某些是用來作為「焦點」的。就像繪畫一樣，用作「背景」的，往往對「焦點」能起烘托的作用，即所謂的「底」；而用作「焦點」的，則對「背景」而

言，都會產生聚焦的功能，即所謂的「圖」[29]。這種條理用於辭章章法上，也可造成秩序、變化、聯貫的效果，而形成「先圖後底」、「先底後圖」、「圖、底、圖」、「底、圖、底」等結構。「先圖後底」的，如王維的〈竹里館〉詩：

獨坐幽篁裡，彈琴復長嘯。深林人不知，明月來相照。

這首詩藉寫幽獨之人與幽獨之景，以襯托出作者幽獨之趣。其中寫「幽獨之人」的，是起二句，用「獨坐」、「彈琴」、「長嘯」來刻畫「人」之幽獨；這是本詩之焦點所在，為「圖」的部分。寫「幽獨之景」的，為結二句，藉「深林」之無人、「明月」之照臨來凸顯「景」之幽獨；這是本詩的背景所在，與上二句互相對應，而起了很大的烘托作用[30]，為「底」的部分。據此，其結構表可呈現如下：

---

[29] 王秀雄：「在視覺心理上，把視覺對象從背景浮現出來，而讓我們認識得到的，叫做『圖』（figure）......其周圍之背景，叫做『地』（ground）。」見《美術心理學》（三信出版社，民國 64 初版）頁126。又參見仇小屏〈論「圖底」章法的空間結構〉（《國文天地》，民國 90.10，17 卷 5 期）頁 100-104。

[30] 喻守真：「此詩是寫獨坐遣興，其中以『獨坐』與『人不知』相映帶，『幽篁』與『深林』相迴應。再用『明月』與『幽篁』，構成一幅美景；用『彈琴』與『長嘯』，寫出一份閒情。」見《唐詩三百首詳析》（臺灣中華書局，民國 85.4 臺 23 版 5 刷）頁 266。又仇小屏說此詩：「在『底』的烘襯之下，幽雅的氛圍彷彿籠罩著這幽獨之人（圖），幽獨之趣就悠然而生了。」見〈論「圖底」章法的空間結構〉，同注29，頁 102。

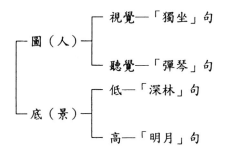

就「篇」而言，它所形成的是「先圖後底」的結構。

「先底後圖」的，如柳宗元的〈江雪〉詩：

千山鳥飛絕，萬徑人蹤滅。孤舟蓑笠翁，獨釣寒江雪。

此詩旨在藉寂靜、孤寒的「人」與「物」，以寫主人翁（蓑笠翁——作者）的傲岸與孤獨，反映出作者超拔的人格[31]。其中「首二句，藉著『山』、『鳥』、『徑』、『人』等『物』，來寫它的背景；而一方面以『千』、『萬』等字，將空間拓大，一方面又以『絕』、『滅』等字，凸顯景物之寂靜；這是『底』的部分。後兩句，用『舟』、『雪』等『物』，來烘托垂釣的『蓑笠翁』；而以『孤』和『獨』字，刻畫『蓑笠翁』的孤獨；這是

31　李浩：「柳宗元〈江雪〉一詩在結構上也採用了層進聚焦的方式：……它把讀者的審美注意力由遠到近、由大到小地集中到孤舟獨釣者的形象上。表面看來，詩的境界越縮越小，實際上漁翁的形象在讀者心靈中所佔有的位置卻越來越大。它不僅佔據了畫面的中心，而且佔據了讀者的整個心靈，詩人在詩中主要是為了突出『孤舟』、『獨釣』的漁翁形象以表現他的遺世獨立的意趣、耿介超拔的人格。」同注 21，頁 91-92。

『圖』的部分。」[32]這樣來看待這首詩，可畫成如下結構表：

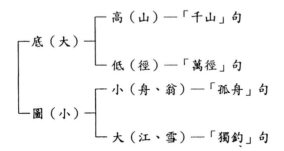

如此切入其「篇」，所形成的是「先底後圖」的結構。

「圖、底、圖」的，如李白的〈登金陵鳳凰臺〉詩：

> 鳳凰臺上鳳凰遊，鳳去臺空江自流。吳宮花草埋幽徑，晉
> 代衣冠成古邱。三山半落青天外，二水中分白鷺洲。總為
> 浮雲能蔽日，長安不見使人愁。

這首詩藉作者登臺之所見所感，以寫其身世之悲與家國之痛[33]。
它首先在起聯，叩緊「金陵鳳凰臺」，凸出登臨之地點，用
「遊」與「去」寫其盛衰，以寓興亡之感；這是頭一個「圖」的
部分。接著在頷、頸兩聯，前以「吳宮」二句，就近寫今日所見

---

[32] 見拙作〈主旨置於篇外的謀篇形式—以詩詞為例〉，《第三屆中國修辭
學學術研討會論文集》（中國修辭學會、銘傳大學應用中文系所，民國
90.6）頁 1119。

[33] 袁行霈說此詩「寫出了自己獨特的感受，把歷史的典故，眼前的景物和
詩人自己的感受，交織在一起，抒發了憂國傷時的懷抱。」見《唐詩大
觀》（商務印書館香港分館，1986.1 一版二刷）頁 329。

「幽徑」與「古邱」之「衰」景，而用「吳宮花草」與「晉代衣冠」帶入昔日之「盛」況，形成強烈對比，以深化興亡之感；後以「三山」二句，將空間拓大，就遠寫今日所見「三山」與「二水」一直延伸到「長安」的山水勝景；這對上敘的「臺」或下敘的「人」（不見長安之作者）而言，均有烘托、襯映的作用，是「底」的部分。最後在尾聯，聚焦到自己身上，以「浮雲」之「蔽日」，譬眾邪臣之蔽賢，「長安」之「不見」，喻己之謫居在外，既為自己被排擠出京而憤懣，又為唐王朝將重蹈六朝覆轍而憂慮；這是後一個「圖」的部分。循此角度切入，它的結構表是這樣子的：

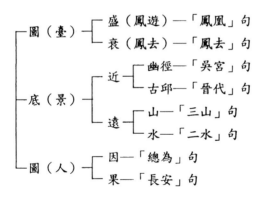

由此看來，僅就「篇」而言，它所形成的是「圖、底、圖」的結構。

「底、圖、底」的，如溫庭筠的〈更漏子〉詞：

玉爐香，紅蠟淚。偏照畫堂秋思。眉翠薄，鬢雲殘，夜長

  衾枕寒。 梧桐樹，三更雨，不道離情正苦。一葉葉，
一聲聲，空階滴到明。

此詞旨在寫離情。作者首先以起二句，寫一畫堂內，正燃著爐
香、流著蠟淚的背景，作為敘寫的開端，為頭一個「底」的部
分。其次以「偏照」四句，聚焦於畫堂中的一個美人，即本詞之
主人翁，採「先泛寫後具寫」的順序，先以紅蠟之「偏照」作橋
樑，泛寫這個美人正坐在畫堂內悲秋，再具寫她的眉薄、鬢殘與
床上衾枕之寒，生動地將抽象的悲秋之情加以形象化；這是
「圖」的部分。然後以下片六句，承「夜長衾枕寒」句[34]，寫畫堂
外聲聲梧桐夜雨、滴階至明的情景，結合上片之爐香、蠟淚，一
外一內地對「秋思」之美人，作有力之烘托、映襯，凸顯了焦
點，使作品產生最大的感染力；這是後一個「底」的部分。從這
個角度切入，可形成如下結構：

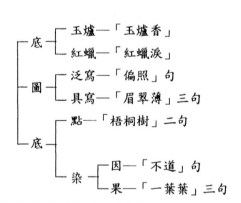

---

[34] 趙山林：「譚獻評此詞下片：『似直下語，正從「夜長」逗出。』愁人
不寐，倍覺夜長，故而梧桐夜雨之聲方能聲聲入耳。」見《詩詞曲藝術
論》（浙江教育出版社，1998.6一版一刷）頁152。

此就「篇」而言，所形成的是「底、圖、底」的結構。

六、敲擊法

　　「敲擊」一詞，一般用作同義的合義複詞，都指「打」的意思。但嚴格說來，「敲」與「擊」兩個字的意義，卻有些微的不同，《說文》說：「敲，橫擿也。」徐鍇《繫傳》：「橫擿，從旁橫擊也。」而《廣韻‧錫韻》則說：「擊，打也。」可見「擊」是通指一般的「打」，而「敲」則專指從旁而來的「打」。也就是說，以用力之方向而言，前者可指正（前後）面，也可指側面，而後者卻僅可指側面。依據此異同，移用於章法，用「敲」專指側寫，用「擊」專指正寫，以區隔這種篇章條理與「正反」、「平側」（平提側注）、賓主等章法[35]的界線，希望在分析辭章時，能因而更擴大其適應的廣度與貼切度。而這種篇章條理，也和其他章法一樣，可形成「先敲後擊」、「先擊後敲」、「敲、擊、敲」、「擊、敲、擊」等結構，以產生秩序、變化、聯貫（呼應）的作用。「先敲後擊」的，如蘇轍〈黃州快哉亭記〉的一段文字：

---

[35] 「敲擊」，主要在用不同事物以表達同類情意時，藉「敲」加以引渡或旁推，來呼應「擊」的部分，與「正反」、「賓主」之彼此映襯或「平側」之有所偏重的，有所不同。「正反」、「平側」、「賓主」等法，參見拙著《章法學新裁》，同注 1，頁 345-360。另參仇小屏《篇章結構類型論》下，同注 4，頁 374-529。

昔楚襄王從宋玉、景差於蘭臺之宮，有風颯然而至者，王披襟當之曰：「快哉此風！寡人所與庶人共者耶？」宋玉曰：「此獨大王之雄風耳，庶人安得共之！」玉之言蓋有諷焉。夫風無雌雄之異，而人有遇不遇之變。楚王之所以為樂，與庶人之所以為憂，此則人之變也，而風何與焉？士生於世，使其中不自得，將何往而非病？使其中坦然，不以物傷性，將何適而非快？今張君不以謫為患，竊會計之餘功，而自放山水之間，此其中宜有以過人者。將蓬戶甕牖無所不快，而況乎濯長江之清流，揖西山之白雲，窮耳目之勝以自適也哉？不然，連山絕壑，長林古木，振之以清風，照之以明月，此皆騷人思士之所以悲傷憔悴而不能勝者，烏睹其為快也哉？

這段文字，就全文來說，是屬於「先敘後論」中「論」的部分。作者在此，首先以楚襄王與宋玉的一番對話（「昔楚襄王……安得共之」），敘出「快哉」，並由此帶出一節文字（「玉之言……而風何與焉」），作側面議論（論端），為底下鎖定主人翁張夢得之事加以發揮的正面議論，充當橋樑[36]；這是「敲」的部分。其次先著眼於「全」（「士生於世……物傷性」），拈出「快哉」之旨，再以著眼於「偏」（「今張君……為快也哉」），特就張夢得之謫，從正面（對側面而言）握定「快哉」

---

[36] 王文濡在「而風何與焉」下評注：「因『快哉』二字，發此一段論端，尋說到張夢得身上，若斷若續，無限煙波。」見《精校評注古文觀止》（臺灣中華書局，民國 61.11 臺六版）卷 11 頁 38。

之旨予以發揮[37]；這是「擊」的部分。據此，其結構表可呈現如下：

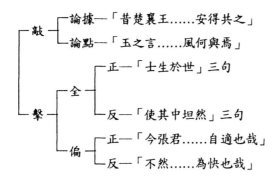

就此段文字來說，是形成「先敲後擊」的結構的。

「先擊後敲」的，如韓愈的〈送董邵南遊河北序〉：

> 燕趙古稱多感慨悲歌之士。董生舉進士，連不得志於有司，懷抱利器，鬱鬱適茲土，吾知其必有合也。董生勉夫哉！夫以子之不遇時，苟慕義彊仁者，皆愛惜焉。矧燕趙之士，出於其性者哉！然吾嘗聞風俗與化移易，吾惡知其今不異於古所云邪？聊以吾之行卜之也。
> 吾因子有所感矣。為我弔望諸君之墓，而觀於其市，復有昔時屠狗者乎？為我謝曰：「明天子在上，可以出而仕矣。」

---

[37] 王文濡在「以自適也哉」下評注：「緊收正寫『快哉』，何等酣暢！」同注 36。

此文為一贈序，寫以送董邵南往遊河北。由於當時河北藩鎮不奉朝命，送行之人「斷無言其當往之理，若明言其不當往，則又多此一送」[38]，所以作者就避開河北之「今」，而從其「古」下筆。首先自開篇起至「出乎其性者哉」句止，以「因、果、因」的順序，說古時之燕趙（即河北）多「慕義彊仁」的豪傑之士，從正面預卜董生此行必受到「愛惜」而「有合」，以見其當往；其次自「然吾嘗聞」句起至「董生勉乎哉」句止，說如今燕趙之風俗，或許已與古時有所不同，從反面勉董生聊以此行一卜其「合與不合」[39]，以進一步見其當往；以上兩段，直接扣住董生之當「遊河北」來寫，是「擊」的部分。最後以末段，筆鋒一轉，旁注於燕趙之士身上，要董生傳達「明天子在上」而勸他們來仕之意，含董生不當往的暗示作收[40]；這是「敲」的部分。由此角度分析，可畫成如下結構表：

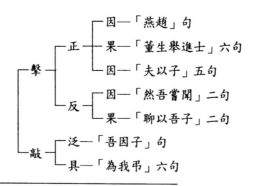

---

[38] 見林雲銘《古文析義》上（廣文書局，民國 54.10 再版）頁 216。

[39] 王文濡在首段下評注：「此段勉董生行，是正寫。」在次段下評注：「此段勉董生行，是反寫。」同注 36，卷八頁 36-37。

[40] 王文濡在篇末評注：「送董生，卻勸燕趙之士來仕，則董生之不當往，已在言外。」同注 36，卷八頁 37。

從「篇」來看，它是形成「先擊後敲」的結構的。

「敲、擊、敲」的，如辛棄疾的〈賀新郎〉詞：

> 綠樹聽鵜鴂，更那堪、鷓鴣聲住，杜鵑聲切！啼到春歸無
> 尋處，苦恨芳菲都歇。算未抵人間離別：馬上琵琶關塞
> 黑，更長門翠輦辭金闕。看燕燕，送歸妾。　　將軍百戰
> 身名裂，向河梁回頭萬里，故人長絕。易水蕭蕭西風冷，
> 滿座衣冠似雪。正壯士、悲歌未徹。啼鳥還知如許恨，料
> 不啼清淚長啼血。誰共我，醉明月。

這闋詞題作「別茂嘉十二弟。鵜鴂、杜鵑實兩種，見《離騷補
註》」，是用「先賓後主」的順序寫成的。其中的「賓」，先以
「綠樹」句起至「苦恨」句止，從側面切入，用鵜鴂、鷓鴣、杜
鵑等春鳥之啼春，啼到春歸，以寫「苦恨」；這是頭一個「敲」
的部分。再以「算未抵」句起至「正壯士」句止，由「鳥」過渡
到「人」，採「先平提後側收」[41]的技巧，舉古代之二女（昭
君、歸妾）二男（李陵、荊軻）為例，來寫人間離別的「苦
恨」，暗涉慶元黨禍，將朝臣之通敵與志士之犧牲，構成強烈的
對比，以抒發家國之恨[42]；這是「擊」的部分。末以「啼鳥」二

---

[41] 見拙作〈談「平提側收」的篇章結構〉，同注1，頁435-459。

[42] 鞏本棟：「鄧小軍先生所撰〈辛棄疾〈賀新郎・別茂嘉弟〉詞的古典與
今典〉一文……認為辛棄疾〈賀新郎〉詞的主要結構，『乃是古典字
面，今典實指。即借用古典，以指靖康之恥、岳飛之死之當代史。從而
亦寄託了稼軒自己遭受南宋政權排斥之悲憤，及對南宋政權對金妥協投
降政策之判斷。』」見《辛棄疾評傳》（南京大學出版社，1998.12 一
版一刷）頁 400-401。又參見拙作〈唐宋詞拾玉（四）─辛棄疾的〈賀

句，又應起回到側面，用虛寫方式，推深一層寫啼鳥的「苦恨」；這是後一個「敲」的部分。而「主」，則正式用「誰共我」二句，表出惜別「茂嘉十二弟」之意，以收拾全篇。所謂「有恨無人省」，作者之恨在其弟離開後，將要變得更綿綿不盡了。這樣的結構，可用下表來表示：

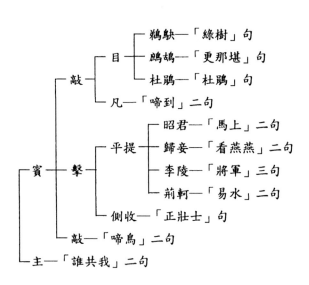

在「賓」的部分，是形成「敲、擊、敲」的結構的。

「擊、敲、擊」的，如賈誼〈過秦論（上）〉的一段文字：

> 孝公既沒，惠文、武、昭襄，蒙故業，因遺策，南取漢中，西舉巴蜀，東割膏腴之地，北收要害之郡。諸侯恐懼，會盟而謀弱秦，不愛珍器重寶肥饒之地，以致天下之

士，合縱締交，相與為一。當此之時，齊有孟嘗，趙有平
原，楚有春申，魏有信陵；此四君者，皆明智而忠信，寬
厚而愛人，尊賢重士，約從離橫，兼韓、魏、燕、趙、
齊、楚、宋、衛、中山之眾。於是六國之士，有甯越、徐
尚、蘇秦、杜赫之屬為之謀；齊明、周最、陳軫、召滑、
樓緩、翟景、蘇厲、樂毅之徒通其意；吳起、孫臏、帶
佗、兒良、王廖、田忌、廉頗、趙奢之倫制其兵。嘗以十
倍之地，百萬之眾，叩關而攻秦。秦人開關延敵，九國之
師，逡巡遁逃而不敢進。秦無亡矢遺鏃之費，而天下諸
侯已困矣。於是從散約解，爭割地而賂秦。秦有餘力而制
其敝，追亡逐北，伏尸百萬，流血漂櫓；因力乘便，宰割
天下，分裂河山，強國請服，弱國入朝。施及孝文王、莊
襄王，享國日淺，國家無事。

這是〈過秦論上〉的次段文字，承首段[43]進一步寫秦國之強大。
它首先以「孝公既沒」句起至「北收要害」句止，從正面寫秦國
的三位君王（惠文、武、昭襄），在孝公之後，由於「蒙故
業」、「因遺策」，而繼續在侵蝕六國上，獲得了可觀成果；這
是頭一個「擊」的部分。其次以「諸侯恐懼」句起至「叩關而攻
秦」句止，極寫六國抗秦之事：先以「諸侯恐懼」二句，作一總
括；再以「不愛珍器」句起至「制奇兵」句止，分策略（合
縱）、人力（賢相、兵眾、謀士、使臣、將帥）和實際行動（攻

---

[43] 〈過秦論（上）〉前三段，依次寫秦強之始、秦強之漸、秦強之最。林
雲銘在首段下注：「已（以）上言秦強之始。史載孝公發憤修政，故首
言孝公。」同注38，頁132。

秦）等，凸顯出六國抗秦的強大力量；作者這樣寫六國之強大，對寫秦國之強大而言，與其說是「反襯」[44]，不如說是「側寫」，因此這是「敲」的部分。又其次以「秦人開關」句起至「弱國入朝」句止，又由側面轉為正面，將六國之強大轉為秦國之最後勝利，以極寫秦國的強大；這是後一個「擊」的部分。最後以「施及」三句，虛敘昭襄王後兩位君王（孝文、莊襄）之事，以過渡到第三段，與秦始皇相連接，充分發揮了橋樑的作用。如此看待此段文字，可用下表來呈現它的結構：

---

[44] 一般文論家都視為「反襯」，如王文濡在「相與為一」句下評注：「正欲寫秦之強，忽寫諸侯，作反襯。」又在「尊賢而重士」句下評注：「極贊四君，以反襯秦之強。」又在「趙奢之倫制其兵」句下評注：「極寫諸侯得人之盛，以反襯秦之強。」同注36，卷6頁6-7。再如王根林在論此文特色時，特標「反襯」一項：「上篇寫秦始皇以前幾代君主雄踞關中、俯視山東各國的形勢，是從描寫山東諸國的威勢著筆的：『當是時....中山之眾』，還有一大批優秀的政治家、外交家、軍事家為本國出謀獻策、馳騁疆場，『常（嘗）以十倍之地、百萬之眾叩關而攻秦』。儘管他們地廣兵眾，人才薈萃，然而『秦人開關而延敵，九國之士（師）逡巡遁逃而不敢進』。這樣寫，比直接描繪秦國如何強大，顯然能收到更好的效果。同樣，寫秦王朝在風雨飄搖中一朝傾覆，也是用它的對立面陳涉之弱小加以反襯的。」見《古代文學作品鑑賞》（上海古籍出版社，1988.3 一版一刷）頁48-49。

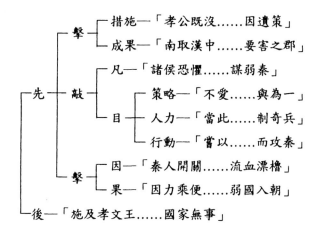

單就這一段「先」的部分來說，是形成「擊、敲、擊」的結構的。

七、結語

以上五種章法，都是用於謀篇佈局的條理。這些條理，和形成其他章法的條理一樣，不僅存於萬事萬物之中，也存於古今人人之心理，串成一條條長長的無形鎖鏈，以通貫物我、人我，呈現它們歸於秩序、變化、聯貫、統一的功能，而把「心理」、「現象」（作品）和「美感」三者打成一片[45]，使作者、作品與讀

---

[45] 結合心理基礎與美感效果來研究「章法」，求的正是「真、善、美」。臺灣師大國研所博、碩士在近幾年來，已有多人以學位論文來進行這一方面之研究，見拙作〈卻顧所來徑—《章法學新裁》代序〉（《國文天地》，民國90.1，16卷8期）頁100-105。

者三者緊緊地連為一體，這可說是自然而然的事。但由於一般人（包括作者）對此，似乎都日用而不知、習焉而不察，而誤以為「章法」乃出自「人為」的枷鎖，致多所蔑視、排斥，因此為求「章法」之條理更趨周延，以消除一些誤會，便鍥而不捨，將幾十年來分析辭章時所漏失的一些特殊條理，再整理出五種，一方面拿來就教於方家學者，一方面也稍稍為辭章章法學之研究盡一份心力。

參考書目

一、專著

文心雕龍　劉勰

文賦　陸機

古文關鍵　呂東萊　廣文書局　1981.7 再版

（正）文章軌範　謝枋得　廣文書局　1970.12 初版

文章一貫　高　琦　台大圖書館

文章指南　歸有光　廣文書局　1985.10 再版

才子古文讀本　金聖嘆批、王之績評註　老古文化事業公司
　　1981.8 台二版

杜詩鏡銓　楊　倫　華正書局　1989.8 出版

詩學指南　顧龍振　廣文書局　1973.4 再版

古文析義合編　林雲銘　廣文書局　1989.1 七版

古文評注全集　過商侯選、蔡鑄評註　宏業書局　1979.10 再版

古文觀止　吳楚材選、王文濡評註　華正書局　1992.10 初版

學詩指南　顧亭鑑、葉葆王　廣文書局　1976.5 初版

讀書作文譜　唐　彪　偉文圖書出版社　1976.11 出版

評註古文辭類纂（上、下）　王文濡　華正書局　1990.9 出版

清詩評註　王文濡　廣文書局　1994.10 再版

評註宋元明詩　王文濡　廣文書局　1981.12 初版

藝概　劉熙載　廣文書局　1969.4 再版

古文筆法百篇　李扶九原選、王扶齡改編　文津出版社
　　1978.11 出版

古文快筆貫通解　杭永年　文史哲出版社　1985.10 初版

評註文法津梁　宋文蔚　復文圖書出版社　1993.2 修訂二版

評註古文讀本　林景亮　台灣中華書局　1969.11 台一版

古文辭通義（上、下）　王葆心　台灣中華書局　1984.4 台二版

實用文章義法　謝无量　華正書局　1990.3 出版

桐城吳氏古文法　吳闓生　台灣中華書局　1973.9 台三版

古今詩範　吳闓生　台灣中華書局　1971.9 台二版

學詩百法　劉坡公　天山出版社　1988.10 出版

作文百法　許恂儒　廣文書局　1989.8 再版

涵芬樓文談　吳曾祺　台灣商務印書館　1980.9 四版

文章講話　夏丏尊、葉紹鈞　台灣開明書局　1985.6 台一版

中國文學欣賞舉隅　傅庚生　國文天地雜誌社　1990.4 初版

藝術的奧祕　姚一葦　台灣開明書局　1978.9 七版

文章筆法辨析　羅君籌　香港上海印書館　1971.6 香港出版

藝術概論　虞君質　黎明文化事業公司　1980.11 四版

中學國文教學法　蔣伯潛　泰順書局　1972.5 再版

唐詩三百首詳析　喻守真　台灣中華書局　1973.3 台十三版

中學國文教學法　章微穎　蘭台書局　1973.10 再版

中國詩學——鑑賞篇　黃永武　巨流圖書公司　1976.10 初版

中國詩學——設計篇　黃永武　巨流圖書公司　1978.6 一版四印

中學國文教材教法——黃錦鋐　教育文物出版社　1981.2 初版

賦學　張正體、張婷婷　學生書局　1982.8 初版

中國古代文學創作論　張少康　北京大學出版社　1983.12 出版

古文法纂要　朱任生　台灣商務印書館　1984.9 初版

美學概論　陳雪帆　文鏡文化事業有限公司　1984.12 重排初版

點線面　康丁斯基　著　吳瑪俐　譯　藝術家出版社　1985.9
　　出版

李白詩論　阮廷瑜　國立編譯館　1986.7 出版

文章學　孫移山　檔案出版社　1986.8 出版

美學基本原理　谷風出版社　1986.9 出版

修辭學辭典　王德春　浙江教育出版社　1987.5 出版

小詩選讀　張　默　爾雅出版社　1987.5 初版　1994.9 四印

中國古代美學範疇　木鐸出版社　1987.7 初版

詩詞例話　周振甫　長安出版社　1987.9 再版

美學與美化　程兆熊　明文書局　1987.10 初版

文藝美學辭典　王向峯主編　遼寧大學出版社　1987.12 一版
　　一刷

中國古典美學叢編　胡經之主編　中華書局出版　1988.1 一版
　　一刷

中國古代文論家手冊　鄭乃臧、唐再興　光明日報出版社
　　1989.2 出版

唐詩新賞　張淑瓊主編　地球出版社　1989.4 出版

散文鑑賞入門　魏　飴　國文天地雜誌社　1989.11 初版

韓昌黎文彙評　葉百豐　正中書局　1990.2 台初版

詩美學　李元洛　東大圖書公司　1990.2 出版

中國文論大辭典　彭會資　百花文藝出版社　1990.7 出版

歌鼓湘靈　李元洛　東大圖書公司　1990.7 出版

文學心理學　錢谷融、魯樞元　新學識文教出版中心　1990.9
台初版

杜詩修辭藝術　劉明華　中州古籍出版社　1991.1 初版

韓文選析　胡楚生　華正書局　1991.3 二版

美學原理　楊辛、甘霖　曉園出版社　1991.5 一版一刷

修辭通鑑　向宏業、成偉鈞、唐仲揚　中國青年出版　1991.6
出版

篇章修辭學　鄭文貞　廈門大學出版社　1991.6 第一刷

國文教學論叢　陳滿銘　國文天地雜誌社　1991.7 初版

中國近代文論類編　賈文昭　黃山書社　1991.8 第一刷

作文津梁——（中）論說文篇　曾忠華　學人文教出版社
1991.10 新版

藝術心理學　劉思量　藝術家出版社　1992.1 二版

中國古代寫作學　王凱符、張會恩　中國人民大學出版社
1992.9 出版

初中生作文章法大觀　馮家俊、金建陵　陵西旅遊出版社
1993.1 一版一刷

漢文典注釋　高維國、張格　南開大學出版社　1993.2 第一刷

詩經正詁（上）　余培林　三民書局　1993.10 出版

漢語大詞典　漢語大詞典編輯委員會、漢語大詞典編纂處　漢
語大詞典出版社　1993.11 一版

寫作　劉錫慶、齊大衛　北京師範大學出版社　1994.3 第四刷

文章例話　周振甫　五南圖書出版有限公司　1994.5 初版

詩詞新論　陳滿銘　萬卷樓圖書有限公司　1994.6 初版

作文教學指導　陳滿銘　萬卷樓圖書有限公司　1994.6 初版

柳文選析　胡楚生　華正書局　1994.10 三版

中國古代散文藝術　周　明　江蘇教育出版社　1994.12 一刷

從作文原則談作文方法　蔣建文　台灣商務印書館　1994.3 增
訂三版一刷

文章學教程　張會恩、曾祥芹　上海教育出版社　1995 一版一刷

寫作心理學　劉　雨　麗文文化　1995.3 初版

美學論集　李澤厚　三民書局　1996.9 初版

寫作美學　張紅雨　麗文文化　1996.10 初版

國文教學論叢續編　陳滿銘　萬卷樓圖書有限公司　1998.3 初版

中西美學與文化精神　張　法　淑馨出版社　1998.10 初版

文章章法論　仇小屏　萬卷樓圖書有限公司　1998.11 初版

文章結構分析　陳滿銘　萬卷樓圖書有限公司　1999.5 初版

詞林散步——唐宋詞結構分析　陳滿銘　萬卷樓圖書有限公司
2000.1 初版

章法學新裁　陳滿銘　萬卷樓圖書有限公司　2001.1 初版

章法新視野　仇小屏　萬卷樓圖書有限公司　2001.9 初版

詩詞義旨透視鏡　江錦玨　萬卷樓圖書有限公司　2001.9 初版

放歌星輝下——中學生新詩閱讀指引　仇小屏　三民書局
2002.4 初版

章法學論粹　陳滿銘　萬卷樓圖書有限公司　2002.7 初版

古典詩詞時空設計美學　仇小屏　文津出版社有限公司
2002.11 初版

賓主章法析論　夏薇薇　文津出版社有限公司　2002.11 初版

虛實章法析論　陳佳君　文津出版社有限公司　2002.11 初版

章法學綜論　陳滿銘　萬卷樓圖書有限公司　2003.7 初版

世紀新詩選讀　仇小屏　萬卷樓圖書有限公司　2003.8 初版
國中國文章法教學　仇小屏、黃淑貞　萬卷樓圖書有限公司
　2004.10 初版

二、期刊、論文

十五國風章節之藝術表現　林奉仙　台灣師大碩士論文
　1989.5
辛棄疾的〈賀新郎〉　陳滿銘　《國文天地》十二卷一期
　1996.6
中國辭章章法析論　仇小屏　台灣師大碩士論文　1997.6
高中國文古典詩詞教材探析　陳滿銘　人文及社會學科教學通
　訊 1998.10
平提側注法的理論與應用　仇小屏　第一屆中國修辭學學術研
　討會論文集　1999.6
抑揚法的理論與應用　陳佳君　第一屆中國修辭學學術研討會
　論文集　1999.6

文學類 1082

篇章結構類型論（增修版）

作　　者　仇小屏

發 行 人　林慶彰
總 經 理　梁錦興
總 編 輯　張晏瑞
編 輯 所　萬卷樓圖書（股）公司
臺北市羅斯福路二段 41 號 6 樓之 3
電話　(02)23216565
傳真　(02)23218698

發　　行　萬卷樓圖書（股）公司
臺北市羅斯福路二段 41 號 6 樓之 3
電話　(02)23216565
傳真　(02)23218698
電郵　SERVICE@WANJUAN.COM.TW
香港經銷
香港聯合書刊物流有限公司
電話　(852)21502100
傳真　(852)23560735

ISBN 957-739-524-4
2005 年 7 月再版
2000 年 2 月初版
定價：新臺幣 460 元

如何購買本書：
1. 劃撥購書，請透過以下帳號
　　帳號：15624015
　　戶名：萬卷樓圖書股份有限公司
2. 轉帳購書，請透過以下帳戶
　　合作金庫銀行 古亭分行
　　戶名：萬卷樓圖書股份有限公司
　　帳號：0877717092596
3. 網路購書，請透過萬卷樓網站
　　網址 WWW.WANJUAN.COM.TW
大量購書，請直接聯繫，將有專人
為您服務。(02)23216565 分機 610

如有缺頁、破損或裝訂錯誤，請寄
回更換

版權所有・翻印必究
Copyright©2022 by WanJuanLou Books
CO., Ltd. All Rights Reserved
Printed in Taiwan

國家圖書館出版品預行編目資料

篇章結構類型論/仇小屏著. – 再版. --
臺北市 ：萬卷樓, 2005[民 94]
　　面 ；　公分.
參考書目：面
ISBN 957-739-524-4(平裝)
1.中國語言-作文 2.中國語言-文法
802.7　　　　　　　　　94005888